NAGEL & KIMCHE

TEA RANNO

AGATA und ihr fabelhaftes Dorf

Aus dem Italienischen von
Ulrike Schimming

NAGEL & KIMCHE

Titel der italienischen Originalausgabe:
L'Amurusanza
erschienen bei Mondadori 2019

1. Auflage 2021

Satz: im Verlag, gesetzt aus Adobe Devanagari, 11 pt
Herstellung: JournalMedia GmbH, München
Druck und Bindung: CPI Books GmbH

ISBN 978-3-312-01215-2
Printed in Germany

MIX
Papier aus verantwortungsvollen Quellen
FSC® C083411

Für Stefano,
der Sonne und Fröhlichkeit dort sah,
wo ich nur Dunkelheit vermutete.

Die wichtigsten Figuren und ihre Aussprache

Saracina, gesprochen: Saratschina, paradiesisches Anwesen am Meer

Costanzo Di Dio, der Tabbacchere, gesprochen: Tabakere, Tabakwarenhändler, Mann von Agata

Agata Lipari, die Tabbacchera, gesprochen: Tabakera, Tabakwarenhändlerin, Witwe von Costanzo Di Dio

Don Saverio Pallante, genannt Seine Exzellenz oder Occhi janchi, gesprochen: Okki janki, Bürgermeister

Proci, gesprochen: Protschi,
die Anhänger und Handlanger von Pallante,
dazu gehören:

> *Ferdinando Scimò,* gesprochen: Schimò,
> stellvertretender Bürgermeister
> *Felice Orlando, Tito Vaccaro, Carmine Acquaforte,*
> *Giardino,* gesprochen: Dschardino, *Russo*

Roberto Mancuso, Sohn von *Franca Cortese*

Franca Cortese, die Acitana, gesprochen: Atschitana

Sarino Motta, Verehrer von Franca Cortese

Don Bruno, Priester

Toni Scianna, der Lehrer, gesprochen: Schanna

Andrea Locatelli, Maresciallo, Polizeihauptmeister vom Kontinent

Dottore Grimaldi, Arzt

Lucia Montalto, genannt Lucietta, gesprochen: Lutschetta

Lisabetta Spagna, gesprochen: Spanja, Kräuterfrau

PROLOG

Die Saracina erstreckte sich stolz bis ans Meer. In der Mitte des weitläufigen Grundstücks stand ein massives Haus, versehen mit einem Laubengang aus schlanken Säulen, alles ganz in weiß wie der Schleier einer Jungfrau, umgeben von Blumen und blühenden Bäumen, in Jasminduft gehüllt und gekrönt vom Geflatter schneeweißer Ringeltauben.

Lange betrachtete er alles, voller Genugtuung, und je zufriedener er war, desto prächtiger erschien ihm dieses Anwesen, das dem Kommunisten einfach nicht würdig war. Dieser hatte den Hof seines Großvaters geschmackvoll verschönert, hatte einen Samen nach dem anderen ausgesät, einen Mandelhain und einen Obstgarten angelegt. In der Augustsonne, die heftiger brannte als in den Jahren zuvor, dufteten Pinien nach würzigem Harz und fingen den Wind ab.

Aus der Jackentasche zog er die Streichhölzer. Er blickte sich um, wollte sicherstellen, dass er allein war. Dann ging er langsam auf dem Pfad neben dem Zaun entlang. Tags zuvor hatte er ein Loch in den Maschendraht geschnitten, gleich neben einer Rosenhecke, die fast die gesamte Öffnung verdeckte. Auch diese Rosen würden vom Feuer verzehrt werden, denn ordentlich mit Benzin getränkt würde der Maschendraht sich verdrehen, schmelzen, und alle Einbruchsspuren würden vernichtet.

Er hob das Bein, wollte sich durch das Loch schlängeln, als ein unterdrückter Schrei aus seiner Kehle drang. Er krümmte sich vor Schmerz, Benzinkanister und Streichhölzer fielen ihm aus der Hand. Schreiend wandte er sich um, und schreiend sah er ihn: einen riesigen schwarzen Höllenhund, die Zähne in seinen Hintern geschlagen, zog und zerrte der Köter mit einer mörderischen Wut, als wollte er ihm das Fleisch vom Leib reißen.

»Hau ab!«, brüllte er.

Doch der da zerrte noch heftiger.

Er versuchte, ihn an einem Ohr zu packen, aber der andere stürzte sich auf seine Hand und zerfleischte sie. Er schrie und schrie, während er um sich trat, um ihn zu vertreiben. Der Mastiff ließ von der Hand ab und biss ihm in die Wade.

»Lass mich! Hau ab!«, jaulte er.

Noch tiefer vergrub der da die Zähne im Fleisch.

Er keuchte und schnaufte bis zur Atemlosigkeit, ohne Erfolg. Da versuchte er, ihn an der Schnauze zu packen, doch der andere schüttelte wild den Kopf, während er mit neuer Wucht zubiss: in die Wade, die Hand, den Arm, Geifer vermischte sich mit Blut, Geifer mit Geknurre. Da starrte der da auf seine Kehle, und er fühlte sich verloren.

»Hierher«, schrie er da. »Helft mir!«

Doch wer sollte ihm hier her zu Hilfe eilen? Es war niemand da, und niemand wäre vorbeigekommen. Nur die Saracina bezeugte ungerührt die Besudelung ihrer bräutlichen Reinheit.

Der Hund starrte auf seine Kehle, sprang und war auf ihm.

Mit den Händen in die Hecke gekrallt versuchte er, das Gleichgewicht zu halten. Doch es misslang, denn plötzlich war ihm, als lösten sich die Rosen in Rauch auf und verdampften, so als wäre zwischen seinen geballten Fäusten nur noch Luft.

Und so fiel er.

Doch zuerst kippte der Kanister um, sodass er sich in einer fürchterlich nach Benzin stinkenden blauen Pfütze wiederfand.

Er hoffte, dass kein Funke sich entzünden, dass kein Feuer ausbrechen möge. Doch schon zog eine Funkenprozession von sonst woher heran, stürzte in die Pfütze und entzündete das

Benzin, entzündete die Kleidung, während der Hund endlich abließ und ihn unbeweglich anstarrte: Seine Augen hatten die Farbe der Flammen und den Ausdruck eines Henkers.

Seine Exzellenz hatte nicht einmal Zeit, seine Seele Gott zu befehlen, denn schon verschlang das Feuer alles, und die Welt endete.

»Wir brauchen ein Losungswort,
mein Herr,
mit dem wir die Räume
des Lebens erobern,
ein besonderes Wort
der Sehnsucht und der Kühnheit,
welches das Eis bricht
und voller Schönheit
funkelt und strahlt.
Kennen Sie so ein Wort,
mein Herr?«
»Liebesbezeugung«,
sagt er, ohne zu zögern.
Und die Türen öffnen sich,
die Sonne lacht,
und das Leben
singt.

1

»DARUM ALSO GEHT ES«, sagte Costanzo. Er schloss die Kasse mit einem Rums, dass die Münzen klimperten. »Und sag mir ja nicht«, fügte er hinzu, »dass das die einzige Lösung ist, denn das stimmt nicht! Es gibt andere Lösungen. Nehmt die Ländereien der Mantò, die der Ferrara oder der Pinto, aber die Saracina schlagt euch aus dem Kopf, das ist mein Land, und das bleibt es auch!« Seine Stimme wurde rau, brüchig, getränkt von Wut, die sich nicht richtig entladen konnte. Unwillkürlich fasste er sich mit der Hand an das plötzlich rasende Herz, so als könnte er es damit beruhigen.

»Meinst du, das hätte ich ihm nicht gesagt?«, erwiderte Roberto.

»Dann sag es ihm noch mal!«, ereiferte er sich ein weiteres Mal. »Sag ihm: ›Die Saracina wird nicht angerührt!‹«

Der Junge ließ den Kopf hängen, sah auf seine verstaubten Schuhe mit den leicht abgewetzten Spitzen. »Wenn ich du wäre, würde ich mich damit abfinden«, presste er heraus und kam sich wie ein Verräter vor, denn Costanzo hatte recht, absolut recht: Die Saracina war ein Paradies, und ausgerechnet er war hergeschickt worden und sollte ihn überreden, auf dieses Paradies zu verzichten. »Sie haben das Gesetz auf ihrer Seite...«, fuhr er gequält fort. »Und sie wissen es... Und du weißt es auch.«

»Ist mir egal!«

Langsam und betreten hob Roberto den Blick.

»Du kämpfst allein gegen alle, mein Freund. Denk darüber nach...«

»Das heißt, ich soll sie aufgeben?«, fragte Costanzo mit kaum noch zu zügelnder Wut. »Damit aus meinem Paradies eine Deponie wird? Eine stinkende Müllhalde? Dreck und Gift dort, wo jetzt Blumen und Jasmin blühen?« Er tat, als spuckte er auf den Boden. »Niemals!«

Er setzte sich. Das Blut pochte ihm heftig in den Schläfen, während sein Herz unregelmäßig schlug. Er schloss die Augen. Der Arzt hatte ihm geraten, dass er ruhig bleiben und die Wut an sich abperlen lassen sollte. ›Ich habe keinen Regenmantel‹, hatte er geantwortet. ›Dann besorgen Sie sich einen‹, hatte der Arzt ohne zu lachen erwidert, denn es gab nichts zu lachen: Ein Blutdruck von Hundertachtzig zu Hundertzwanzig war kein Spaß. ›Ich hatte schon immer hohen Blutdruck‹, hatte Costanzo abgewiegelt, ›das ist eine familiäre Veranlagung. Ich bin aus Stahl, Dottore, mich haut nichts um.‹

Er räusperte sich, wobei er wegen der großen Anstrengung, die ihm das Atmen bereitete, den Mund verzog. Wäre doch nur Agata bei ihm, nur einen Schritt, nur einen Millimeter entfernt: ›Darf ich Sie küssen, Signora?‹ Von ihr, von ihrem Atem, hätte er die Luft bekommen, die er gerade brauchte.

»Woran denkst du?«, fragte Roberto, als er sich beruhigt hatte.

»An nichts.«

Es war zwei Uhr nachmittags am 12. August 1994 – das Jahr, das große Veränderungen bringen würde, jedenfalls behaupteten das die Politiker. Die Sonne ließ die Straßen schmelzen, prallte von der Fassade der Kirche ab und vom Weiß der Balkone, das noch mehr blendete als sonst.

»Siehst du das?«, fragte Costanzo und zeigte auf die leere Piazza. »Um diese Uhrzeit sind alle zu Hause, liegen auf den Betten bei laufenden Ventilatoren, Wasserkaraffen mit Eis auf dem Nachttisch und halten ihr verdientes Nickerchen. Später werden sie herkommen und sich eins feixen: ›Na, Costanzo, was macht die Saracina? Habt Ihr darüber nachgedacht?‹«, äffte er sie im Falsett nach. »›Nehmt das Geld, das wir Euch bieten, denn früher oder später enteignen wir das Land ja doch. Und das wisst Ihr.‹«

Er sagte es in der feinen Sprache der Verräter, bestens verkörpert durch die Freier, die *Proci,* die Odysseus um Weib und Reich bringen wollten, und doch selbst die Gelackmeierten waren.

Sicher, er war nicht Odysseus, und Agata verbrachte ihre Zeit nicht damit, Totentücher zu weben und wieder aufzutrennen. Die anderen jedoch waren die Proci: ein schlimmes Volk, das die Besitztümer der Leute plünderte und sich gleichzeitig gut und schlecht gab. Mit ihren Hintern klebten sie an den Rathaussesseln und entschieden willkürlich, wann, wie, warum und vor allem zu wessen Nutzen etwas gemacht wurde. Und da Costanzo nie irgendwelche Gefälligkeiten angenommen hatte – denn seine Geschäfte erledigte er immer ohne die Hilfe der Paten –, so trafen ihn jetzt *unerklärlicherweise* all die Unannehmlichkeiten, all die Hindernisse, die selbst einen Heiligen zur Weißglut gebracht hätten.

Bis jetzt hatte er nie die Geduld verloren, hatte sich viel mehr einen Spaß daraus gemacht, diese Unannehmlichkeiten mit einem Lachen und einem Leckmich zu vertreiben, was beständig die Gemüter all derjenigen verbitterte, die es auf ihn abgesehen hatten.

Eines Tages jedoch hatte Don Saverio Pallante – Bürgermeister und krimineller Anführer der Proci – seinen wunden Punkt entdeckt: die wunderschöne Saracina am Meer, mit Orangen- und Zitronenbäumen, mit Gemüsebeeten, Obstwiese, Garten und einem weißen Haus, dessen Holzofen weit und breit die herrlichsten Pizzen und Focaccen lieferte. Nun also hatte der Herr Bürgermeister ein Auge auf die Saracina geworfen und beschlossen, dass dort, da ein überaus dringendes Bedürfnis nach Müllentsorgung bestand, eine neue Deponie entstehen sollte.

›Leckt mich!‹, antwortete Costanzo, als man ihn über die notwendige Enteignung zugunsten öffentlicher Nutzung informierte.

›Leck der mich doch, der Typ ist sie los!‹, erwiderte der Bürgermeister jedem, der ihm von der Unnachgiebigkeit des *Tabbacchere,* des Tabakwarenhändlers, erzählte.

Denn die Müllentsorgung war eine Goldgrube, die das Gesetz den Kommunen auf einem Silbertablett servierte.

›Und? Sollen wir das etwa nicht ausnutzen?‹, hatte er seine Kumpanen im Amt gefragt.

Alle hatten sich in ihren Sesseln gewunden, denn wenn man eine Niederlage wegen einer Laune, wegen einer persönlichen Angelegenheit kassiert, kann man sich zwar auf alle Gesetze der Welt berufen, doch es bleibt immer noch eine Niederlage: Und um eine Mülldeponie zu errichten und in Gold zu baden – wie der Bürgermeister es ständig wiederholte –, gab es neben der Saracina viel geeignetere Grundstücke, Grundstücke voller Steine, auf denen außer Disteln nichts wuchs.

›Also?‹, sagte er.

›Was den Schadensersatz angeht…‹, versuchte Orlando einzuwenden.

›Schadensersatz?‹ Der Bürgermeister brach in Gelächter aus. ›Welcher Schadensersatz!? Wir nehmen sie uns und basta. Bestenfalls – aber nur weil wir Männer mit weichem Herz sind – geben wir ihm etwas Fliegendreck für ne Hennenhütte!‹

Ein Hühnerstall statt dieses Paradieses?

Manch einer räusperte sich, manch anderer versenkte die Nase im Taschentuch.

Was hätten sie auch sagen sollen? Um dem Tabbacchere die Saracina abzuluchsen, musste man mit falschen Karten spielen, und dafür würde man die Korruptionsmaschinerie ordentlich schmieren müssen: Also Zeit und Geld verschleudern. Aber niemand von ihnen hatte die Absicht, Zeit und Geld für Costanzo Di Dio zu verschwenden, der allen auf den Sack ging.

›Aber…‹, wagte es Vaccaro trotzdem.

›Hier gibt's kein Aber!‹, regte sich Seine Exzellenz auf. ›Wir müssen dem Tabbacchere das Handwerk legen, denn mit all seinen kommunistischen Scheißideen könnt er uns glatt gefährlich werden. Und dann? Wenn er sich wirklich mit uns anlegt und Revolution macht, und sein Grund und Boden dann zum Terroristennest wird, was machen wir dann, hä? Sagt schon, was dann?‹

Und der Krieg begann.

Costanzo sah Roberto an. Der Junge tat ihm leid: Er schien wie ein Küken zu sein, ein zartes Wesen, das diese Bastarde mit einem Bissen verschlingen würden, ohne auch nur zu kauen.

»Gehst du nichts essen?«, fragte er.

»Doch, doch. Denk drüber nach …«

»Geh essen«, unterbrach Costanzo ihn. »Deine Mutter wartet schon auf dich.«

»Der Vorteil …«, versuchte Roberto, den Vortrag zu vollenden, den er auswendig gelernt hatte und der jetzt völlig durcheinanderzugeraten schien.

»Vorteil? Sei bloß still, Roberto. Ist besser so. Wir sehen uns später für eine Runde Scopone. Aber streng' dich dann endlich mal an und erinner' dich an deine Karten, sonst gewinnst du ja nie.« Er verpasste ihm eine fürsorgliche Kopfnuss.

»Gegen dich gewinne ich nie«, erwiderte der Junge. »Du bist mit den Karten verheiratet.«

»Sie sind *Partnerinnen*«, sagte Costanzo, »ehrliche und unparteiische Partnerinnen. Auf Papier gemalt sind sie völlig unbestechlich.«

»Falschspieler betrügen«, entgegnete Roberto und hörte auf zu lächeln.

»Hast du's endlich kapiert?«, fragte Costanzo, während sein Herz erneut zu rasen begann und ihm das Gefühl einer sehr großen Dringlichkeit gab: Er musste etwas sagen oder machen, sich bewegen, er musste die Worte ordnen, die sich in seinem Geist drängten, um die richtigen zu finden, die den Bürgermeister an seine heilige Pflicht erinnerten.

Roberto strich sich mit der Hand über die Stirn. Es behagte ihm nicht, was er hier tun sollte, diese Selbstverleugnung behagte ihm nicht, und auch die Fäden an Händen und Füßen behagten ihm gar nicht, die ihn zu einer Marionette des schamlosen Puppenspielers werden ließen, Seiner Exzellenz, des Bürgermeisters.

»Du bist ja immer noch hier«, drängte Costanzo ihn.

»Schon gut«, sagte er. »Ich hau' ab. Aber du gehst auch nach Hause.«

»Und mach den Laden dicht? Kommt nicht in Frage! Ich bleib hier.«

Costanzo sah ihn an und lächelte. Er hatte Roberto aufwachsen sehen, er wusste, dass er ein guter Junge war. Er war schlau, aufgeweckt und kam mit allen klar. Schade, dass er in die Fänge der politischen Karrieristen geraten war, dass sie ihn mit dem Versprechen »eines Postens« geködert hatten, und dieser Posten war, wie jeder weiß – in Zeiten der herrschenden Arbeitslosigkeit –, eine blind machende Sirene.

›Pass auf dich auf‹, hatte er Roberto gewarnt, als dieser ihm die großartige Neuigkeit überbrachte, dass auch er endlich eine Arbeit bekommen würde. ›Lass dich nicht kaufen. Die versprechen dir das Blaue vom Himmel, um dir deine Stimme zu klauen, und das war's dann.‹

Der Junge wurde rot, denn er wusste genau, dass er dem Teufel seine Seele verkaufte, er aber keine andere Wahl hatte: Seine Verlobte Maria hatte so sehr geschachert, dass es fast schon würdelos war, nur um ihm einen Job bei der Trexo – einer der wichtigsten Erdölraffinerien des Mittelmeerraumes – zu verschaffen, ansonsten würde sie ihn nicht heiraten.

›Es sind nicht alle schlecht‹, verteidigte Roberto sie.

Costanzo antwortete ihm: ›Ich bin fünfunddreißig Jahre alt,

Kumpel, ich hab schon viele krumme Dinger in diesem Land erlebt: Lass dich nicht über den Tisch ziehen, lass dir nicht die Freiheit nehmen … Und überhaupt, weißt du nicht, was du in der Raffinerie für Zeug einatmen musst, hä? Reicht dir das Gift nicht, das bis hierher weht?‹

Roberto senkte den Blick, um nicht zu zeigen, dass es ihm peinlich war, und sagte: ›Ich brauch die Arbeit.‹

›Wer braucht keine Arbeit? Aber besorg dir bloß selbst eine, gib dem Gesang der Sirenen nicht nach. Sie singen und bezirzen dich und wollen dir einreden, dass Schaisze Gold ist.‹

Doch er hatte nachgegeben. Und jetzt war er hier, verlegen und zögernd.

»Geh. Lauf.«, sagte Costanzo und lachte gezwungen. Wieder war da diese Dringlichkeit, das galoppierende Herz, das ihm bis zum Hals schlug, der Schweiß auf den Augenlidern. Auf den Augenlidern … konnte das sein?

»Du wirfst mich raus?«

Er räusperte sich: »Ja, Roberto. Ich kenn' deine Mutter, sie steht am Fenster und schaut auf die Straße und wird gleich die Carabinieri rufen, wenn du nicht bald zum Mittagessen auftauchst.«

Franca Cortese – genannt ›die Acitana‹, weil sie aus Aci Reale stammte – war verrückt nach ihrem einzigen Sohn, einem Geschenk des Himmels. Sie war nur verständnisvoll und ruhig, wenn dieser Sohn in Sichtweite war.

»Und was sage ich *denen?*«, fragte der Junge da.

»Dass sie mich mal können.«

»Aber denk trotzdem drüber nach …«

Rasch schüttelte Costanzo den Kopf: »Sollen sie doch singen wie hundert räudige Sirenen!«, sagte er. »Das ist mein Land, und das wird nicht angerührt.«

Roberto nickte. Was sollte er noch machen? Sein Freund hatte recht, mehr als das. »Auf Wiedersehen«, sagte er im Hinausgehen. »Und sei mir nicht böse, ich hab nichts damit zu tun.«

»Meinst du, das weiß ich nicht?« Costanzo ergriff seine Hand und zog ihn sich an die Brust. Roberto war nur Haut und Knochen. »Du musst mehr essen«, sagte er, »sonst fliegst du beim nächsten Windstoß davon.«

»Ich esse wie ein Schwein, nehme aber kein Gramm zu.« Roberto lachte.

»Du Glückspilz. Und jetzt hau bloß ab. Los!«

Er sah ihm nach, wie er auf der abschüssigen Straße ein paar Schritte in Richtung Rathaus machte. »Und bind' dir die Schuhe zu«, rief Costanzo, als er seinen offenen Schnürsenkel sah.

Da öffnete sich eine Tür, eine Hand ergriff den Jungen und zog ihn ins Haus.

»Tja, jetzt muss er berichten«, sagte Costanzo wütend.

Und so war es: Don Saverio Pallante, der Bürgermeister, der in einem der Häuser an der abschüssigen Straße wohnte, hatte sich Roberto geschnappt. »Komm rein!« Und sofort fragte er: »Was hat er gesagt?«

»Das, was Ihr schon wisst«, antwortete Roberto. Er wunderte sich, mit welcher Gewalt er in die Höhle des Löwen gezerrt worden war.

»Das heißt?«

Roberto sah den Bürgermeister angewidert an. Alles an ihm ekelte ihn: das Alter, das er durch die wenigen blond gefärbten Haare zu kaschieren versuchte, das strahlende Gebiss im welken Mund, die Arroganz, mit der er über das Schicksal von anderen herrschte, die Allmacht, die seine gesamte Person ausstrahlte …

»Entschuldigt mich«, sagte er, »aber ich hab's eilig.«

»Eilig?«, sagte Seine Exzellenz verblüfft. Noch nie hatte jemand in diesem Ton mit ihm gesprochen, denn die Leute zahlten sogar bares Geld für ein Gespräch mit ihm und waren bereit, für einen Gefallen von ihm mit falschen Karten zu spielen. »Von wegen eilig«, knurrte er. »Erst erzählste mir haargenau, was der Kommunist gesagt hat!«

Roberto ging in die Hocke, um sich den Schuh zuzubinden. ›Mistkerl‹, dachte er. Ausgerechnet der Bürgermeister hatte ihn damit beauftragt, seinen Freund zu überreden. »Du bist doch ein aufgewecktes Kerlchen«, hatte er ihn gelockt, »und wickelst dieses jämmerliche Arschloch um den kleinen Finger. Und wenn nicht, weshalb sollte ich dir dann diesen verantwortungsvollen Job bei der Trexo besorgen?«

»Los!«, forderte der Bürgermeister ihn jetzt auf. »Was hat er genau gesagt?«

»Dass er Euch die Saracina nicht gibt, selbst wenn ihr sie mit Gold aufwiegt«, antwortete Roberto, während er langsam wieder aufstand und sich so auf die Seite des ›Arschlochs‹ stellte, das er hätte überzeugen sollen.

»Elender Hurensohn!«, zischte Seine Exzellenz durch die Zähne. »Weiß er etwa nicht, dass wir sie uns trotzdem nehmen?«

»Doch«, sagte Roberto, ohne die Befriedigung zu unterdrücken, dass sein Freund ein so mutiger Mann war, »aber er wird darum kämpfen.«

»Wen interessiert das schon!«

Der Bürgermeister war eine Schlange, und je näher die Stunde ihres Todes rückte, umso giftiger wurde sie. Er hatte einen schmalen Mund, nicht ein Barthaar, weiße Augenbrauen, milchige Haut, und seine Augen waren so hellblau, dass sie ihm den Spitznamen *Occhi janchi*, weiße Augen, eingebracht hatten.

Weiß wie die eines Ertrunkenen, so dachte Franca Cortese. Sie erschauderte jedes Mal, wenn der Blick des Bürgermeisters sie musterte, weil sie trotz ihrer fünfzig Jahre immer noch das Blut der Männer zum Kochen und ihre Gedanken auf Abwege brachte.

Für Roberto sah der Bürgermeister eher wie der Nazi aus, den man vor ein paar Monaten in Argentinien erwischt hatte, wie dieser Priebke, der wahllos Männer hatte erschießen lassen, einer mehr, einer weniger, was machte das schon für einen Unterschied? *Das waren alles Verbrecher. Ich habe Befehlen gehorcht.* Roberto machte einen Schritt zurück. »Auf Wiedersehen«, sagte er.

»Warte!« Der Alte packte ihn am Arm, trat so dicht an ihn heran, dass Roberto den Knoblauchgestank aus seinem Mund riechen konnte. »Was hat er noch gesagt?«

Er befreite sich mit einem Ruck. »Nur, dass die Saracina nicht angerührt wird! An Eurer Stelle würde ich es echt lassen.«

»Lassen?« Der Bürgermeister sah ihn erstaunt an. »Wann im Leben habe ich schon mal was gelassen? Hä? Wann?« Er kniff die Eisaugen zusammen: »Tja, dann kennst du mich also nicht«, flüsterte er. »Dann weißt du also nicht, wer ich bin!«

»Die Saracina wird nicht angerührt«, beharrte der Junge, der plötzlich das Anwesen verteidigte, als wäre es seins.

»Ha!«, lachte der Alte und sah ihn überrascht an. »Was ist, husten jetzt etwa schon die Flöhe?«

Roberto überging die Provokation und fügte hinzu: »Das Land von den Pintos ist nichts wert, nehmt das für die Müllhalde. Es liegt sogar noch viel günstiger und ...«

»Dieser Kommunist«, unterbrach der Alte ihn, »wird mir noch zu Füßen liegen und um das elende Geld betteln, das wir ihm bieten. Aber wenn das Ding durch ist, sieht er keinen Centesimo, wir enteignen seine Saracina. Basta!«

Ekel überwältigte Roberto. Costanzo hatte Recht. Diese räudigen Mistkerle lebten nur dafür, andere zu betrügen. Er musste einen weiten Bogen um sie machen, damit er sich nicht bei ihnen ansteckte.

Der Alte schien seine Gedanken zu lesen. »Du weißt, dass der Job auf dich wartet, nicht wahr?«, erinnerte er ihn und zog damit an der Leine, die er ihm vermeintlich um den Hals gelegt hatte.

Roberto zuckte mit den Schultern: »Wenn Ihr das sagt.«

»Du glaubst mir nicht?«

»Ich glaube es erst, wenn ich mir die Hände schmutzig mache.«

›Verdammter Dreckskerl‹, dachte der Alte und kicherte dann. »Ah, du verweigerst mir also den Respekt?«, sagte er zuckersüß. »Du glaubst mir also nicht?«

Roberto verjagte eine Fliege, die sich auf seinen Arm gesetzt hatte.

»Also?«, beharrte der Alte.

Die Fliege ließ sich auf dem Rand eines Honigglases nieder, krabbelte eine Weile darauf entlang, dann fiel sie hinein. Sie sirrte wie betrunken herum, tastete nach dem süßen, klebrigen Gelb und fing an, vor Genuss zu zittern.

Der Alte sah sie an, nahm den Deckel und schraubte das Glas zu. »Sie wird an ihrer Lust sterben«, sagte er lächelnd.

Die Fliege versuchte tatsächlich abzuheben, fiel jedoch wieder hin und verklebte sich Flügel und Beine. Sie bewegte sich unbeholfen, wackelte, gelangte zur Glaswand, versuchte hinaufzuklettern und fiel wieder hinunter.

»Lasst sie raus«, sagte Roberto.

»Die Weichherzigen gewinnen kein Land«, seufzte der Bürgermeister. Und gleich darauf: »Willst du den Job bei der Trexo? Das ist ein guter Job als Werksleiter, nach dem sich alle die Finger lecken«, sagte er verführerisch.

Die Fliege bewegte sich nicht, sondern sammelte ihre Kräfte für einen neuen Versuch. Der Junge riss den Blick los, er traf den des Alten. Ja, er brauchte diese Arbeit, um Maria heiraten und eine Familie gründen zu können.

»Du bekommst ihn«, erklärte der Bürgermeister, »aber nur, wenn du den Kommunisten überredest, uns das Land zu geben, ohne uns auf die Eier zu gehen.«

»Das mache ich nicht.«

»Nicht?« Der Alte lächelte. Freundlich sagte er: »Hör mal, es ist nicht gut für dich, wenn du dich gegen mich stellst.«

Und das sollte Roberto angeblich nicht wissen? Er kannte den da schon seit ewigen Zeiten: Pallante war Anwalt, der – mithilfe der Kunst der Gaunerei, in der er ein Meister war – aus der Politik seine Kampfarena gemacht und betrogen hatte und weiterhin alle betrog. So hatte er ein Vermögen angehäuft, das seine vielen unehelichen Kinder nur mit Mühe würden durchbringen können.

»Das Anwesen ist ein Paradies …«, murmelte Roberto. »Nicht mal Gott will …«

»Gott? Komm mir bloß nicht mit Gott! Der scheißt doch auf unsere Angelegenheiten.«

Roberto wurde rot. Noch nie hatte er den Namen Gottes in so einem vulgären Zusammenhang gehört. Sein Erröten amüsierte den Alten: »Och, so zarte Öhrchen hast du? Na, da hab ich mich wohl in dir getäuscht, bist wohl eine Tucke, was? Das muss ich aber gleich mal Maria erzählen, ich muss doch meine Patentochter warnen, dass sie womöglich eine Schwuchtel heiratet.«

Ein bitterer Geschmack erfüllte Robertos Mund und ihm kam die Galle hoch. Er ballte die Fäuste, zwang sich, ruhig zu bleiben, denn mit einem Schlag hätte er Seiner Exzellenz die Fresse polieren können und zwar richtig. Er betrachtete die Fliege, die sich nicht mehr bewegte, gestorben *an ihrer eigenen Lust.* Er wünschte dem Alten den gleichen Tod, aber qualvoller, länger, schrecklicher.

»Zurück zum Kommunisten«, sagte der Bürgermeister rasch. »Rede noch mal mit ihm: heute, morgen, übermorgen. Rede solange mit ihm, bis du ihn überzeugt hast. Erst dann gehört der Job dir, ansonsten ciao.« Und als Roberto kein Wort erwiderte, packte er ihn an den Schultern und schüttelte ihn heftig: »Du musst wie ein Wassertropfen sein, kapiert? Wie ein steter Tropfen, der selbst einen Stein aushöhlt.«

Mit einem Ruck machte Roberto sich los. »Costanzo gibt Euch die Saracina nicht«, zischte er. »Niemals. Niemals wird aus diesem Paradies eine Kloake. Nie!« Er brüllte. »Und den Job könnt Ihr behalten«, fügte er zitternd hinzu. »Lieber verhungere ich, als so niederträchtig zu werden wie Ihr!«

Der Bürgermeister erbleichte: »Du miese Ratte, du!«, schimpfte er. »Verpiss dich! Und komm mir ja nie wieder unter die Augen!«

Eine Ratte? Lieber eine Ratte als ein Arschloch! Roberto trat auf die Straße. Ihm war, als erkannte er das Gesicht von Costanzo hinter der Fensterscheibe, er hob die Hand zum Gruß, später würde er ihm erzählen: ›Ich hab meinen Vertrag als Arbeitsloser unterschrieben.‹ Er würde lachen, und Costanzo, da war er sich ganz sicher, würde mit ihm lachen und rufen: ›Na also, hast ja doch Eier, Junge!‹ Später – jetzt musste er nach Hause, denn seine Mutter wartete schon.

»Ich komm nachher vorbei«, rief er zum Tabakladen hinüber.

Er sah, dass sein Freund nickte.

Roberto lächelte: Endlich fühlte er sich frei! Frei und glücklich, großer Gott! Glücklich. Hände und Füße waren frei, frei von den Fesseln, die dieser Herr ihm hatte anlegen wollen, sein Geist war befreit von der schwarzen Wolke des Diktats Seiner Exzellenz, von dem Gift des Verrats, von den Machenschaften des Klüngels, der sich die Hände schmutzig macht, um Abfall in Gold zu verwandeln – denn das war das neue Erdöl: der Müll, der Dreck, der den kommunalen Kassen (und nicht nur ihnen) die Früchte der Entsorgung bringen sollte. Frei und glücklich lief Roberto die abschüssige Straße hinunter, auf der die Kinder mit ihren selbst gezimmerten Skateboards hinabrasten, ein paar Zähne verloren, sich einen Arm oder ein Bein brachen oder gleich den Hals.

2

SEINE MUTTER FRANCA, »die Acitana«, erwartete ihn tatsächlich. Sie blickte von der Straße zur Uhr am Handgelenk und fragte sich, warum er noch nicht zurück war. Die Vorstellung eines Unglücks lähmte sie. Blitzartig sah sie wieder die Szene vor sich, als man ihr damals gesagt hatte, dass ihr Mann gestorben war: ›Tot, Franca, verstehst du? Tot!‹ Sie sah sich, während sie die Steigung hinaufgehastet war und sich eingeredet hatte, dass es nicht wahr sein könne, dass das alles Unsinn wäre, alles Unsinn, ihr Mann war ein kräftiger Kerl, der den Tod mit Spucke ertränken würde. Tot? Niemals! ›Giorgio‹, hatte sie im Laufen geschrien. ›Giorgio …‹

Sie schüttelte den Kopf und kehrte in die Gegenwart zurück. Ein Schatten kam schnellen Schritts näher.

»Roberto!«, seufzte sie und schlug das Kreuz, um Gott und allen Heiligen zu danken. Und in ihr begann das Leben wieder zu singen.

Während sie vom Fenster wegtrat, erblickte sie gerade noch Sarino Motta, der wie zufällig daran vorbeiging. Immer ging er *wie zufällig* dran vorbei: Seit dem Tag, an dem sie nicht mehr Trauer trug, hatten die Männer ihr wieder den Hof gemacht – ›Wollen wir dem Jungchen nicht einen Vater geben?‹ – und er war von allen der Beharrlichste.

Sie hatte ihm die Tür vor der Nase zugeknallt, ihm und all den anderen. Die anderen hatten aufgegeben, er nicht. Seit zwanzig Jahren belauerte er sie, beobachtete sie, hoffte, dass sie ihre Meinung änderte; ab und zu wiederholte er seinen Antrag, und immer lehnte sie ab: ›Ich will keine Männer in meinem

Leben, mir reicht mein Sohn.‹ Und Motta: ›Nur für ihn wollen Sie da sein?‹ Und sie: ›Ganz genau.‹ Verärgert zog er ab, entschlossen, nie wieder bei ihr aufzutauchen, und für eine Weile verschwand er. Für eine Weile trat sie immer wieder ans Fenster, aber er war nicht da, und die Straße kam ihr – überraschenderweise – viel leerer und viel einsamer vor. Dann jedoch tauchte er wieder auf, und sie fühlte in der Brust die Blume der Genugtuung erblühen, die ihr bei den langen Näharbeiten tagsüber Gesellschaft leistete, während im Hintergrund der Fernseher lief. Wild war Motta und grob, aber auch … ausdauernd.

»Was ist passiert?«, fragte sie, kaum dass der Sohn die Tür öffnete. »Wieso kommst du so spät?«

Roberto, der in diesem Moment keine Lust hatte, ihr von Costanzos Wut, der Gemeinheit der Exzellenz und dem verlorenen Job bei der Trexo zu erzählen, sagte dramatisch: »Wenn ich nicht sofort was esse, sterbe ich.«

»Schatz!«, rief sie, lief in die Küche und bereitete ein Mittagessen vor, das eine ganze Armee hätte satt machen können.

Roberto ging sich die Hände waschen. Er fühlte sich immer noch leicht, so als würde er statt der Trümmer einer Katastrophe, die auf seinen Schultern lasteten, nicht einmal das Gewicht der eigenen Knochen und Muskeln tragen. Er betrachtete sich im Spiegel: strahlende Augen, glückliches Gesicht, das Lächeln von einem, der seine heißgeliebte Verlobte heiraten würde … Maria … der verlorene Trexo-Job … Verdammt! Das würde noch richtig bitter werden.

Die Stimme seiner Mutter drang aus der Küche: »Essen ist fertig!«

»Komme gleich.«

Maria war zu allem fähig, nur um den Status »Ehefrau eines Trexo-Arbeiters« zu erlangen, gefolgt von dem Kindersegen. Aber die Trexo … aus und vorbei! Der Bürgermeister würde seine Worte nie zurücknehmen, also würde Roberto auch nie dort arbeiten.

Ist auch egal, dachte er.

Und Maria?

Er würde mit Maria sprechen und ihr alles erklären: ›Die Selbstachtung geht über alles‹, würde er ihr sagen. ›Es gibt doch nicht nur die Petrochemie auf dieser Erde! Soll ich denn täglich Gift einatmen?‹

Er strich sich mit den nassen Händen über Gesicht und Haare: »Ist denn nur die Kohle wichtig?«, fragte er den, der ihn aus dem Spiegel anstarrte.

»Es wird kalt!«, rief seine Mutter von fern.

Roberto schloss die Augen und seufzte tief: »Ich komme.«

Er trat zu ihr, setzte sich vor einen überquellenden Teller mit gebratenen Spaghetti, die nach Feiertag dufteten, versenkte zerstreut die Gabel darin und dachte an Maria. ›Ich bitte den Tabbacchere und seine Frau um Hilfe‹, würde er ihr sagen. ›Sie wissen, wie man anständig lebt, ohne die Freiheit aufzugeben.‹

»Bist du müde?«, fragte Franca.

»Nein.«

Seit ewigen Zeiten hörte er Costanzo und Agata predigen, dass man Mensch bleiben müsse und nicht zur Witzfigur werden dürfe, dass man sich die Hände nicht schmutzig machen dürfe, selbst wenn man sie mit Erde, Mehl oder Tinte besudelt, je nachdem, welche Arbeit man verrichten kann. ›Denn genau das musst du tun, Roberto: Das, was du kannst. Besser gesagt: Das, was du *willst*. Das hört sich für dich nach unverständlichem Mist an? Nein, mein Junge. Man muss bis zur Selbstaufgabe kämpfen, um Mensch zu bleiben.‹

Franca betrachtete ihn verständnisvoll. »Was ist?«, flüsterte sie.

Genervt schüttelte Roberto sich. »Kannst du zwölf Minuten warten?«

»Warum gerade zwölf?«

»So lange brauche ich, bis ich satt bin. Genau zwölf Minuten.«

Franca verzog das Gesicht, zerkrümelte ein Stück Brot und sah ihn wieder an: »Warst du bei Costanzo?«

Roberto schaltete den Fernseher an.

Da begriff sie, woher der Wind wehte, und hob die Hände. »Schon gut, ich sage nichts mehr. Heute schweigen wir also.« Doch bevor sie in das andere Zimmer ging, sagte sie: »Die Koteletts stehen da«, und wies mit dem Kinn auf einen abgedeckten Teller.

Er hörte auf zu essen. Ein Streit mit der Mutter hätte ihm gerade noch gefehlt, denn damit würde dieser Tag in einer kompletten Katastrophe enden. »Mamma«, rief er.

Stille.

Er schaltete den Fernseher aus. »Franca Cortese ...«

Stille.

»Stell dich doch nicht so an.«

Taub und stumm.

»Francuzza!«

Nichts.

Er nahm den Teller und ging in das Zimmer, in dem sie tagsüber Kleider nähte. In diesem winzigen Loch standen ein Tisch, übersät mit Schnittbögen, zwei Stühle und ein Kleiderständer mit ihren Arbeiten. Sie saß neben dem Fenster, hinter ihr eine Schneiderpuppe mit einem halben gelben Kleid, und beugte sich über einen blauen Stoff.

Er setzte sich auf den anderen Stuhl.

»Franca Cortese ...«

Sie tat, als sähe sie ihn nicht, als hörte sie ihn nicht. Sie war stinkig. Und zwar richtig. Und wenn das der Fall war, konnte sie stundenlang so weitermachen.

»Signora Cortese, würden Sie mich freundlicherweise anschauen?«

Sie fädelte blauen Zwirn in etwa zwei Dutzend Nadeln, die auf einem Nadelkissen steckten. Das war ein Grundsatz ihrer Arbeit: Sie bereitete zuerst ihre Werkzeuge vor, um später das Nähen nicht unterbrechen zu müssen. Franca war schön, eine helle Locke fiel ihr auf die Wange, ihr Profil war perfekt, der Mund sinnlich, die Brille saß auf der Nasenspitze. Wäre Roberto nicht ihr Sohn gewesen, hätte er sich in sie verlieben können. Er wurde rot und hustete verlegen. Was kamen ihm nur für Gedanken? Er drehte die Gabel in den Spaghetti und führte sie zum Mund.

Von der Straße erklang eine Stimme, die *Io muoio di te, Ich sterbe von dir,* sang.

›Wie bescheuert‹, schoss es ihm durch den Kopf. ›Was heißt das, ich sterbe *von dir?* Ich sterbe *für dich,* ich lebe *für dich*… Schlagerrhetorik, so hätte Costanzo das genannt und hätte die kommunistische Faust hochgereckt und erklärt: Ich sterbe für die Sache, Genossen.‹

»Franca Cortese«, murmelte er also mit Unheil verheißender Stimme. »Es gibt etwas, das du wissen musst.«

Ihr gefror das Blut in den Adern. Sie atmete langsam, so wie der Dottore es ihr damals beigebracht hatte, als Giorgios Tod ihr die Kehle zugedrückt und sie keine Luft mehr bekommen hatte. »Was ist?«, hauchte sie.

Zwischen Wahrheit und Lüge schwankend betrachtete Roberto sie und erwog, wie seine Worte wohl wirken würden, dann sagte er: »Deine Bratnudeln sind echt lecker.«

Unwillkürlich verpasste sie ihm eine Kopfnuss, doch sie streifte ihn nur und das mit Absicht. »Eines Tages bringst du mich noch um«, sagte sie. Dann blickte sie wieder auf die blaue Seide und verstummte.

Roberto, mit dem Teller auf den Knien, aß weiter.

Eine Weile war es still. Er starrte auf den Teller, um sie nicht ansehen zu müssen. »Franca Cortese«, sagte er schließlich mit tonloser Stimme.

»Was ist?«

»Ich hab den Job bei der Trexo verspielt.«

Ruckartig hob sie den Kopf: »Was heißt das?«

»Na, genau das.«

Nachdem der Junge gegangen war, begab sich Occhi janchi in sein Büro, blätterte in ein paar Gesetzesbüchern, prüfte lange den Bebauungsplan des Dorfes, überflog einige geografische Karten, auf denen mit Rotstift Kreuze eingezeichnet waren. Dann telefonierte er, ohne den Blick zu heben, mit einem Angestellten des Katasteramtes.

»Natürlich wird die Unannehmlichkeit großzügig kompensiert«, erklärte er. Alle wussten, dass er sich seiner Pflichten mit klingender Münze entledigte, daher waren ihm alle zu Diensten.

Er notierte auf einem Blatt einige Zahlen, stellte weitere Fragen, die der Gesprächspartner zu beantworten versuchte, und sagte dann plötzlich: »Ist die Sache für dich machbar?«

»Exzellenz ...«

»Ist es für dich machbar?«, beharrte er, nicht nur, um sich davon zu überzeugen, dass der andere verstanden hatte, sondern vor allem, um ihn für den Fall des Falles auf seine genaue Verantwortung hinzuweisen, falls er sich in Zukunft hinter Phrasen wie ›Entschuldigt, Exzellenz, das hatte ich nicht verstanden‹ verstecken wollte. »Also?«

»Sehr machbar.«

»Bravo. So gefällst du mir.«

»Aber ...«

»Ich hab doch gesagt, ich kümmer' mich drum. Oder muss ich meine Meinung ändern? Soll ich etwa annehmen, dass du so etwas nicht schaffst?«

»Natürlich nicht. Es ist nur ...«

Der Bürgermeister legte auf, klappte die Gesetzesbücher zu, rollte den Bebauungsplan zusammen, trat auf den Balkon und blickte zum offenen Fenster des Tabakladens, hinter dem der Kommunist stand. Der Sieg war Pallante ins Gesicht geschrieben, und in der Hand hielt er ein Blatt Papier, das er langsam, aber mit Kraft zusammenknüllte, bis es nur noch eine kleine Kugel war. Diese warf er hinter sich, so als wollte er sagen: ›Siehst du? Ein Niemand bist du. Und ich hol mir die Saracina.‹ Costanzo trat einen Schritt zurück. »Arschloch!«, fluchte er, während die Wut, die sich ein bisschen gelegt hatte, wieder in ihm hochkochte, und das Herz in seine Brust biss, sodass ein Schmerz von der Schulter durch den Arm bis in den kleinen Finger schoss. Costanzo wartete, dass sich der Schmerz legte. In seinem Kopf führten Unmengen an Gedanken Krieg gegeneinander.

Der Bürgermeister – ein Faschist in Pose und Charakter – blickte immer noch vom Balkon auf die Straße. Costanzo reckte ihm die kommunistische Faust entgegen. Geschlossen. Stark. Kraftvoll wie ein Hammer, der niederfällt und jeden Amtsmissbrauch zermalmt.

»Nie«, brüllte er. »Niemals bekommst du von mir auch nur die kleinste Kleinigkeit.« Er schloss das Fenster und drehte ihm den Rücken zu.

Ob der Bürgermeister lachte oder schimpfte, erfuhr er nicht. Er massierte sich den schmerzenden Arm und betrachtete zufrieden den Laden, den er fast genauso liebte wie die Saracina.

Das Geschäft war groß und elegant ausgestattet, sodass seine Freunde damals gespottet hatten: »Verdammt, Genosse, diese bürgerliche Bonboniere ist alles andere als ein proletarischer Ausschank!«

»Verdammt, Genossen«, hatte Costanzo sich verteidigt, »ich muss mein ganzes Leben hier drin verbringen, da erlaubt mir bitte, dass ich mir meinen Schatz schön mach!«

›Meinen Schatz‹, so nannte er den Laden, als wäre er seine große Liebe. Dabei verzehrte er sich damals die ganze Zeit nach Agata, sammelte allen Mut, sie anzusprechen, und brachte ihn dann doch nicht auf. Er mutlos! Er, der im Leben immer dreist gewesen, den anderen immer einen Schritt voraus, er, der immer bereit gewesen war, eine Lektion zu lernen und nie zurückzuweichen. Agata Lipari aber erschien ihm weiter weg als ein Stern. Still machte er ihr den Hof, während sie so tat, als existierte er nicht. Nachts träumte er von ihr, nachts sagte er ihr: ›Über alle Maßen liebe ich Euch, Signora, über alle Maßen. Ihr werdet nie wissen, wie sehr, denn ich werde nie fähig sein, es Euch zu sagen.‹ Auch tagsüber sagte er es ihr, aber nur still, mit der Verlegenheit eines Pubertierenden, der die Klassenschönste anhimmelt.

Er betrachtete den Kirschholztresen, die Regale aus demselben Holz mit den Zigarettenschachteln, den Postkartenständer, das Regal mit Bonbons, Lakritz, Schokolade und Kaugummis. Er trat zur Vitrine mit den Pfeifen, wischte mit dem Hemdsärmel ein paar Fingerabdrücke von der Schreibe und ging zur Kredenz – antik, aus Nussbaum –, in der er die Kräuter aufbewahrte.

»Kräuter und Zigaretten zusammen?«, hatte ein Lieferant ihn erstaunt gefragt.

»Warum nicht?«

Er nahm eine Tüte Kardamom heraus, roch daran und erinnerte sich an das erste Mal, als Agata sich für ihn ausgezogen hatte. Sein Herz verkrampfte sich. Er schloss die Augen, verschluckte einen Bissen Luft, der ihm lächerlich wenig vorkam. Er wickelte ein Bonbon aus und steckte es sich in den Mund. Doch sofort spuckte er es wieder aus. Er brauchte mehr Luft. Um besser atmen zu können, trat er an die Tür.

Die Piazza war leer, ebenso die Arkaden, leer war auch der Aussichtspunkt, von dem aus man das Panorama auf Täler, eine wunderschöne Küste mit schaukelnden Booten und einen Postkartenhimmel genießen konnte. Ich gehe nach Hause, beschloss er da, entgegen all seiner Gewohnheiten.

Er würde sich aufs Bett legen, und Agata würde seine Wut vertreiben. Er war rettungslos in sie verliebt. Rettungslos, Signore, rettungslos. Er liebte ihren Gang und ihre Stimme, liebte ihre Augen, ihre großen weißen Brüste, ihr Lachen, das plötzlich aus ihr hervorbrach, ihren Wagemut, ihre Unschuld, ihr Fieber, ihre Leidenschaft, ihre Bedürfnisse und ihre Fröhlichkeit. Er liebte alles an ihr. Und zusammen mit ihr würde er diesen Bastard, der ihm die Saracina wegnehmen wollte, an den Pranger stellen. Und sie würden lachen, lachen, lachen, und das Herz würde sich beruhigen, und der Atem würde wieder normal gehen …

Costanzo schloss die Glastür ab, hängte das Schild »ÖFFNE UM VIER« an die Scheibe und trat zur Treppe, die in den ersten Stock führte, wo er und Agata wohnten.

Agata hörte ihn husten, noch bevor sie ihn sah.

»Hast du was in den falschen Hals bekommen?«, fragte sie, während sie ihm entgegenging.

Er antwortete nicht, sondern umarmte sie. Einfach so, um sie an sich zu spüren, ihre Wärme zu fühlen, ihren Duft zu riechen, sie lebendig und wirklich neben sich zu wissen: Sie war viel zu schön für ihn, viel zu zart, viel zu sensibel, viel zu elegant, viel zu gebildet, viel zu viel …

Er drückte sie fest an sich. »Du bist mein Leben«, sagte Costanzo.

»Wirklich?« Sie lachte. »Komm, trink einen Schluck Wasser.«

»Nein, warte. Halt mich ganz fest«, murmelte er, während ihm am ganzen Körper der Schweiß ausbrach.

Agata drückt ihn an sich.

Eine starke Übelkeit stieg in ihm auf. Ein extremes Bedürfnis, selbst den Magen auszuspucken. Er suchte Halt, etwas, woran er sich festklammern konnte. Er würgte heftig.

»Was ist, Costanzo?«

Er antwortete nicht, er konnte nicht.

»Ich ruf den Dottore«, sagte sie da.

Er hielt sie auf, vergrub das Gesicht in ihren Haaren und sagte noch einmal: »Du bist mein Leben.« Und noch einmal: »Du bist…«, aber nun gingen seine Gedanken völlig durcheinander, und ihm war kalt, trotz des Schweißes. So eiskalt, Allmächtiger!

»Nimm mich in den Arm.« Er fühlte sich wie betrunken. Eine freudlose Trunkenheit. Kopfschmerzen und Übelkeit.

»Komm«, sagte sie stattdessen, zog ihn zum Bett und half ihm beim Hinlegen. »Ich ruf Pulizzi an.«

»Wegen dem bisschen Husten?«

»Das ist nicht nur Husten…«

»Aber natürlich…« Und trotzdem war ihm sterbenselend.

»Du gefällst mir nicht, Costanzo«, murmelte sie, hin und hergerissen zwischen der Notwendigkeit, Hilfe zu holen, und dem Wunsch, ihn nicht allein zu lassen.

»Ich… gefall… dir also nicht?«, versuchte er zu scherzen. Doch er ließ diesen Versuch gleich wieder, wegen all dieser Verwirrung. Er versuchte viel mehr, ein paar Worte auf die Reihe zu bringen, eines nach dem anderen, aber es kam nur ein Gebrabbel heraus.

»Costanzo…«

Er atmete schwer. »Ist gleich vorbei«, sagte er zitternd. Eiskalt stand ihm der Schweiß auf der Stirn und durchnässte sein Hemd.

Agata rannte zum Telefon. »Kommen Sie!«, sagte sie dem Arzt. »Ein Notfall!«

Costanzo versuchte nicht einmal zu widersprechen. Er hatte die Augen geschlossen, der Schmerz im Arm wurde immer heftiger, die Hand war taub, am kleinen Finger nagten die geschlossenen Scheren eines Krebses.

»Red mit mir«, sagte Agata, als sie zu ihm zurückstürzte. »Erzähl mir etwas.«

»Das Land …«, brachte er heraus. »Das Arschloch, unser Land.« Er bekam einen Wutanfall, zuckte wie jemand, der alle Kraft für einen erfolgreichen Ausbruchsversuch zusammennahm.

»Beruhig dich, bitte.«

»Aber wie?« Fast weinte er. »Er will mir das Land wegnehmen … wo unsre Kinder … spielen … und unsre Enkel …« Er versuchte, ganze Sätze zu sprechen, doch es fiel ihm immer schwerer.

»Welche Kinder, Costanzo?«

»Die Kinder kommen … bald … ganz bestimmt.« Er wurde vom Husten geschüttelt. Und während er noch hustete, griff er sich an den Hals, als würde er erdrosselt und bekäme keine Luft mehr. Er riss den Mund auf, er schnappte mit den Zähnen nach der Luft. Es war ihm, als läge eine Marmorplatte auf seiner Brust, in seinem Kopf rauschte das Wasser, ein Sturm, viel mehr ein Orkan, das Geräusch von rauschendem Wasser, überall Wasser, so dachte er, während der Schmerz von der Brust in den Bauch wanderte und ihm unendliche Übelkeit verursachte.

»Ich ruf den Dottore noch mal an«, sagte Agata und sprang auf.

Er hielt sie zurück. »Lass mich nicht allein.«

Costanzo blickte sie verloren an, so als sähe er etwas vor sich, das er aber nicht erkannte. Er blinzelte, als wäre diese Sache eine große Sonne, und man sieht die Sonne und denkt, dass man von ihr verschluckt wird, von diesem verschwenderischen Licht, das so strahlt und blendet, und alles, alles vermischt sich plötzlich, während Agata nur noch schreit, seinen Namen ruft, versucht, sich aus seinem Griff zu lösen, aus der Hand, die sie immer noch umklammert, während seine Augen verloren die große Sonne anstarren, die nun in ihrem Gesicht strahlt, in ihren aquamarinblauen Augen, in ihrem Mund, der ständig wiederholt *amore mio amore mio amore mio amore mio,* während die Hand, die sie umklammert, plötzlich loslässt, herabfällt und ihr Gesicht zu Funken explodiert, zu Myriaden von Sternen im unendlichen Universum, und alles, alles in einem donnernden all umfassenden Sturz endet, der alles weit weit … wegreißt.

3

Schwarze Schleier. Beileidsbekundungen. Männer in Anzug und Krawatte. Die Proci stehen aufgereiht da, ihre Ehefrauen ebenfalls. Ihre Kinder tragen Sonntagskleider, denn morgen würden diese Kinder die Positionen ihrer Väter einnehmen und im Geschäft mitmischen. ›Denn man lebt von der Politik, meine Herrschaften, und der Sessel klebt einem erbarmungslos am Hintern. Man lebt von diesem Sessel, meine Herrschaften, der Sessel ernährt einen, mit dem Sessel bescheißt man und erweist Gefallen. Die eigenen Kühe werden fett, die der anderen verrecken. Vom Sessel aus stiehlt man, meine Herrschaften, und stehlend entgeht man auf diesem Sessel dem Knast, in dem all die Diebe landen, denen kein Sessel am Arsch klebt‹, so sagte es Costanzo.

Und Agata steht aufrecht vor dem Sarg in der von Blumen und Menschen überquellenden Kirche, in ihrem Geist hallen diese Worte ihrer großen Liebe nach und sie betrachtet die Proci und die Kinder der Proci, die weitere Proci in der langen Kette des politischen Überlebens in die Welt setzen werden, und bewegt sich keinen Millimeter.

Man kommt, man verbeugt sich.

»Mein Beileid, Signora«, sagt Occhi janchi und streckt ihr die Hand hin, die sie nicht ergreift.

»Mein Beileid«, flüstert der Gauner Acquaforte, groß und muskulös wie ein Kinoheld, mit fast blauschwarzen Haaren und einer schmalen Krawatte, die an bessere Zeiten erinnert.

»Herzliches Beileid«, bekundet Vaccaro, der wegen seines übertriebenen Hanges zur Vorsicht »Angsthase« genannt wird.

»Er war ein großartiger Kerl«, sagt Orlando, »eine vorzügliche Persönlichkeit.« Er schüttelt den Kopf und zieht heuchelnd die Mundwinkel herunter. Er ist Haushaltsexperte des Stadtrats und ein Meister der Unangemessenheit. Er trägt als Einziger zu diesem Anlass goldene Manschettenknöpfe.

»Wirklich ein großer Verlust«, murmelt Scimò, der stellvertretende Bürgermeister, Diener von Occhi janchi, der nur eine Woche zuvor über Costanzo sagte: ›Wir lassen ihn Blut spucken, das schwöre ich.‹ Und jetzt steht er da mit Tränen in den Augen, dem Hut in der Hand, ein billiger Schmierenkomödiant, der sich, wenn schon keinen Applaus, doch wenigstens ein bisschen Aufmerksamkeit erwartet.

Aber Agata tut nichts. Sie steht unbeweglich da. Stumm. Starrt die anderen nur an, sucht in deren Augen ihre schäbige Seele, die sich hinter den halbgeschlossenen Lidern im trüben Grund ihres Gewissens, in der Asche ihrer Schuld versteckt. Falls die da überhaupt eine Seele besitzen.

»Mein Beileid«, sagen die Ehefrauen.

»Mein Beileid«, sagen die Kinder.

Und dabei sehen sie sie an. Alle sehen Agata Lipari an, ab heute Witwe Di Dio. Groß und schön ist sie. So schön wie sie ist sonst niemand, schlank und geschmeidig, mit zarten Fesseln, einer stolzen Brust, einem langen weißen Hals, umschmeichelt von schwarzen Haaren, die ihr bis über die Schultern fallen. Alle sehen sie an.

Agata atmet kaum. Ihr Geist ist erfüllt von Costanzo, erfüllt von seinen Worten, seiner Wut, seinem Fehlen, das so lange dauern wird, bis sie ihn in der anderen Welt wiederfindet, in die er durch die mörderische Hand der immer noch Trauer Heuchelnden gelangt ist: »Nur Mut, Signuruzza.«

»Kopf hoch, meine Tochter.«

»Mein Beileid.«

Heute Nacht hat sie von ihm geträumt, von ihrer großen Liebe, fröhlich, lachend, die Haare etwas zerzaust, so wie immer, wenn er von Politik sprach, mit den Armen fuchtelte und seine Locken scheinbar zum Leben erwachten und seiner nachdrücklichen Stimme noch mehr Nachdruck verliehen. Genau deswegen hatte sie sich in ihn verliebt, während sie seine Reden hörte, die er jedes Mal auf der Piazza oder vor seinem Laden mit brennender Leidenschaft schwang, sobald jemand seine Begeisterung für ein neues, starkes, azurblaues und telegenes Italien äußerte, das aus lächelnden Gesichtern und schönen Mädchen bestand, aus einem Freihandel, der bedeutete: ›Ich denke nur an mich, an meinen Bauch, wer zurückbleibt, muss sich arrangieren.‹

›Also ein freier Wolf in einem freien Hühnerstall, um es mit Che zu sagen‹, bestätigte er und lieh sich dafür die Worte des argentinischen Guerilleros.

›Mit wem?‹, provozierten sie ihn.

›Mit *Sche Kewahra,* verstehst du? Alles, was der sagte, ist wahr. Kennst du vielleicht noch so einen?‹, frotzelte er im großen Stil, aber es gab viele, die ihn einfach nicht verstehen wollten. Manche lachten, andere schüttelten den Kopf, manch einer stieß den schrillen Pfiff eines Ziegenhirten aus und machte sich damit über die Diskussion lustig.

›Willst du etwa Revolution machen, Tabbacchere?‹

›Ja, mit Poesieschüssen.‹

Mit Poesieschüssen … Sie hatte ihn angesehen und sich verliebt. Sie trug ihn in ihrem Herzen, diesen frechen Typen, der in ihrer Gegenwart seinen Übermut und seine Dreistigkeit verlor und an einer Überdosis Luft zu ersticken schien. Unaufhaltsam füllte die Liebe sie aus wie das Wasser einer Lagune, das langsam Straßen und Plätze überflutet. Er merkte davon nichts, denn sie zeigte es nicht: Sie wollte diese aufkeimende Liebe in aller Ruhe genießen, wollte sie nicht wie ein Strohfeuer abfackeln, sondern wie einen Holzklotz, der, wenn er erst einmal Feuer gefangen hatte, eine Ewigkeit brannte. Sie träumte fast jede Nacht von ihm, sie sah sich, wie sie ihren

Kopf auf seine Brust legte und sein Herz schlagen hörte. Dieses Herz, das so plötzlich …

Die Tränen schnüren ihr die Kehle zu. Doch nicht eine quillt aus ihren Augen.

›Ich will Costanzo Di Dio heiraten‹, hatte sie ihrem Vater gesagt.

›Bist du verrückt?‹

›Ich bin überaus gescheit.‹

›Du entscheidest dich für ein Leben in der Hölle.‹

›Es wird das Paradies.‹

›Sie machen ihm das Leben sauer, und dir wird es genauso ergehen.‹

›Ich will mein Leben mit ihm verbringen.‹

›Bist du sicher? Denk gut darüber nach, mein Schatz.‹

›Ich denke seit einem Jahr darüber nach, Papa. Ich will ihn.‹

Und als Costanzo endlich sagte: ›Signora, dürfte ich mit Ihnen reden?‹

Antwortete sie: ›Ja.‹

›Es gibt da eine Ausstellung …‹

›Ja.‹

›In Syrakus …‹

›Ja, Costanzo, ja!‹, sagte sie ungeduldig.

›Ja … was?‹

›Ich will deine Frau werden.‹

Er starrte verträumt vor sich hin, und seine hellen Locken standen wie ein Kranz aus Gold um seinen Kopf. Sie lachte. Er war verwirrt und brabbelte irgendwas. Dann nahm er sie in den Arm und wirbelte sie dort, mitten auf der Straße, herum, drehte und drehte sie, während die Leute ungläubig stehenblieben.

»Nur der gewissenlose Kommunist kann so ein respektloses Spektakel veranstalten. Und die Tochter von Umberto Lipari? Hat sie etwa auch schon allen Anstand und alle Schicklichkeit verloren? Aber kuckt sie euch an, Signuri, kuckt sie euch an …«

»Wir heiraten, sobald wir die Papiere zusammen haben«, sagte Costanzo. Drei Monate später (denn Occhi janchi hatte seine Finger im Spiel, damit selbst die einfachsten Dinge dem kommunistischen Bastard schwer gemacht wurden) waren sie verheiratet.

Das Glück dauerte nicht einmal zwei Jahre. Denn jetzt liegt er da, in diesem Armensarg. ›Wenn ich mal sterbe, dann legt mich gefälligst nicht in so einen protzigen Sarg. Ich will als Armer unter der Erde ruhen.‹ Ein einfacher, schmuckloser Sarg.

Und schon lästern die Leute, flüstern, nennen sie geizig: »Nicht mal einen ordentlichen Sarg gönnt sie ihrem Mann.«

Die Männer verschlingen sie derweil mit Blicken: der Busen unter dem gespannten Stoff, die Beine, die Fesseln, die seidigen Haare, die blauen Augen, der rote Mund, der knackige Hintern. Dort, vor der geweihten Hostie ziehen sie Agata mit Blicken aus, bereit, ihre Witwenzeit abzuwarten, bis sich eine Gelegenheit ergibt, und sei es nur, um sich die Genugtuung zu verschaffen, dort zu weiden, wo der kommunistische Bastard geweidet hat: Das denkt der Bürgermeister, und stellt sich bereits vor, wie er diese großartige Kleine nimmt, die sich unter ihm hingibt, das denkt der stellvertretende Bürgermeister, das denken Giardino, Russo, Acquaforte, Vaccaro und Orlando, steif in ihren dunklen Anzügen und devot in ihren Gebeten versunken.

Ihre Ehefrauen hingegen sehen Agata an und fürchten sich, denn sie wissen, dass eine Frau im Witwenstand – vor allem, wenn diese Frau noch jung ist – mit dem eigenen Körper, dem eigenen Bett freizügiger sein kann und eher geneigt ist, mit Spielchen den Geist der Männer zu verführen, seien sie nun ledig oder verheiratet, alt oder jung.

»Giulio«, flüsterte da Luisa, Acquafortes Ehefrau, und ruft ihren sechzehnjährigen Sohn zur Raison, der die Witwe mit schmachtenden Augen und verschwitzter Stirn anstarrt.

Er hört nicht.

»Giulio!«, flüstert sie gebieterisch.

Doch verträumt sieht er sie wie ein Schwachkopf an, wie ein sabbernder Hund den fleischigen Knochen.

»Giulio.«

Nichts. Er rührt sich nicht.

Also geht sie zu ihm, kneift ihn in den Arm, um ihn aus der Verzauberung zu reißen, wischt ihm mit einem Taschentuch den Mund und die Stirn ab, und sagt dabei jammernd zu den Banknachbarn: »Man stirbt ja vor Hitze.« Sie lächelt und entblößt die mit Lippenstift verschmierten Zähne. Dann zischt sie dem Sohn zu: »Geh sofort nach draußen! Schnapp ein bisschen frische Luft!«

»Warum denn?«, erwidert der Junge.

Von einem Tag auf den anderen ist er erwachsen geworden. Gestern war er noch ein Kind, und heute? Seht nur …

»Geh raus«, befiehlt sie, »es ist hier viel zu heiß für dich!«

Und es ist wirklich heiß. Es ist der 14. August: Gegen Mittag muss man Wasser auf die Straßen schütten, um die Seelen im Fegefeuer zu erfrischen. Mittag ist in zehn Minuten, doch wie lang soll diese Messe von Don Bruno noch dauern?

Eine Fliege schwirrt um die Nase von Lucia Montalto, setzt sich auf ihre Handschuhe, ihren Schleier, ihre grauen Haare. Lucia hat keine Verwandten, aber sie geht zu jeder Beerdigung, um einen Toten beweinen zu können. Costanzo war ihr weder sympathisch noch unsympathisch, doch sie weint trotzdem um ihn, weil sie so ihre eigene immense Einsamkeit in den Schluchzern ertränken kann. Cristina, Signora Orlando, wedelt sich mit einem Fächer, den sie auf der Hochzeitsreise in Spanien gekauft hat, Luft zu. Antonia, Signora Vaccaro, denkt an das Huhn, das sie im Ofen hat, und Concetta, die Frau von Russo, will so schnell wie möglich wieder nach Hause, um sich die hohen Schuhe von den Füßen zu streifen, mit denen sie die würdevolle Größe von einem Meter achtundfünfzig erreicht. Irgendjemand hustet. »Don Bruno, es ist spät!« Irgendjemand starrt auf die Uhr, einer versetzt dem Freund einen Rippenstoß, damit er nicht verpasst, wie sich der Bürgermeister eifrig am Hintern kratzt. Zwei Mädchen betrachten dieses Hinterteil und lachen, dunkelrot im Gesicht, mit der Hand vor dem Mund.

Don Bruno lässt sich Zeit, denn nur selten ist es ihm vergönnt, ein Begräbnis vor so viel Publikum und solch einem Aufgebot an Würdenträgern zu zelebrieren, und er will diese günstige Gelegenheit nutzen, in das schwielige Gewissen der meisten Anwesenden, vor allem der Politiker, ein paar Stacheln der Reue zu bohren.

»Wenn wir da nicht hingehen«, hatte der Bürgermeister ein paar Stunden zuvor bei der Versammlung seiner Parteifreunde gesagt, »geben wir den Arschlöchern recht, die behaupten, dass wir an seinem Tod schuld sind, weil der arme Kerl wegen der Enteignung ja so wütend geworden ist. Aber da wir keine Angst vor dem üblen Gerede der Leute haben, und wir für seine Wut überhaupt nicht verantwortlich sind, nehmen wir an diesem Begräbnis teil!«

Daher sind alle in vollem Ornat und mit gebührendem Gesichtsausdruck anwesend. Ihre Gesichter können die Proci den Bedürfnissen entsprechend zurechtkneten und so das ausdrücken, was das Volk erwartet.

Don Bruno betrachtet sie von der Kanzel. Hätte Costanzo Di Dio sich je so ein Begräbnis vorgestellt, denkt er, während er sorgfältig die Worte für die Predigt wählt, die aus seinem Mund schärfer klingen als die bestgeschliffensten Dolche. Aber niemand achtet darauf. Wegen der Hitze, aber auch wegen der Langeweile, wegen des Wunsches nach einem Sprung ins Meer oder in den Pool, wegen der Lust auf eine Granita, ein Stück Wassermelone oder eine gesalzene Limonade, denn am Vorabend von Ferragosto, von Maria Himmelfahrt, ist alles denkbar, alles, außer einem Begräbnis.

Der Gauner Acquaforte betrachtet das Gesteck aus roten Rosen auf dem Sarg: AGATA steht auf der violetten Schärpe. Agata, rot und glühend wie diese Rosen, eine flammende Agata Lipari umarmt ihren Mann im Tod, ein Rot, das nach Bett schreit und nach köstlich schwitzendem Fleisch duftet. Acquaforte schluckt den Speichel hinunter und schiebt die zitternden Hände in die Hosentaschen. Später wird seine Frau die Früchte dieses Zitterns genießen, doch es sind bittere Früchte, denn sie weiß ganz genau, welcher Frau sich ihr Mann in seiner Fantasie hingibt.

Auch Occhi janchi betrachtet die vorzüglichen Rosen: Wenn sie beim Sarg auch gegeizt hat, so war die Witwe bei diesem Gesteck, das im Geist zügellose Bilder heraufbeschwört, verschwenderisch.

Wird die Saracina mit ihrem Namen denn einer schönen Sarazenin gerecht, fragt er sich derweil, gesteht sich dabei eine Zügellosigkeit nach der anderen zu und weitet den Raubzug um das Land auch noch auf den Raub dieses Weibes aus, das sein Blut so in Wallung bringt.

In jedem Fall, denkt er, liegt die Last des Beweises, dass die Enteignung der Saracina ein Raub ist, bei dem, der dies behauptet. Und im Geiste reibt er sich die Hände und murmelt erneut, dieses Mal jedoch auf Latein, die Formel, mit der man sich sogar gegen Jesus Christus wehren könnte: »*Onus probandi incumbit ei qui dicit, non ei qui negat.*«

»Amen«, antwortet Scimò, der kein Latein versteht, da er es nur zu einem Diplom als Vermessungstechniker gebracht hat und das auch nur gegen Bezahlung.

»Idiot!« Das Flüstern trifft ihn wie einen Peitschenhieb.

Doch Scimò schluckt das Gift und macht gute Miene zu bösem Spiel. Es wird der Tag kommen, da wird jeder Schlag, jede Spitze, jeder Tadel, jede Verachtung, jedes Schweigen und jede Peinlichkeit heimgezahlt, schwört er sich. Und dann wird er gemein und böse sein, gemeiner und böser als dieser Betrüger, der sich für Gott den Herrn hält. Nichtsdestotrotz, die Rosen sind traumhaft.

Don Bruno schert sich nicht um die Rosen. Er bewegt sich so vorsichtig wie eine Schwangere – entsprechend seinem Körperbau –, nähert sich dem Sarg und besprengt ihn mit Weihwasser, dann tritt er zur ersten Reihe auf der rechten, dann auf der linken Seite, und schließlich zum Bürgermeister, zum Polizeichef, zu den Stadträten, zum Schulleiter und zu Gino Fragalà, dem Hausmeister der Grundschule, ein guter Freund Costanzos, der einzige unpassende (kommunistische) Anwesende in diesem christlichen Konsortium.

Das Weihwasser tropft auf die Spitzenpolitiker, denen die göttliche Gnade, die über sie rinnt, egal ist, auf den Hausmeister, der hingegen das Knie beugt und Gott dem Herren huldigt.

»Don Bruno, es ist spät!«, flüstert der Küster ihm ins Ohr.

»Sei still.« Und Don Bruno begibt sich wieder hinter das Steuerrad des kräftezehrenden Gottesdienstdampfers, der sämtliche Stationen des Ritus anlaufen muss.

Und als er endlich singt: »Ich glaube an die Auferstehung«, seufzt die Gemeinde erleichtert.

4

Die Totenglocke schlägt, die Prozession zieht ein Stück über den Corso, Fensterläden sind halbgeschlossen, die Blumen duften nach Verfall, Hunde pinkeln an Mauern, Hunde liegen im Schatten zwischen zwei Mauern, Fliegen umsurren die Hunde, schwarzes Fliegengewusel auf einem Stück zertretener Banane, eine Kippe, zwei Kippen: Agata blickt zu Boden, sie sieht niemanden, die Welt ist schwarz, die Sonne regnet Pech. Ihr Mund ist trocken, die Augen sind trocken, sie schreit nicht, weint nicht, ruft nicht nach dem toten Ehemann.

So, als würde er sie überhaupt nicht interessieren, denken die Bösartigen.

Dass sie nur nicht stürzt, denkt Lisabetta, die Kräuterfrau und eine wirkliche Freundin Agatas. Am liebsten möchte sie neben ihr gehen, sie stützen, sie ein wenig trösten. Doch sie wagt es nicht.

Aufrecht und einsam steht Agata da.

So hat sie es gewollt.

Wären ihr Vater und ihre Mutter dagewesen, hätte sie sich an ihnen festgehalten, aber die Mutter hat sie schon als Kind verloren und den Vater wenige Monate nach ihrer Hochzeit. Auch ihre Schwiegereltern sind tot. Sie hat weder Brüder noch Schwestern, weder Schwäger noch Schwägerinnen noch Cousinen aus irgendwelchen außerehelichen Liebesbezeugungen. Niemanden.

Wenn sie stirbt, fragt man sich, wer bekommt dann ihr Zeug?

Was interessiert sie das Zeug? Aufrecht und einsam steht Agata am Sarg ihres Mannes. Die anderen sind hinter ihr. Alle!

Don Bruno stöhnt wegen der Hitze unter dem Karfreitagsornat (reinste Silberstickereien auf violettem Samt). Vom Balkon der blinden Rosa ertönt der triumphale Radetzkymarsch; Tauben flattern am Himmel und auch Schwalben, und Vernagallo, der Geliebte von Laura Lanza, ruht neben seinem Bänkelsängerstock und wird später die Ballade vom *Bitteren Fall der Baroness Carini* vortragen, während er auf der Bildtafel das Lied erklärt. Costanzo war tot… und was wird die *Tabbacchera,* die Tabakverkäuferin, jetzt machen?

»Sie wird wieder heiraten«, murmelt einer.

»Aber sicher!«, flüstert ein anderer. »So ein Weib soll allein im Bett liegen?«

»Die kann doch gar nicht ohne Männer«, zischt Orlando.

»Wer, Agata? Nicht doch. Agata wird Nonne!«, stellt Olga Rizzo, die Grundschullehrerin, fest.

»Klar! Die Nonne von Monza«, platzt Concetta Russo heraus, die gesehen hat, wie die Augen ihres Mannes das schwarze Kleid der Witwe schier verschlangen, und die eine Rechtfertigung von ihm dafür verlangen und eine angemessene Warnung aussprechen wird: ›Ich bin schließlich nicht blöd, eine Sinfonie versteht man bei den ersten Tönen der Instrumente, und wer vögeln will, braucht nicht in anderen Betten nach einer Gelegenheit zu suchen.‹

Dann sieht sie sich auf die Füße, geschwollen wie aufgegangenen Brotlaibe, und ruft: »Jesus! Muss er ausgerechnet zu Ferragosto abkratzen?« Und da man sie wegen so einer unangemessenen Offenheit verwundert ansieht, fügt sie bedauernd hinzu: »Der Arme, gerade an Ferragosto, wo sich doch alle amüsieren. Ruhe er sanft.« Aber eigentlich wünscht sie sich nur eine Schüssel mit Eiswasser, um ihre Füße darin zu kühlen.

Antonia Vaccaro denkt an das Huhn, an ihre Tochter Gloria, die zwar zu Hause sitzt, was aber genau genommen so ist, als wäre sie gar nicht da: Die Kleine hat ja nur Augen für ihre

Bücher, und wenn das Huhn verbrennt und der Bauch leer bleibt, was kümmert sie das?

Enza Giardino kommentiert die Frisur von Cristina Orlando: »Jesus, wie barock!« Aber nur weil sie selbst, die vom Allmächtigen gerade einmal mit vier Haaren gesegnet wurde, auf diese üppige Lockenpracht neidisch ist.

Agata, den Blick auf die Erde gerichtet, erinnert sich an den Traum, an das Bild ihres glücklichen Ehemanns, aber auch an den Tag, an dem sie den Fehler machte, ihn wegen eines Wutanfalls zur Rede zu stellen, und er tödlich beleidigt davonlief. Costanzo Di Dio, der rote Dickschädel, der die Welt mit Poesieschüssen verändern wollte, verschwand, löste sich in Luft auf, getilgt vom Angesicht der Erde. Wie wahnsinnig rannte sie überall herum. Völlig wahnsinnig, Großer Gott! Sie suchte ihn in jedem Winkel des Dorfes, auf der Saracina, am Meer, in Syrakus, sie rief Freunde und Bekannte an: ›Habt ihr ihn gesehen?‹ Nein, nichts, weg, verschwunden war der Tabbacchere, vertrieben von ihrer Beleidigung. Diese Höllentage machten ihr klar, wie fürchterlich abhängig sie von ihm war, und diese Tatsache beunruhigte sie, verstörte sie sehr und bereitete ihr Kopfzerbrechen: Kann man von einem anderen Menschen so abhängig sein wie von der Luft zum Atmen? Wo soll das denn hinführen?

Tage später, an einem Morgen, als der Himmel die äußerst wütenden Sturmhunde besänftigt hatte, entdeckte sie ihn. Mit baumelnden Beinen saß er klatschnass auf dem Mäuerchen des Rathauses. Sie stellte sich vor ihn, und sie sahen sich an. Dieses Mal liebten sie sich, wie noch nie zuvor. Sie verschlangen sich gegenseitig und verfingen sich ineinander, um sich nie wieder von einander zu lösen. ›Wehe dir …‹, stöhnte sie.

›Wehe dir …‹, knurrte er und biss ihr ins Fleisch, um ihr ein Zeichen der ewigen Zugehörigkeit zu hinterlassen, und von *Weh…* zu *Weh…* gelangten sie immer weiter in dieses grenzenlose Land, in dem sie leben wollten, überzeugt, dass es für immer wäre.

Und jetzt liegt er in diesem Armensarg.

Sie schreitet voran. Aufrecht, den Kopf erhoben, die Haare glänzen in der Sonne wie feuchte Tinte. Niemand ahnt die Gedanken, die ihr durch den Kopf gehen.

›Wachspuppe‹, wird man sie nennen, ›der die Hitze nichts ausmacht.‹

»Marmorweib.« Die Russo verzieht den Mund. Denn sie, wäre sie an Agatas Stelle, würde so hohe Klageschreie ausstoßen, dass selbst die Steine weinten.

Toni Scianna, der Lehrer, möchte an Agatas Seite gehen, ihr zeigen, dass er da ist, dass er immer für sie da sein wird, so, wie sie es möchte, wenn sie es denn möchte, sobald sie sich eines Tages nicht mehr weigert und der Liebe die Tür einen Spalt öffnet. Er geht langsam, den Blick fest auf ihre Gestalt gerichtet, die dem Sarg mit königlicher Würde folgt. Das Leid ist ihm ins Gesicht geschrieben, er glaubt jedoch, dass niemand ihn ansieht. Violante aber sieht ihn an, und ihr ist, als hätte man ihr etwas geraubt, etwas, das sie nur für sich möchte, denn der Lehrer… dieser Freund ihres Vaters… der da, genau der da, den mag sie und zwar so sehr, dass sie ihm ihr Leben anvertrauen würde.

Sie gehen.

Die Sonne brennt auf die Köpfe, die Straße lodert vor Feuer, die Hunde beobachten aufmerksam die vorbeiziehenden Menschen, so als fragten sie sich, was ist, was passiert, sich aber nicht trauen näherzukommen.

Nur ein kleiner Mischling wagt es, von der Hand Seiner Exzellenz eine Liebkosung zu erbetteln; doch er bekommt nur einen Fußtritt.

Lucia Montalto erbarmt sich seiner. »Komm her, du!«, ruft sie den kleinen Hund, der jedoch wegläuft.

Am Ende des Begräbnisses wird Lucia zurückkehren und ihn suchen: Klein, dunkel, mit ein paar weißen Flecken auf der Schnauze, so hat sie ihn in Erinnerung. Sie wird durch die

Gassen laufen, bis sie ihn findet und mit nach Hause nimmt. Dies wird das erste der wunderbaren Ereignisse nach Costanzo Di Dios Tod sein, die das Leben des Dorfes verändern.

Doch noch zieht der Sarg weiter. Und es wird immer später, und das Huhn ist mit Sicherheit verschmort.

Aufrecht und stolz scheint Agata Lipari nichts zu bemerken.

Doch als sie am Sitz der Partei des Bürgermeisters vorbeikommen, passiert es.

Was?

Genau das: Agata Lipari bleibt stehen. Sie starrt einen Moment auf das gekreuzte Wappen, senkt den Blick zu Boden, spuckt aus.

Spuckt aus?

Bestürzt bleibt Don Bruno stehen. Der Sarg stoppt. Das Volk bleibt bestürzt hinter der Witwe stehen.

»Was ist passiert?«, fragen die letzten im Trauerzug und stellen sich auf die Zehenspitzen.

»Sie hat ausgespuckt«, sagt einer ungläubig.

»Wer?«

»Die Tabbacchera.«

»Vor wem?«

»Vor der Partei.«

»Schaisze!«

Man hält die Luft an, alles erstarrt.

Agata spuckt noch einmal aus.

Ein Krähenschrei durchbohrt den Himmel. Eine andere Krähe antwortet. Die Glocken von San Nicola beginnen zu läuten wie am Ostermorgen. Weshalb läuten sie?

Agata Lipari sieht zur Tür der Parteizentrale, zu dieser Giftküche, in der sich die Schicksale der Menschen kreuzen. Verächtlich wendet sie sich ab, blickt zu Pallante und seiner ehrenwerten Gefolgschaft: Die Augen zu Schlitzen verengt, die Lippen zusammengepresst, die blassen Wangen vom sogenannten »gerechten Zorn« gezeichnet.

Die Proci sehen zu Boden, nur Seine Exzellenz, der Bürgermeister, hält stand und bohrt seinen Ertrunkenen-Blick in Agatas azurblauste Augen.

Und so wird der Streit erneuert: Es geht immer noch um die Saracina.

›Jetzt erst recht!‹, denkt Occhi janchi, während er sie anstarrt.

›Möge das Salz deine Knochen zerfressen‹, wünscht sie ihm.

›Am Arsch bist du.‹

›Das werden wir ja sehen.‹

Sie holt tief Luft, füllt den Ausschnitt mit ihrem wundervollen Dekolleté, dann wendet sie sich dem schwitzenden Priester zu: »Weiter!«

Zwei kurze Glockenschläge, und der Trauerzug setzt sich wieder in Bewegung, während aus dem Armensarg ein großes Gelächter zu erschallen scheint.

5

»Und was jetzt?«, fragte Maria. Mit ihren wilden Augen, dem zusammengepressten Mund und den Haaren, die anscheinend einen Stromschlag bekommen hatten – ›eine schlecht gemachte Dauerwelle‹, erzählte sie ihm – glich sie einer Gorgone.

Roberto antwortete nicht. Er hatte noch die Stimme von Don Bruno im Ohr, wie er sagte: ›Aus Staub sind wir geboren, und zu Staub kehren wir zurück.‹ Er schwitzte im guten Anzug mit der schwarzen Krawatte als Zeichen der Trauer für den toten Freund und hatte Durst.

»Ich red mit dir«, schimpfte sie.

Bei diesem Geschrei kam ihre Mutter angelaufen, verschwand aber sofort wieder. Mariuzza brauchte keine Hilfe, um dieses heikle Problem zu lösen.

»Ich such mir woanders eine Arbeit.«

»Woanders wo?«, fragte Maria giftig.

»Sizilien ist groß. Und es gibt noch den Kontinent. Und Amerika.«

»Ach was! Wie wär's denn mit dem Mond? Sollen wir vielleicht auf den Mond ziehen?«

»Warum nicht?«

»Ich geh nicht von hier weg!«, skandierte sie mit verschränkten Armen, während sie mit dem Fuß rhythmisch auf den Boden tappte. »Ich geh hier nicht weg. Und du weißt das. Ich lass meine Mutter nicht allein, nur um bei dir zu sein.«

»Sie werden Vater und Mutter verlassen, um eine neue Familie zu gründen …«, deklamierte er auswendig.

»Schwachsinn!« Ihre brennende, zügellose Wut verwandelte sich in hysterisches Geheul. »Wie konntest du nur, hä? Was fällt dir ein?«, fragte sie schluchzend.

»Was?«

»Was?« Sie hörte auf zu weinen und sah ihn entgeistert an. »Das fragst du mich?« Er schien es nicht begreifen zu wollen: »Entweder bist du so dämlich oder du tust nur so, Roberto Mancuso! Also hör mir mal gut zu: Mit mir machst du so was nicht, mein Lieber!«

Er war erschöpft. Erschöpft von einer merkwürdigen Erschöpfung, so als schmerzte ihn der ganze Körper nach all den Jahren, in denen er nicht richtig gelaufen war, das Leben nicht richtig gelebt hatte, nach all der Trübsal und den Kompromissen, die ihm zuvor nie aufgefallen waren.

Wütend fuhr sie fort: »Willst du wissen, was du bist, Roberto Mancuso? Ein Arschloch bist du!« Sie holte Luft für die nächste Tirade. »Aber ich sage dir: Wie kann man nur so blöd sein und in die Suppe spucken, die die Vorsehung dir einfach vor die Nase stellt!«

»Occhi janchi soll die Vorsehung sein?«, fragte er verwirrt.

»›Occhi janchi‹? Wer soll das sein, ›Occhi janchi‹? ›Herr Bürgermeister‹ heißt das. Herr Bürgermeister!«, schrie sie hysterisch. »Er ist die Vorsehung, jawohl, mein Herr! Er hatte dir den Job versprochen, und du? Was machst du? Verteidigst den Idioten Costanzo, der ...«

»Costanzo ist tot.«

»Friede seiner Seele«, sagte sie gleichgültig. Dann erhob sie wieder die Stimme: »Du verteidigst diesen Idioten und verspielst deine Zukunft!« Sie hielt inne, starrte ihm in die Augen, schüttelte die verhunzten Haare auf dem Kopf: »Meine Mutter hat mich gewarnt, dass du ein Arschloch bist«, gestand sie. »Und ich wollte es nicht glauben ... ich wollte es einfach nicht glauben«, kreischte sie schrill, kurz davor, wieder loszuheulen.

Roberto starrte sie an. Maria kam ihm vor wie ein hässlicher Vogel mit einem spitzen Schnabel, bereit, ihm die Augen auszuhacken. Er blickte zu Boden, um das hässliche Vogelbild zu vertreiben und sich wieder an das zuckersüße Püppchen mit Arsch und Titten zu erinnern, in das er sich verliebt hatte. Er sah sie wieder an und sagte: »Aber wir lieben uns, Maria. Und wenn man sich liebt, bekommt man alles hin.«

»Schaisze!«, krächzte der hässliche Vogel, der sich in Momenten der Wut immer dieses Schimpfwortes bediente.

»Wir heiraten trotzdem. Ich versprech's.«

»Und wovon sollen wir leben … von heißer Luft?« Sie lachte gequält. »Du weißt, wer deinen Job bekommen hat?«

»Niemand«, sagte er überzeugt. »Das Ganze ist ja erst vor zwei Tagen passiert.«

»Genau, es ist vor zwei Tagen passiert, und heute Morgen hat Nicola Li Scausi bei der Trexo angefangen, in dem Job, den Don Saverio für dich vorgesehen hatte.«

»Das stimmt nicht.«

»Doch«, erklärte sie.

Er zog sich die Krawatte vom Hals, suchte nach Worten, die er jedoch nicht fand. Die Arbeit in der Petrochemie, bei der man Schadstoffe einatmet und Gift frisst, war ihm egal, denn wenn man nach Hause kommt, ist man ganz benebelt von allem Möglichen, es dreht sich einem der Kopf und man muss sich übergeben. ›Daran gewöhnst du dich schon‹, sagen sie. Es stimmt, wenn man sich denn daran gewöhnen will. Aber er hätte sich nicht daran gewöhnt, das wusste er. Er hätte den Job nur angenommen, weil Maria alles eingefädelt hatte.

Nicht mal seine Mutter wäre glücklich damit. Das hatte er herausgefunden, als er dachte, er würde ihr eine schlimme Nachricht überbringen. Sie war aufgesprungen – ohne auf das blaue Kleid zu achten, das sie gerade nähte, und hatte mit Tränen in den Augen gesagt: ›Was für eine schöne Nachricht, mein Schatz. Sizilien ist groß. Du hast ein Buchhalterdiplom, eine Arbeit wird es für dich sicher geben. Und dann gibt es ja noch Italien: Sollte es etwa für meinen Sohn in ganz Italien keine Arbeit als Buchhalter geben?« Sie hatte zu singen begonnen, was so selten vorkam, dass er gar nicht wusste, ob er klatschen oder lieber so tun sollte, als wäre nichts, damit es nicht peinlich würde. Dann hatte sie das Kleid weggelegt. »Gehen wir ein Eis essen, Schatz, das müssen wir feiern.‹

Und Maria… die kam ihm wie ein Teufel vor: zornige Haare, schlecht gezogener Lippenstift, schwarz verschmierte Augen.

»Ich finde einen Job, keine Sorge«, beruhigte er sie erneut.

»Ich will nicht irgendeine Arbeit für dich. Ich will die Ehefrau eines Trexo-Angestellten sein, denn bei der Trexo fließt die Kohle, es gibt ein dreizehntes und vierzehntes Monatsgehalt und Weihnachtsgeld und Spielzeug für die Kinder am Dreikönigsfest. Ich will reich sein. Nicht die zerlumpte Ehefrau eines zerlumpten Buchhalters.«

Er sah sie ungläubig an. »Und warum sagst du mir das alles jetzt erst?«

Maria verzog den Mund und zuckte mit den Schultern. »Vorher war nie Gelegenheit.«

»Und wenn ich den Job angenommen hätte, hättest du es mir dann gesagt?«

»Warum sollte ich?«

»Tja… warum wohl?«

Er stand auf. Die unendliche Erschöpfung steckte ihm in den Knochen, während er sich zur Tür schleppte. »Ich komme morgen wieder«, sagte er.

Sie stemmte die Hände in die Hüften. »Hast du's immer noch nicht kapiert? Du kommst hier gar nicht mehr her: weder morgen noch übermorgen noch sonst wann, Roberto Mancuso. Ich will dich nicht mehr. Ich mag keine Arschlöcher, keine ›Idealisten‹«, sagte sie und machte sich den Mund mit diesem gebildeten Wort schmutzig, das sie aus einem Kreuzworträtsel geklaut hatte.

»Heißt das, es ist aus?«

»Soll ich es dir auf Englisch sagen? Auf Deutsch?«, spottete sie. »Auf Marokkanisch?«

Roberto fühlte sich leer. Er wollte etwas sagen, doch sie kam ihm zuvor: »Den Ring behalte ich aber.«

Es war ein Brillantring, gekauft von den Ersparnissen seiner Mutter, die Lira um Lira beiseitegelegt hatte. Seine Mutter, die sich tagsüber – und oft auch nachts noch – die Augen verdarb, damit es ihm an nichts fehlte. Roberto sah sie vor sich, mit Fingerhut, Nadel und Brille über den Stoff gebeugt, niemals verpulverte sie ihr Geld einfach so, niemals gönnte sie sich eine Freude. Wut überkam ihn. »Kommt nicht in Frage«, sagte er. »Den Ring gibst du zurück.« Er sagte es kalt, ruhig, mit gnadenloser Stimme – so erzählte sie es später herum –, sodass sie ihm gehorchen musste. ›Er wäre fähig gewesen, mich zu töten, Mädels, ich schwör's euch. Einen mörderischen Blick hatte er drauf.‹

Mit dem Brillanten in der Tasche verließ Roberto das Haus.

Er drehte sich nicht um, wie gewöhnlich, um sich von Maria zu verabschieden, er dachte nicht an die Heirat, an den Job, die Zukunft, an das Leben, wie es hätte sein können, an das, was er hätte machen können. Plötzlich kam es ihm so vor, als wäre ein Schwamm vom Himmel gefallen und hätte die dreckige Tafel seines Herzens sauber gewischt und nur die Liebe zu seiner Mutter, die Zuneigung zu Costanzo, die Bewunderung für Agata und wenig mehr drauf zurückgelassen. Er fühlte sich leicht, wirklich so leicht, dass ein Windstoß ihn tatsächlich hätte wegwehen können, wie Costanzo lachend gesagt hatte.

Auf dem Corso lagen noch die zertretenen Blumen der Beerdigung, vor dem Café Catania saß die übliche Männerhorde.

»Roberto!«, rief Gaspare. »Stimmt es, dass Nicola sich deinen Posten geschnappt hat?«

Die Neuigkeit hatte also schon die Runde im Dorf gemacht.

»Scheint so.«

Ein Pfeifkonzert setzte ein.

»Oh, du Penner!«, sagte der Freund.

Roberto zuckte mit den Schultern und ging weiter, während das Gelächter ihm wie ein schmutziger Brautschleier folgte.

Ein Stück weiter traf er Vinciguerra, den Küster. »Nicola hat dich also um deinen Job beschissen«, sagte er.

»Scheint so.«

Aber Roberto fühlte sich leicht. Ganz leicht.

Am Ende der Straße glaubte er, den lachenden Costanzo zu sehen, der winkte und rief: ›Du warst großartig.‹ Eine durchscheinende Figur, fröhlich, mit verwuschelten Locken und dem flotten Gang desjenigen, der keine Last trägt.

Er wollte ihm entgegengehen, aber Sarino Motta ergriff ihn am Arm. »Ey, kleines Arschloch! Du hast dich um den Job bescheißen lassen!«, warf er ihm vor, denn Roberto war immer noch Francas Sohn, und er hatte Franca wirklich gern. »Also, wenn du willst, kann ich mit dem Bürgermeister reden«, fuhr Motta fort. »Ich kann ihm sagen, dass es eine Jugendsünde von dir war, dass du ihm Respekt zollst, dass du bereit bist, dich zu entschuldigen, dass du Teil des Klüngels sein willst, der der Witwe die Saracina abnimmt.«

»Was?«, fragte Roberto verwirrt. »Der Witwe die Saracina abnehmen?«

Motta begriff sofort und berichtigte sich: »Ach was! Was hat denn die Witwe damit zu tun? Ich red von dir! Ich sag Seiner Exzellenz, dass du den roten kommunistischen Dickschädel versehentlich verteidigt hast, und dass du bereit bist, ihm wieder zu dienen.«

»Ihm dienen?« Roberto zitterte vor Wut. »Costanzo war mein Freund, und ich bin stolz, dass ich ihn verteidigt habe, besser gesagt, es ist mir eine Ehre! Denn so habe ich einem Freund die Ehre erwiesen, der ermordet wurde.«

Eine unwirkliche Stille breitete sich aus, während sich die Leute immer dichter um ihn drängten.

»Und wer soll ihn ermordet haben, bitteschön?«, fragte Motta herausfordernd. »Deinem Freund hat das Herz versagt. Also hat sein Herz ihn ermordet? Los, Leute«, sagte er zur starrenden Menge, »stecken wir das Herz von Costanzo Di Dio in'n Knast, weil es Costanzo Di Dio vor seiner Zeit abgemurkst hat.« Er lachte wie über eine mutige Ansprache, bei der er versuchte, das Timbre, den Ton und die Eloquenz seines Herren Occhi janchi nachzuahmen.

Alle lachten.

Motta fuhr fort: »Ich bring dich persönlich zu Don Saverio, los! Und dann schließt ihr Frieden.«

Applaus, Pfiffe, ein paar Hände landeten auf der Schulter des Jungen, um ihn auf den rechten Weg zu führen.

»Denn dich«, sagte Motta, »hab ich gern wie einen Sohn.«

Abfälliges Gejohle erhob sich. Alle wussten, hätte Motta gekonnt, hätte er sich dieses Jungen angenommen, dessen Mutter er erfolglos den Hof machte.

»Don Saverio verlangt nur ein bisschen Respekt«, fuhr er fort. »Und wenn dieser Kommunist dir nicht den Kopf mit diesem Unsinn vollgestopft hätte, würdest du wissen, was Respekt bedeutet. Der hat dich verdorben und dich zum Weichei gemacht.«

»Er hat mich zum Mann gemacht«, sagte Roberto. »Zu einem Mann mit Eiern. Einer, der die Schaisze nicht aufleckt, mit der Don Saverio die Straße vollkackt.«

Alle verstummten, kein Laut war zu hören.

Das feuerrote Gesicht von Motta wechselte ins Dunkellila, als er losbrüllte: »O du dumme Pottsau! Ich mach dich fertig! Dann also … wäre ich was? Ein Arschlecker?« Schon fuchtelte er mit den Armen, schon wollte er mit den Fäusten auf Roberto losgehen.

Da erschien, alarmiert von dem Geschrei, Trantino, der Polizist. »Was ist hier los? Was geht hier vor?«

»Nichts«, sagte Motta, »nur ein Meinungsaustausch mit meinem Freund hier.«

»Ungehöriges wollen wir hier nicht«, ermahnte der Polizist ihn, der die letzten Sätze des Streits gehört hatte. Er selbst hätte dem Bastard, der den Herrn Bürgermeister beleidigte, als erster eine reingehauen, aber sie stritten gleich neben der Kaserne, in der ein neuer Maresciallo, ein neuer Polizeihauptmeister, vom Kontinent saß, ein gewisser Andrea Locatelli, rothaarig und mit hellen Augen, der von den Befindlichkeiten im Dorf nichts wusste. Daher war es besser, dass Motta den Mund hielt, vor allem jetzt, da Locatelli sie beobachtete.

»Habt ihr verstanden?«, beharrte Trantino. Und mit einer kleinen Geste gab er dem Kumpel zu verstehen, dass, würden sie den Streit woanders fortsetzen, er sogar mithelfen würde, dem Dreckskerl das Maul mit der Scheiße zu stopfen, von der er gesprochen hatte.

»Haben verstanden, Signore«, murmelte Motta.

Die Menschentraube löste sich auf.

Roberto wusste, dass es noch nicht vorbei war. Aber um es mit den Worten Costanzo Di Dios zu sagen …

›Das geht mir so was von am Arsch vorbei!‹, hörte er Costanzos Stimme.

Roberto blieb stehen, bekam keine Luft mehr. Er schluckte Spucke und Erstaunen hinunter. Langsam drehte er sich nach rechts, dann nach links. Er sah nur Motta und Trantino, auch sie waren wenige Meter entfernt stehengeblieben und sahen ihn an. Nicht mal Costanzos Schatten war zu sehen.

Die Hitze ist schuld, sagte sich Roberto. Er öffnete einen Knopf seines Hemdes und fächelte sich mit der Hand Luft zu.

In diesem Moment hörte er einen Pfiff. Er blickte zur Rathausuhr, und dort oben auf dem Gesims saß Costanzo: Er baumelte mit den Beinen und lachte wie einer, der sich köstlich amüsiert. Er war dort, Roberto hätte es schwören können! Und schon war er wieder weg.

»Schaisze!«, rutschte es Roberto heraus.

Trantino und Motta sahen ihn verwundert an, und wäre da

nicht die Angst vor dem Kontinentalen gewesen, hätten sie endlich ihre Lust befriedigt und dem Jungen eine Abreibung verpasst.

Roberto aber bemerkte nichts. Wie in Trance starrte er immer noch auf das Gesims.

Da sagte Trantino, dem das Verhalten des Jungen merkwürdig vorkam: »Mancuso, was ist, bist du betrunken?«

Motta runzelte die Stirn – wie hatte Franca nur ihren Sohn erzogen? – und rief: »Roberto!«

Doch er bewegte sich nicht. Stumm und geblendet starrte er auf das Gesims und sah aus, als wäre ihm die Madonna erschienen.

Der Polizist trat zu ihm. »Antworte endlich, Mistkerl!«, knurrte er.

Nichts, Roberto fixierte weiter die Uhr, so als hätte die übrige Welt sich aufgelöst.

Maresciallo Locatelli betrachtete die Gruppe verwundert, und so musste Trantino den Jungen ganz vorsichtig schütteln und ihn fragen: »Söhnchen, was ist mit dir?«

Roberto blinzelte ein paar Mal, dann murmelte er: »Costanzo ...«

»Costanzo ist tot«, erklärte Motta scharf, denn es war nicht der richtige Moment, um irgendwelchen Unsinn von sich zu geben.

Bei diesen Worten kam Roberto wieder zur Besinnung. Er riss den Blick vom Rathaus los und drehte sich zum Polizisten und zu Motta um. Langsam nickte er. Sie hatten recht, Costanzo war tot. Roberto zuckte mit den Schultern. Auf seinem Gesicht spiegelte sich der Schmerz des Verlustes, der Schmerz des Mangels, der ihn sicherlich noch lange und heftig quälen würde.

Er seufzte. Schluss mit der Trödelei! Er musste nach Hause, um hinter verschlossener Tür seinen Freund im Stillen zu beweinen. »Auf Wiedersehen«, sagte er also. Er warf einen letzten Blick auf das Gesims und – Alter! – Costanzo war wieder da. Stramm wie ein Soldat vor seinem General stand er dort oben.

Roberto brach in so lautes Gelächter aus, dass die beiden anderen ihn erschreckt ansahen.

»Hey, Roberto, hör schon auf«, sagte Trantino.

Doch der Junge lachte noch lauter, aber nicht, weil sein verstorbener Freund vor den Wolken strammstand, sondern weil – wie der Maresciallo es zu Protokoll geben würde, wenn er ihn hätte sehen können – aus dem Hosenschlitz des oben genannten Verstorbenen ein kräftiges männliches Glied hervorstand, mit dem er in weitem Bogen auf Trantino pinkelte, der den Urin für Wasser aus dem Brunnen hielt (das eine kecke Windböe bis zu ihm spritzte) und sich deshalb nicht darum scherte, sondern vielmehr überlegte, wie er den Jungen von diesem akuten Wahnsinnsanfall befreien könnte.

Auch Motta bemühte sich darum, dass der Junge wieder runterkam: Würde Francas Sohn wirklich verrückt, verlöre auch Franca den Verstand und er sie dann für immer, und das ging nicht! Er trat zu Roberto und nahm ihn ungewohnt fürsorglich am Arm. »Komm, ich bring dich nach Haus«, sagte er.

Der Junge sah wieder zur Uhr und brach erneut in Gelächter aus.

»Pass bloß auf, oder ich ruf den Klapsdoktor!«, ermahnte ihn Trantino.

Der Urinstrahl brach ab, während Costanzos Stimme sagte: ›Hör auf mit dem Scheiß, Roberto, ich brauch' dich außerhalb der Klapse.‹

»Du brauchst mich?«, fragte Roberto, die Nase hochgereckt.

»Wer braucht dich?«, fragte der Polizist.

Roberto antwortete nicht.

Costanzo sah ihn ernst an: ›Ganz genau. Und stell dich gut mit diesen zwei Typen da, kapiert?‹ Dann verschwand er.

Roberto betrachtete noch ein paar Sekunden das Gesims, dann wandte er sich an die beiden. Er hätte sie am liebsten zum Teufel geschickt, aber … »Entschuldigung«, sagte er, »meine Gefühle haben mich überwältigt. Und wenn ich Euch nicht den gebührenden Respekt gezollt habe … verzeiht mir.«

Sie rissen die Augen auf. Nun war der Junge aber wirklich durchgeknallt, denn wer noch ganz bei Trost ist, entschuldigt sich doch nicht auf so weibische Art!

Plötzlich hatte Roberto es eilig. »Auf Wiedersehen«, sagte er, neigte den Kopf zur Verabschiedung und bog auf die abschüssige Straße ein, die zu seinem Haus führte.

Trantino und Motta folgten ihm, bis er im Haus verschwand. Dann blickten sie gleichzeitig zur Uhr: Es war vier Uhr vierzig.

Sie sahen sich an.

Und wussten nicht, was sie sagen sollten.

6

Roberto betrat das Haus, und es schien, als hätte man ihn in Milch weichgekocht. Schweißgebadet. Blass. Schlaff.

»Wie ist es mit Maria gelaufen?«, fragte seine Mutter, ohne von der Pfanne aufzusehen.

»Sie hat mit mir Schluss gemacht.«

»Jesus!«, rief Franca. »Meine Gebete sind erhört worden!« Doch sofort biss sie sich auf die Lippen.

Roberto runzelte die Stirn. »Welche Gebete?«

Sie machte eine unbestimmte Geste. »Gebete eben …«, antwortete sie und blickte wieder in die Pfanne.

»Sag mir die Wahrheit«, drängte er die Mutter. Aber da sie schwieg, fragte er: »Hast du etwa die Novenen gebetet, damit wir uns trennen?«

Sie seufzte. »Auch.«

Roberto nickte, drehte ihr den Rücken zu und legte die Hände auf den Tisch, so als würde die Welt ihm entgleiten und er etwas bräuchte, an dem er sich festhalten konnte. Er begann zu schluchzen.

Franca ließ sich auf einen Stuhl fallen. »Verzeih mir«, sagte sie. »Es tut mir leid.«

»Es tut dir leid?«, fragte er mit brüchiger Stimme.

Sie holte tief Luft, denn um zu lügen, brauchte man viel Atem. »Ja …«, log sie. »Es tut mir leid, dass du und Maria …«

»Lügnerin!«, rief er und drehte sich zu ihr. Er strahlte über das ganze Gesicht: Er war gar nicht traurig, er weinte nicht, er lachte!

Franca glaubte, dass die Hitze ihn verwirrt hätte. »Roberto«, murmelte sie. »Roberto«, wiederholte sie entschieden, da er immer noch aus vollem Hals lachte.

Er lachte, Gott, wie er lachte! Darüber, wie Costanzo Trantino angepinkelt hatte, über diese Duckmäuserin Maria, die ihm nie wieder sagen würde, was er zu tun, zu sein, zu sagen, zu denken hatte. Er lachte über den Albtraum Trexo, der endlich vorbei war und aus seinem Arbeitsleben verschwand: Denn eher würde er auf dem Land zwischen dreckigen Schweinen Mist schippen. Aber immerhin wäre er dabei an der frischen Luft und inmitten der Natur.

»Roberto!« Franca trat zu ihm, fasste ihm an die Stirn – sie war ganz kühl –, wollte ihn umarmen, und dann fing sie ebenfalls, aus welchen Gründen auch immer, an zu lachen.

Und da fragte er sie: »Du hast also all diese Novenen gebetet, damit wir Schluss machen?«

»Ja natürlich!«, sagte sie aufrichtig. »Sollte ich meinen Sohn etwa in den Händen dieses männermordenden Weibsstücks lassen, ohne alles Menschenmögliche, ja, selbst alles Unmögliche zu versuchen, ihn von so einer wegzubekommen?«

Roberto sah sie mit leerem Blick an. »Das Unmögliche kennen wir«, sagte er, und meinte das göttliche Einschreiten, »aber was war denn das Menschenmögliche, das die Gnädige Frau versucht hat?«

Ihre Augen funkelten listig. »Zum Beispiel«, murmelte sie, wobei sie sich fragte, ob es wirklich angebracht wäre, es zu gestehen oder nicht, »also, um nur eins zu nennen …«

»Schieß los.«

»Eine zu starke Dauerwelle?«

»Nein …«, staunte er. »Du hast die Friseuse bestochen?«

»Aber nicht doch!«, verteidigte sich seine Mutter. »Ich habe ihr nur gesagt, dass Maria gern sehr lockige Haare hätte, so wie ich, aber dass sie dickes, kräftiges Haar hat, und dass sie, also Gabriella, deshalb dieses Fixiermittel für die Dauerwelle großzügig anwenden sollte«, erklärte sie mit ihrem engelsgleich unschuldigen Puppengesicht, von dem Motta fast jede Nacht träumte.

Sie erzählte Roberto nicht, dass ihre Freundin Gabriella diesen Rat sehr gern angenommen hatte, weil diesem männermordenden Weibsstück auf jeden Fall eine Lektion erteilt werden müsste, und sie erzählte ihm auch nicht, dass, als Maria – fuchsteufelswild, weil sie danach krausere Locken hatte als eine Schwarze – Gabriella angedroht hatte, ihr die Genehmigung für den Laden entziehen zu lassen, sich sofort die Ehefrau des Apothekers eingemischt und gesagt hatte: ›Sie sollten lieber einen Arzt konsultieren, bevor sich das Problem verschlimmert.‹

Und dann hatte sie noch wohlüberlegt nachgeschoben: ›Weil es offensichtlich nur bei Ihnen so wirkt.‹ Womit sie ihr klar machte, dass, falls Maria einen Krieg anzetteln wollte, sie in diesem Krieg verrecken würde.

Roberto begann wieder zu lachen, dieses Mal ganz leise, eine Bimmelbahn aus Gelächter zuckelte durch die verwüstete und trostlose Landschaft, die das Rumgezicke seiner Verlobten in seinem Herzen hinterlassen hatte. »Komm her«, sagte er schließlich.

Franca dachte, dass er sie liebkosen oder umarmen wollte, etwas, womit er sie nur selten belohnte, denn solch übertriebene Herzlichkeit mochte er nicht.

Stattdessen trat er zu ihr, holte aus der Jackentasche eine Schachtel, nahm einen Ring heraus und wollte ihn ihr an den Finger stecken.

Sie zuckte zurück, als hätte sie in eine Flamme gefasst. »Ich bin doch nicht deine Verlobte, Roberto«, protestierte sie.

»Das hätte mir auch gerade noch gefehlt!«, erwiderte er und ergriff ihre Hände, damit sie nicht fortlief. »Aber dieser Ring gehört dir, den hast du dir mit jedem Nadelstich verdient, Francuzza.«

Sie war gerührt, trotzdem sagte sie: »Nein, mein Schatz, den bringe ich zurück zum Juwelier und …«

»Wage es ja nicht«, sagte er, und gegen ihren Willen schob er ihr den Ring auf den Finger, »den legst du nie mehr ab, verstanden?«

Sie lachte. Dann wurde sie ernst. »Damit können wir die Rechnungen eines ganzen Jahres bezahlen«, sagte sie.

»Das Geld für die Rechnungen besorge ich, das schwör ich dir. Aber du legst diesen Ring nie mehr ab. Das ist ein Befehl!«

»Ah!«, sagte sie. »Jetzt husten also schon die Fliegen?«

Das sollte natürlich ein Scherz sein, aber Roberto musste sofort an Occhi janchi und die tote Fliege im Honig denken. »Ja, auch die Fliegen, Signora«, sagte er, ohne zu lachen.

»Aber vielleicht, wenn ich den Fisch putze?«, fuhr sie fort.

»Nie.«

Franca betrachtete ihre Hand, an der tausend Feuer funkelten. »Das ist nichts für mich, mein Sohn«, murmelte sie.

»Nein? Warum nicht? Hast du dafür nicht dein Geld zusammengekratzt und dich aufgeopfert?«

Franca musste weinen. Es war ein törichtes Weinen, wenn man so darüber nachdenkt, da sie an so einem Tag, an dem man einen Freund beerdigt hatte, eigentlich nicht über einen Ring weinen sollte. Und als Roberto auch noch darauf anstoßen wollte, sagte sie: »Hast du vergessen, dass Costanzo tot ist?«

»Costanzo ist …«, fing er an, verstummte aber gleich wieder. Konnte er ihr sagen, dass er ihn gesehen hatte? Ihn gehört hatte? Nein, das konnte er nicht. Selbst seine Mutter hätte ihn für verrückt erklärt. Also riss er sich zusammen. »Sie wollen Agata die Saracina wegnehmen«, sagte er stattdessen.

»Was?«, entfuhr es ihr.

»Sie wollen die Saracina«, wiederholte er und knöpfte sich das Hemd auf. »Aber ich glaube nicht, dass sie das schaffen.«

Franca verzog angewidert den Mund. »Wenn die was wollen, schaffen die das auch.«

»Dieses Mal nicht.«

»Und wieso?«

»Weil Costanzo über seiner Frau wacht«, erklärte Roberto mit einer Bestimmtheit, die sie überraschte, da er sich sonst nicht für die Dinge des Jenseits interessierte.

Franca senkte den Blick. Hatte ihr Mann über sie gewacht? Ihr ganzes Leben schon rackerte sie sich ab, und Hilfe aus dem Paradies hatte sie dabei nicht bekommen. Oder vielleicht doch, und sie hatte es nur nicht gemerkt?

Roberto nahm seine Jacke und ging in sein Zimmer, um die nach Beerdigung stinkenden Klamotten auszuziehen. Noch an der Tür drehte er sich um. »Morgen rufe ich meinen Freund Angelo in Rom an«, sagte er. »Ich frage ihn, ob er mir dort bei der Jobsuche hilft, vielleicht als Kellner, für den Anfang, und dann sehe ich weiter.«

Ein Hund biss Franca ins Herz, sie holte tief Luft. »Bravo, so gefällst du mir«, sagte sie. Rom war viel zu weit weg, und sie … sie ohne ihn … was sollte sie dann anfangen?

»Fick dich«, schrie jemand auf der Straße.

Franca betrachtete die im Olivenöl gebratenen Auberginenscheiben, die in der Pfanne kalt geworden waren. Rom. Es kam ihr unendlich weit weg vor. Aber besser Rom als die Trexo, dachte sie und drehte den Wasserhahn auf, um sich die Hände zu waschen, und der Ring verstreute sein funkelndes Feuer. Sie erstarrte. Konnte sie denn mit einem Brillanten am Finger in der Küche arbeiten?

Durch das offene Fenster drang eine andere Stimme: »Warum nicht?« Sie zuckte mit den Schultern. Dann dachte sie an den Tabbacchere, kaute ein schnelles Requiem herunter und bat den Freund, auch wirklich auf Agata aufzupassen, denn die da waren Wölfe und würden sie zerfleischen. »Stehe ihr bei«, flehte sie ihn an. Costanzo strich ihr sanft über die Haare. Sie sah ihn nicht, sie spürte nur die zarte Berührung wie von einem Trost spendenden Wind.

Roberto zog sich die Schuhe und das dunkle Hemd aus, warf sich aufs Bett und blickte durch das Fenster in den Himmel, der trotz der nachmittäglichen Schwüle ganz klar und blau war. Er dachte an den Bürgermeister und seine Gaunerclique, dachte, dass es trotz allem Gerechtigkeit geben müsste, eine vollkommen menschliche oder auch vollkommen göttliche Gerechtigkeit, oder besser noch: eine menschliche und göttliche Gerechtigkeit in einem, die die Akten der Mörder liest, Beweise und Gegenbeweise prüft, Zeugen anhört und sich dann für den Galgen entscheidet.

›Nie im Leben!‹, tönte Costanzos Stimme in seinem linken Ohr.

Roberto schreckte hoch. »Bist du das? Bist du das wirklich?«, fragte er.

›Wirklich? Was ist schon wirklich in dieser Welt?‹, fragte Costanzo.

Roberto drehte sich nach links, sah ihn aber nicht.

Da überlegte er sich, dass seine Gedanken Costanzos Stimme nachmachten und in sein Ohr flüsterten; oder vielleicht flog auch Costanzos leichte Seele vergnügt herum und flüsterte in die Ohren all derer, die sie mochte. In jedem Fall, ob es nun Costanzo war oder nicht, eines sagte Roberto sich noch und widmete einen letzten Gedanken seiner nunmehr Ex-Verlobten: »Fick dich.«

Er sagte es mit seiner eigenen Stimme und seinen eigenen Worten, und endlich schlief er ein, nachdem er in der Nacht zuvor nur an Occhi janchi gedacht hatte, der ihn mit einem Fußtritt in den Hintern vertrieb, und an Costanzo, der nun von den Würmern gefressen wurde.

Er träumte von Agata. Schön, stolz, in der Hand einen Dreizack wie eine Meeresgöttin. Oder vielleicht wie eine Teufelin?

Der Traum nahm verschlungene Wege, und an jeder Biegung stand die Göttin mit dem Dreizack, nein, die Teufelin …

nein, die Göttin … nein, die Teufelin, die Göttin, die Göttin, die Göttin …

Er schlief tief und fest, als seine Mutter zu ihm trat, ihm einen Kuss auf die Stirn hauchte und ein *Deo gratias* zum Allmächtigen schickte, der ihren Sohn aus den Fängen Marias und aus den Fängen der Trexo befreit hatte.

Auch Stadtrat Orlando – der mit den goldenen Manschettenknöpfen und den chirurgischen Eingriffen in Sachen Finanzhaushalt – träumte. Er war erschöpft nach dem selbstgemachten Genuss, bei dem er unablässig an die Witwe gedacht hatte.

›Wer Witwen beraubt, wird verdammt‹, sagte eine Stimme von irgendwo.

Orlando begann im Traum zu zittern, denn diese Stimme hatte recht: Wer Witwen beraubt, wird verdammt. Und sofort erschien ihm die Witwe – Agata Lipari –, und es erschien ihm auch der Besitzer der Stimme (Gott auf einem Wolkenthron), den die Witwe anflehte: ›Bitte, o Herr, hilf mir.‹

Gott reichte ihr ein Schwert und sagte: ›Lass Gerechtigkeit walten.‹

Mit diesem Schwert betrat die Witwe das Rathaus, in dem alle versammelt waren, und begann den Anwesenden die Köpfe abzuschlagen: ZACK, der Bürgermeister tot; ZACK, Acquaforte tot; ZACK, Russo tot …

Schreiend wachte Orlando auf, und seine Frau, die sofort herbeieilte, verabreichte ihm zwanzig Beruhigungstropfen unter die Zunge (denn er litt unter nervöser Erschöpfung und Panikattacken). Die Tropfen katapultierten ihn in den Schlaf zurück, wo die Witwe auf ihn wartete, um ihre Arbeit zu vollenden: ZACK, Vaccaro tot; ZACK, Giardino tot; ZACK …

Orlando schrie, als würde man ihn abschlachten.

Seine Frau schüttelte ihn heftig.

»Was ist denn bloß los?«

Er riss erschreckt die Augen auf, nur sein Kopf fehlte noch

in der Reihe. Er fasst sich an den Hals, schluckte den medizinbitteren Speichel hinunter und sagte: »Nichts.«

»Dann sei endlich still, was sollen denn die Nachbarn denken!«, schimpfte sie.

»Schon gut«, erwiderte er und fragte sich, warum seine Frau nicht ein kleines bisschen wie die Tabbacchera sein konnte. Nicht nur äußerlich, sondern auch charakterlich glich sie ihr überhaupt nicht, denn Agata Lipari war herzlich, erhob nie die Stimme und blieb immer freundlich.

Mit zitternden Beinen und verdrehtem Magen erhob er sich, ging zum Regal, nahm die Bibel, die seiner Mutter gehört hatte, schlug sie zufällig auf und las: ›Der Herr beschützt die Fremden, er hilft den Waisen und Witwen, doch den Weg der Frevler krümmt er.‹

Da, das war das Urteil, Psalm 146: … *doch den Weg der Frevler krümmt er.* Aber sie waren doch keine Frevler!

›Wirklich nicht?‹, ertönte eine Stimme.

Er blickte sich um. Niemand, und doch … Er dachte weiter nach: Der Bürgermeister war ein Frevler …

›Nur er? Ihr nicht?‹

Wieder sah Orlando sich im Zimmer um. Er war allein. Nur mit seinem Gewissen. Also redete sein Gewissen auf ihn ein?

Er kratzte sich am Hals, eine Mücke hatte ihn am Adamsapfel gestochen, was ziemlich juckte.

Natürlich, ein paar kleine Sünden … *Wer ohne Sünde ist, werfe den ersten Stein …* Aber kann man da sagen, dass sie böse waren …

›Frevler‹, präzisierte die Stimme.

Er hustete. Frevler … Also würden sich ihre Wege krümmen? Er spitzte die Ohren, um die Antwort zu hören.

Stille.

Also wäre es besser, die Finger von dieser Geschichte mit der Saracina zu lassen?

Stille.

Er blickte wieder auf die gedruckten Worte in der Heiligen Schrift: … *er hilft den Waisen und Witwen* … Warum sollte man sich Gott den Allmächtigen zum Feind machen? Und wozu? Nur um Seiner Exzellenz einen Gefallen zu tun?

Auf die eine Schale einer imaginären Waage legte er die Vorteile, die er durch den Sieg über die Tabbacchera haben würde, auf die andere die Nachteile. Die Schale mit den Nachteilen, in der gerade mal ein kleiner Kiesel lag (denn von außen betrachtet waren die Nachteile nicht so groß, im Vergleich zu den Vorteilen, die Seine Exzellenz in Aussicht gestellt hatte), sackte nach unten. Verdammt. Warum das denn?

Orlando schwitzte, schluckte, dachte an die Hand Gottes auf dieser Schale (was hätte es sonst sein sollen?), dachte an den Bürgermeister, der ihn von der Liste seiner Gefolgsleute streichen würde. Er zauderte, wankte. Das Bild der versteinerten Agata Lipari vor dem Armensarg spukte durch seinen Kopf. Er fühlte sich wie ein noch größeres Arschloch, als er es schon war. Warum sollte man der Ärmsten so übel mitspielen? Reichte es nicht, dass ihr Mann gestorben war?

Zum ersten Mal zweifelte er am Wirken des Bürgermeisters, doch er hütete sich, das selbst in den vier Wänden seines Zimmers zuzugeben. Er betrachtete das Kruzifix – das seiner Mutter gehört hatte – und gelobte, dem Alten Knüppel zwischen die Beine zu werfen und die Schäden für die Witwe in Grenzen zu halten.

Gott musste mit seiner Lösung zufrieden sein, denn sofort breitete sich in Orlandos Brust ein tiefer Frieden aus, weswegen er sich wieder hinlegte, einschlief und sich sogleich auf einer unendlichen Wiese neben einem Engel mit dunklen Haaren und azurblauen Augen wiederfand – Agata Lipari –, die Rosenblätter über das Gras streute.

7

Schwach
erreichte mich
der Schönheit Duft,
die Zartheit entsprang
einer ungewollten Glut,
unverständlich mir das Fühlen wurde,
taub regierte
das Sterben,
die Ernüchterung.

Tonino Scianna, Italienischlehrer – und Dichter im Verborgenen –, las das, was er geschrieben hatte, und verzog den Mund. Er strich »die Ernüchterung« und ersetzte sie durch »den Betrug«. Er sah vom Blatt auf, blickte nach draußen. Das Nachmittagslicht färbte die Häuser golden; zu dreist spiegelte es sich im Schaufenster des wegen eines Trauerfalls geschlossenen Tabakladens, in den Fenstern und auf dem Balkon des ersten Stocks, die ebenfalls wegen des Trauerfalls geschlossen waren. Der Balkon gehörte zum Wohnzimmer, in dem die Di Dios sich für gewöhnlich mit ihren wenigen Freunde trafen. Er gehört zu diesen Wenigen, und in diesem Raum hatte er vielleicht die fröhlichsten Stunden seines Lebens verbracht.

Scianna hatte weder Ehefrau noch Kinder, allerdings hatte er Frauen, und zwar viele. Sie kamen in sein Leben und gingen wieder. Sie waren wie die Steinchen eines Mosaiks, das die ideale Frau darzustellen versuchte, sie aber nie traf, denn hundert Weiber hätten für ihn nie die richtige Frau ergeben. Genau genommen wäre Agata die richtige gewesen, aber sie war in Costanzo verliebt, also stellte sich diese Frage gar nicht erst. Natürlich liebte er sie: In den stillen Nächten ohne Gesellschaft besaß er sie in seiner Fantasie, feurig und liebevoll; in den Nächten mit Gesellschaft – die er in einem für dieses Bedürfnis angemieteten Apartment in Syrakus verbrachte – besaß er sie im Körper der Frauen, die sich in seinem Bett abwechselten, Frauen und Fräuleins, die nicht länger als ein paar Wochen bei ihm blieben. Dann langweilten sie sich, dann langweilte er sich, es funktionierte einfach nicht.

Scianna erinnerte sich an die lebhaften, manchmal lustigen Treffen im Wohnzimmer der Dios. Treffen, zu denen jeder ein Geschenk, etwas Geistesnahrung mitbrachte, während die Gastgeber Gaumenfreuden auftischten.

Er strich sich über die Augen. Er war erschöpft. Noch immer trug er den Anzug vom Begräbnis, hatte den Duft des Weihrauchs in der Nase und sah die vor Wut entflammte Agata vor sich: Wie sie ausspuckte, Gott! Nie hätte er ihr so etwas zugetraut. Umso mehr bewunderte er sie, und umso mehr sorgte er sich um sie. Pallante würde ihr diesen Schlag ins Gesicht nicht so einfach durchgehen lassen.

Er dachte an ihr letztes Treffen: Costanzo hatte eine Rede gehalten, Gino – der Hausmeister – tat so, als würde er sich die Pulsadern aufschneiden und den stoischen Tod wählen, Kräuterfrau Lisabetta setzte ihm das Glas mit Wein an die Lippen, der ihn auf wundersame Weise wiedererweckte, Agata zeigte beim Lachen ihre perfekten Zähne, die ihre Schönheit mit noch mehr Schönheit schmückten. Sie strahlte so liebreizend, ganz anders als die Judit, die den Bürgermeister spuckend herausgefordert hatte.

»Und jetzt ist alles zu Ende«, sagte er.

Noch herrschte die Sonne am Himmel, doch bald würde sie der Dämmerung den Weg freigeben, die dann wiederum der

Nacht mit ihrer Stille und den schlechten Träumen das Feld überlassen würde.

Er knüllte das Blatt zusammen und warf es in den Papierkorb. *Betrug, Ernüchterung.* Alles Unsinn!

Mit nacktem Oberkörper ging er ins Bad, drehte das kalte Wasser auf, hielt den vor Wut und Schmerz brennenden Kopf unter den Strahl. Er würde keine Ode auf den toten Freund schreiben, sondern eine Schmährede. Er würde sie an die Mauern des Dorfes kleben, und alle würden erfahren, dass Occhi janchi Costanzo Di Dio umgebracht hatte. Kaltes Wasser in den Haaren, kaltes Wasser auf der Stirn, in den Ohren, im Nacken, das Wasser reinigte seinen Geist, senkte das Gedankenfieber durch eine vorübergehende Abkühlung, aber später – das wusste er – würde der Schlaf nicht kommen, und er würde am Fenster stehen und zu Agatas Balkon hinübersehen, mit der Hoffnung, dass wenigstens sie schlafen könne.

Erst als er den Hahn wieder zudrehte, hörte er das Läuten der Türklingel. Er erwartete niemanden. Mit dem Handtuch um den Hals lehnte er sich aus dem Fenster, um nachzusehen, wer da war.

»Violante«, sagte er zu dem Mädchen, das von unten zu ihm hinaufsah. »Was ist passiert?«

»Entschuldigen Sie, Professore, ich muss mit Ihnen reden.«

Sie war so aufgeregt, dass das Blatt, mit dem sie sich Luft zufächelte, von einem Motor angetrieben zu werden schien.

»Warte einen Moment.«

Er zog sich ein sauberes Hemd an und ging öffnen.

»Komm rein.«

»Besser nicht.« Sie machte einen Schritt zurück. »Ich will mir meinen Ruf nicht ruinieren.«

Sie sagte es scherzhaft, aber es stimmte: Hätte jemand sie in dieses Haus treten sehen, hätten sich die Leute sofort irgendwelche bösen Gerüchte zusammengereimt, und sie wollte absolut nicht, dass man schlecht über sie redete.

»Was kann ich für dich tun?«, fragte er weich. Diese Kleine, die seine Tochter sein könnte, weil sie ja die Tochter seines alten Klassenkameraden Errico war, ließ ihn immer ganz weich werden.

»Ich muss mit Ihnen reden«, drängte sie. Sie war blass, nervös, und sah aus, als würde sie jeden Moment zu weinen oder zu schreien anfangen.

»Sprich.«

»Hier? Mitten auf der Straße?«

»Wo sonst?«, fragte er und rubbelte sich mit dem Handtuch durch die nassen Haare. Selbst wenn sie sich, vor den Augen aller, in eine Bar setzten, gäbe es Gerede, weil jeder, der sie zusammen sähe, ihnen sofort ein Verhältnis andichten würde, und die Tatsache, dass zwischen ihnen ein Altersunterschied von sechsundzwanzig Jahren bestand, wäre völlig unerheblich: ›Denk dran, meine Tochter, ein Kerl ist immer ein Kerl‹, sagten die alten Frauen zu den jungen Dingern, und daher fragt er: »Wo sollen wir reden? Bei dir zu Hause?«

»Auf gar keinen Fall! Niemand darf davon erfahren.«

»Violante«, sagte er ungeduldig, »wo dann?«

Sie blickte nach rechts und nach links, um sich zu vergewissern, dass niemand in der Nähe war. »In der Kirche«, flüsterte sie dann. »Sie setzen sich in den Beichtstuhl, und ich erzähle es Ihnen da.«

Er musste lachen. »Violante, was soll das? Bist du betrunken?«

»Machen Sie keine Witze, Professore, die Sache ist ernst.«

»Na, dann red' schon!«

»Ich kann nicht!«

Er lachte. »Du kannst nicht? Und wieso? Kompromittiere ich dich?«

Sie wurde rot.

Schön kam sie ihm vor, so errötend, so lodernd, so zitternd: Wäre er ihr Vater, er würde den Schlüssel des Zimmers, in das er sie sperrte, ins Meer werfen. »Ich hab Ihnen doch gesagt, Sie sollen keine Witze machen!«, flüsterte sie. Dann erinnerte sie sich, dass sie ihm trotz allem Respekt schuldete. »Wenn es ein Schaisz wäre, wär' ich dann hier?«, sagte sie, und ein noch heftigeres Rot vertrieb das erste, wegen des schlimmen Wortes. Also, um nicht noch weitere Fehler zu machen, wiederholte sie: »Setzen Sie sich in den Beichtstuhl.« Dann drehte sie sich um und lief die steile Straße hinauf.

»In den Beichtstuhl?« Seit er als junger Kerl mit erstem Bartflaum Nietzsche gelesen und beschlossen hatte, ihm zu glauben, hatte er keinen Fuß mehr in eine Kirche gesetzt.

»In den zweiten auf der rechten Seite«, befahl sie, ohne sich umzudrehen.

Er sah ihr erstaunt nach. Konnte er sich einfach in einen Beichtstuhl setzen, obwohl er gar nicht an Gott glaubte?

Langsam stieg er die Treppe hinauf. Er dachte an Errico, der auf der Insel Ortygia die Tarotkarten legte, um die Familie durchzubringen. War er bei ihm zum Mittag oder zum Abendessen eingeladen, erzählte Errico immer genüsslich davon, wie er die Touristen über den Tisch zog.

›Und die glauben das auch noch! Völlig verrückt! Sie nehmen jeden Mist, den ich erzähle, für bare Münze.‹

Während dieser Zusammenkünfte beobachtete Violante sie, vor allem beobachtete sie ihn, den Professore, und wenn sich ihre Blicke trafen, wurde sie rot, sah woanders hin, sodass Errico eines Tages lachend sagte: ›Du machst meine Tochter ganz verlegen, so akkulturiert wie du bist. Dagegen wirke ich wie ein dummer Ziegenhirte.‹

Scianna hatte sich aufrecht hingesetzt. ›Pass lieber auf, wer sie dir eines Tages entführt‹, warnte er, denn er ahnte bereits, in was für eine großartige Frau sich Violante verwandeln würde.

›Dem brech' ich die Beine‹, murmelte Errico kalt wie ein Killer.

Scianna kam oben an, warf das feuchte Handtuch ins Bad und ging in sein Schlafzimmer, im Kopf immer noch Violante und diese Schrulle mit dem Beichtstuhl. Warum? War das eine Wette unter Freundinnen? Eins von diesen Spielchen, mit denen die jungen Dinger einen Alten auf die Probe stellen, um herauszufinden, wie dämlich er ist? Er kannte sich mit jungen Dingern aus, zu viele Schülerinnen liefen ihm hinterher, weshalb er wusste, zu was sie fähig waren. Aber Violante? Sie war wohlerzogen und hatte Respekt. Und sie war viel zu schön. Wäre sie seine Tochter, hätte er dem, der sie sich schnappen wollte, nur die Beine gebrochen?

»Ja, klar!«, hörte er sich rufen und wunderte sich. Er kicherte. Dann dachte er an Agata und wurde wieder ernst. Er würde versuchen, sie anzurufen, und den Beichtstuhl sausen lassen. Aber er war müde, und das Bett mit dem weißen Laken und dem weichen Kissen war eine unwiderstehlich singende Sirene.

Er hatte gerade die Schuhe ausgezogen und sich hingelegt, als die linke Ecke des Spiegels explodierte.

Scianna sprang auf, dachte an einen Stein, den irgendwelche Pubertierenden mit einer Zwille geschleudert hätten. Aber auf der Erde lag weder ein Stein, noch entdeckte er vor dem Fenster irgendwelche mit Zwille bewaffneten Jugendlichen. Er trat zum Spiegel, und darin sah er Costanzo.

Costanzo!

Er stand links von ihm und lachte.

Scianna wurde schwindlig. Vorsichtig blickte er sich um. Er war allein. Erneut wandte er sich zum Spiegel und sah ihre beiden Köpfe.

Costanzo lachte mit funkelnden Augen, verwuschelten Haaren und der gleichen Freude wie damals, als er, dicht an Agata gedrückt, das Glas erhoben und auf die Bürgermeisterwahl angestoßen hatte, von der er sicher gewesen war, sie zu gewinnen, oder als er auf den Stuhl geklettert war und Juvenal zitiert hatte: ›Jeder erbe für sich sein Teil nach dem Maße der Mannheit!‹

»Costanzo …«, murmelte er leichenblass.

Der lachte noch einmal, noch einmal funkelten Witz und Verschmitztheit in seinem Blick.

Tonino Scianna (»Toni« für seine Freunde), Italienischlehrer, Dichter im Verborgenen, desillusioniert und Nihilist aus Überzeugung – denn eigentlich war er sich sicher –, erstarrte.

Costanzo sah ihn an. ›Violante erwartet dich‹, sagte er.

Und schon war er verschwunden. Nur der zersprungene Spiegel war der einzige kümmerliche Beweis, dass sich tatsächlich etwas Merkwürdiges zugetragen hatte.

Toni ging ins Bad, hielt den Kopf unter den kalten Wasserstrahl, seifte sich lange das Gesicht ein und spülte es sich genauso lange ab. Triefend trat er zum Fenster und sah zum Tabakladen (der natürlich geschlossen war), zum Rathaus (vor dem vier Müßiggänger mit einem Bier in der Hand lungerten) und zur Kirche, in der Violante sich mit ihm verabredet hatte.

Woher wusste Costanzo, dass das Mädchen ihn erwartete?

›Frag dich lieber, was sie dir sagen will!‹, beschämte ihn der andere, der von irgendwoher sprach.

In der unerträglichen Nachmittagshitze dieses Augusts wurde dem Lehrer Scianna eiskalt.

›Mann, Toni! Beeil dich!‹

»Aber …«

›Geh endlich!‹

8

Er beeilte sich. Mit noch nassen Haaren – dicht, lockig und in der Farbe von reifem Getreide – trat er aus dem Haus und eilte zur Kirche.

Im Schaufenster des Tabakladens hing die Todesanzeige, aber ohne ein Foto des Toten, so wie es mittlerweile üblich war. Es war der nächste offensichtliche Beweis dafür, dass Agata Lipari unangefochtene Königin des zivilisierten Lebens war.

Motta und Trantino schlenderten am Aussichtspunkt hin und her, von dem aus man den Küstenstreifen mit Buchten, Felsen und Häfen zwischen Catania und Syrakus betrachten konnte und der den Touristen Begeisterungsrufe entlockte. Die beiden Männer steckten die Köpfe zusammen, sprachen eindringlich miteinander, den Blick auf die Schuhe gerichtet, und zettelten, so dachte Toni, eine Verschwörung an.

Die Nachmittagsmesse war gerade zu Ende gegangen, und eine Gruppe alter Frauen strömte auf die Piazza.

Toni betrat die Kirche, sie war kühl und dunkel, im Vergleich zur blendenden Sonne draußen. Es roch nach Rosen, Weihrauch und geschmolzenem Wachs. Einen Augenblick glaubte er, die Menschenmenge derer wieder zu sehen, die sich verpflichtet gefühlt hatten, am Begräbnis des vor Wut verstorbenen Kommunisten teilzunehmen. Eine Zeremonie, sagte er sich, die in die Annalen des Dorfes eingehen würde, sei es wegen des unverhältnismäßig hohen Anteils der Stadträte, sei es – allem voran – wegen der Ausspuckerei der Witwe vor dem christdemokratischen Tempel.

Er schritt das rechte Kirchenschiff entlang und entdeckte Violante, die vor dem zweiten Beichtstuhl in der Bank kniete. Wieder kam er sich vor wie ein Idiot. Er blickte sich um, die Kirche war leer, ein Wall brennender Kerzen tauchte die nackten Füßen einer Madonna in orangefarbenes Licht. Er näherte sich dem Mädchen. »Wir können uns das Theater mit dem Beichtstuhl sparen. Hier ist doch niemand.«

Sie schüttelte rasch den Kopf. »Ich muss beichten.«

Toni wurde ungeduldig. »Ich bin kein Priester, Violante. Lassen wir diese Farce.«

»Ich bitte Sie darum«, beharrte sie.

Blass, mit einem schwarzen Schleier, der fast ihr gesamtes Gesicht verbarg, erinnerte ihn ihr perfektes Profil hinter den Rosenspitzen an Monica Vitti in der Rolle der Assunta, dem Mädchen mit der Pistole, und eine Woge des Begehrens durchzog ihn. ›Toni!‹, rief sein Gewissen bestürzt. Rasch schüttelte er den Kopf, vertrieb die schlechten Gedanken und blickte auf die Uhr: Es war kurz nach sechs, um sieben würde der Küster die Kirche zuschließen; ihm blieb also weniger als eine Stunde. Er öffnete die Tür des Beichtstuhls und setzte sich.

»Ich empfehle mich«, sagte Violante durch das Holzgitter, das die Gesichter der Sünder verbergen sollte. Don Bruno jedoch kannte all seine Schäfchen und ihre jeweiligen Laster, Fehler, Verirrungen des Herzens und des Fleisches.

»Sprich«, befahl Toni. Je eher sie redete, umso eher würde er aus dieser Falle entkommen.

»Ich wollte zu meiner Großmutter, da hat Nunzia, die Hausangestellte des Bürgermeisters, mich aufgehalten.« Punkt.

Er wartete, dass sie weiterredete.

Nichts.

Er wartete.

Stille.

»Und dann?«, forderte er sie auf.

»Da hat sie gesagt: ›Komm rein, ich muss dir was sagen,

denn wenn ich es dir nicht sage, schadet es meiner Seele.‹«

»Was denn, Violante?« Er schrie fast.

Sie verstummte wie ein Kind, dem man unvermittelt eine Ohrfeige gibt.

Toni fühlte sich mies, sagte aber trotzdem: »Beeil dich.«

»So einfach ist das nicht«, murmelte sie in einer Mischung aus Flüstern und Weinen, die sein Herz vor Rührung zergehen ließ. Am liebsten hätte er sie umarmt, sie an die Brust gedrückt. Doch sie sprach bereits weiter, dieses Mal mit tonloser Stimme, als würde sie eine Pressemitteilung verlesen: »Nach dem Begräbnis sind sie ins Haus des Bürgermeisters gegangen. Da sind sie immer noch. Der Bürgermeister ist sauer auf die Tabbacchera, dass sie vor der Partei ausgespuckt hat, darum hat er in seinem Haus diese Versammlung einberufen. In die Parteizentrale setzt er erst wieder einen Fuß, wenn die Ausspuckerei mit dem Blut der Tabbacchera weggespült wurde.«

Sie hielt inne, holte Luft, um ruhig zu bleiben und nicht den Schmerz, der wie ein leichtes Weinen in ihrer Stimme schwang, über diesen Vorwurf zu offenbaren.

»Mit Blut?«

»Hat sie gesagt.«

»Weiter …«

»Sie wollen der Tabbacchera die Saracina wegnehmen.«

»Das wissen wir bereits«, sagte Toni enttäuscht.

»Wissen wir auch, dass sie ihr den Laden wegnehmen wollen?«, fragte Violante überheblich.

»Auch den Laden?« Das war neu.

»Und das ist noch nicht alles.«

»Was denn noch?«

»Sie wollen sie in den Dreck ziehen.«

»Was soll das heißen?«

Violante schien so verblüfft zu sein, dass sie die Kontrolle verlor, denn ihre Stimme troff nur so vor Überraschung: »Professore, bei all dem, was Sie studiert haben, und nach all den

Büchern, die Sie gelesen haben, kapieren Sie's nicht?«

»Erklär du's mir!«, sagte er da und vergaß den Beichtstuhl und das Risiko, wenn er noch länger darin bliebe.

»Sie wollen sie an den Pranger stellen.«

»Ja, und?«

»Herrgott!«, ereiferte sie sich mit der Stimme einer reifen Frau. »Hören Sie auf, mich wie ein kleines Kind zu behandeln. Sie wollen der Tabbacchera Schaden zufügen, schweren Schaden.«

»Sie ist erwachsen und geimpft«, sagte Toni da und stand auf, »sie weiß, wie sie sich benehmen muss. Und so was muss ich mir anhören«, fügte er hinzu, wütend auf sich selbst, dass er sich auf diese Komödie eingelassen hatte.

»Die haben sich in den Kopf gesetzt, sie fertigzumachen«, beharrte Violante. »Und wenn sich gewisse Schweine was in den Kopf setzen, hält sie nix auf, und das wissen Sie besser als ich.«

»Auf Wiedersehen, Violante.« Er stand auf.

»Sie wollen sie vögeln«, sagte sie. »Allesamt. Mit oder ohne Zustimmung von ihr.«

»Unsinn.«

»›Von allen Schweinereien, die ich in diesem Haus gehört habe‹, hat mir Nunzia gesagt, ›ist das die ekelhafteste. Vorher haben sie nur Witze über die Tabbacchera gerissen und gesagt, dass es schön wäre, sie in die Pfanne zu hauen, so wie man den Kommunisten in die Pfanne gehauen hat, aber jetzt, nachdem sie ausgespuckt hat, wollen sie ernst machen: Sie wollen ihr schaden, und zwar richtig. Und das ertrage ich einfach nicht, denn ich mag Agata sehr.‹ Das hat Nunzia mir gesagt, Professore. Und dann musste ich ihr schwören, es niemandem zu erzählen. Reicht Ihnen das?«

»Und du hast geschworen?«, fragte er und setzte sich wieder.

»Natürlich!«

»Also hast du deinen Schwur gebrochen!« Er kicherte, um der großen Enthüllung den Wind aus den Segeln zu nehmen.

Violante aber fuhr fort, als hätte sie das gar nicht gehört: »›Aber wenn ich still sein soll‹, hab ich Nunzia gefragt, ›wie kann ich ihr dann helfen?‹ Sie hat geantwortet: ›Manche Dinge kann man nur seinem Beichtvater anvertrauen.‹ Und dann hat sie mich angesehen, und ich hab's kapiert, und sie hat kapiert, dass ich's kapiert hab, und hat gesagt: ›Und jetzt geh.‹«

»Deshalb also musstest du beichten!«, sagte er erstaunt.

»O mein Gott, endlich! Brauchen Sie erst einen wissenschaftlichen Einlauf, oder was?«

Er lachte leise. »Ihr Weiber seid aber auch … teuflisch seid ihr!«

»Professore«, beeilte Violante sich wieder ganz umgangssprachlich, »wir Weiber müssen gezwungenermaßen teuflisch sein, denn Gott hat uns die Kraft weggenommen, aber dafür hat er uns zum Ausgleich mit voll vielen Vorzügen ausgestattet: als erstes Intelligenz, zweitens Dreistigkeit und dann den ganzen anderen Rest.«

»Aber warum bist du damit grade zu mir gekommen?«, fragte er und versuchte, das Lachen zu unterdrücken.

»Weil Sie nebenan sind«, antwortete sie, denn sie wohnten tatsächlich nebeneinander. »Und nachdem, was ich da alles gehört hab, war ich nicht mehr fähig, auch nur einen Schritt weiterzugehen.«

»Ah, also nicht, weil du mich nett findest?«, forderte er sie heraus.

Stille. Ein riesiges Zeitloch breitete sich aus, in dem Violante von Rot zu Violett wechselte und zurück zum frechen Karmesin. Dann räusperte sie sich, weil plötzlich ihre Stimme belegt war. »Das auch«, gab sie zu.

Sie berührte ihre glühenden Wangen und spürte die Freude in sich aufsteigen: Sie sprudelt, quoll über, ihr Herz spielte verrückt und pumpte bedingungslose Liebe durch ihren Körper.

Denn seit einer Ewigkeit war sie in Toni Scianna verschossen, aber nur still und heimlich. Sie hatte es nie jemandem gestanden, denn der Professore war alt und ein Weiberheld. ›Und die Weiberhelden, mein Schatz‹, predigte ihr Vater immer wieder, ›ziehen dich aus, missbrauchen dich und lassen dich dann heulend liegen.‹

»Zurück zur Tabbacchera …«, sagte Toni da.

Violante riss sich sofort zusammen. »Sagen Sie's ihr, dass die sie ficken wollen«, wiederholte sie rasch. »Alle. Wie 'ne Nutte.« Sie schlug das Kreuz. »Gelobt sei Jesus Christus.« Und ging.

Tonino Scianna wollte das Gleiche tun, als jemand anderes den Beichtstuhl betrat und sich niederkniete. »Don Bruno, ich habe gesündigt.«

Verdammt! Er schnappte nach Luft, zitterte.

»Don Bruno!«, wiederholte die Stimme erschöpft. »Ich brauche Hilfe.«

Wenn er jetzt ginge, was würde wohl passieren? Eine Posse … nein, ein Skandal.

»Wenn mein Mann das erfährt, bringt er mich um.«

»Was ist passiert?«, sagte er und versuchte, die nasale Stimme Don Brunos zu imitieren.

»Es ist …« Aber sie konnte es nicht sagen. Sie weinte verzweifelt.

Ihm kamen die Worte seiner Mutter in den Sinn, die sie in kritischen Momenten immer gesagt hatte: ›Gott ist nichts unmöglich.‹ Und so sagte er: »Gott ist nichts unmöglich.«

»Gott!«, rief sie schluchzend. »Und wo war Gott, als der mich auf dem Heimweg nahm? Wo war er, als er mich packte, um mir seinen verfluchten Saft in den Körper zu spritzen? Sagt Ihr es mir: Wo war Gott in diesem Moment?« Sie putzte sich die Nase, erstickte mit dem Taschentuch ein weiteres Schluchzen, während er hilflos nach Worten suchte.

Die Frau fuhr fort: »Ich liebe meinen Mann sehr, und das wisst Ihr, Padre. Und Ihr wisst auch, dass ich ihn nie betrügen würde.«

»Ja, und?«, brachte Tonio heraus.

»Also… als das passierte, war er in Belgien, Sie erinnern sich doch, oder? Wegen dieser dreimonatigen Dienstreise. Und deshalb…« Sie weinte schon wieder, dieses Mal wie eine verletzte, jaulende Hündin, dass es einem das Herz brach.

»Nur Mut«, murmelte er.

»Was für Mut? Ich will das Kind nicht töten, das ich in mir trage, auch wenn es das Kind eines Bastards ist. Es ist doch völlig unschuldig! Es ist mein Fleisch und mein Blut. Wissen Sie, wie oft ich schon gedacht habe, dass es besser wäre abzutreiben, aber ich habe es nie fertiggebracht…«

Die Stimme versagte ihr. Sie zog die Nase hoch und murmelte: »Giovanni würde das nie verstehen, er würde denken, dass ich das Kind behalte, weil es eine Frucht der Liebe ist.«

Giovanni, Belgien… Verdammt, das war Mirella! Mirella Piccione. Ein hübsches, wohlerzogenes Mädchen, dem er vor den Abiturprüfungen Nachhilfeunterricht erteilt hatte, damit sie einen besseren Abschluss bekam. Sie wollte Lehrerin werden. Die Neugierde, wer der Mistkerl war, der sie vergewaltigt hatte, vertrieb jegliche Zurückhaltung: »Wer war es?«

»Orlandos Sohn.« Sie brach in Tränen aus. »Aber ich weiß nicht, ob er der Vater ist, Don Bruno.«

Alarmglocken in Hülle und Fülle schrillten im Kopf des Professore: Wenn sie nicht wusste, wer der Vater war, dann war das noch nicht alles. »Ich weiß nicht, wer der Vater ist, weil er mir das zusammen mit zwei Fremden angetan hat: Zwei haben mich festgehalten, während der dritte… abwechselnd…« Sie brachte den Satz nicht zu Ende.

Tonino kratzte sich am Nacken, am spitz vorstehenden Adamsapfel. »Sag ihm die Wahrheit«, schlug er vor. »Erzähl' ihm, was passiert ist.«

»Das hätte ich sofort tun sollen«, murmelte sie. »Dann hätte er mir vielleicht geglaubt. Er hätte die Bisse und die Kratzer gesehen und wie sie mich zugerichtet haben … Aber er war weit weg. Wie hätte ich es ihm am Telefon erklären sollen, dass sie mich halbtot unter dem Johannisbrotbaum liegen gelassen haben? Ich habe mich so geschämt … Auch beim Blick in den Spiegel habe ich mich geschämt, dass sie mich so zugerichtet haben.«

Wütend ballte Tonino die Fäuste: Hätte er diese Schweine jetzt vor sich, er würde sie mit einer Axt erschlagen. »Du hättest zu den Carabinieri gehen sollen«, sagte er stattdessen ruhig.

»Klar, zu den Carabinieri! Da ist das Weib doch immer die Schlampe, Hochwürden. Ihr wisst doch besser als ich, dass alle so denken. Er war weit weg, und bestimmte Dinge kann man am Telefon einfach nicht sagen. Wenn ich das getan hätte, wäre er sofort zurückgekommen, und es hätte eine Messerstecherei gegeben.«

Noch nie hatte er sich in so einer Situation befunden, noch nie. »Rede trotzdem mit ihm«, sagte Tonino.

»Er wird mir nicht glauben.« Dann fügte sie entschlossen hinzu: »Wisst Ihr, warum ich gekommen bin, Don Bruno? Weil ich die Absolution für all meine Sünden will, für alle: Für die, die ich aus Zerstreuung begangen habe, für die, die ich nicht begehen wollte, für die, die ich mit Absicht begangen habe; für die großen Sünden und die kleinen Sünden, auch für die unwichtigen Sünden, die Unterlassungen, die mangelnde Nächstenliebe. Für alles. Denn ich will nicht in die Hölle kommen, weil mir die Hölle schon gereicht hat, die ich in den letzten Monaten durchlebt habe.«

Die Eingebung traf ihn wie ein Blitz: »Mirella … Was hast du vor?«, fragte er.

Stille.

»Mirella!«

»Nichts …«, murmelte sie. »Was soll ich schon tun?«

»Woran denkst du?«

»An nichts.«

»Sag die Wahrheit, Mirella, denn in diesem Moment stehst du vor Jesus Christus!«

»Ich …« Sie unterbrach sich, schluchzte.

»Du?«, ermunterte er sie. Er merkte, wie hilflos und verloren sie war, also sprach er mit sanfter Stimme: »Rede, nur Mut, denn den Dienern Gottes ist nichts unmöglich.« Tja, das war zwar etwas übertrieben, aber in diesem Moment … drauf geschissen.

»Ich …«

»Du?«

Stille.

»Mirella, wir können hier nicht bis Mitternacht sitzen.«

»Ich will mich vom Balkon stürzen, Don Bruno«, beichtete sie mit dünner Stimme.

»Wehe dir!«, brüllte er mit solch einer Wucht durch das Holzgitter, dass sie zurückwich. »Wehe!«, brüllte er noch einmal.

»Was wisst Ihr schon, welche Hölle …«

»Wehe dir!«, unterbrach er sie. Dann holte er Luft: »Du gehst heute Abend zu Scianna, dem Lehrer, und erzählst ihm das, was du mir erzählt hast.«

»Niemals!«

»Dann erteile ich dir keine Absolution«, erklärte er. »Du wanderst in die Hölle zu all den Mäusen, die an deiner Muschi nagen, die sich an deine Brüste hängen und sie dir abreißen, zu den Schlangen, die in deinen Mund kriechen und deine Kehle hinunterrutschen, bis sie die unschuldige Kreatur totbeißen, die du im Leib trägst, zu den Wölfen, die dich zerfleischen, den Löwen, die dich verschlingen, den Fliegen, die dir das Blut aussaugen, zu den satanischen Teufeln, die mit ihren gnadenlosen Zähnen auf immer und ewig an dir nagen werden, bis in alle Zeiten, ohne je, je, je aufzuhören, kapiert? In einem unendlichen Kreislauf. Bis in alle Ewigkeit.« Er schwitzte, japste und wischte sich die Stirn mit dem Hemdsärmel ab. »Hast du verstanden?«

Sie sagte kein Wort.

»Hast du verstanden?« Dieses Mal brüllte er.

»Ich hab verstanden«, sagte sie mit einer Stimme, die aus einem Kühlschrank zu kommen schien.

»Und jetzt geh. Such später den Professore auf, später, nicht jetzt, denn er ist grad nicht zu Hause. Bring Bücher und Hefte mit, damit die Leute sich nicht das Maul zerreißen.«

»Don Bruno ...«, sagte sie.

»Was?«

»Ich ...«

»Du ... was?«

»Und wenn ich mich nicht runterstürze ...«

»Du stürzt dich nicht runter! Kapiert?«

»Ich kann einfach nicht mit Giovanni reden. Ich hab's versucht. Es geht nicht. Ich schaff's nicht. Der Einzige, der das hinkriegen würde, wärt Ihr.«

»Ich?« Er dachte: Ich bin am Arsch. Und sofort sagte er: »Und du meinst, dass er auf mich hört? Nie würde er auf mich hören. Weißt du, was er über mich sagt? Dass ich den Alten das Geld klaue und die jungen Dinger verführe.«

»Don Bruno!«

»So isses, meine Tochter.« Mit eigenen Ohren hatte er Giovanni Ligatti so vom Pfaffen reden hören. »Geh zu Scianna, der kennt ihn gut, denn er war mal sein Schüler«, sagte er. »Hat er nicht verhindert, dass er durch die Prüfung gerasselt ist?«

»Wie bitte?«, wunderte sie sich. »Was sagt Ihr da? Giovanni hat unter großem Applaus der Prüfungskommission bestanden.«

»Ja, und den Direktor auf den Mund geküsst!«

Lange Sekunden der Stille. Dann sagte sie schließlich: »Entschuldigt, aber woher wisst Ihr das?«

Verdammt! Das alles konnte Don Bruno gar nicht wissen, da er kein Mitglied der Prüfungskommission gewesen war, die diesen Dummkopf Ligatti befragt hatte. »Weil ich alles weiß«, sagte er. »Und jetzt geh, denn ich habe noch zu tun.«

»Ihr erteilt mir keine Absolution?«

»Nein.«

»Ich bring mich nicht um, Don Bruno. Ich schwöre.«

»Zuerst bring' die Sache mit Giovanni in Ordnung, dann reden wir. Und denk dran: Wenn du dich doch umbringst, landest du in der Hölle, die ich dir gerade beschrieben hab.«

Er sah, wie sie dreimal das Kreuzzeichen machte.

»Geh zum Professore«, ermahnte er sie.

»Ist gut.«

Mirella ging, und sofort kniete sich eine andere Person an ihre Stelle und sagte: »Gelobt sei Jesus Christus!«

Verflucht!

»In Ewigkeit. Amen«, murmelte er, während er sich die Nase zukniff, damit die nasale Stimme glaubhafter klang.

»Ich habe es gemacht, wie Ihr gesagt habt«, begann die Frau mit fröhlicher Stimme.

Wie er was gesagt hat?

»Was hast du getan?«, fragte er.

»Ich bin zum Apotheker gegangen und habe mir diese Medizin geben lassen, die Ihr mir gesagt habt.«

»Und?«

»Mein Mann wäre da nie hingegangen. Nie!«

»Und?« Er schaute auf die Armbanduhr. In weniger als einer Viertelstunde würde der Küster kommen und die Kirche abschließen, und er musste draußen sein, bevor das passierte.

»Er hat ihn hochbekommen.«

»Was hast du gesagt?«

»Mein Mann, so wie Ihr es mir gesagt habt, er hat ihn hochbekommen.«

Toni legte eine Hand vor den Mund, um nicht loszulachen. »Na, siehst du!«, brachte er hervor.

Und sie fragte schelmisch: »Aber … wer hat Euch … solche Sachen gesagt?«

»Der himmlische Vater.«

»Ach so! Aber, bitte entschuldigt, der himmlische Vater kennt tatsächlich auch die Marke dieser Pillen, die das männliche Glied steif machen?«

»Nur damit die geheiligte Vermehrung gesichert ist, meine Tochter.«

»Natürlich, Don Bruno, aber warum müssen die Alten noch unkeusch sein?«

»Und ich bin natürlich alt! Also warum bist du gekommen?«

»Ich wollte mich bei Euch bedanken. Und Cosimo lässt auch danken.«

Wieder hielt Toni sich den Mund zu, um nicht zu lachen. Cosimo Arena – ein Koloss, der in der Bar immer damit angab, stets schussbereit zu sein – war also ein ausgekochter Gauner, der weder im Guten noch im Schlechten einen hochbekam, und seine Gattin brauchte die Hilfe des himmlischen Vaters, der die richtige Medizin zur Erlangung der körperlichen Befriedigung wusste.

»Und wie läuft es jetzt?«, fragte er.

»Großartig.«

»Gelobt sei Jesus Christus!«

»In Ewigkeit. Amen.«

»Gehe hin in Frieden.« Es war schon sehr spät.

Aber sie fügte mit leiser Stimme, fast weinend hinzu: »Aber jetzt leb ich in der Hölle!«

Zum Teufel aber auch! Nie waren sie zufrieden!

»Warum denn, meine Tochter?«, seufzte er. »Nicht einmal jetzt kann er dich befriedigen?«

»Doch, aber er befriedigt mich zu sehr! Wenn ich Euch von der Wonne erzählen würde, Don Bruno, dann würdet Ihr mich in den Höllenkreis mit den Schweinen schicken«, sagte sie wieder fröhlich.

»Na, und wo ist dann das Problem?«

»Dass er sich verändert hat, jetzt, wo er so großartig einen hochbekommt. Vorher war ich die Einzige, die Stunden damit zugebracht hat, dem Würmchen, das er zwischen den Beinen trägt, etwas Leben einzuhauchen, aber jetzt ist aus dem Würmchen eine Posaune geworden, auf der er wer weiß wie viele blasen lässt.«

»Ja und?« Toni war vollkommen nassgeschwitzt. Er hätte sich vor Lachen krümmen und in die Hosen pinkeln können.

»Jetzt hab ich Angst, dass er mich betrügt.«

»Und nie bist du zufrieden!«, rief er.

Die Frau weinte.

»Schütte das Kind nicht mit dem Bade aus. Jetzt genieß es erst einmal, und dann sieht man weiter.«

»Jedenfalls danken wir Euch«, sagte sie.

»Das hast du schon! Ich fühle mich geehrt. Wenn es ein Junge wird, nennt ihn Bruno. Und jetzt geh, denn es ist spät geworden.«

»Erteilt Ihr mir nicht die Absolution?«

»Ego te absolvo …«, sagte er auf Lateinisch, denn als er vor vielen Jahren das letzte Mal gebeichtet hatte, wurde die Absolution noch auf Lateinisch erteilt.

»Don Bruno«, unterbrach sie ihn, »was ist, habt Ihr Euch vertan?«

»Wieso?«

»Neulich habt Ihr mir die Absolution noch auf Italienisch erteilt.«

»Und jetzt erteile ich sie dir eben auf Lateinisch«, schnitt er ihr das Wort ab und dachte an den Küster, der jeden Augenblick auftauchen müsste. Aber da die Frau keine Ruhe gab, erklärte er: »Wenn ich sie dir auf Lateinisch erteile, ist der Herr glücklicher.«

»Und warum habt Ihr sie mir dann nie auf Lateinisch erteilt?«

»Weil heute der Umstand ein solcher ist, dass er eine Absolution auf Lateinisch verdient.«

»Ah, verstehe«, sagte sie reumütig. »Und jetzt verstehe ich auch, was mit Veronica Franzò passiert ist. Ihr habt ihr die Absolution bestimmt auf Lateinisch erteilt. Sie kam her, beichtete bei Euch, und am nächsten Tag bekam sie die Stelle als Krankenschwester. Don Bruno, gewisse Sachen macht man einfach nicht!«

»Geh jetzt«, brummte er auf Art des Pfarrers, wenn dieser ungeduldig wurde. »Und sei froh, dass ich dir die Absolution nicht verweigert habe, vor allem nicht die auf Lateinisch, was sonst noch viel mehr geschadet hätte. Als Buße einen Monat lang keine Süßigkeiten.«

»Wollt Ihr mich umbringen?«

»Ich will verhindern, dass du Diabetes bekommst, meine Tochter.« Er knallt die Holzklappe vor das Gitterfenster, um klarzumachen, dass jetzt Schluss war.

»Momentchen, Don Bruno«, sagte da eine männliche Stimme.

Toni blickte auf die Uhr. Noch fünf Minuten, bis die Kirche schloss.

»Sprich. Was ist?«, sagte er. »Aber mach hin, ich hab es eilig.«

»Es ist so, dass die eine Schweinerei gegen Agata Di Dio vorhaben.«

»Wer die?«, fragte er, obwohl er das schon aus sicherer Quelle wusste.

»Die vom Klüngel.«

»Was haben sie vor?«

»Sie wollen ihr den Laden abfackeln.«

Toni richtete sich so abrupt auf, dass er sich den Kopf am Holz stieß. »Hast du getrunken, Egidio?« Er hatte ihn an der

Alkoholfahne erkannt, die durch das Gitter bis zu ihm gedrungen war.

»Nur einen halben Whisky, ich schwör's, und das ist für mich ja eh wie frisches Wasser, und das wissen Sie auch.«

»Wer will ihr den Laden abfackeln?«

»Der Bürgermeister. Er hat gesagt, dass die Nutte mit ihrer Ausspuckerei sich die Hölle auf Erden eingehandelt hat. Und deshalb, damit sie kapiert, wie groß diese Beleidigung ist, wollen sie Agata, das Haus, den Laden und wie es scheint auch die Saracina anzünden.«

»Manchmal sagt man solche Dinge einfach so …«, wiegelte Toni ab.

»Nie im Leben! Wisst Ihr etwa nicht, dass Occhi janchi nie einfach nur so etwas sagt?«

Doch, das wusste er, das wussten alle. »Geh zu den Carabinieri«, sagte er da.

»Seid Ihr verrückt? Der Chef da ist neu, der kennt uns nicht, der weiß nicht, wie die Dinge hier laufen, der glaubt doch, dass hinter jedem Fenster eine Pistole lauert und schießt. Aber wenn man ihm sagt, dass jemand auf andere Weise kalt gemacht wurde, dann sucht er erstmal Beweise und Gegenbeweise, aber da es für gewisse Dinge nicht einfach so Beweise und Gegenbeweise gibt, macht er dir dann richtig Scherereien. Und nach dieser Geschichte mit dem gestohlenen Geld aus der Hauptkasse, und das Ihr mir dann gegeben habt, damit ich den Schaden wieder gutmachen konnte, wofür ich Euch auf alle Zeiten ewig dankbar sein werde, Don Bruno, denn nur dank Euch habe ich meine Frau und Kinder und meine Reputation behalten … nach dieser Geschichte will ich keinen Ärger mehr, und deshalb geh ich nicht zu den Carabinieri.«

Jesus! Und er hatte Don Bruno immer für den schlimmsten aller Gauner gehalten. Ein tiefes Schamgefühl durchzog Toni. »Ich werde sehen, was sich tun lässt, Egidio«, sagte er dann. »Und jetzt erteile ich dir die Absolution.«

»Aber bitte auch auf Lateinisch«, sagte er.

Toni zuckt zusammen. »Und warum?«

»Weil Tina mir gerad gesagt hat, dass Ihr die Absolution auf Lateinisch erteilt, wenn die Probleme gebührend und dringlich sind. Und ist das Problem mit der Tabbacchera nicht gebührend und dringlich, weil sie ihr alles abfackeln und sie allein, arm und verrückt zurücklassen wollen?«

»Alles abfackeln? Die bekommen es mit mir zu tun!«, rief Toni in seiner eigenen Stimme.

»Don Bruno …«, wunderte sich Egidio.

Rasch hielt Toni sich wieder die Nase zu. »Was ist, was willst du, was willst du denn noch wissen?«, versuchte er sich rauszureden. »Wie viel Geduld soll ich noch verlieren?« So redete Don Bruno, genauer gesagt, so perfekt imitierte er ihn, dass der andere sagte: »Nichts, nichts. Gottmiteuch.«

»Warte«, sagte Toni. »Wenn da noch welche sind, die beichten wollen, sag ihnen, sie sollen morgen wiederkommen, denn jetzt muss ich zur Tabbacchera.«

»Ihr seid großartig.«

Toni blieb zusammengekauert im Beichtstuhl sitzen, während er Egidio sagen hörte: »Für heute macht Don Bruno Schluss. Wer sich das Gewissen erfrischen muss, wird gebeten, morgen wiederzukommen. Husch, husch.«

Er hörte Stimmengewirr, Schwatzen, Egidios Stimme, die immer wieder ›husch‹ sagte. Schließlich breitete sich eine verheißungsvolle Stille aus.

Verstohlen streckte Toni den Kopf zwischen dem Vorhang heraus. Nur Violante war dageblieben. Er machte ihr ein resolutes Zeichen zu gehen.

Sie wollte antworten.

»Hau endlich ab!«, zischte er.

Sie gehorchte.

Er sprang aus der hölzernen Falle, klopfte sich die Hose ab, wischte sich mit der Hand über den Mund und ohne, dass er es wollte, trugen ihn seine Beine zur Sakramentskapelle und blieben dort stehen.

Stumm stand er da. Peinlich berührt. Seit einer Ewigkeit dachte er nicht mehr an den Allmächtigen, an seine verschlungenen Wege, die ihn über Höhen und Tiefen, Abzweigungen und Abgründe des Lebens führten, mit einer schlafenden Seele in der Brust, mit den wenigen Gedichtzeilen, in denen er die Unendlichkeit außerhalb seiner selbst erfassen wollte, mit der Einsamkeit eines Junggesellen, der sich nie in einer Brut fortpflanzen wollte, die seinen verschlungenen Lebensweg nur schlimmer wiederholen würde (Es kommen schlechte Zeiten, sagte er sich immer): Diese gewundenen Wege hatten ihn unvermittelt hierher geführt, und er blieb stumm stehen, etwas verlegen und mit verwirrten Gedanken.

So fand ihn der Küster. »Professore!«, rief er erstaunt. »Was tun Sie denn hier?«

»Was meinen Sie wohl?«, versuchte er das Gespräch im Keim zu ersticken, das – davon war er überzeugt – das Wie, das Wann und das Warum seiner Anwesenheit vor dem Allmächtigen herausgekitzelt hätte, obwohl er doch zur gottlosen kommunistischen Bande gehörte, die im Hause Di Dio sündigte.

»Die Kirche schließt jetzt«, teilte der Küster ihm trocken mit.

»Gewähren Sie mir noch fünf Minuten?«, ließ Toni sich herab, so höflich zu fragen, dass es dem anderen wie eine Bitte erschien.

»Auch zehn, wenn Sie es brauchen«, antwortete der Küster höflich auf diese Höflichkeit.

»Fünf reichen mir, dann habe ich das Gespräch mit meinem Freund hier beendet.«

»Welchem Freund?«, fragte der Küster, da die Kirche leer war.

»Na, mit dem Hausherrn, nicht wahr?«

»Ah! Don Bruno ist aber zu einer letzten Ölung gerufen worden.«

»Und er soll der Hausherr sein?«

»Wer denn sonst?«

Toni ergriff den Küster am Arm, zwang ihn niederzuknien und zeigte auf den Tabernakel: »Er ist der Hausherr.«

»Habt Erbarmen!«, wimmerte der andere und bekreuzigte sich mit der freien Hand.

Toni jedoch betrachtete den Tabernakel und dachte: *Hilf mir zu helfen.* Dann neigte er respektvoll den Kopf, wandte sich um und ging mit langsamen Schritten, wie die Würde des Ortes es verlangte, zur Kirchentür.

9

Costanzos Sarg wurde neben den Särgen seiner Eltern in die Grabnische eingemauert. Danach verabschiedete Agata alle, die bis zur Beisetzung mit ihr ausgeharrt hatten, und ging nach Hause. Vor der Tür stand eine Menschentraube aus Freunden, die nicht mit ihr auf dem Friedhof gewesen waren und sie lieber an Costanzos Zuhause erwarteten. Sie lächelte allen zu. »Ich danke euch«, murmelte sie. »Ich liebe euch. Aber jetzt lasst mich bitte allein.«

Die Freunde wollten bleiben, sagten ihr, dass die Einsamkeit gerade jetzt unerträglich sei, dass sie sich zwar mit der Zeit daran gewöhnen würde, aber jetzt …

»Bitte.« Agata sagte es mit einer harten, trockenen Stimme, als würde ein Blatt Papier zusammengeknüllt.

»Wenn du etwas brauchst …«

»Dann rufe ich euch an. Ich schwöre es.«

Lisabetta ging als letzte und drückte ihr einen in ein Geschirrtuch gewickelten Topf in die Hand. »Iss etwas«, ermahnte sie die Freundin. Agata nickte zerstreut. Sie schloss die Tür hinter sich, flüchtete in ihr Schlafzimmer, zog die Fensterläden zu und schloss die Welt aus.

Das schwarze Kleid auf dem Sessel, ein Schuh links, einer rechts, die Tasche am Boden, hinter ihr lange Stunden voller Tränen, vor ihr lange Stunden voller Trauer und Einsamkeit: Agata saß auf dem Bettrand und starrte in die Dunkelheit.

»Und jetzt?«, fragte sie und drehte sich zum Kissen, auf das Costanzo seinen Kopf gelegt hatte. »Was mache ich jetzt?«

Sie stand auf und betrachtete sich im Spiegel: schwarzes Negligé, offene Haare, geschwollene Augen, die Stirn von einer Falte durchzogen, die durch Costanzos Tod entstanden war und die nie wieder verschwinden würde. Nur sie konnte diese eine Falte sehen, und sie würde Agata immer an den Moment erinnern, in dem Costanzo ihr mit seinem letzten Atemzug einen Abschiedskuss auf die Stirn gehaucht hatte.

Sie trat ans Fenster und stieß einen Laden auf. Der Himmel war voller Sterne und auf dem Meer spiegelte sich das lange Licht des Mondes. Im Hafen von Augusta lagen Schiffe. Der Gipfel des Ätna glimmte ab und an rot auf, wenn er blutrote Lava in die Dunkelheit spuckte.

Wäre Costanzo dagewesen, hätte er sie an der Taille gepackt und zwischen ihre Haare am Nacken geflüstert: ›Schauen wir mal, ob wir heute Nacht ein Baby machen.‹ Er hätte sie hier neben dem Fenster geküsst, während sie auf das unendliche dunkle Meer schaute; vor Gottes Angesicht und im Klang der Kirchenglocken hätte er sie geküsst, im Angesicht des Kirchplatzes, der nach jeder Hochzeit mit Reiskörnern übersät war. Dann hätten sie sich aufs Bett geworfen, er hätte ihren Busen entblößt: ›Ist es Sünde, wenn ich Euch besitze, werte Dame?‹, hätte er gefragt und Worte der Minne geflüstert, die ihr sinnliches Liebesspiel anfachten. Und sie hätte erwidert: ›Ist es Sünde, dass ich Euch so brennend begehre, werter Herr?‹ Und die Nacht wäre voll von Worten und Liebe gewesen, voll von gesprochener Liebe und hingegebener Liebe, voll von verwobener Liebe, aus Seufzern und Lust genähter Liebe, aufgetrennter Liebe und wieder zusammengehefteter Liebe, die sie so lange aufgetrennt und wieder zusammengenäht hätten, bis der Schlaf über sie hereingebrochen wäre.

Sie betrachtete wieder den Ätna mit dem rotglühenden Bächlein an der Flanke, die Sterne und die Piazza. Sie betrachtete die sich unendlich ausbreitende Einsamkeit der Gegenwart und füllte ihr Leid mit Erinnerungen aus der Vergangenheit, die ihr wie spitze Splitter in Fleisch und Herz stachen.

So wie die Erinnerung, als er sie bei Sonnenaufgang mit dem Duft von Kaffee weckte und sagte: ›Du wirst schon sehen, wie prächtig unsere Saracina wird.‹ Dann malte er ihr seine neuesten Ideen aus: Noch mehr Olivenbäume wollte er pflanzen, ein Zimmer anbauen. ›Und wenn wir reich sind, bauen wir einen Pool, mein Schatz!‹

›Aber wir haben doch das Meer vor der Tür, wozu brauchen wir da einen Pool?‹, erwiderte sie auf seine Träumereien über die zukünftige Herrlichkeit der Saracina.

›Nur zum Vergnügen, damit auch wir ein Haus mit Garten, Meer und Swimmingpool haben.‹

›Und was ist aus dem erbitterten Kommunisten geworden, der mir den Kopf verdreht hat, als er von sozialer Gleichheit sprach?‹

Er lachte. ›Den Pool baue ich mit meinen eigenen Händen, und wenn es nur eine Wanne wird, in der die Kinder planschen können, bevor ich sie ins Meer werfe, Signuruzza, denn im Meer gibt es Strömungen und Wirbel, und wenn die Knirpse nicht gut schwimmen können, ist es besser, dass sie da gar nicht erst reingehen.‹

›Mir scheint, Sie sind zu einem Verräter verkommen, Herr Kommunist‹, spottete sie.

Er wurde ernst. ›Ich will kein Leben wie die Reichen, *amore mio,* aber ein Häuschen mit einem Planschbecken für die Kinder schon.‹ Dann lachte er wieder, redete und verzauberte sie, bis er schließlich sagte: ›Ich geh aufmachen, sonst geben die Leute noch eine Vermisstenanzeige auf.‹

Während sie sich erschöpft im Bett umdrehte, hörte sie, wie Autos anhielten, deren Fahrer Zigaretten, Minzbonbons, Lakritz oder auch eine Handvoll Fruchtbonbons kaufen wollten. Denn wenn man da unten inmitten der Industrieabgase arbeitet, vertreibt ein Bonbon hervorragend den Geschmack von faulen Eiern, diesen giftigen Mief, der Geld und Unabhängigkeit bringt, wie Seine Exzellenz der Bürgermeister es den paar Bauern immer wieder erklärte, die immer noch von einer Ära der Landwirtschaft träumten, die selbstverständlich Tiere und Gläubige ernähren sollte. ›Und wenn die Reblaus kommt, was macht ihr dann?‹, fragte er sie auf den Wahlkampfveranstaltungen in faschistischer Tonlage. ›Wer ist dann schuld? Wenn die Tomaten verderben oder die Oliven, oder wenn euch Kühe, Ziegen, Schweine und alle Viecher wegsterben, bei wem beschwert ihr euch dann? Bei der Natur? Beim Allmächtigen? Beim Himmel, wenn es nicht regnet? Bei der Sonne, die die Ernte verbrennt? Bei wem?‹, schrie er mit fuchtelnden Armen. Dann, nach einer lang einstudierten Pause, proklamierte er feierlich: ›Die Industrie kennt weder Trockenheit noch Krankheit.‹

Applaus brach los.

Alle klatschten, und sie klatschen immer noch in die Hände, obwohl jede Familie ihre Toten beweint, denn man stirbt an diesem Umweltgift. Man kann es durchaus vierzig Jahre im Körper tragen und glauben, gesund und munter zu sein und mit der verdienten Rente im Alter in Saus und Braus leben zu können, doch stattdessen ist man bereits verdammt, denn die Rente erlebt man nicht mehr; oder wenn man sie doch noch erreicht, stirbt man bereits nach nur wenigen Jahren. Denn die schwarze Plage der Raffinerie ist eine tickende Bombe, die beizeiten im Körper explodiert und ihre Sporen verstreut, und schon ist man voller Metastasen, und schon kann niemand mehr etwas für einen tun. Trotzdem.

Agata steht wieder auf. Zu kalt ist das leere Bett, zu warm ist es im Zimmer. Sie geht ins Bad, kühlt sich die Handgelenke unter dem Wasserstrahl. Sie ist allein. Und allein will sie bleiben.

Abends sind die Freunde zurückgekehrt und haben geklopft. Sogar Toni Scianna ist gekommen und hat gesagt, dass er dringend mit ihr reden müsste. Sie hat hinter der Tür gestanden und allen versichert, dass sie keine Gesellschaft bräuchte. »Vielen Dank, herzlichen Dank, aber lasst mich einfach«, hat sie gesagt, ist barfuß und im Negligé wieder nach oben gegangen. Die langen Haare brannten wie ein Mantel der Verzweiflung auf ihren Schultern, denn nun würde niemand mehr diese Haare liebkosen, denn da ist keine Hand mehr, und niemand sagt mehr beim Streicheln: ›Mein Leben‹, und da ist kein Mund mehr, der sagt: ›Versündige ich mich mit Euch, werte Dame?‹ Da ist nun auch keine Schulter mehr zum Anlehnen, keine Lippen zum Darauf-Verharren, um Luft zu holen, keine Haut zum Atmen, kein im Schlaf gemurmeltes Wort. Nun gerinnt die Liebe auf allem, was er angefasst, auf jedem Kleidungsstück, das er getragen, auf jedem Blatt, das er beschrieben, auf jedem Glas, aus dem er getrunken, auf jedem Teelöffel, mit dem er den Kaffee umgerührt hat.

Nun ist da niemand mehr, der sie ›mein Schatz‹, ›mein Liebling‹, ›Amore mio‹ nennt, nun wird sie nicht mehr die Mutter von Costanzos Kindern, nun wird sie nicht mehr unnütze Zettelchen schreiben, die sie ihm unter den Teller, unter das Kissen, ins Brillenetui oder in die Dose mit dem Kleingeld steckt; nun verflechten sich in der Nacht keine Beine mehr, keine Körper schmiegen sich aneinander, kein Schweiß vermischt sich, und keine Träume wandern mehr von einem Geist zum anderen, sodass sich am nächsten Morgen dein Traum und mein Traum gegenseitig erklären und vervollständigen, *amore mio,* und mein Traum setzt deinen Traum fort, und unsere gemeinsamen Träume erzählen auf magische Weise von dieser Lebensmelange aus dir und mir.

Auch Roberto hat geklopft, und selbst Franca Cortese. Sie haben gefragt, ob Agata den Abend bei ihnen verbringen, ob sie etwas essen wolle. Roberto war sehr beharrlich. »Sie dürfen nicht traurig sein, Signora«, hat er sich sogar getraut zu sagen.

Ein Junge ist er, ein kleiner Junge! Was weiß so ein Junge schon vom Leben, wenn der einzige Mensch stirbt, der dem eigenen Dasein einen Sinn gegeben hat?

Aber er war hartnäckig. »Schauen Sie zum Gesims vom Rathaus. Schauen Sie hin, dann kapieren Sie es.«

Und jetzt geht sie ins Wohnzimmer, öffnet die Läden, damit sie das Gesims des Rathauses betrachten kann, das ihr irgendetwas zu verstehen geben soll. Sie macht es, denn wenn man vor Schmerz stirbt, klammert man sich an alles, selbst an den Unsinn, den kleine Jungen von sich geben.

»Los«, murmelt sie unwillig. »Hier bin ich … Was ist jetzt also so Besonderes an diesem Gesims?«

Doch da sind nur ein paar Schwalbennester, ein paar Spinnennetze, Grasbüschel, etwas angestautes, dreckiges Regenwasser und Blütenstaub, den der Wind dort hinaufgetragen hat. Lauter Dinge, die ihren Schmerz nicht lindern.

Sie streicht sich über den Mund, fasst die Haare zu einem Pferdeschwanz zusammen, lässt sie aber gleich wieder fallen. Die Rathausuhr zeigt zwei Uhr zehn, die Stunde, in der einzig und allein der Schlaf regiert. Nur das Fenster von Toni Scianna ist erleuchtet, gleich neben dem geschlossenen Fenster Pallantes. Tür an Tür wohnen die beiden und reden nicht miteinander. Sie grüßen sich nicht, seit Toni Kommunist geworden ist, und Occhi janchi ihm geschworen hat, dass er niemals im Dorf Arbeit finden würde. Toni hat sich nichts daraus gemacht: Der Uniabschluss und der wenig später bestandene Zugangswettbewerb für Lehrer befreiten ihn von allem.

Sie sieht ihn gebeugt am kleinen Tisch sitzen. Da hebt er den Blick zum Fenster, steht rasch auf, lehnt sich hinaus und will nach ihr rufen. Agata schüttelt den Kopf und geht wieder hinein.

»Warte!«, sagt er.

Doch sie hört nicht auf ihn. Sie schließt die Fensterläden. »Lass mich in Ruh.«

Mit schleppendem Schritt geht sie ins Schlafzimmer zurück, setzt sich auf den Bettrand, sieht das Kissen an. »Was soll ich jetzt machen?«, fragt sie.

Dann streckt sie sich auf Costanzos Seite vom Bett aus, legt den Kopf auf Costanzos Kissen, hofft, dass Costanzos Träume wie unsichtbare Flöhe ihr in die Haare krabbeln, ihr durch den Kopf wuseln, ihr all den Schmerz aussaugen und sie wieder mit der Honigsüße des vergangenen Glücks erfüllen.

10

Toni war enttäuscht. Eine Weile starrte er die verschlossenen Fensterläden an, in der Hoffnung, dass Agata ihre Meinung änderte und wieder herauskam. Sie kannte ihn doch, oder? Sie wusste doch, dass er anders war als die anderen, dass er keinen Trost heucheln, keine hoffnungsvollen Rosenkränze für ein Jenseits voller ewiger Glückseligkeit herbeten und sie nicht mit der Rhetorik um die vergehende und Wunden heilende Zeit belästigen würde. Er wollte sie doch nur warnen. ›Pass auf, sie wollen dir alles nehmen, pass auf, sie wollen alles abfackeln, pass auf, sie haben vor, dir wehzutun, pass auf, dass du all diesen Verrätern widerstehst, die dir Honig ums Maul schmieren wollen und dich dann packen und dich entehren, so wie sie es mit Mirella gemacht haben.‹

Mirella …

Sie war wirklich gekommen und hatte ihn um Hilfe gebeten, so wie *Don Bruno* es ihr aufgetragen hatte. Sie hatte alles erzählt, dann hatte sie ihren Mann geholt. Arrogant und flegelhaft war dieser Ligatti, umgeben von einer Wolke aus Blasiertheit, mit der er sich selbst zum Prinzen krönte. Toni ließ ihn sich austoben, wandte sich dann an Mirella und erinnerte an eine Tat des Schülers Ligatti, die dem Ehemann Ligatti den Atem raubte und ihm den Boden unter den Füßen wegzog.

Toni musste lachen. Das Leben ist schon ein Arschloch, mein Lieber, sagte er sich, es zinkt die Karten, verdreht alles, macht aus Weiß Schwarz und aus Schwarz Weiß.

Als der Ehemann, nachdem er die große Neuigkeit von der Ankunft des Kindes vernommen hatte, sich schon mit äußerst berechtigter Wut aufblies und alle apokalyptischen Reiter loslassen wollte, blieb ihm bei dem Namen – Giovanna –, den der Professore ganz beiläufig fallen ließ, die Luft weg. Nach einer gefühlten Ewigkeit des Rotwerdens und Schweigens murmelte Ligatti: »Schaisze … Professore …« Mehr nicht.

Denn schon mischte sich Mirella alarmiert ein: »Giovanna? Wer ist denn diese Giovanna?« Es sah ihrem Mann nämlich überhaupt nicht ähnlich, dass er so peinlich berührt verstummte, so rot wurde, den Schwanz einklemmte und wegschaute, nur damit sich ihre Blicke nicht trafen. »Was hat denn diese Giovanna mit dir zu tun?«, forderte sie Erklärung und Genugtuung – eine ordentliche Erklärung und eine riesige Genugtuung! – für dieses Dunkel, in dem er sie gehalten hatte. Doch während er versuchte, sich hinter solchen Phrasen wie ›Ich weiß nicht‹, ›Ich erinnere mich nicht‹, ›Scheint mir nicht so‹ zu verstecken, brachte sie ihn schließlich dazu, es einzugestehen: »Das kommt schon mal vor … wir waren betrunken … und deshalb … ich … wir …«

»Du? Ihr? Und *deshalb?* Und deshalb was? Und ich mach mir Vorwürfe und wollte mich umbringen …«

»Umbringen? Du? Schaisze, ich bring die da um, allesamt, so wahr es Gott gibt!«

»Du bringst hier gar niemanden um«, griff Toni ein. »Geht nach Hause, seid vernünftig und denkt an den Winzling, der da in dir heranwächst, Mirella.«

So waren sie nach Hause gegangen. Und war sie tags zuvor noch völlig verzweifelt gewesen, so jubelte Mirella jetzt nicht nur, sondern machte sich auch einen Spaß daraus, immer wieder Salz in die Wunde ihres Mannes zu streuen, die ihm seit so langer Zeit ein schlechtes Gewissen bereitete.

Nichts passierte. Agata kam nicht heraus. Das Haus blieb verschlossen. Uneinnehmbar. Er würde die Freundin also morgen warnen. Und wenn er dafür ihre Tür eintreten musste.

Toni trank einen Schluck Wasser, suchte ein Heft, um das große Unbehagen dieses Augenblickes zu notieren. Zwischen dem Stapel an der einen Ecke des Tisches fand er ein altes Heft. Er blätterte es durch. Unter dem Datum vom 31. Dezember 1989 hatte er geschrieben: ›Die Insel Sizilien der 90er-Jahre wird jung sein. Mutter und Patin ihrer selbst, immer Weib und notfalls Signora. Heilig wird sie sein mit ihren Märkten, gewissen düsteren Häusern, wo ein Gebet wirklich ein Gebet ist, auch wenn dort keine Hostien mehr gebrochen und kein Brot mehr geweiht wird, dafür aber wird es Kinder geben, die mit zu wenig Geld aufwachsen. Sie wird ein wenig Hure sein. Und als Kriegerin mit spitzen Pfeilen die Herzen derjenigen treffen, die ihr Fleisch zu Eroberungsgebieten erklären …‹

Er sah sich selbst wieder vor sich, wie er flink diese Worte niederschrieb. Das waren andere Zeiten gewesen. Costanzo war am Leben. Agata war glücklich.

Er legte sich ins Bett, löschte das Licht, aber im Zimmer breitete sich keine Dunkelheit aus. Durch das offene Fenster drang der Schein der Laternen, die die Piazza erhellten und unscharfe Schatten an die Zimmerwände warfen. Der einzig klare Schatten war der einer Statue, die ein Freund ihm aus Madagaskar mitgebracht hatte: Eine in sich versunkene Frau saß auf einem Fels, die Arme um die Knie geschlungen, den Kopf dazwischen – verschlossen gegenüber der Welt und gefangen im Strudel der eigenen Seele.

Ob Agata in diesem Moment auch so dasaß, in sich versunken und gefangen im Strudel des eigenen Schmerzes?

Bestimmt. Und das würde sie noch verwundbarer machen, daher musste er sie warnen. Aber er hatte nicht die Kraft für einen neuen Versuch. ›Morgen‹, sagte er sich.

Er starrte den Frauenschatten an der Wand an, dachte an die Merkwürdigkeiten dieses Tages, an Tina, die es mithilfe eines pharmakologischen Allmächtigen geschafft hatte, dass ihr Mann wieder einen hochbekam, an Don Bruno, der gar kein

Schwein war, an Costanzos Erscheinung im Spiegel, an das Gute und das Schlechte, an die Biegungen und Windungen des Lebens, die der Herrgott einen zum Spaß entlang laufen und dabei glauben lässt, dass man selbst – und zwar nur man selbst – das Ruder des eigenen Schiffes in der Hand hält, doch stattdessen, wie auch immer das sein kann, taucht Er plötzlich auf und gibt sich zu erkennen, und man kapiert, dass man eine Nadel in seiner Hand ist, mit der er ein viel größeres Bild stickt. Und dieser Zustand der ewigen Bewährung, der Leere und der Unanständigkeit, aus dem das Leben manchmal zu bestehen scheint, endet plötzlich, und alles hört auf zu schwanken, alles läutert sich.

Er war in diesen Gedanken versunken, als die Frau an der Wand sich bewegte, die Arme löste, den Kopf hochnahm: Schleier, Profil, der Schwung der Augenbrauen …

»Violante«, murmelte er. Und sofort spürte er wieder die Woge des Begehrens, die ihn in der Kirche erfasst hatte, und er sagte sich: ›Ich wollte dich nicht wie ein kleines Kind behandeln, Violante, verzeih mir. Ich danke dir, dass du mir von den Plänen dieser Schweine erzählt hast, der Tabbacchera wird geholfen, du und ich gemeinsam …‹

Du und ich gemeinsam?

Er kratzte sich am Kopf. Was dachte er da bloß? Und während er sich noch einen Idioten schimpfte, stieg das Mädchen von der Wand und trat zu ihm.

Volle Lippen, Pfirsichbäckchen, schöne strahlende Augen, am Kinn die Narbe vom Fahrradunfall, als Errico beim Anblick des ganzen Blutes fast in Ohnmacht fiel und ihm die Kleine in den Arm drückte, damit er sie hielt, während der Arzt die Platzwunde nähte, da war es an ihm, sie festzuhalten und ihr Mut zuzusprechen. ›Ist gleich vorbei, Violante, ist gleich vorbei.‹ Und sie kniff die Augen zu, krallte sich an seine Hand und sagte keinen Mucks.

Die Narbe am Kinn, die leuchtenden Augen, die vollen Lippen, die Lust machten, an ihnen zu saugen, die wilden braunen Locken … Tonis Herz tobt, erregt sich, galoppiert los, während ein unangemessener Schweißausbruch ihm die Stirn nässt.

›Violante ist Erricos Tochter‹, ermahnt ihn sein Gewissen.

›Das weiß ich doch!‹

Braune Locken fallen weich herab, streifen das Bett.

Violante zieht die Schuhe aus, legt sich neben ihn.

Er dreht sich auf die Seite, um sie besser ansehen zu können. Hauchzart fährt er mit dem Finger über die Narbe.

Sie lächelt.

Ein Lächeln, das zum Wagnis einlädt: ein Kuss auf den Mund. Anfangs leicht, überrascht und verzaubert, dann immer gieriger, intensiver, länger, ein Kuss, als hätte er noch nie geküsst, ein Kuss, der ihn von jeglicher Zurückhaltung befreit, denn er wirft sich auf sie, öffnet ihre Bluse, hebt ihren Rock, sucht das Zentrum ihrer Weiblichkeit.

›Toni, was machst du da für'n Schaisz?‹, fragt Erricos Stimme in ihm.

›Toni, was machst du da für'n Schaisz?‹, fragt seine eigene Stimme in ihm.

Er merkt nichts, er hört nichts. Violante ist so weich, so unglaublich weich, wie Butter, wie Creme, wie Biskuit, eine Bonboniere, ein Zuckerpüppchen, wie soll er da aufhören?

Und so hört er nicht auf. Und während er Träume träumt – denn es ist ein Traum, sollte er das etwa nicht merken? –, nimmt er sie, und während er Träume träumt, trägt er sie über schäumendes Meer, über windige Erde, über Orangenblütenteppiche, und während er Träume träumt, schließt er sie in sein Herz.

Das Sizilien der 90er-Jahre wird jung sein … Jung …

11

In dieser Nacht fasste Lucia Montalto Vertrauen zu dem kleinen Mischling, den sie mit nach Hause genommen hatte, eine Kreuzung aus Malteser und Hütehund, bei dem Anteile aus Edelrassen hineingeraten sein mussten. So hatte er ein aufrechtes Ohr wie ein deutscher Schäferhund, ein hellblaues Auge wie ein Husky, das andere war haselnussbraun wie bei den meisten Hunden, am Hals kräuselten sich ein paar Locken, und der Schwanz ähnelte keiner Rasse, denn er war zu einem Stummel gestutzt, der sich ab und an aufrichtete, wie um die Windrichtung zu prüfen.

»Ich nenn dich Turuzzu«, und so taufte sie ihn.

Turuzzu, der Kosename für Turi, die Abkürzung von Salvatore. Dieser Name war ihr – warum auch immer – als allererstes eingefallen, und sofort begriff sie, dass dieser Name zu ihm passte. Auch der kleine Hund schien das zu denken, denn er widersprach ihr nicht mit dem ablehnenden Bellen, das Lucia später noch kennenlernen würde und mit dem er immer sehr entschieden kundtat, was ihm nicht gefiel (allen voran der Tierarzt).

Lucia gewann ihn mit Streicheleinheiten und Hackfleisch, mit wirren Worten aus dem Mund einer Frau, die den größten Teil ihres Lebens in Einsamkeit verbracht hatte, nie hatte sie sich irgendjemandem anvertraut, nie irgendjemandem ihre Schmerzen und ihre Erschöpfung gestanden, hatte nie von dieser Bürde gesprochen, zu der das Leben wurde, seit sie nach dem Tod von Vater und Mutter zu einer tyrannischen Cousine abgeschoben worden war, die ihr aber nach dem Tod eine kleine Erbschaft hinterlassen hatte, sodass Lucia ohne großen Mangel bis zum Ende ihrer Tage leben konnte.

»Du bist viel zu verschlossen, meine Tochter«, sagte ihre Mutter immer und ermunterte sie, Freundinnen oder Schulkameradinnen mit nach Hause zu bringen.

»Viel zu scheu biste«, sagte ihr Vater, aber er sagte es voller Stolz, so als wäre ihre Scheuheit identisch mit seiner, weil er fast keine Freunde hatte und an den Abenden, Sommers wie Winters, immer nur Patiencen legte oder Tarotkarten las (er war es, der Errico diese Kunst beigebracht hatte); und jedes Mal, wenn er ihr die Karten legte, sagte er: »Ich sehe großes Glück, Geld und gute Freunde, einen Ehemann …«

»Kinder?«, unterbrach sie ihn.

»Nein, Kinder sehe ich nicht, Luciuzza.«

Doch welchen Reichtum sah er dann? Was für Geld, was für gute Freunde und was für einen Ehemann?

Lucia war fünfzig geworden, und bis zu diesem Tag war sie allein gewesen wie eine Pestkranke. Aber nicht die anderen mieden sie, so wie sie dachte, sondern sie selbst schloss sich zu Hause ein und wollte keine Gesellschaft von Klatschweibern, die im ganzen Dorf herumtratschten, was sie in anderen Häusern so sahen: ob die Zimmer immer ordentlich waren, ob jemand jeden Tag den Boden feudelte und jeden Monat die Gardinen wusch oder ob die anderen auch Staubtücher, Socken und, bei allem Respekt, Unterhosen bügelten.

Bei sich zu Hause war sie die Königin: Sie putzte und wusch, wenn ihr danach war, und verbrachte die ganze Zeit am Herd, um mit Genuss die traditionellen sizilianischen Gerichte oder aber die Neukreationen der Fernsehköche zuzubereiten, wobei sie Geschmäcker und Aromen, Kräuter, Früchte und sogar Blumen gewagt neu kombinierte und aus deren harmonischem Gleichgewicht Fünf-Sterne-Gerichte zauberte, die sie für all ihre Mühen belohnten. Zu den Beerdigungen ging Lucia nur, um ihre Traurigkeit zu beweinen, die sie bei sich zu Hause nicht mit Tränen vertreiben konnte, denn sie brauchte das Weinen der anderen, um selbst weinen zu können. Sie ahnte nicht, dass die anderen ihr absichtlich aus dem Weg gingen, weil sie die von den Beerdigungen war, die man auf Abstand halten musste. ›Man weiß ja nie‹, sagte Sarino Motta und fasste sich in den Schritt, ›ob der Tod sie mitbringt oder sie den Tod.‹ Und deshalb war sie immer allein.

Doch nun war da dieses Hundchen. Warum hatte sie an so was nicht schon früher gedacht?

Und während Agata unruhig war, während der Professore im Traum Violante besaß, und während Violante nackt vor dem Spiegel jeden Zentimeter ihres Körpers kontrollierte und sich fragte, ob der Professore sie je als Violante – und nicht als Erricos Tochter, die ja ebenso gut seine Tochter hätte sein können – ansehen würde, während Occhi janchi für morgen einen Besuch der Saracina plante, bei dem er das Gelände vor der eigentlichen Aktion überprüfen wollte, während Luisa Acquaforte an die schönste Stunde ihres Lebens zurückdachte, in der sie mit einem Mikrofon in der Hand vor etwa fünfzig Leuten einen Schlager von Mina gesungen und das Publikum sie mit warmherzigem Applaus belohnt hatte, erzählte Lucia Montalto in allen Einzelheiten Turuzzu ihr Leben.

Der Vierbeiner hörte geduldig zu, während sie erst mit einer Bürste, dann mit einem Kamm sein verkrustetes Fell säuberte, anschließend ein Desinfektionsmittel auftrug und ihn mit liebevollen Worten davon überzeugte, in die mit Wasser gefüllte Zinkwanne zu springen, und voller Mitgefühl bemerkte sie, dass er nur aus Haut und Knochen bestand.

Lange seifte Lucia ihn ein, lange schrubbte sie ihn, und während sie ihn so bearbeitete, gestand sie ihm sogar, dass sie sich als Mädchen in Giuliano, den Bäcker, verliebt hatte, und er sich sogar vielleicht auch in sie, hätte sich da nicht die – weder schöne, noch hässliche, dafür aber lustige – Tochter des

Schlachters mit Namen Pia eingemischt, die Giuliano dann wegen ihrer ansteckenden, herzerfrischenden Fröhlichkeit heiratete.

»Sie ist sogar lachend gestorben«, erzählte sie dem Hundchen, »beim Marmeladekochen. Sie wurde von einer Kugel getroffen, die irgendjemand abgefeuert hat.«

Turuzzu spitzte die Ohren.

Lucia erzählte weiter, dass dieser Vorfall das ganze Dorf erschüttert und alle Jagd auf den Mörder gemacht hatten.

»Sie lachte gerade über einen Witz, den ihre Cousine Agnese erzählt hatte. Die beugte sich genau in dem Moment runter, als der Schuss fiel. Sie wollte das Messer aufheben, das sie fallengelassen hatte. Hätte sie das nicht getan, hätte die Kugel sie getroffen.«

Turuzzu seufzte, so als wollte er sagen, dass er verstand und es ihm leid tat wegen dieses schrecklichen Schicksals. Dann sah er sie an. ›Und der Mörder?‹, schien er zu fragen.

»Man glaubt, dass es ein Unglückswurm war, der am Fenster Schießen gespielt hat. Aber alle, die dort in der Umgebung wohnten, besaßen gar keine Waffen. Dann glaubte man, es wäre ein Landstreicher gewesen, irgendein Verrückter, aber nichts. Man glaubte, dass Giuliano sich mit irgendjemandem angelegt hätte, aber Giuliano ist so gut wie das Brot, das er verkauft.« Langsam schüttelte sie den Kopf. »Man stirbt, wenn man es am wenigsten erwartet, mein Sohn, und manchmal auf eine Art, die sich keiner je erträumt hätte. Sieh dir nur Costanzo an …«

Bei diesem Namen fing Turuzzu ein langes Geheul an, als wenn einem der beste Freund stirbt, es war ein dunkles Gejaule mit einer Modulation aus melancholischen Tönen. Lucia war bestürzt.

»Aber du hast ja Gefühle wie ein Mensch«, murmelte sie. Und um ganz sicher zu gehen, sprach sie den Namen von Occhi janchi aus.

Der Hund sträubte sich und fletschte die Zähne. Jesus! »Agata«, versuchte sie es weiter. Und Turuzzu bewegte den Stummelschwanz wie zuvor, als sie ihn mit Hackfleisch gefüttert hatte.

»Dir fehlt einfach nur die Fähigkeit zu sprechen«, sagte Lucia. Dann wagte sie es: »Glaubst du, dass du mich eines Tages lieb haben könntest?«

Er sah sie mit seinen unterschiedlichen Augen an – das hellblaue lachte anders als das haselnussbraune – und leckte ihr die Hand.

Und so kam es, dass Lucia Montalto weinte. Bei sich zu Hause weinte. Zum ersten Mal seit undenkbaren Zeiten. Weinend und lachend zugleich beendete sie das Bad des Hündchens, parfümierte und kämmte es, trocknete es mit dem sanften Wind des Föns. Dann zog sie ihm eine Windel an, damit es nicht in ihr Bett machte, legte es neben sich und schlief getröstet beim leisen Klang seines Atems ein.

Sie schlief ein, auch weil es fünf Uhr morgens war. Da hatte Giuliano schon zweimal Brot aus dem Ofen geholt, Scianna war bereits aus dem Haus, um den ersten Kaffee des Tages zu trinken, in der Hoffnung, so das Fieber zu senken, das nach dem Liebesakt mit Violante in ihm ausgebrochen war. Violante hingegen drehte sich ihn ihrem Bett herum und dachte immer noch an den Professore (an die Tatsache, dass sie ihn in den Beichtstuhl gelockt hatte und nicht Luigino Santos, einen Mann der Omertà und Nunzias Empfehlung).

Nunzia putzte das Gemüse, überzeugt davon, dass Santos nicht reden würde (es lag ihr viel daran, nicht als Quelle dieser Information bekannt zu werden, da sie seit zweiundzwanzig Jahren die inoffizielle Ehefrau des Bürgermeisters war, der – bekäme er heraus, dass sie ihn ausspionierte – sie mit einem Tritt in den Hintern vor die Tür setzen würde). Und der Bürgermeister saß bereits am Tisch der Niedertracht und dachte über seine neueste Strategie zur Vernichtung der Tabbacchera nach, er, der sich die Weiber, die eine Bestrafung verdienten, immer genommen hatte (auch wenn er nun, um einen hochzubekommen, wie Tina es formuliert hätte, auf diese Pillen vom Arzt zurückgreifen musste, der ihn jedoch ermahnt hatte, es damit nicht zu übertreiben).

Es wurde Tag. Auf das Dorf brannte erneut die unbarmherzige Augustsonne herunter.

Agata saß am Küchentisch vor einem Glas mit bereits lauwarm gewordenen Wasser und glaubte, den Duft ihres Gatten zu riechen. Sie schloss die Augen und atmete den Duft dieses über alles geliebten Mannes ganz, ganz tief ein. Nie wieder würde sie jemanden so lieben können. Sie fragte sich, ob diese übermäßige Liebe eine große Schuld sei, ein Affront gegenüber allen Männern und eine Ausspuckerei gegenüber dem Himmel?

Das Wort »Ausspuckerei« erinnerte sie wieder an Pallante. Und der Gedanke an ihn entzündete den ersten Funken Leben in ihr, ein Leben, das Costanzos Tod schockgefroren hatte. Ein roter Wutfunke entflammte in ihrem Körper, ließ sofort das Eis schmelzen und entzündete ein mächtiges Feuer, das von der Erinnerung an das Duell der Blicke nach der Ausspuckerei genährt wurde.

Jetzt erst recht.

Möge das Salz deine Knochen zerfressen.

Am Arsch biste.

Das werden wir ja sehen.

Das werden wir ja sehen … aber wie? Wie sollte sie sich in der Rolle als leidende Witwe, die vermeintlich ohne die Stütze ihres verstorbenen Mannes zu keinem Schritt fähig war, gegen diesen Teufel wehren?

Unsinn!

Sie stand auf. Sie betrachtete sich im Spiegel. Sie sah Costanzo nicht, der sie liebevoll anschaute, sie streichelte und sagte:

›Los, meine Liebe, los!‹ Sie sah nur ihr verwelktes Gesicht, die fettigen Haare, die Augenringe: Ein Elend, absolut unwürdig des Mannes, der ihr Gatte gewesen war. Wenn er sie so gesehen hätte, was hätte ihr Liebster wohl gesagt? ›Bist du etwa kein Weib mehr? Wo sind denn deine Eier, um die Diebe und Mörder am Arsch zu kriegen, die sich mit ihrem Schrumpfpimmel den besten Teil des Lebens unter den Nagel reißen?‹

Sie riss die Fenster auf, öffnete die Balkontür.

›Die Eier eines gewieften Weibs musst du nutzen, mein Schatz, denn diese Eier hast du, besser gesagt, drei Paar Eier hast du, mit denen du diese Arschlöcher zu Schweinefutter verarbeiten kannst.‹

Die Sonne und der Wind aus den Bergen erfrischten die abgestandene Luft in den Zimmern, das Leben erwachte wieder in Agata, der Wind strich ihr fast genauso sanft durch die Haare wie Costanzo, sodass sie ganz gerührt war.

Sie hörte ihn nicht mit den Ohren, als er sagte: ›Kostbar bist du, *amore mio*, kostbar und selten.‹ Aber ihre Poren hörten es, ihre Haut sog diese Worte auf und brachte sie bis in ihre Seele, die sich an ihnen erfreute.

Agata machte das Bett, räumte die Kleidungsstücke weg, sammelte die verstreuten Schuhe ein, wachste die Möbel, goss die Pflanzen. Dann setzte sie Kaffee auf, strich sich Marmelade auf einen Zwieback – das letzte Brot, das Costanzo gekauft hatte –, aß vor dem Fernseher, um sich über die neuesten Vorfälle in der Welt zu informieren, fegte die Krümel zusammen und streute sie auf das Fensterbrett, ging ins Bad, füllte die Wanne mit Wasser, tauchte darin ein, schrubbte sich mit dem Rosshaarhandschuh jede Schwachheit vom Körper und bereitete sich auf den Krieg vor, denn sie brauchte keine Informationen von Scianna, um zu wissen, dass Occhi janchi sie zerquetschen wollte, sondern sie musste sich vielmehr bemühen, ihr Fleisch angemessen mit Nieten, Glassplittern und Sprengstoff auszurüsten, damit es Seiner Exzellenz richtig wehtun würde.

12

Es wunderten sich alle, die die offenen Fenster und Balkontüren sahen. Es wunderten sich die Proci – denen die Ausspuckerei immer noch schwer zu schaffen machte – über das Tönen der Radiowerbung aus dem Haus, in dem nur drei Tage zuvor ein Toter von Kerzen umgeben aufgebahrt gewesen war, von dem irgendwelche Idioten sagten, er wäre vom Rathaus umgebracht worden und ihn schon als Heiligen verehrten. Costanzo Di Dio, ein Heiliger? Ein Teufel war er, ein roter kommunistischer Teufel! Und – seht, seht nur! – schon wieder färbt sich dieses Haus rot – nuttenrot –, da die Witwe bereits Matratzen und Kissen ausklopft, um sich auf das neue Leben ohne lästigen Ehemann vorzubereiten.

Auch Pallante sah die offenen Balkontüren, hörte die Musik, sah in den Zimmern eine ganz in Weiß gekleidete Frau hin und her laufen, mit offenen Haaren, aufrechter Haltung, mit Füßen, die den Boden nicht zu berühren schienen, so schön, wie er noch keine Schönere gesehen hatte. Also verzog er den Mund, sagte sich, dass es kein Vergnügen würde, die Tabbachera zu vögeln, denn er nahm sich die Weiber lieber mit Gewalt, und je mehr sie um sich schlugen, je mehr sie bissen und kratzten, desto mehr Spaß hatte er dabei.

Lisabetta entdeckte die offenen Balkontüren und freute sich, obwohl man ihr eben erst den Laden gekündigt hatte, in dem sie ihre Kräutermischungen zubereitete und verkaufte.

Toni Scianna freute sich. Entflammt vom Feuer für Violante verbrannte er all seine Gedichte und rief eine neue Ära aus, in der er sich mit der reichhaltigen Sprache des sizilianischen

Dialekts an das Mädchen wenden und glühende Sonette improvisieren wollte, um das Herz Violantes – die in ihm bereits eine verrückte Tarantella tanzte – zum Schmelzen zu bringen, selbst wenn es aus Marmor sein sollte.

Franca blickte beim Milchholen verblüfft zu den offenen Balkontüren: So schnell, so früh legte die Tabbacchera also die Trauer ab?

Verblüfft war auch Nunzia, die ihren Herrn die offenen Fenster beobachten sah und eine nagende Eifersucht verspürte.

Sarino Motta betrachtete angewidert diese Fenster: Was für ein Drecksweib war das denn? Nicht einmal drei Tage weinte sie um ihren toten Mann? Durfte man mal erfahren, wie diese werte Signora vor dem gesamten Dorf ihr schamloses Handeln rechtfertigen wollte, die ihr Treueversprechen für ein Leben in guten wie in schlechten Tagen so schnell vergaß und Wäsche aus dem Fenster wedelte, als wollte sie sagen: ›Hier bin ich, lebendig und frei.‹? Hatte die Tabakfabrik etwa die unverzügliche Wiedereröffnung des Ladens gefordert? Gab es etwa verderbliche Waren, die sofort verkauft werden mussten, weil sie sonst auf dem Müll landeten?

Don Bruno betrachtete die geöffneten Balkontüren und wusste nicht, was er davon halten sollte. Er hatte Agata als Kind im Katechismus unterrichtet, irgendwann war sie nicht mehr aufgetaucht. Er dachte an die Ausspuckerei: Wusste die Kleine, dass sie sich die Wut der Hundemeute eingehandelt hatte? Wusste sie, dass diese Meute über sie herfallen und von ihr nicht einmal einen Knochen übriglassen würde?

Wer könnte sie beschützen?, fragte er sich.

Unwillkürlich wandte er sich zu Sciannas Fenster. Er hatte rasch herausgefunden, dass die Beichten vom Nachmittag zuvor, mit der Absolution auf Lateinisch, auf sein Konto gingen. Ganz sicher war er, als Mirella in die Sakristei stürmte, um ihm für die guten Ratschläge zu danken, und ihm unter Tränen erzählte, dass auch Giovanni als junger Kerl, zusammen mit anderen, ein betrunkenes Mädchen missbraucht hatte, das schwanger geworden war und auch nicht wusste, von wem das Kind war.

In diesem Augenblick drehte Scianna sich um. Ihre Blicke trafen sich. Der Lehrer senkte den Kopf als Zeichen des Respekts, der Pfarrer lächelte, und dieser kurze Moment war der Beginn einer großen gegenseitigen Wertschätzung, eines immer intensiveren Kontaktes und schließlich einer Freundschaft, die so tief ging, dass bei Don Brunos Tod der Professore auf die Kanzel stieg und eine der schönsten Lobreden auf einen toten Freund improvisierte, die je ein Mensch gehalten hatte.

Und die Tabbacchera machte wieder auf.

Schwarz gekleidet, wie es sich für eine Witwe gehört, die seidenschwarzen Haaren zurückgekämmt, die azurblauen Augen ohne Augenringe, kurvig in den Hüften und stolz in der Brust, den doppelten Ehering am Finger (ihren und den von Costanzo), Aquamarine in den Ohren, sah sie aus wie eine, die aus Versehen in diesem Laden gelandet war, in dem sie so schnöde Dinge wie Zigaretten, Briefmarken, Bonbons und Lose vom »Glücksbrunnen« verkaufte – die wir später nur noch »Rubbellose« nennen sollten und mit denen fast alle im Dorf versuchten, reich zu werden.

Die ersten, die den Tabakladen betraten, waren Bürgermeister Pallante und Russo. Sie fragten nach Gauloises Brunes ohne Filter, mit denen Pallante sich den Touch eines Intellektuellen zu geben versuchte. Russo machte es ihm nur nach, denn die Filterlosen vertrug er eigentlich nicht, auch wenn er das nie zugeben würde.

Die Tabbacchera reichte ihnen die Päckchen, kassierte und zählte das Wechselgeld ab. All das mit der Gleichgültigkeit einer mechanischen Puppe, die kein Wort herausbringt, sondern nur die programmierten Gesten ausführt.

Da sprach Pallante vage über die Hitze, das Meer und die Saracina, wo zu dieser Uhrzeit bestimmt eine paradiesische Frische herrschen müsste.

»Brauchen Sie noch etwas?«, fragte Agata, ohne ihr Puppengesicht zu verziehen. Und da die beiden mit ihrer Antwort zögerten, wandte sie sich an den kleinen Jungen, der mit einem Korb in der Hand hereingekommen war und zu ihr sagte: »Diese Feigen schicken Ihnen meine Mama und mein Papa.«

Die Tabbacchera sah ihn an und lächelte. Sie lächelte wirklich, trotz der Trauer. Und dabei öffnete sie den Mund, und der Junge – Corrado, der Sohn von Hausmeister Gino – betrachtete sie verzaubert und lächelte zurück, so wie Kinder eben eine Frau anstrahlen, die mit ihrem Lächeln Liebesbezeugungen verschenkt.

Pallante und Russo ertappten sie bei dieser zarten Liebenswürdigkeit, dieser plötzlichen Verbundenheit mit dem Jungen, auf den sie jetzt, wie von Zauberhand, Bonbons regnen ließ, und für den Bruchteil einer Sekunde wünschten beide Männer, an seiner Stelle zu sein und sich von ihr über die Haare streichen zu lassen, während sie zu ihm sagte: »Richte ihnen einen schönen Dank aus. Und komm wieder, wann immer du willst.«

Der Junge nickte, lief rückwärts aus dem Laden wie ein Krebs, die Bonbons in der Hand und im Mund, in dem die neuen Schneidezähne gerade hervorgebrochen waren, ein geflüstertes *Auf Wiedersehen* auf den Lippen.

Agata sah die Spießgesellen an. Sie erstarrte wieder in einer Maske aus Freundlichkeit und eisiger Distanz. »Brauchen Sie noch etwas?«, fragte sie ein weiteres Mal.

Die beiden versuchten nicht, das Gespräch noch einmal auf die mutmaßliche Frische auf der Saracina an diesem Tag zu bringen, auch war Occhi janchi nicht so dreist, das Anwesen als Paradies zu bezeichnen, das man leider zum Wohl aller opfern müsste, denn das Wohl aller – so hatte er es sich für diese Rede zurechtgelegt – stand natürlich über dem Interesse eines

Einzelnen. Sie versuchten es gar nicht erst, denn der Mut ihrer Schrumpfpimmel verpuffte – wie Costanzo überaus vergnügt feststellte – im Angesicht der Liebenswürdigkeit der Tabbachera, die – für den Bruchteil einer Sekunde, die immer noch andauerte, – das letzte Fitzelchen Unschuld in ihren Verräterherzen entblößt hatte.

Sie gingen.

Auch weil sich in der Zwischenzeit ein regelrechtes Gedränge im Laden gebildet hatte: Der eine wollte einen Stift, der andere ein Päckchen Camel oder Merit oder Nazionali, wieder einer wollte Briefpapier oder Zündhölzer, Zigarren, Tabak oder einen Lolli.

Agata bediente alle höflich und schnell, so als wäre Costanzo im anderen Raum, wo er die neuen Zigaretten bestellte, so als wäre das Leben nicht über den Tod gestolpert und hätte unheilbare Wunden davongetragen. Denn diese Wunden befanden sich in ihrem Herzen, in ihrem tiefsten Inneren, während der Tabakladen ein öffentlicher Ort war, an dem die Zurschaustellung von Privatangelegenheiten nicht angebracht war.

Und als – nachdem die Horde der ersten Neugierigen sich wieder verzogen hatte – Agata endlich allein war, der Tür den Rücken zudrehte und ein paar Marlboro-Schachteln ins Regal räumte, sagte jemand: »Verkaufen Sie mir ein Lachen?«

Ein Lachen? Hier? Wo der Tod sie unheilbar verletzt hatte?

Erbost drehte sie sich um. Doch sofort wich die Wut einem Erstaunen, denn es war Roberto, der das gesagt hatte und es nun sogar noch einmal wiederholte: »Ich hätte gern ein Lachen.«

Sie schüttelte langsam den Kopf.

Er bestand darauf. »Sie müssen lachen, denn Costanzo ist nicht tot.«

Kaum, dass Agata den geliebten Namen hörte, füllten sich ihre Augen mit Tränen. »Aber was redest du da nur? Du Jungchen«, murmelte sie.

»Ich bin ein Mann, Signora.« Und wieder forderte er sie auf, das Gesims des Rathauses anzusehen, denn dort würde sie ihr Glück finden.

Agata betrachtete das Gesims. Da war nichts, nur das Gemäuer und die Uhr, die elf zeigt. Sie blickte den Jungen an, der Costanzo an der Pfeifenvitrine lehnen sah: mit verschränkten Armen pfiff er den Marsch von diesem Radetzky, nach dem die blinde Rosa so verrückt war. »Costanzo«, murmelte er. Aber schon war der Freund weg.

»Brauchst du sonst noch was?«, fragte Agata ihn.

Roberto schüttelte den Kopf und begriff, dass er der Einzige war, der Costanzo sehen konnte. »Im Moment nicht. Aber ich komme wieder, wenn es Sie nicht stört.«

»Wird Maria nicht eifersüchtig?«, fragte sie.

»Wir haben Schluss gemacht«, antwortete er.

Agata zuckte zusammen. Noch mehr Traurigkeit legte sich auf ihr Gesicht. »Oh, Roberto! Das tut mir leid.«

»Schon gut«, sagte er schnell. »Ich habe mich von einem Krebsgeschwür befreit.«

Da kamen Giardino und Vaccaro in den Laden. Die Tabbacchera wurde wieder zur Puppe, von der die beiden Gauloises Brunes verlangten.

Roberto blieb. Agata war ihm dafür dankbar, sie bat ihn sogar, ins Hinterzimmer zu gehen und, bitte, eine neue Stange Gauloises zu holen, da die Nachfrage heute höher war als normalerweise.

So betrat Roberto das Hinterzimmer des Tabakladens, und ihm war, als wäre er in einer dieser Kinderfantasien gelandet, in der er in einen für ein jahrelanges Überleben ausgestatteten Atombunker eingeschlossen wurde. Mann, hier gab es alles! Eine Kochzeile mit Spüle und zwei Herdplatten, einen winzigen Kühlschrank, einen Tisch mit zwei Stühlen, ein kleines Sofa, einen Fernseher, ein Regal voller Bücher … Und dann Kartons vom Boden bis zur Decke: Zigaretten und Bonbons,

Lakritz, Chips und andere Süßigkeiten, Umschläge, Postkarten, alles in einer so perfekten Ordnung, dass man gar nicht lange nach Marlboros, MS, Merit, Chesterfield, Camel, Lucky Strike, Pfefferminz oder Kaugummi suchen musste. Es gab sogar ein kleines Bad und eine Orlando-Marionette an der Wand, vor allem aber – und das war überwältigend und betäubend – den Duft von Pfefferminz und Tabak, Lakritz und …

»Roberto«, rief Agata.

Er schüttelte sich, nahm die Gauloises und kehrte in den Laden zurück, mit einem Gesichtsausdruck, als wäre er gerade aus einem Traum erwacht. Deshalb also schloss Costanzo den Laden nicht über die Mittagszeit: Er und Agata wechselten sich hinter der Kasse ab, hin und wieder verschwanden sie im Hinterzimmer, und wenn sie herauskamen, waren sie rot und erhitzt, selbst im Winter, wenn die Luft so kalt war, dass einem der Atem vor dem Gesicht zur Wolke gerann.

Und da Vaccaro und Giardino immer noch herumstanden, in der Hoffnung, dass der Junge endlich verschwinden würde, sagte Agata schließlich: »Mach du mal weiter.« Und schon ging sie nach hinten.

Die beiden sahen den Jungen, der den Bürgermeister zum Teufel gejagt hatte, giftig an, und Giardino sagte: »Und nun? Wen willst du nun heiraten?«

»Geht dich nix an«, sagte Roberto seelenruhig.

»Pass auf, was du redest.«

»Warum? Was passiert sonst?«

»Dann findest du nie eine Arbeit.«

Roberto zuckte mit den Schultern. »Das is'n alter Hut, und zieht bei mir nicht mehr, denn ich kleb' nicht an irgendeinem Sessel, und ich kriech auch niemandem in den Arsch.«

»Mit dir wird es mal ein schlimmes Ende nehmen«, zischte Vaccaro.

In diesem Moment betrat der neue Maresciallo den Laden, hörte die Drohung, sah die Stadträte erstaunt an und sagte:

»Warum sollte der hier anwesende Herr ein schlimmes Ende nehmen?«

Vaccaro keuchte wie ein Jongleur, der einem unfangbaren Ball hinterherhechtet, verstrickte sich in einem Wust aus Worten, deren offenkundiger Sinn mehr oder weniger dieser war: Er nahm doch nur einen Freund auf den Arm.

»Indem Sie ihn bedrohen?«

»Das war keine Drohung.«

»Wirklich?«, fragte der Junge.

Das rote Haar des Maresciallo schien kräftiger zu flammen, während dieser eine Augenbraue hochzog und konzentriert die Stirn runzelte. »Wirklich?«, echote er.

Da erinnerte sich Vaccaro plötzlich an eine unaufschiebbare Versammlung, an der er in ein paar Minuten teilnehmen musste. Er entschuldigte sich, lächelte Roberto zu, wünschte ihm viel Glück (Roberto fasste sich rasch in den Schritt) und forderte den Kollegen auf, sich zu beeilen. Giardino gehorchte.

Agata kehrte in den Laden zurück. Der Maresciallo stand stramm, in der seinem Dienstgrad angemessenen Haltung. »Ich habe das von Ihrem Mann erfahren«, sagte er. »Mein Beileid.«

Sie war nicht eingeschnappt, unterbrach ihn auch nicht mit den Worten: ›Hier gibt es nur Zigaretten und solche Sachen‹, so wie sie es kurz zuvor mit einem der Handlanger des Bürgermeisters gemacht hatte, sondern sagte überraschenderweise: »Costanzo hätte Ihnen gefallen.«

»Ganz sicher«, bestätigte der Maresciallo. Dann senkte er leicht den Kopf: »Für den Fall, dass Sie Hilfe benötigen, wenden Sie sich an mich.«

»Ich danke Ihnen.«

Der Maresciallo reichte ihr die Hand. Agata ergriff sie und sagte, ohne auch nur darüber nachzudenken: »Ich möchte bald wieder ein paar Freunde zu mir einladen. Hätten Sie Lust zu kommen?«

Andrea Locatelli (der über die Zusammenkünfte im Haus des Kommunisten durch anonyme Briefe über die Namen der Teilnehmer, die Berufe jedes einzelnen, deren Vorlieben, soweit diese rot oder subversiv waren, deren Interesse für gewisse Literatur, die die Freiheit und das Wissen als Seelennahrung lobpreiste, bestens informiert war) sagte: »Sehr gern«, denn auch er war, abgesehen von den Haaren, ein Roter im Geiste, in gewisser Weise ein Literat, ein Befürworter der Freiheit und hielt das Wissen ebenfalls für Seelennahrung.

Agata, die an die formale Ausdrucksweise des alten Maresciallo gewöhnt war, wunderte sich über diese Aufgeschlossenheit. »Wie schön«, sagte sie und erkannte, dass die Hilfsbereitschaft dieses neuen Mannes ein Loch in das Beziehungsgeflecht schnitt, das der Rathaus-Klüngel im Dorf gewebt hatte.

Wäre Costanzo da, dachte sie, würde er klatschen.

Und sie hatte recht. Costanzo, an die Pfeifenvitrine gelehnt, applaudierte tatsächlich. Nicht einmal Roberto sah ihn, da er den Maresciallo eingehend musterte, um dessen Charakter, sein Wesen und seine Art zu verstehen, mit der er sich im Dorf präsentierte.

Gerade sagte der Maresciallo: »Ich rauche nicht, Signora, ich lutsche keine Bonbons, schreibe keine Briefe, also brauche ich auch keine Briefmarken, weshalb ich überhaupt keinen triftigen Grund habe, diesen Laden zu betreten. Trotzdem frage ich Sie: Dürfte ich hin und wieder für ein Schwätzchen vorbeikommen?«

Er sagte es steif und weich zugleich, so dachte es jedenfalls Agata: steif, fast strammgestanden, und weich in der Wortwahl, mit einer plötzlichen Zärtlichkeit in der Stimme.

Roberto horchte auf: Der Typ war vom Kontinent, wo die Sitten lockerer waren und die Sprache weniger scharf, daher konnte der Maresciallo gar nicht wissen, dass er solch eine Frage niemals hätte stellen dürfen, aber wirklich niemals, und noch viel weniger dürfte er seinen Vorschlag je in die Tat umsetzen!

»Sie sind immer gern willkommen«, antwortete die verrückte Tabbacchera.

Roberto versuchte, ihr mit Blicken klar zu machen, dass nein, nein, nein, sie das alles zurücknehmen musste, weil der regelmäßige Besuch des Maresciallo im Tabakladen gerade noch fehlte, um auf ihrer Stirn das Wort ›Nutte‹ flammendrot aufleuchten zu lassen.

Als die verrückte Tabbacchera Roberto so fassungslos sah, lachte sie und erklärte dem erstaunt blickenden Maresciallo: »Ich sage Ihnen jetzt schon voraus, dass Ihre Besuche sehr viel Klatsch und Tratsch nach sich ziehen werden.«

»Wenn Ihnen das peinlich ist, nehme ich meine Worte sofort zurück.«

Ah, bravo, frohlockte Roberto.

Aber die Tabbacchera bestimmte: »Es ist nicht peinlich.«

Locatelli sagte sich, dass diese Frau nicht nur schön war, sondern auch Mumm hatte. Obwohl er vom Kontinent war, besaß er diese seltene Sensibilität, mit der ein Mensch die Seele eines Ortes selbst aus den Steinen aufzusaugen vermag und intuitiv sehr viel wahrnimmt und begreift, ganz unabhängig von all den anonymen Briefen. »Es ist mir eine Ehre«, murmelte er und benutzte zum ersten Mal ein Wort, das eigentlich nicht zu seinem Vokabular gehörte. Er tippte sich ans Visier seiner Schirmmütze und ging.

Roberto hatte nicht einmal Zeit, das Vorgefallene zu kommentieren, als Agata ihn, gestärkt von der Tatsache, dass sie gerade einen Moment allein waren, fragte: »Willst du für mich arbeiten?«

»Was?«

»Willst du hier arbeiten? Unbefristeter Arbeitsvertrag, Gehalt und bezahlte Sozialabgaben.«

Der Junge riss die Augen auf. »Ich verstehe nicht.«

»Na, hier mit mir, Roberto. Für mich und mit mir arbeiten«,

sagte sie, den Blick auf die Straße gerichtet, in der Hoffnung, dass niemand sie stören würde.

In Robertos Bauch regte sich etwas, das er nicht deuten konnte: Glück, Hoffnung auf eine wirtschaftlich gesicherte Zukunft, aber auch Furcht, dass es sich nur um einen Scherz handelte. »Nehmen Sie mich auf den Arm?«, fragte er daher.

Agata strich sich, plötzlich völlig erschöpft, mit der Hand über das Gesicht. »Meinst du etwa, ich bin zu Scherzen aufgelegt?«

»Also geben Sie mir eine Zukunft.«

»Und ich treffe Vorkehrungen für meine Zukunft«, sagte sie. »Also?«

»Nicht mal mit Probezeit?«

»Nicht mal mit Probezeit.«

»Und sind Sie sich wirklich ganz sicher?«, fragte er ungläubig.

»Roberto, wie lange brauchst du denn noch!«, sagte sie. »Willst du oder willst du nicht?«

»Natürlich will ich!«, antwortete er mit lachenden Augen und lachendem Mund. »Wann fange ich an?«

»Mir scheint, du hast schon angefangen.«

»Bitte, kneifen Sie mich mal.«

Sie kniff ihn in den Arm. »Als erstes, hör auf mich zu Siezen, denn ich bin nicht deine Großmutter.«

»Und wie soll ich Sie dann anreden?«

»Ich heiße Agata, weißt du das etwa nicht? Und jetzt beweg' dich.«

Er sah sich verwirrt um, suchte Costanzo, um dessen Zustimmung zu erhalten, aber Costanzo war nicht da.

Währenddessen schielte Occhi janchi – mit verschränkten Armen und einem Flunsch – von seinem Balkon verstohlen zu ihnen herunter und empfand die gleiche Wut wie an Costanzos Todestag.

»Erklär mir sofort alles«, sagte Roberto zu Agata, »denn

morgen will ich mich in diesem Laden bewegen, als würde ich schon immer hier arbeiten.«

Agata hatte das Gefühl, dass sich ein Stück des Bleimantels löste, der seit dem Tod ihres Mannes auf ihren Schultern lag. Sie holte tief Luft, öffnete den Mund, als eine Stimme forderte: »Dreihundert Gramm von den losen Bonbons.« Lehrerin Rizzo, eine heftige Kettenraucherin – im Schnitt qualmte sie sechzig Zigaretten am Tag –, war sachlich, geradeheraus und so zärtlich wie eine Raspel. »Zwölf blaue Stifte und drei schwarze«, fuhr sie fort. »Eine Packung Luftpostpapier, zehn Packungen Merit, fünf Postkarten mit entsprechenden Briefmarken …«

»Alles zusammen?«, fragte Roberto leichthin.

»Soll ich etwa in Raten zahlen? Gestaffelt? Jeden Monat ein Abschlag?«, nahm sie ihn aufs Korn.

Agatas Mund verzog sich zu einem Lächeln. Die Rizzo merkte es, warf ihr einen Blick zu – unter der Raspel steckte die liebevolle Art einer Mutter –, dann wandte sie sich an den Jungen: »Gib mir auch noch zwanzig Lollis, vier Lakritzstangen, fünfundzwanzig Zuckerfischchen, zwölf Zigarillos und ein sizilianisches Kartenspiel.«

Roberto war wie benommen.

»Muss ich das etwa wiederholen? Spezifizieren? Ergänzen? Abziehen?«, fragte sie mit Cataneser Akzent, da sie ursprünglich aus Catania stammte.

»Gewähren Sie mir nur die Gnade eines Augenblicks der Geduld«, erwiderte er, während er sich sofort wieder zusammenriss, denn er hatte sich im Leben noch nie so richtig blamiert, und das hier sollte nicht sein erstes Mal werden.

Er drehte sich um, lief durch den Laden und suchte friedlich und geduldig alles zusammen, selbst das sizilianische Kartenspiel, dessen Verpackung jedoch kaputt war, sodass sich die Karten auf dem Fußboden verteilten.

13

Schwert-Dame gewinnt, Knüppel-König verliert. Die übrigen Karten liegen verdeckt auf dem Tisch.

Seine Exzellenz blickte sie an und verzog zweifelnd das Gesicht. Dann sammelte er die Briscola-Karten ein, mischte sie, verteilte sie neu, deckte die erste Karte auf: Weib mit Keule. Er nahm eine andere: zwei Becher. Noch eine: vier Münzen. Noch eine: drei Becher. Wo zum Teufel steckte der König? Er machte weiter: zwei Münzen, zwei Schwerter, drei Becher. Er verteilte die Karten noch einmal neu auf dem Tisch. Dann suchte er den Schwert-König und tat ihn vor die Schwert-Dame, damit er sie besiegte. Doch als ein Lichtstrahl durchs Fenster drang und die Schwert-Dame traf, fiel ihm der Schwert-König aus den Händen.

»Alles Unsinn«, sagte er.

Er verließ das Haus, stieg ins Auto und nahm die Straße, die in Serpentinen und Haarnadelkurven aus dem Dorf zum Friedhof führte und von dort bis nach Augusta.

Er wählte absichtlich die alte Straße, weil alle anderen sie eben wegen der engen Kurven, Wendungen und der schmalen Fahrbahn mieden: Hier sollte einem besser kein Lastwagen entgegenkommen.

Die Sonne ging gerade unter. Es war die Stunde, in der im Monat August der Himmel golden und malvenfarben erstrahlte und allen, die Schönheit liebten, Schönheit bot. Occhi janchi jedoch zog andere Schönheiten vor und achtete nicht darauf. Er kurvte über schmale Straßen und Feldwege bis zur Straße San Bastiano, an der das Grundstück des Kommunisten lag. Denn genau dort wollte er hin. Er hatte einen großen Benzinkanister dabei.

Der Bürgermeister stellte das Auto weit entfernt ab. Über seine normale Kleidung zog er einen Blaumann, klebte sich einen dunklen Schnurrbart unter die Nase, drückte sich einen Hut tief in die Stirn, tauschte die Rindslederslipper gegen derbe Bauarbeiterstiefel, betrachtete sich im Spiegel und befand sich für nicht wiederzuerkennen. Aus dem Kofferraum holte er eine große, aufgerollte Pumpe und hängte sie sich um die Schulter. Mit Pumpe und Kanister marschierte er zur Saracina.

Er hatte lange über alle Eventualitäten bei der Durchführung dieser Tat nachgedacht; er hatte sie mit dem Blick des Anwalts abgeschätzt und mit dem des Bürgermeisters, mit dem Blick des Ordnungshüters im Dorf und dem des eidesstattlichen Feindes der kommunistischen Bande, und nachdem er Pro und Contra, Risiken und Vorteile (und sei es nur die persönliche Genugtuung wegen der erlittenen Schmach durch die Ausspuckerei) gegeneinander abgewogen hatte, war er zu dem Schluss gekommen, dass er handeln musste.

Er hatte niemanden um Hilfe gebeten, noch hatte er erwogen, sich Handlangern zu bedienen: Er wusste genau, welche Fehler ihm nicht unterlaufen durften, um mit den unwahrscheinlichen – äußerst unwahrscheinlichen – Unvorhersehbarkeiten fertig zu werden und um vor allem keine Spuren zu hinterlassen. Auf Sizilien brachen doch so viele Feuer aus! Eines mehr, eines weniger, wer würde darauf schon achten? Dass ausgerechnet die berühmte Saracina abbrannte – wem sollte man dafür die Schuld geben, wenn nicht einem grausamen Schicksal, das zuerst den Padrone dahinrafft und gleich darauf seine großartigste Schöpfung?

Im Dorf wussten alle, was die Saracina Costanzo bedeutet hatte: Hier hatte er eine unbeschwerte Kindheit erlebt, war mit seiner Frau glücklich gewesen, hätte zufrieden Kinder und Enkel großgezogen, so jedenfalls hatte er es im Dorf immer herumerzählt. Schade, dass sein Schwanz nicht funktioniert hatte und er nicht in der Lage gewesen war, dieses großartige Weib zu schwängern, das sich seiner erbarmt hatte. Den ganzen Sommer über brennt Sizilien, die Feuer sind eine Plage, über die sich aber niemand wundert.

Mit angemessenem Schritt, weder zu schnell noch zu langsam, näherte Occhi janchi sich dem Grundstück der Di Dios und war sich sicher, keinem Menschen zu begegnen. Er war schon andere Male hier gewesen, um sich mit dem Ort vertraut zu machen, – immer hatte er weit weg geparkt, immer hatte er sich verkleidet – und nie war ihm jemand begegnet. Und da er der Statistik vertraute, war er sich sicher, auch an diesem Tag keine Menschenseele zu treffen.

Also ging er seelenruhig, den Kanister in der Hand und die Pumpe über der Schulter, mit dieser Mischung aus Irritation und Frustration gewisser Handwerker dahin, die außerhalb ihrer Arbeitszeit zu einem Notfall gerufen wurden: Sind Handwerker etwa keine Menschen? Haben sie nicht auch das Recht auf einen geruhsamen Feierabend? Sind sie etwa Doktoren? Oder Krankenschwestern? Oder Bestatter?

Das dachte er, während er sich immer mehr in die Figur einfühlte, deren Kostüm er trug, um den wahrhaftigen Eindruck genau so einer Person zu hinterlassen. Nicht umsonst hatte er als Student am Teatro Massimo in Catania Theaterkurse belegt, und die hatten ihm sehr geholfen und halfen ihm immer noch. So ging er dahin. Und traf tatsächlich keine Menschenseele.

Die Saracina strahlte stolz, eine weiße Madame, anmutig und blasiert zugleich. Occhi janchi genoss die Vorstellung, sie völlig schwarz, vom Feuer zerstört, in ein einziges Kohlenstück aus der Hölle verwandelt zu sehen, in der der rote Kommunistenkopf sicherlich Blut spuckte.

Aus einem offenen Fenster wehte eine weiße Gardine. Der Bürgermeister sorgte sich nicht: Die Tabbacchera war in ihrem Laden, hinterm Tresen und verkaufte Zigaretten, und niemand außer ihr besaß den Schlüssel zu diesem *Paradies*. Das offene Fenster hatte der rote Dickschädel sicherlich vergessen, bevor er krepiert war, oder es war irgendein Landstreicher eingebrochen. Dieses letzte Element wäre für ihn von großem Vorteil, für den Fall, dass jemand Costanzos Ende und das seiner Kreation derselben Hand zuordnen wollte. Es wäre die Schuld eines Vagabunden: Er war eingebrochen, hatte die Braut entjungfert und, da sie sich immer noch eisig wie Marmor gab, hatte er sich den Spaß erlaubt, ihr einzuheizen. Er würde mit den Seinen etwas zu lachen haben.

Ein Funke Siegesgewissheit blitzte in Occhi janchis Ertrunkenen-Augen auf. Die Gardine flatterte stärker, noch weißer, wie von einer Windeshand geschüttelt, die allerdings gar nicht da war.

Er achtete nicht darauf.

»Das war's«, sagte er.

Er drehte den Deckel vom Kanister auf, tastete in der Hosentasche nach den Streichhölzern, dann hob er den Fuß, wollte durch die Rosenhecke steigen, die er am Tag zuvor mit der Gartenschere bearbeitet hatte und …

Ein erschreckter, unterdrückter und tierischer Schrei entwich seinem Schlund: ein Schrei, eine Pein, ein mächtiger Schmerz am Schenkel.

Er drehte sich um und sah einen schwarzen Köter wie aus der Hölle.

»Hau ab!«

Doch der schloss das stählerne Fangeisen in seinem Maul noch fester.

»Hau ab!«

Nichts. Der Höllenhund hörte nicht, verstand nicht, gehorchte nicht. Er schlug die Zähne noch tiefer in das ehrenwerte Fleisch des Bürgermeisters, der in jeder Kunst und jeder Wissenschaft glänzte, schüttelte den Kopf und knurrte und biss und zerrte, während Seine Exzellenz brüllte: »Hilfe! Hilfe!« Er krallte die Finger in die Hecke und versuchte das Gleichgewicht zu halten.

Doch der Versuch misslang: die Hecke, von der Schere zerschnitten, kippte um, schien sich viel mehr aufzulösen, verwandelte sich beim Kontakt mit den Händen in Rauch, sodass der Bürgermeister meinte, sich an der Luft festzuhalten, die – natürlich – nicht den nötigen Halt bot, sodass er stürzte.

Er fiel auf den Rücken, noch vor ihm war der Kanister umgekippt, weshalb er nun in einer nach Benzin stinkenden blauen Pfütze lag.

Der Höllenhund sah ihn mit Feueraugen an und schien zu lachen, der fette Bastard, während die Saracina dem ganzen Spektakel beiwohnte und tatenlos mit ihrem weißen Tüchlein aus dem Fenster winkte.

Doch mit einem Mal änderte dieses Tüchlein die Farbe und wurde rot, ganz rot und flog in Form von lustigen Fünkchen – die den brennenden Augen des Höllenhundes viel zu sehr ähnelten – zur gestürzten Exzellenz.

Und der Bürgermeister schrie – zu Recht. Er flehte die Stolze um die milde Gabe eines Windhauchs an, der den von ihr verursachten Funkenflug löschen möge.

Die Stolze rührte sich nicht.

»Hilfe«, schrie er sich heiser.

Nichts zu machen. Es war niemand da, niemand kam: Die Statistik erwies sich als richtig.

Die Funken erreichten ihn, umkreisten ihn ein paar Mal, schwebten wie eine Krone über seinem Kopf, dann stürzten sie sich ins Benzin.

Alles flammte auf.

Alles endete.

Als er die Augen öffnete, war es dunkel. Nur mit Mühe begriff er, wo er war.
Der Gestank des Benzins erinnerte ihn an das Vorgefallene. Erschrocken betrachtete er seine Hände: unversehrt. Er tastete den Schenkel ab: unversehrt. Unversehrt auch der Hintern. Und auch die Wade, und jeder andere Teil seines Körper, den die Zähne des Hundes zerrissen hatten. Er betastete sich den schmerzenden Kopf, fand eine Beule etwas oberhalb des Nackens.

Das Loch in der Rosenhecke befand sich vor ihm, während er immer noch auf dem Rücken lag, unfähig sich zu erheben. Also war er einfach nur gestürzt? Und im Fallen war der Kanister aufgegangen und das Benzin ausgelaufen? Also war der Höllenhund nur ein Albtraum gewesen?

Nein. Ein wilder Schmerz schoss ihm durch den Körper, der schmerzhafte Biss, der Schmerz von zerreißendem Fleisch, von berstenden Knochen. Er blickte dahin, wo es am heftigsten wehtat, aber er sah nichts, da war nichts: Da war nur er mit sich selbst. Und dieser unerträgliche Schmerz.

»Hier gibt's Geister!«, kreischte er da.

Geister? Sicher doch, sonst noch was? Seine Exzellenz sprang auf und hastete zum Auto, als wäre eine Horde Teufel hinter ihm her: nur weg hier! Humpelnd, schwankend, stolpernd, er fiel und stand wieder auf, fiel noch einmal, rappelte sich hoch, ein Stolperer und noch einer, los, nur weg, weg, während der Schmerz nachließ, je weiter er sich von der Saracina entfernte.

Am Auto riss er die Fahrertür auf, warf sich hinein und brachte sich in Sicherheit.

Er war völlig durchgeschwitzt, sein Herz pumpte wie verrückt in der Brust, seine Beine waren zu keinem weiteren Schritt mehr fähig. Er schloss die Augen so lange, bis er wieder zu Atem kam und sich erinnerte, wie man Auto fuhr, dann knallte er den Rückwärtsgang rein und floh.

Währenddessen starrte Nunzia auf die Straße, rang die Hände und fragte sich, wo er bliebe. Sie wusste nicht, ob sie Scimò, Vaccaro oder einen der anderen anrufen sollte: Schließlich war sie immer noch eine Bedienstete, und Initiativen solcher Art waren ihr strengstens verboten.

Wieder sah sie nach draußen: Die abschüssige Straße lag verlassen da, der Rathausplatz war leer und auch der Aussichtspunkt. Sie trat auf den Balkon, blickte bis zur Schnellstraße im Tal, ob dort nicht vielleicht ein Auto auftauchte. Nichts.

In einer halben Stunde rufe ich die Carabinieri an, sagte sie sich, verzichtete dann aber darauf.

Seit Mitternacht nahm sie es sich vor, und seit Mitternacht verschob sie es immer wieder. So waren aus einer halben Stunde und noch einer schließlich drei Stunden geworden, und jede Minute, die verstrich, kam ihr wie eine Ewigkeit vor. Es war ganz sicher ein Unglück geschehen: Kam er spät nach Hause oder schlief auswärts, sagte er ihr normalerweise immer Bescheid. An diesem Nachmittag jedoch, als er die Autoschlüssel nahm, hatte er ihr gesagt, dass er zum Abendessen gegrillte Paprika und Kartoffelomelett wollte. Paprika und Omelett waren längst kalt und der Wein in der Karaffe warm.

In Nunzia wechselten sich Angst und Empörung ab. Angst, weil sie ihn in einem Unfall zermalmt vor sich sah, Empörung, weil sie nichts tun konnte, um Frieden zu finden. Wäre sie doch nur seine Frau gewesen! Wäre sie seine Frau gewesen, hätte sie jedes Recht gehabt nachzufragen, aber sie war nur seine Bedienstete: »Es reicht!«, seufzte sie und zerbröselte den nächsten Grissino, den sie besser hätte essen sollen, weil sie sich schon ganz schwach fühlte, aber ihr Magen weigerte sich.

Sie zwang sich, an etwas Anderes zu denken, aber die Gedanken kehrten immer wieder zu ihm zurück, zu der Verspätung, zu der Zeit, die an der Uhr zu kleben schien, zu dieser von welchem Teufel auch immer schlecht vorbereiteten Nachtwache, aber vor allem dachte sie immer wieder an die Tatsache, dass sie nur eine Bedienstete war, also eine rechtlose Seele, würdeloses Fleisch. Sie zog die Nase hoch, Tränen kullerten ihr von den Wimpern, sie trocknete sie mit der Schürze. Sie sah das Omelett an, die Paprika. Aus Aberglaube hatte sie den Tisch nicht abgeräumt, um ihm mit diesem gedeckten Tisch die Rückkehr zu sichern. Sie fing wieder an zu beten, rief alle Heiligen, alle Christusfiguren und alle Madonnen an, die die Bildchen auf der Kommode zeigten. Vor ihnen hatte sie nacheinander drei Kerzen entzündet – alle, die sie besaß – und die Kerzen waren zu schwarzrauchenden Stummeln heruntergebrannt und erfüllten die Luft mit Brandgeruch. Wenn auch die letzte Kerze ausging, noch bevor er zurück kam, bedeutete das seinen Tod, sagte sie sich. Und die letzte qualmte schon giftiges Schwarz, während Nunzia erschreckt die immer kleiner werdende Flamme beobachtete.

Es war viertel nach drei, als die Kerze verlöschte und Seine Exzellenz die Wohnung betrat. Mit erleichtert klopfendem Herzen zog Nunzia sich rasch in ihr Schlafzimmer zurück. Würde er sie wach vorfinden, würde er ihr eine unglaubliche Szene wegen ihrer törichten Weibermacken machen, die in jeder Verspätung gleich den Tod vermuteten.

Sie hörte, wie er die Haustür zuknallte, rasch die Treppe hochstieg und in ihr Zimmer kam.

»Schläfst du etwa?«, fragte er, kam aufgebracht näher und riss ihr das Laken weg. »Du schläfst! Wer hat's wohl besser als du, hä? Essen, vögeln und schlafen!«, brüllte er.

Sie versuchte zu antworten, den Mund zu öffnen, aber er brüllte weiter: »Selbst wenn ich wie ein Hund sterben würd', würdest du nicht mal bei Kanonendonner den Arsch hochbekommen!« Er stank unerträglich nach Benzin.

»Aber was redet Ihr da?«

Er knurrte. »Was ich da red? Die Wahrheit. Ne Hure biste. *Liebe, Liebe* … welche Liebe? Ich sterb', und dich kümmert's nicht!« Er zitterte am ganzen Körper, seine Stimme zitterte, voll von Angst, die er noch nie im Leben verspürt hatte, nie.

Nunzia verstand es nicht sofort. Sie brauchte ein paar Augenblicke, um den Sinn dieser teuflischen Worte zu begreifen, und trotzdem forderte sie eine Erklärung: »Aber was redet Ihr da?«

»Genau das. Ich könnt sterben und du …«

»Und ich? Was könnte ich denn für Euch tun, sagt mir das mal!«, rief sie, als sie plötzlich das Gift in jedem Wort spürte, das er ihr entgegenkotzte.

Hure, sie? Sie liebte ihn also nicht? Er starb, und sie kümmert es nicht? Ihr Schmerz vermischte sich mit Wut, die anfangs noch so kalt war, dass Nunzia sogar das Feingefühl aufbrachte, ihn höflich zu fragen: »Hätte ich irgendwo anrufen sollen, mein Herr? Nachfragen? Entschuldigung, aber bei wem? Bei wem? Bei Euren Freunden? Euren Verwandten? Bei der Polizei? Bei den Carabinieri? Bei wem?« Und während sie sprach, wurde ihre Stimme lauter, schärfer und offenbarte die verletzte Würde. Und als er sagte: »Was für ein Schwachsinn!«, richtete sie sich viperngleich auf, überragte ihn, denn Seine Exzellenz erreichte zwar durchaus gut einen Meter siebzig, aber sie, die Tochter der *Longhi*, war lang und groß und überragte ihn um einen ganzen Kopf. »Bis eben habe ich am Fenster gestanden und gewartet!«, stieß sie hervor. »Alle Heiligen und Madonnen hab ich angerufen, damit Ihr unbeschadet nach Hause kommt.«

»Sei still, Lügnerin!«

Lügnerin? Sie, die ihm ihr Leben geopfert hatte? Sie, die die Erde küsste, auf die er seinen Fuß setzte?

»Zu allen Heiligen hab ich gebetet«, beharrte sie und legte ihm den Zeigefinger unter das Kinn, sodass er ihr in die Augen sehen musste, »zu allen! Und ich hab Kerzen angezündet! Riecht Ihr nicht den Brandgestank?« Sie zitterte wegen der mächtigen Wut auf dieses Wort – ›Liebe‹ –, das er mit solcher

Verachtung ausgesprochen hatte und das für sie die geheiligte Wahrheit darstellte.

»Pausenlos hab ich gebetet«, setzte sie nach, »obwohl ich mich mit Euch versündige und mir der Platz in der Hölle gewiss ist. Und was meint Ihr wohl, warum? Sagt's mir!« Ihr Blick brannte, ihre Worte brannten. Sie schossen aus ihrem Mund wie Kugeln aus dem Blasrohr eines Lausejungen, und sie war so rot geworden, so erhitzt, dass sie einer Furie glich, die mit nur einem Blick töten kann.

»Sei still«, sagte er verwirrt.

»Ich bin nicht still, nein, denn jetzt hört Ihr mir mal gut zu!«

Er streckte den Arm aus, wollte sie wegschieben. Doch sie ergriff ihn und drückte Occhi janchi herunter, dass er sich auf die Bettkante setzen musste. »Alles, was ich Euch gegeben hab, war reine Liebe«, sagte sie. »Und was habt Ihr mir dafür gegeben?«

»Alles.«

»Alles?« Sie lachte. »Nichts habt Ihr mir gegeben! Nicht mal die Brotkrümel, die man dem Hund hinwirft.«

»Sei bloß still, verdammt.« Er war erschöpft, erschöpft und angeekelt vom Benzingestank, geschwächt von dem Schrecken, den der schwarze Höllenhund ihm eingejagt hatte.

»Und warum?«, beharrte sie. »Aus Respekt vor Euch, der mich zur Hure gemacht hat?« Sie lachte verbittert und überschüttete ihn mit der jahrelang angestauten Wut, sodass er nicht zum Antworten kam: »Um ein Kind habe ich Euch gebeten, nur um eins. Erinnert Ihr Euch? Das Kind, das schon da war, und das Ihr mir aus dem Leib habt reißen lassen, und das für mich schon mein Kind war. Das Kind, mit dem ich nachts sprach, als Ihr auf der Straße rumgehurt habt …«

Die Ohrfeige traf sie mitten ins Gesicht, mit dem Ergebnis, dass ihre Wut noch anschwoll: »Und nun, keine Kinder«, sagte sie und blickte ihm in die verwaschenen Augen, »denn Ihr wolltet ja mit einer Bediensteten keine Bastarde in die Welt setzen! Bastarde mit einer Baroness allerdings schon!«, sagte sie und stemmte die Hände in die Hüften. »Und vielleicht auch Bastarde mit der Colonnella: Eure kleine Ada hat Euch einen Sohn geschenkt, der aussieht wie Ihr, trotzdem verehrt ihr Mann sie immer noch, obwohl ich gar nicht weiß, warum.«

»Halt die Klappe!«

»Und mit mir keine Kinder! Logisch, denn ich nütze Euch ja nur, wenn ich Euren Appetit stille, sodass ich hinterher halbtot bin, wenn Ihr Euch ausgetobt habt.«

»Sei still, Nutte!«, sagte er, aber schwach, denn der Höllenhund biss ihn schon wieder.

»Nutte, natürlich, mein Herr!«, sagte sie und hob herausfordernd das Kinn. »Nimm dies, nimm das, und tu dies, und tu gefälligst das, und …«

Sie spuckte auf den Boden. »Lauter solche Schweinereien, die nie jemand von einer Ehefrau verlangt. Aber ich bin also die Nutte, habt Ihr gesagt, und mit meinem Fleisch habt Ihr immer alles das gemacht, was Euch am besten gefallen hat …«

Plötzlich dachte sie an die Tabbacchera, an das, was er und seine Spießgesellen ihr antun wollten. Sie trat ein paar Schritte zurück, um sich diesen feinen Herrn mal genau anzusehen, den sie zweiundzwanzig Jahre lang angehimmelt hatte. Und plötzlich war es ihr, als sähe sie ihn zum ersten Mal.

Und was sah sie? Was hatte sie da vor Augen? Einen Schuft … einen Schuft, Jesus Maria!

Aber wieso merkte sie das jetzt erst?

Wie konnte es sein, dass sie zweiundzwanzig Jahr lang die Sklavin seiner schmutzigen und unersättlichen Gelüste gewesen war, all seiner Launen, die er auf Papier skizziert und dann an ihr in die Praxis umsetzt hatte …

»Raus!«, befahl sie zitternd. »Es ist spät, und ich will schlafen!« Aber da er am Boden festzukleben schien, wiederholte sie: »Raus, habe ich gesagt!« Sie drehte ihm den Rücken zu, wollte sich ins Bett legen. Doch sie hielt inne und blickte wieder zu ihm: »Und denkt dran: Dass Ihr noch am Leben seid und von dem Unglück erzählen könnt, das Euch widerfahren ist – denn dass was passiert ist, merke ich doch an Eurer Verwirrtheit und diesem Benzingestank –, dafür könnt Ihr Euch bei mir und meinen Heiligen bedanken.« Sie schlüpfte ins Bett, drehte sich zur Wand: »Und macht das Licht aus!«

Er gehorchte. Es war verrückt! Er. Gehorchte. Er, der einem Weib nie erlaubte, ihm zu sagen, was er tun und was er lassen sollte, oder sich eines Tons zu bedienen, der ihm nicht ein Mindestmaß an Respekt zollte.

Bevor er ging, warf er jedoch noch einen Blick auf die Kruzifixe und Madonnen auf der Kommode, dachte an das Feuer zurück, an den Hund, presste die Lippen zu einem weißlichen Strich zusammen und senkte den Kopf: Um sich zu bedanken? Als Zeichen des Respekts? Nicht einmal er selbst hätte es sagen können.

Und falls sein Mund dieses *Deo gratias* aussprach, das Nunzia vernahm, merkte er es gar nicht, so als hätte ein anderer gesprochen.

14

Unruhig war diese Nacht. Nicht nur für Seine Exzellenz und für Nunzia – die beide in unterschiedlichen Sphären aus üblen Gedanken, Ängsten, Überlegungen und Entscheidungen trieben –, sondern auch für Violante, die beschlossen hatte, sich zu akkulturieren – ›ein schlimmes Wort‹ würde Toni einige Zeit später dazu sagen –, und nun das erste der Bücher zur Hand nahm, lauter Geschenke des Professore zu jedem Geburtstag, Namenstag, Weihnachten oder gebotenem Fest, bei dem Errico ihn zum Essen eingeladen hatte. Süßigkeiten für die Familie, ein Buch für Violante. Wäre ein Parfum nicht besser gewesen? Eine Handtasche? Eine Brosche? Ein Schminktäschchen? Nein, Bücher. Der Professore schenkte ihr Bücher!

Doch jetzt, nachdem sie im Beichtstuhl so vertraut miteinander geredet hatten, begriff Violante, dass, wenn sie noch weitere Gespräche mit ihm führen und ihm auf irgendeine … sagen wir mal … gefühlsmäßige Art näher kommen wollte, sie bei diesen Büchern anfangen, diese Bücher also lesen musste. Und dieses Unterfangen war für eine wie sie, die an Fernsehen und Zeitschriften gewöhnt war, nicht gerade ein Spaziergang: Denn was sind schon Bücher? Heiße Luft, oder?

Aber die Entscheidung war gefallen und wurde umgesetzt. So hatte Violante nach dem Abendessen mit der Haltung einer Sünderin, die sich zu einer an Körper und Geist Spuren hinterlassenden Buße anschickt, das erste Buch aufgeschlagen und den Anfang überflogen.

Nur fünf Seiten, sagte sie sich, und schon das fühlte sich für sie völlig fremd an. Als sie jedoch die ersten Zeilen las, fesselte die Geschichte sie bereits so wie eine Leine das Hündchen, und rasch las sie weiter, ohne Gezerre, ohne Ablenkung.

Sie las also die ersten fünf Seiten.

Und dann weitere fünf. Sie blätterte um.

Und noch einmal blätterte sie um.

Dann noch eine Seite.

Und noch eine weitere.

Schließlich verlor sie den Überblick und galoppierte ungebremst mit einem malaiischen Tiger weiter, von dessen Küssen sie sich hätte zerfleischen lassen.

»Geht's dir nicht gut?«, fragte ihre Mutter, als sie auf Zehenspitzen in Violantes Zimmer kam, weil das Licht noch brannte.

Sie antwortete nicht.

»Violante …«

Sie hörte sie nicht.

Die Mutter berührte ihre Stirn, wedelte mit der Hand vor den Augen der Tochter, um sie aus ihrem Zauber zu reißen.

»Violante!«

»Lass mich, Ma'!« Violante drehte sich genervt weg, ohne den Blick vom Buch zu reißen.

»Aber was hast du denn?«

Stille.

Da lief Letizia raus und holte den Gatten, denn dem Kind war etwas Schlimmes zugestoßen, und Schuld daran hatte dieser verrückte Professore mit seinen seltsamen Büchern.

»Errico.« Sie rüttelte ihn. »Errico, wach auf.«

Er sah sie aus der Ferne eines Traumes an: Er war in Syrakus und mischte die Tarotkarten für eine Spanierin, die genauso aussah wie die Loren in seinen Jungenträumen. »Wasis?«, fragte er mit enttäuschungsverklebtem Mund, weil sich dieses wundervolle Bild mit einem Schlag verflüchtigte.

»Das Kind …«

»Hat sie Fieber? Hat sie gespuckt?«, fragte er plötzlich hellwach.

»Sie liest«, sagte Letizia gequält.

»Ich versteh nicht …« Und ein Ausdruck der Entrüstung breitete sich auf seinem Gesicht aus.

»Sie hat ein Buch in der Hand. Ein Buch.«

»Ja, und? Deswegen weckst du mich, dass ich fast ’nen Herzanfall kriege, nur um mir zu sagen, dass Violante ein Buch liest?« Doch jetzt, wo er so darüber nachdachte, hörte sich auch für ihn die ganze Sache sehr merkwürdig an.

»Sie kommt mir ganz verzaubert vor.«

Er sah seine Frau schräg an, eine Augenbraue höher als die andere: »Hast du in deinem Leben je ein Buch gelesen?«, fragte er sie.

Letizia runzelte die Stirn, während ein großer Schmerz ihr Gesicht verzerrte. »Mit der Nadel in der Hand bin ich aufgewachsen, hast du das vergessen?«

»Also, was weißt du dann schon von Büchern?«, unterbrach er sie.

Letizia verspürte einen Schmerz am Seeleneingang gleich unter dem Brustbein: den Schmerz der Demütigung, stark und brennend.

Errico stand auf, ging in das Zimmer seiner Tochter, beugte sich über sie. Sanft wie ein Verliebter fragt er: »In welcher Welt bist du gerade, Schatz?«

»In Mompracem«, antwortwortet sie, den Blick immer noch auf der Seite.

Er streichelte sie. »Vergnüg dich für mich mit«, murmelte er. Und zu seiner Frau, die sich in eine Ecke gedrückt hatte, sagte er: »Komm.« Dann ergriff er ihre Hand und sah sie an wie in den Momenten, wenn er Lust auf sie hatte.

Sie riss sich los, denn noch immer schmerzte die offene Kindheitswunde aus Verzicht und Mangel, weil sie als kleines Mädchen nichts gehabt hatte, gar nichts, von Büchern ganz zu schweigen! Nicht mal eine Puppe, für die sie hätte Mutter spielen können, hatte sie besessen, nicht mal etwas Tand, den sie sich ins Haar hätte stecken können, um Prinzessin zu spielen.

Errico schnappte sie sich. »Nun komm schon«, sagte er. Die Leidenschaft, entfacht durch die Loren im Traum, forderte Befriedigung.

Letizia zog erneut weg.

»Was ist? Du verweigerst dich?« Er lächelte, um sie umzustimmen. Dann zog er sie bis ins Schlafzimmer, umfasste sie von hinten und küsste ihren Nacken.

»Lass mich ... das Kind ist wach.«

»Die hört uns doch gar nicht.«

»Hör auf!«

»Nicht mal wenn du schreist, hört sie uns.« Und wieder quälte er sie mit winzigen Küssen und brach so ihren Widerstand.

»Kommt gar nicht infrage«, versuchte sie es trotzdem.

»Los, du willst es doch auch.«

»Geh weg, du bist genauso verrückt wie dein Freund.«

»Nach dir bin ich verrückt.« Er drückte sie stärker an sich, fuhr mit den Händen ihre breiten, runden Hüften entlang.

»Schluss jetzt ...« Aber schon gab sie sich hin. Und schon waren sie auf dem Bett, und schon führte er sie auf den Weg der gemeinsamen Lust.

Und als aus ihrem Mund ein Schrei entwich – ein einziger nur, denn die anderen konnte sie gerade noch unterdrücken –, traf Violante auf einen Tiger. Er starrte sie an, und schon sprang er auf sie zu und hätte sie mit Sicherheit zerrissen, wäre nicht Sandokan mit einem ebenso außerordentlichen Sprung aufgetaucht, hätte ihm den Bauch mit seinem Dolch aufgeschlitzt und ihn getötet.

Krass!

Sie ließ das Buch sinken, wollte Luft holen und sich beruhigen: Ihr Herz raste, und sie keuchte.

Das also waren Bücher? Die im Geist ein Spektakel spektakulärer Dinge entzündeten, ohne dass man auch nur einen Finger rührte, einen Schritt tat oder ein Wort sagte? Warum hatte Toni sie nicht schon viel früher zum Lesen gezwungen? Warum hatte ihr Vater nie etwas von diesem kostbaren Inhalt erzählt?

Sie sah auf die Uhr, es war fast vier. Langsam strich sie sich über die schweißnasse Stirn. Völlig durchgeschwitzt war sie, wie nach einem großartigen Dauerlauf, und ihr Herz wollte sich gar nicht mehr beruhigen, und über den ganzen Körper schienen ihr betrunkene Ameisen zu laufen, während in ihrem Kopf ein Chaos aus Unholden, Piraten, Tieren, Mylady und Dingen aus einer scheinbar völlig anderen Welt herrschte, das aber – gefühlsmäßig betrachtet – dennoch ganz viel mit ihrer eigenen Welt zu tun hatten.

Violante legte das Buch auf den Nachttisch und dachte immer noch an Sandokan: schön, stark, mutig, ein potenter Kerl. Sie stellte sich vor, wie er zwischen den verschwitzten Laken neben ihr lag, sie anlächelte und küsste. Und die Ameisen verdoppelten ihren Tanz, das Herz schlug wieder schneller und eine neue Erregung sprudelte in ihr hoch, während die dröhnenden Trommeln die unruhige Stille des Dschungels verjagten, in dem der Tiger wachte.

Sie löschte das Licht.

15

Hätte Scianna gewusst, dass Violante in diesem Moment ein feuriges Date mit Sandokan in Mompracem hatte, was hätte er wohl gesagt? Hätte er sich endlich über den Eifer der Kleinen gefreut, die bis jetzt seine Vorschläge immer abgetan hatte, oder hätte er die Eifersuchtsmesser gezückt?

Es hätte ihn bestimmt verletzt, vor allem, wenn derjenige, der sich bemüßigt gefühlt hätte, ihn über diesen Umstand zu informieren, das wichtige Detail ausgelassen hätte, dass dieser Sandokan die Gesichtszüge Tonino Sciannas trug, also seine Gesichtszüge und seine Augen, und dass in diesem Moment seine Lippen, ohne dass er davon wusste, die Perle von Labuan leidenschaftlich küssten.

Er wusste es nicht. Doch er dachte an Violante. Und während er an sie dachte, schrieb er ein paar Verse nieder, die mit dem Wort *Bedda*, *Schöne*, begannen, das er durchstrich und neu schrieb und wieder durchstrich, denn dieses Wort kam ihm im Vergleich zu ihrer unwiderstehlichen Schönheit viel zu armselig vor.

Bemühte sich also Violante seit dieser Nacht darum, sich zu bilden und zwar schnell, indem sie nun die Tage lesend und träumend verbringen, Worte einlagern, hundertundein andere Leben leben würde, während sie ihr eigenes lebte – das bis zu diesem Moment so dumm gewesen war, o Jesus, so dumm! –, so bemühte Scianna sich, all das Literatenblendwerk abzulegen, um die einfache Seele dieses Mädchens zu erreichen, das mithilfe irgendeines teuflischen Zaubertrunks sein Herz in Besitz genommen hatte.

Und Agata?

Toni dachte nicht mal an sie. Nur noch Violante durchflutete ihn. Und die Jahre, in denen er sie hatte aufwachsen sehen, trabten an ihm vorbei wie Pferde mit roten Federbüschen, auf denen sie als scheues Kleinkind saß, als unruhiges Schulmädchen, dann als Jugendliche mit überquellender Lebensfreude und schließlich als Frau, guter Gott, als verschleiertes Weib mit dem Profil einer Göttin.

Verdammt, Toni, du bist verloren!, sagte er sich und dachte an Errico.

Er lachte los, wie so ein pubertierender Jugendlicher. Es war ein langes Gelächter, und es zerschnitt wie ein Messer die Langeweile, die Ernüchterung, die Aussicht auf ein Alter voll wechselnder Frauen, bis seine Manneskraft schließlich versiegen würde, und dann Amen, Arrivederci und Ciao. Doch stattdessen …

Diese Nacht war auch für Agata und Lisabetta unruhig. In der Küche der Tabbacchera saßen die zwei Frauen beim dritten Kaffee der Nacht und redeten. Sie waren hellwach, nicht nur wegen des Kaffees, der auf die Kräuterfrau eigentlich eher die Wirkung eines Beruhigungsmittels hatte, sondern viel mehr wegen des kniffligen Themas, das sie besprachen.

»Er hat ja recht«, sagte Lisa und meinte damit den Besitzer ihres Ladens. »Seit letztem Jahr zahle ich nur, was ich kann, wenn ich denn mal kann. Er ist mir immer entgegengekommen, aber jetzt geht sein Sohn zum Studieren nach Mailand, und er braucht die Mieteinnahmen.«

Sie deutete ein Lächeln an, während sie das sagte, und ihr Gesichtsausdruck wurde etwas weicher. Sie wirkte wie ein Zaunkönig, munter und nie erschöpft, mit lebhaftem Blick und trotzdem gelassen, fähig zu großer Zärtlichkeit. Sie war zweiundvierzig Jahre alt, hatte pechschwarze Augen und eine Ehe hinter sich.

»Wovon willst du leben?«, fragte Agata.

Lisa zuckte mit den Schultern. »Ich versteh nur was von Kräutern. Das Diplom als Lehrerin habe ich nie genutzt, ich habe nie an einem öffentlichen Zugangswettbewerb mitgemacht, nie eine Vertretung übernommen. Ich habe immer gedacht, dass die Kräuter meine Lebensversicherung wären.«

»Sag schon: Wovon willst du leben?«

»Ich weiß es nicht.« Sie lehnte sich auf dem Stuhl zurück, betrachtete ihre Hände, die geschwärzten Daumen von den vielen Pflanzen, die sie in all den Jahren gesammelt, geputzt, kleingehackt, getrocknet und mit anderen Pflanzen vermischt hatte. Voller Respekt betrachtete sie diese erdgegerbten Arbeitshände, die mit Kratzern und Narben übersät waren. »Ich werde mich als Putzfrau bewerben«, sagte sie.

»Niemals!«

»Warum nicht? Das ist eine ehrbare Arbeit. Ich klaue nicht oder verkaufe mich in einem Bordell.«

»Komm und arbeite bei mir.«

Lisa lachte. »Hast du dich in ein Wohlfahrtsunternehmen verwandelt? Wie viel Personal braucht die gnädige Frau denn noch?«, scherzte sie, da sie von der Anstellung Robertos wusste.

»Ich bin allein«, sagte Agata und blickte auf den Rand der Kaffeetasse. »Und die Einsamkeit ist bedrückend …« Sie unterbrach sich, schluckte den Kloß hinunter, bevor er sich in Tränen auflösen konnte. »Die Einsamkeit macht traurig …«, fuhr sie fort. »Man isst allein, man hat niemandem zum Reden, niemand sagt mehr: ›Guten Morgen, Schatz.‹« Ein Schluchzen brach ihre Stimme, Agata versuchte, es durch husten zu kaschieren.

»Du bist nicht allein.«

»Komm und wohn hier mit mir.«

Lisa antwortete nicht sofort. Sie dachte, dass bald der Ansturm der Freier beginnen würde: Agata war zu jung, um Witwe zu bleiben, zu lebensfroh, um diesem Leben nicht zu gestatten, sie auf sein Fest zu entführen. Mit gesenktem Blick dachte sie, dass Costanzo im Laufe der Zeit für sie nur zu einer Erinnerung werden würde.

»So ist das nicht«, erklärte Agata.

»Was?«, fragte Lisa und fürchtete, den Gedanken laut ausgesprochen zu haben.

»Dass ich nicht allein bin«, antwortete Agata jedoch. »Und ich brauche dich.« Sie sagte es bestimmt, um jegliche Diskussion zu beenden. Doch gleich darauf bereute sie es. »Außer natürlich du willst nach Bologna zu Carlo.«

»Zu welchem Carlo?«, fragte Lisa, aber beide wussten, wer gemeint war.

»Es gibt keinen Carlo in deinem Leben?«

»Nicht mehr.«

Lisa trank den nächsten Schluck Kaffee. Sie dachte an Carlo und an die Sekretärin, die er geschwängert hatte. Sie dachte an das Kind, das zur Welt kommen und nicht ihres sein würde. Sie dachte, dass Carlo ein Arschloch war. Aber während sie das dachte, fühlte sie sich nicht vom Schmerz zerschmettert. Sie dachte weiter an ihn. Aber immer noch litt sie nicht. Plötzlich war ihr, als striche jemand Johanniskrautöl auf die Brandwunden ihrer Seele. Sie dachte an die Blonde, die Carlo ihr als seine Sekretärin vorgestellt hatte. Sie dachte, dass sie selbst eine blöde Kuh war, weil sie nicht kapiert hatte, dass die beiden eine Affäre hatten. Sie dachte, dass Ehemänner bei ihren Frauen zu Hause sein müssten, nicht auf Geschäftsreisen mit ihren Sekretärinnen. Sie dachte all das, um sich dem Schmerz hinzugeben … Aber nichts. Nicht einmal ein Stich, eine Verbrennung, ein Verdruss.

Währenddessen fuhr Agata fort: »Ich brauche Gesellschaft«, erklärte sie, »jemand, der für mich kocht und der sich um dieses Haus kümmert. Der Laden kann uns ernähren. Verpflegung, Unterkunft und ein nicht besonders hohes Gehalt biete ich dir.«

Lisa blickte sich um, suchte nach dem Johanniskrautölmasseur. Doch da war nur Agata, die wiederholte: »Willst du?«

»Ja«, sagte Lisa unwillkürlich, während der Masseur ihre Gedanken und ihren Körper erfrischte, und ihr war, als hätte jemand die tote Katze aus ihrer Brust gezogen, die seit einem Jahr darin verfaulte.

»Na, endlich!«, rief Agata. »Und jetzt gehen wir schlafen, denn um fünf kommt Roberto.«

»Es ist fast fünf«, sagte Lisa.

»Na, dann eben nicht. Was willst du zum Frühstück?«

16

Occhi janchi dachte immer noch an den Höllenhund. Denn der Hölle war er entsprungen, ganz sicher! Er war urplötzlich aufgetaucht, ohne einen Laut, und hatte sich nur durch den Biss in sein Fleisch offenbart. Ein Teufel war er, o ja! Oder der Geist irgendeines unglücklich Verstorbenen war in diesen Höllenhund gefahren und biss aus Wut alle Lebenden und zerfleischte sie.

›Das ist weder ein Geist noch ein Teufel‹, wandte seine rationale Seite ein: Er war gestürzt und hatte sich den Kopf angeschlagen, und während der Ohnmacht hatte er geträumt.

›Und dieser Schmerz?‹, fragt ihn seine irrationale Seite.

›Die Somatisierung des Schreckens‹, erwiderte die andere, und bediente sich dabei der Wortwahl eines allgegenwärtigen TV-Psychologen. ›Die Tatsache, dass du nicht mal einen Kratzer davongetragen hast, ist der Beweis dafür.‹

Er machte das Licht an und kontrollierte jeden Zentimeter seines Körpers. Nicht einen Kratzer hatte er, tatsächlich. Und diese Hure hatte sich erlaubt, ihn anzugreifen und so respektlos mit ihm zu reden. Ha, nachher würde er sie mit einem schönen entschlossenen Tritt in den Hintern an die Luft setzen. Verschwinde, du Schlampe!, würde er brüllen und zwar so laut, dass das ganze Viertel es hören sollte. Und er würde sich eine andere nehmen, eine jüngere, denn die hier war ja schon weit über vierzig und hutzelig wie eine alte Zitrone (was nicht stimmte, und das wusste er auch, denn Nunzia würde noch jahrelang fest und saftig sein). Natürlich müsste er mit einer anderen vorsichtiger sein, vor allem, wenn es eine Ausländerin wäre, denn die kommen ja nur nach Italien, um sich heiraten zu lassen in der Hoffnung, möglichst bald Witwe zu werden. Allerdings … so eine schöne Polin … groß, blond, Arsch und Titten …

Der Gedanke gefiel ihm, und er dachte darüber nach, und während er immer weiter dachte, wurde ihm klar, dass die Geschichte mit dem Höllenhund wirklich nur eine Fantasie seines verwirrten Geistes gewesen war: Schuld waren der Schlag und der Benzingestank, der diese Halluzinationen verursacht hatte. Genau: Es war das Benzin mit seinen giftigen Dämpfen. Was war er bloß für ein Idiot, so einen Schiss zu haben!

Er begann zu lachen, und lachend verging der Schrecken, und wieder sagte er sich, dass die Saracina brennen würde, es sei denn, die Tabbacchera käme und würde ihn um den Gefallen anbetteln, ihr das Land zu lassen, die Schöpfung ihres verstorbenen Mannes, dieses paradiesische Anwesen, dieses Sahnestück. Anbetteln? Ach was! Er würde schon die richtige Gegenleistung dafür herausschlagen, eine Nummer mit ihr, jedes Mal, wenn ihm der Sinn danach stand. ›Sie behalten das Land, Signuruzza, aber jedes Mal, wenn ich Appetit verspüre, kommen Sie her und befriedigen mich.‹

Sollte sie sich weigern, würde die Saracina in Flammen aufgehen, Ehrenwort von Don Saverio Pallante, vortrefflicher Anwalt, Ritter der Arbeit, Doktor mit ausgezeichneten Verdiensten, berühmter Professor, Diener des Vaterlandes und sogar Wundertäter, wie es auf einer der viele Urkunden an der Wand seines Büros geschrieben stand. Dort empfing er seine Klienten, die gutgelaunt in klingender Münze zahlten, weil sie sich von all dem nichtssagenden Papier an der Wand blenden ließen.

Es dämmerte erst. Etwas Schlaf konnte er sich noch gönnen.

Er drehte sich auf die Seite. Wieder kam ihm der Höllenhund in den Sinn.

Er drehte sich auf die andere Seite. Er spürte, wie die Zähne seinen Schenkel zermalmten.

Er legte sich auf den Bauch. Ein Fuß begann zu jucken.

Er drehte sich auf die Seite. Ihm war, als hätte er brennende Kleider am Leib.

Er drehte sich um.

Und wieder: linke Seite, auf den Bauch, auf den Rücken, Arm unter den Kopf, ein Bein über das andere.

Er zählte Schafe.

Er musste pinkeln und ging ins Bad. Da er nun schon mal hellwach war und keine Lust verspürte, sich mit düsteren Gedanken herumzuschlagen, seifte er sich das Gesicht mit Rasierschaum ein.

Aus der Küche war kein Laut zu hören. Die Hure schlief vermutlich noch, ohne zu ahnen, was ihr bevorstände.

Er lachte, als er sich die Szene vorstellte: Sie, wie sie weinte und bettelte, bleiben zu dürfen, und sei es nur, um ihm die Schuhe zu putzen; er, der unerschütterlich erklärte: ›Du hast dir etwas erlaubt, was du dir nie hättest erlauben dürfen. Du hast dir erlaubt, mir den Respekt zu verweigern. Mir? In meinem Haus? Geht's noch? Raus, weg, hau ab und lass dich hier nie wieder sehen!‹

Er würde ihr nicht einmal Zeit lassen, ihre paar Lumpen zu packen: Er würde sie ihr vom Balkon nachwerfen, und alle Leute würden es sehen, alle Leute würden erfahren, wie unnachgiebig und zu welchen Taten Anwalt Pallante fähig war. So würde er der Dorfbevölkerung mit gutem Beispiel vorangehen.

Er zog sich am Ohrläppchen, während er sich weiter rasierte. Nicht mal das Geräusch des Stühlerückens, nicht mal das des laufenden Wasserhahns, und dabei war es fast sechs! Oh, diese nichtsnutzige Schnorrerin! Eine mächtige Wut erfasste ihn, ließ seine Hand mit dem Rasierer zittern, kurz zuckte der nach oben, nur eine Winzigkeit im Grunde, aber ausreichend, um sich ein paar Millimeter neben dem Nasenloch zu schneiden, sodass es sofort heftig zu bluten begann.

»Nunzia«, jammerte er und versuchte, das Blut mit dem Handtuch zu stoppen, denn er konnte kein Blut sehen, vor allem nicht sein eigenes. »Nunziaaa!«, brüllte er aus vollem Hals, denn der Schrecken schoss gemeinsam mit der Wut durch seinen Körper.

Nichts.

Nutte, Hurennutte.

»Nunzia!« Er weinte fast: Da verblutete er hier, und die Schlampe ließ sich nicht mal herab, ihm zu Hilfe zu eilen.

Er drückte das Handtuch stärker auf die Wunde, ging zum Dienstbotenzimmer, riss die Tür auf. Darin war es noch dunkel.

»Nicht mal Fürstin Caracciolo schläft so lange«, knurrte er.

Doch die nächsten Worte blieben ihm im Hals stecken. Das Bett war gemacht, die Heiligenbildchen verschwunden … Was soll der Mist? Das Handtuch fiel zu Boden, während ein dünnes Rinnsal ihm den blütenreinen Pyjama blutrot fleckte. Wie betrunken torkelte er durch das Zimmer: das gemachte Bett … Leute, was soll das, hat sie etwa nicht geschlafen? Die Heiligen, die Madonnen und die Kruzifixe, der heilige Georg und der Drache … Auf der Kommode klebte der rote Wachsrest einer der Kerzen, dahinter stand eine Flasche mit Wasser aus Lourdes. Mit schweren Schritten schleppte er sich zum Schrank, als wäre er dem Tode nah: Verschwunden waren ihre paar Habseligkeiten, verschwunden der Rosenkranz, die Schuhe. Aber …

»Nunzia!«, schrie er sich die Lunge aus dem Leib.

Stille.

»Nunziata, elende Hure, antworte gefälligst!«

Eine Katze antwortete ihm, verhöhnte ihn mit ihrem Miauen, deren Echo – Nutte, Hurennutte – durch die leeren Zimmer hallte.

Eine neue Wutwelle gab ihm wieder Kraft, er rannte in die Küche: Auf dem immer noch gedeckten Tisch standen das Omelett und die Paprika, die Weinkaraffe, das Besteck, die

Serviette, die Zitrone für die Paprika, die Brotscheiben im Körbchen.

»Nunzia«, murmelte er einen Moment wie verloren. War dieser perfekt gedeckte Tisch nicht der perfekte Ausdruck einer Liebesbezeugung?

Er betastete sein Nasenloch und merkte, dass die Wunde immer noch blutete. Ihm wurde schwindlig.

»Nunzia«, wimmerte er.

Er kehrte in den Korridor zurück und riss die Türen zu allen Zimmern auf. Sogar in der Abstellkammer sah er nach, und in der Abstellkammer … Schaisze, der Koffer! Sein guter Koffer, der grüne mit den Aufklebern von all seinen Flügen, wo war er?

Er schob eine Korbflasche zur Seite, öffnete eine Kiste, die wer weiß wem gehörte.

»Wo ist der Koffer?«, schrie er.

Er schob die Katze weg, die genervt ein langes, wütendes Miauen von sich gab, als wollte sie sagen: ›Hörst du wohl endlich auf zu brüllen?‹

Er rannte auf den Balkon, beugte sich über die Brüstung und da entdeckte er sie: Aufrecht stand sie neben dem Bus, eine Zigarette in der Hand, die Augen halbgeschlossen, während sie den Rauch nach oben blies.

»Nunzia«, brüllte er. »Nunziata Carini!«

Nunziata Carini blickte zu ihm, warf die Zigarette auf den Boden, trat sie mit der Schuhspitze aus – lange zertrat sie sie, drehte den Fuß von einer Seite zur anderen, damit sie sich vollständig in ihre Bestandteile auflöste – dann stieg Nunzia in den Bus, die Türen schlossen sich, und er fuhr ab.

Es war der Bus nach Catania, Occhi janchi dachte, dass er das Auto nehmen, ihn einholen, Theater machen könnte …

Theater wegen einer Bediensteten? War er jetzt endgültig irre geworden? Man stelle sich nur die Szene vor, während sie irgendwelche Rechte beansprucht und die Leute lachen! Hinter seinem Rücken werden sie lachen! Und sagen, dass Seine Exzellenz sich von einer Dienerin hat fertigmachen lassen. Was war er denn für ein Bürgermeister? Wie konnte man einem vertrauen, der sich von einer Bediensteten fertigmachen lässt?

All diese Gedanken kamen ihm, während der Bus in die Straße neben der Kirche einbog und unweigerlich verschwand. Sie kamen ihm. Und er begriff, dass Nunziata Carini ihn nach zweiundzwanzig Jahren ehrbarem Dienst gefickt hatte.

Ja, sie hatte ihn gefickt.

Auch Nunzia kam dieser Gedanke, darum hatte sie bis zuletzt gewartet, bevor sie in den Bus stieg, damit er sie auch sah, damit er auch erfuhr, dass sie ging und dass er sie nicht würde aufhalten können. Und die zerquetschte Zigarette unter dem Fuß bedeutete: ›Ein Wurm bist du, und wie einen Wurm zertrete ich dich.‹

Nunzia sah sich wieder in ihrem Bett nach dem Wutausbruch vor sich: Sie, die ihm befahl zu verschwinden, er, der die Tür schloss, sie, die mit aufgerissenen Augen in der Dunkelheit lag und zu verstehen versuchte, woher sie die Kraft genommen hatte, so mit ihm zu reden, die Kraft zur Rebellion. Sie war vierzig Jahre alt, und noch immer hatte sie regelmäßig ihre Tage. Sie dachte, dass, wenn sie ihn sofort verlassen würde, könnte sie noch einen anderen kennenlernen, ihn vielleicht verführen, ihn vielleicht heiraten und vielleicht ein Kind mit ihm haben.

Kannst du dir das vorstellen?, sagte sie sich. Ein eigenes Kind, dein eigen Fleisch und Blut, ein Stück von dir, das in dir und außerhalb von dir lebt, das du bist und doch nicht du, das dich ›Mamma‹ nennt, das dich umarmt und dir das Gefühl gibt, die Königin in seinem Herzen zu sein?

Im Bett liegend dachte sie all diese Dinge und Tränen liefen ihr über das Gesicht. Sie durchlebte die Demütigungen noch einmal, die Erniedrigungen, dass sie wie ein Hund behandelt worden war, besser gesagt, schlimmer als die Hunde, die Seine Exzellenz auf dem Land hielt und die der Pächter manchmal zusammen mit Wein, Öl, Mandeln oder Getreide herbrachte, und er umarmte diese Hunde, als wären sie seine Kinder, er umarmte sie, wie er es mit ihr nie gemacht hatte. Wie beschämend. Und sie wollte immer noch bei ihm bleiben? Und wenn sie gehen würde? Wenn er sie ohne Rentenanspruch, ohne Unterkunft, ohne Familie, ohne alles vor die Tür setzen würde?

Sie stand auf. Auf Zehenspitzen schlich sie zur Abstellkammer, schnappte sich den albernen Koffer und packte ihre Sachen hinein. Dann nahm sie ihre Handtasche und ging in das Büro Seiner Exzellenz, zog das dritte Buch von links aus dem Regal, das leise aufklappte und die Nische mit dem Tresor freigab. Sie drehte das Zahlenrad genauso wie er, sie hatte ihn durchs Schlüsselloch beobachtet, und der Tresor öffnete sich. Zum ersten Mal nahm sie sich etwas, das jemand anderem gehörte.

Jemand anderem? Ihr gehörte es, da sie seit zweiundzwanzig Jahren seine inoffizielle Ehefrau war und für ihre Dienste, für die Unterstützung in Krankheit und Gesundheit, für die unzähligen Einläufe, die sie Seiner an Verstopfung leidenden Exzellenz hatte verabreichen müssen, und für alles andere nie bezahlt worden war.

Sorgsam verstaute sie die Notenbündel zu fünfzigtausend und hunderttausend Lire in ihrer Handtasche, insgesamt ein paar Millionen, die ihr ein angemessenes Leben bis zum Ende ihrer Tage erlauben würden und mit denen sie sich, wenn sie Lust hätte, sogar einen Ehemann würde kaufen können.

Würdevoll, in ihrem blauen Kostüm, sah sie aus dem Fenster, während der Bus auf die Schnellstraße bog. Sie lächelte bei dem Gedanken an das Gesicht Seiner Exzellenz, wenn er den geplünderten Tresor entdeckte. Sie lächelte: mit dem weißen Taschentuch vor dem Mund und dem Blick derjenigen, die gerade neu geboren wurde und sich verwundert umschaut und begreift, dass sie bis zu diesem Moment nichts gesehen, nicht gewusst, nichts genossen hat. Jetzt würde sie sehen, wissen und genießen, und sie hätte Geld und könnte es verprassen, dem Allmächtigen immer dankend, den sie nicht vergessen würde, indem sie den Armen einen Teil dieser Scheine vermachen würde, die der geizige Bürgermeister bündelweise gehortet und wie der in Gold schwimmende Dagobert Duck gezählt hatte.

»Wie kommt es, dass Sie so fröhlich sind?«, fragte der Busfahrer und betrachtete sie im Rückspiegel.

Nunzia zuckte zusammen. War ihre Freude so offensichtlich?

»Weil ich mir einen Splitter aus der Seite gezogen habe«, sagte sie.

Und aus dem Herzen, wollte sie anfügen. Aber sie sollte sich besser nicht zu weit aus dem Fenster lehnen.

»Jetzt sind wir also zu dritt«, sagte Agata zu Roberto. Er hatte Mandelgranita und Brioches mitgebracht und es glücklicherweise übertrieben, sodass es auch für Lisa reichte.

»Was heißt das?«, fragte er und stippte das Brioche in die Granita.

»Dass es den Kräuterladen nicht mehr gibt«, antwortete Lisa.

»Ist nicht wahr.« Sein offener Mund und das erhobene Brioche drückten eindrucksvoll sein Erstaunen aus.

»So ist es.«

Roberto suchte bei Agata Bestätigung.

»Aber das ist schade.« Er legte das Brioche ab.

Dieser Kräuterladen existierte, seit er geboren war. Seine Mutter schleppte ihn immer dorthin, um Mittel gegen Bauchweh oder Halsschmerzen zu kaufen, gegen Schnupfen oder Ohrenentzündung. Früher hatte ihm dieser Laden überhaupt nicht gefallen; dann, mit den Jahren, hatte er gemerkt, dass er sich an den bitteren Geschmack der Kräuter gewöhnt hatte und dass ein Tee immer noch besser war als eine Spritze.

»Verdammt, Sie können nicht schließen!«, platzte er heraus. Und gleich darauf: »Entschuldigung.«

»Diese Granita ist köstlich«, sagte die Kräuterfrau und wechselte das Thema.

»Es ist eine Schande.«

Lisa zog ein fröhliches Gesicht. »Aber ich höre doch nicht auf, Kräuterfrau zu sein.«

»Das fehlte gerade noch«, rief Agata.

»Aber es wird nicht mehr das Gleiche sein«, ließ Roberto verlauten. »Die schönen weiß-blauen Gefäße mit den Namen der Kräuter … die Mörser, die kleinen Waagen … Was wird daraus?«

»Das verkaufe ich alles«, antwortete Lisa mit einem Lachen, das sowohl dem Jungen als auch Agata unangemessen vorkam.

Wie konnte sie darüber nicht traurig sein? Wieso war sie nicht traurig darüber, dass ihr Mann sie verlassen hatte? Natürlich fragten sie Lisa nicht danach, und sie erklärte es ihnen auch nicht, weil sie fürchtete, dass die Johanniskrautölmassage mit einem Mal ihre wundersame Wirkung verlieren könnte.

»Nichts davon wirst du verkaufen«, sagte Agata und dachte allerdings, dass es nun Zeit wäre, sich an die Arbeit zu machen. »Komm, ich erklär dir alles«, sagte sie zu Roberto. Und zu Lisa: »Geh und hol deine Sachen. Und dann koch uns eins von deinen unvergesslichen Gerichten zum Mittag.«

»Eins von denen, die man *wirklich* nicht vergisst?«, fragte Lisa mit einem fröhlich strahlenden Blick.

»Natürlich! Und jetzt bewegt euch, los, denn gleich kommen wieder all die Leute.«

»Sissignora«, antworteten beide aus einem Mund.

Agata sah sie verwundert an: War sie wirklich die Frau, die allen und jedem Befehle erteilte, die genau wusste, was zu tun war und wie, welche Entscheidungen gefällt, welches Verhalten an den Tag gelegt, welche Befindlichkeiten behandelt und welche Schmerzen zurückgestellt werden mussten, nur um nachts allein im leeren Bett in aller Stille zu weinen? Und ohne auch nur eine Sekunde geschlafen zu haben, fühlte sie sich dennoch stark, war klar im Geist und frisch im Körper. War sie das? War sie das wirklich?

Sie gingen in den Laden hinunter. Agata öffnete die Tür des Hinterzimmers, während aus der Bäckerei nebenan ein betörender Duft von frischem Brot drang. Sie schwankte. Sie dachte an das noch warme Brot, das Costanzo ihr morgens immer zum Frühstück serviert hatte. Rasch schluckte sie die Tränen hinunter und begann Roberto zu erklären, welche Waren im Laden vorhanden waren, welche die hochwertigsten Zigarren, welche die meistverkauften waren, wie man Bestellungen aufgab, wie man mit Vertretern umging, wie man einen möglichen Warenüberschuss notierte, welche Bonbons und Kaugummis die Kinder am liebsten mögen, welches Briefpapier sich am besten verkaufte und welche Zigarrenanzünder.

Währenddessen erwachte das Dorf, und währenddessen flüsterte Toni Scianna: »Liebe, du lässt mich auf der Spitze von einem Stachel tanzen, verbrennst mich und rammst mir Messer in die Brust, und doch befriedigst du mich.« Und erschöpft schlief Violante ein, nachdem sie Stunden mit ihrem Sandokan im Paradies verbracht hatte.

17

Lucia erwachte von Turuzzus Bellen und Kratzen. Er gebärdete sich, als stünde Gott höchstpersönlich vor der Tür und riefe ihn.

»Warte«, sagte sie, während sie die Augen öffnete und zu verstehen versuchte, welcher Tag und wie viel Uhr es war, ob die Sonne schien oder ob es regnete, weil sie gerade von einem Gewitter geträumt hatte und ganz durchnässt schien.

Der Hund jedoch schabte wie verrückt am Holz, dann lief er zu ihr und zurück zur Tür und wieder zu ihr, sprang und winselte, so als hätte ihn eine Tarantel gestochen.

»Darf man mal erfahren, was du hast?«, fragte sie und stand langsam auf, damit ihr nicht schwindlig wurde, was ihr sonst den Tag verdorben hätte. »Gib mir etwas Zeit, ich bin doch schon alt.«

Von wegen Zeit! Der Teufel steckte in ihm.

Lucia bewegte sich mit vorsichtigen Schritten und öffnete die Tür. »Pass auf die Autos auf«, ermahnte sie ihn.

Turuzzu blieb auf der Schwelle stehen und sah sie mit seinen Augen – das hellblaue erstaunter als das haselnussbraune – an, wobei er versuchte, das Schlappohr aufzurichten.

»Lauf«, sagte sie.

Offensichtlich hat sie es nicht kapiert, dachte er wohl, denn er schnappte nach dem Saum ihres Nachthemds und zog sie auf die Straße.

»Huch, was hast du denn?« Sie verstand es nicht. »Ich soll mitkommen? Ja?«

Der Hund jaulte.

»Mit dir soll ich also mitkommen?«, fragte sie noch einmal, aber überzeugter.

Er bellte.

»Gib mir etwas Zeit, damit ich mich wasche und anziehe.«

Von wegen. Wieder schnappte er nach dem Nachthemd und zog, forderte sie auf, sich zu beeilen: Schnell, schnell, es gab ein dringendes Bedürfnis, das befriedigt werden musste, das er aber nicht allein schaffte.

Weil gewisse Bedürfnisse eben nur in der Gegenwart einer Mutter befriedigt werden können, sagte sich Lucia, und spürte, wie eine glühende Zufriedenheit ihr Seele und Haut entflammte, die gleiche Freude, die die Seele einer Mutter durchflutet, wenn das Kind auf noch wackeligen Beinchen auf das Töpfchen zeigt, in dem es sein körperliches Zeugnis hinterlassen hat.

Turuzzu bellte also weiter wie verrückt, aber sie verlor immer noch Zeit: »Warte, ich muss mir doch was anziehen… Warte, ich brauch doch meine Tasche… Warte…«

Auf was sollte er noch alles warten? Turuzzo knurrte, kratzte, sprang, schnappte nach dem Hemd, zog daran, sodass Lucia gerade mal in die Schuhe und in irgendein Kleid schlüpfen konnte, und umgehend daran fortgezogen wurde.

Sie stellte sich das gewaltige Pullern ihres Schützlings vor, sobald er an dem Baum angelangte, wo jeder Hund seine Markierung hinterließ.

Doch Turuzzu rannte einfach daran vorbei.

Jetzt verstand sie überhaupt nichts mehr.

Und die Leute, die sie wie auf Kommando des Stummelschwänzchens laufen sahen, begriffen es auch nicht. »Wer ist gestorben?«

Einige fassten sich zwischen die Beine, um das Unheil abzuwehren, andere klopften auf Eisen, wieder andere formten mit den Fingern die Geste der Hörner.

Lucia rannte hinter dem Hundchen die Straße zur Piazza hinunter, über den Corso am Rathaus vorbei bis zum Tabakladen … wo Turuzzu endlich stehen blieb. Wie angewurzelt blieb er vor Costanzo Di Dios Tabakladen stehen. Und Lucia, die seit der Beerdigung zum ersten Mal wieder hier herkam, schlug das Kreuz.

Roberto entdeckte sie. »Was ist?«, fragte er, wobei auch er sich sogleich über die Kronjuwelen zwischen seinen Beinen strich.

Lucia schnaufte. »Keine Ahnung, dieses Hundchen …«

»Patè!« Agatas Stimme durchschnitt die Luft und schien den Hund wie ein elektrischer Schlag zu treffen, denn er bewegte den Stummelschwanz so schnell, als wäre er der Schlegel einer Glocke, die den Ausbruch eines Feuers verkündete.

Lucia war verblüfft: Dieses Hundchen – das eigentlich niemandem vertraute außer ihr, seiner Adoptivmutter – sprang und tanzte um die Tabbacchera herum! Es war doch nicht zu glauben.

»Ihr kennt euch?«, fragte sie kühl.

»Costanzo hat ihn gefüttert«, sagte Agata. »Er hat ihn Patè genannt.«

»Turuzzu heißt er!«, erklärte Lucia gekränkt, weil sie die Personalien ihres Geschöpfes nennen musste. »Turuzzu.«

Das Hundchen sah sie schwanzwedelnd an, und sie freute sich sehr darüber.

»Patè«, sagte Agata.

Jetzt himmelte er sie an und wedelte auf die gleiche Art mit dem Überbleibsel seines Schwanzes.

In Lucias Brust flammte Feindseligkeit auf. »Tu-ruz-zu!«, skandierte sie.

»Patè!«

Schwanzwedeln nach rechts, Schwanzwedeln nach links, ohne Eifersucht auf irgendjemanden.

Da sagte Roberto: »Patuzzu«, und vereinte in einer Zeit der vielen Masken und der wenigen wahren Persönlichkeiten die beiden Namen, die beiden Identitäten.

In diesem Moment drehte der Hund vollkommen durch: Er sprang von einer zu anderen, so als wollte er sagen, Ja, bitte, das bin ich: Patuzzu. Und er leckte der einen die Hand und leckte der anderen die Hand und winselte die eine an und winselte die andere an, wobei er sich nicht im Geringsten um Roberto scherte, der ihn doch getauft hatte.

Die Frauen sahen sich einen Augenblick verwirrt an, während der Hund nun den Pulcinella gab und sich quasi nach links und rechts verbeugte. Zwangsläufig musste man lachen. Und zwangsläufig verzog sich auch das Gewitter im Gemüt der Montalto.

Das Gelächter besänftigte den Hund, allerdings nur für einen Moment, denn nachdem die Identitätsfrage geklärt war, schien Patuzzu sich zu sagen, dass es keine Zeit mehr zu verlieren galt. Er lief in den Laden zum Tresen, sprang dran hoch und zog mit dem Maul an dem Bündel der Glücksbrunnen-Lose.

»Das ist nicht zum Fressen da«, sagte Lucia, entsetzt über die Ungezogenheit des Geschöpfes, dem sie so schnell noch keine Manieren hatte beibringen können.

Das hellblaue Auge funkelte ungeduldig.

»Was ist? Willst du Kekse?«, fragte sie.

Wieder schnappte er nach den Glückslosen.

Sie griff in ihre Tasche, in der sie immer ein paar Münzen hatte. »Geben Sie mir bitte eines«, sagte und begriff endlich die Scham der Mütter für ihre ungezogenen Kinder.

Roberto legte eine ganze Reihe von Losen auf den Tresen. »Welches wollen Sie?«, fragte er.

Da patschte Patuzzu mit der Pfote auf ein Los, sah Lucia Montalto mit dem hellblauen Auge an, das lachte, genauso wie das haselnussbraune.

»Das willst du?«, fragte sie.

Er winselte.

»Na, dann geben Sie mir das«, gab sie nach.

Verschämt betrachtete sie die Tabbacchera und den Jungen,

der jetzt für sie arbeitete. »Bitte kein Mitleid«, murmelte sie. »Denken Sie nicht, dass ich verückt geworden bin. Aber es ist einfach so, dass dieses Hundchen der Einzige ist, der mich gern hat.«

»Los, rubbeln Sie«, forderte Roberto sie auf, da er sie mit einem Mal ganz nett fand.

Lucia nahm eine Münze und rubbelte: Brunnen.

Sie rubbelte: Brunnen.

Sie räusperte sich.

Brunnen.

Kalter Schweiß brach ihr aus.

Brunnen.

Brunnen.

Ihr Herz tanzte eine Samba in der welken Brust mit den Nippeln, die sich vor Freude strafften und so blieben, aufgerichtet und fest wie die eines jungen Dings. Aber sie hatte weder die Zeit noch die Achtsamkeit, es zu bemerken.

Brunnen.

Jesus.

Brunnen. Brunnen. Brunnen.

Neun Brunnen!

Sie fiel in Ohnmacht.

Agata eilte zu ihr. Roberto nahm das Los. »Jesus!« Und er stützte sich auf den Tresen, bleich wie ein Toter.

»Nicht, dass du auch noch umfällst«, sagte Agata erschreckt.

Er reichte ihr das Los.

»Jesus!«, murmelte sie mit aufgerissenen Augen.

Sie sahen sich an, während Patuzzu, der Lucia Montalto wirklich gern hatte, ihr Gesicht ableckte, damit sie wieder zu sich kam, und da die beiden anderen zu Salzsäulen erstarrt schienen, bellte er sie an, um sie in die Gegenwart zurückzuholen, damit sie endlich etwas unternahmen.

Zum Glück war der Tabakladen leer.

»Bringen wir sie in die Wohnung«, murmelte Agata, immer noch zitternd mit dem Los in der Hand.

»Schließen wir den Laden«, schlug Roberto wohlweislich vor. »Denn erst mal ist es besser, dass niemand davon erfährt.«

Agata schloss die Glastür ab, während Roberto die Signora Lucia hochhob und sie in den ersten Stock trug. Dorthin war in der Zwischenzeit auch Lisa zurückgekehrt, die den Haupteingang genommen hatte.

»Was ist?«, fragte sie, als sie das ungewöhnliche Spektakel sah.

Agata hielt ihr das Los hin.

»Geil!«, rief sie, denn sie war mit der himmlischen Ordnung von Heiligen, Kruzifixen und Madonnen nicht so vertraut, weil sie sich mit Leib und Seele für die Natur entschieden hatte.

Währenddessen sagte Scimò auf dem Rathausplatz: »Sie macht den Laden dicht!« und stieß Ingenieur Calcaterra mit dem Ellenbogen an, der, weil er von auswärts war, die Tragweite dieses Vorfalls gar nicht ermessen konnte.

»Wer?«, fragte er tatsächlich.

»Die Tabbacchera …« Und sofort gab er Acquaforte, der ein paar Schritte entfernt stand, ein Zeichen: »Sie macht den Laden dicht!«

Und Acquaforte zu Mimmo Scialfa, dem Barbier: »Sie macht den Laden dicht!«

Und Scialfa zum Buchhalter Corona: »Sie macht den Laden dicht!«

»Schaisze!«

Calcaterra beobachtete diese Stille Post, woraufhin sich nach wenigen Minuten eine kleine Menschenmenge vor dem Laden versammelte, und fragte: »Und was bedeutet das?«

»Das bedeutet, dass die versaute Tabbacchera sich den Jungen ins Haus geholt hat, um mit ihm ihre versauten Spielchen zu treiben«, dozierte der stellvertretende Bürgermeister schockiert.

»Und ist das so schlimm?«, fragte der Ingenieur.

»Sie ist Witwe!«

»Ja, und?«

»Calcaterra«, sagte Scimò ungeduldig. »Sie verstehen aber auch gar nichts! Muss ich Ihnen alles – aber auch wirklich alles – erklären?«

»Erklären Sie es mir, Herr Vermessungstechniker, erklären Sie es mir!«, amüsierte er sich, denn er war ein Mann von Welt, weise und verständnisvoll.

Aber Scimò verzog sich bereits, wobei er rechts und links die Samen dieser Hurerei ausstreute: Denn die Tabbacchera war eine Schlampe und bald würde sich ihr Laden in ein Bordell verwandeln, daher musste man – ›noch bevor die Sache zur Gewohnheit wurde‹ wie seine Exzellenz immer zu sagen pflegte – entscheiden, wie man darauf reagieren sollte: Sollte man diese Sache auf Kosten der unschuldigen Seelen von Frauen, Alten und Kindern dulden oder das Bordell auf Basis von Gratisleistungen gegenüber der Kommune für eben diese Duldung genehmigen? Seine Exzellenz war gefragt. Nur er würde genau wissen, welcher Weg der richtige wäre.

»Wo ist der Bürgermeister?«, fragte er daher den Rathausportier.

»Er ist noch nicht da.«

»Wieso das denn?«

»Wer weiß das schon? Ich weiß nur, dass Nunzia, das Hausmädchen, heute Morgen den Sechs-Uhr-Bus nach Catania genommen hat und einen Koffer dabei hatte.«

Nunzia verdrückt sich um sechs Uhr morgens? Sie, die nicht mal im August das Haus ihres Herrn verlässt? Was war da passiert?

Die Sache bei der Tabbacchera war jedoch dringender, daher fragte er rasch: »Wissen Sie, ob Seine Exzellenz zum Gericht gegangen ist?«

»Nix weiß ich. Warum suchen Sie ihn überhaupt?«

»Die Tabbacchera hat den Laden geschlossen, um den Jungen zu vögeln.«

»Verdammt!«

»Genau.«

»Seine Exzellenz müsste zu Hause sein«, sagte der Portier, »denn sein Wagen steht noch davor.«

Scimò rannte ohne ein weiteres Wort davon, während der Portier in die oberen Stockwerke des Rathauses eilte, um den Unwissenden diese Neuigkeit zu überbringen.

Und so, obwohl es ein windstiller und fürchterlich heißer Tag war, flogen die Sporen dieser üblen Nachrede von Viertel zu Viertel, bis sie auch Franca Cortese erreichten. »Die Tabbacchera hat sich mit deinem Sohn im Laden eingeschlossen«, erzählte ihr Palmina, die Schwester des Schlachters, und frohlockte in ihrem hundert Kilowanst, weil dieser Dreckskerl Roberto sie nie beachtete, obwohl sie ihm auf mehr als explizite Art Liebesavancen machte.

»Was sagst du da?«, fragte Franca verwundert.

»So isses!«, bestätigte Palmina und betrachtete ihre spitzen roten Fingernägel, die sie gerade neu lackiert hatte.

Franca rannte aus dem Haus, ohne die Schürze abzulegen, und stürzte die Steigung hinauf mit der eindeutigen Absicht, ihren Sohn vor der Schmach zu erretten, die ihm zugestoßen war. Und allen, denen sie begegnete, rief sie zu: »Das sind alles nur Lügen. Lauter Lügen.« Wobei der Ring an ihrem Finger hochmütig funkelte, und neidische Blicke sie wie Pfeile trafen.

»He«, rief Concetta, verheiratete Russo, «guckt mal, wer da ist, die Steppnahtkönigin!«

Die Steppnahtkönigin?

Alle lachten.

Franca hörte sie nicht.

Mit trommelndem Herzen kam sie im ersten Stock des Hauses oben auf der Treppe an und hämmerte frenetisch an die Wohnungstür der Di Dios. Niemand öffnete. »Agata«, rief sie. »Agata.«

Die Kräuterfrau kam angelaufen, öffnete einen Spalt, zog sie herein und legte sich einen Finger auf den Mund. Dann führte sie die eisschwitzende Franca, die sich mit hölzernen Puppenschritten bewegte, in Agatas Schlafzimmer.

Man stelle sich ihr Erstaunen vor, als sie das Zimmer voller Menschen und einem Hund vorfand.

»Was ist?«, fragte sie, noch nicht wissend, ob sie aufatmen konnte oder nicht.

»Signora Lucia hat hundert Millionen Lire gewonnen«, sagte Agata, während sie ein Glas Zuckerwasser brachte, um die immer noch halbtot aussehende Signora wieder zum Leben zu erwecken.

»Au Kacke!«, rutschte es Franca heraus.

»Mamma!«, ermahnte Roberto sie.

»Was denn?«, fragte sie beleidigt, schließlich hatte er sie doch so erschreckt, indem er sich im Haus der Witwe hatte einschließen lassen.

»Was hast du gesagt? Ich hab's nicht verstanden«, sagte er und legte sich eine Hand hinter das Ohr. Gleichzeitig lachte er wie verrückt.

» ›Au Backe‹ hab ich gesagt.« Sie stemmte die Hände in die Hüften. Ausgerechnet vor ihm sollte sie sich rechtfertigen? Ausgerechnet jetzt, da ihr Herz so in der Brust flatterte?

»*Backe*? Glaub ich nicht«, bohrte er weiter.

»Backe, Hacke, Macke … Soll ich weitermachen?« Und ohne um Erlaubnis zu fragen – sie befand sich ja schließlich in einem fremden Haus – ließ sie sich in einen Sessel fallen, stand jedoch sofort wieder auf, als wäre er mit Stacheln versehen, riss die Balkontür auf und trat nach draußen, in die Sonne, vor das große Publikum, das sich auf der Piazza versammelt hatte und mit der Uhr in der Hand kontrollierte, wie lange die Vögelei der Tabbacchera dauerte. Franca verschränkte die Arme vor der Brust und sah die Leute an, einen Bastard nach dem anderen, und die blickten zu Franca. Und für einen Augenblick hielten alle die Luft an.

Also, zusammengefasst sieht die Situation jetzt so aus: Lucia Montalto liegt ausgestreckt auf dem Bett mit Patuzzu zu ihren Füßen. Agata fächelt ihr Luft zu.

Lisabetta stellt in der Küche eine ihrer geheimnisvollen Mixturen her.

Roberto liest die Teilnahmebedingungen des Glücksbrunnen, um herauszufinden, wie so eine gewaltige Summe ausgezahlt wird.

Franca Cortese steht – mit verschränkten Armen – auf dem Balkon gegenüber dem Rathaus, um der ganzen Welt zu beweisen, dass hier drin niemand vögelt und dass alle anderen sich gefälligst den Mund mit Seife auswaschen sollten, bevor sie andere Leute beschämen.

Die Leute auf der Piazza starren sie an: Und was bedeutet jetzt ihre kriegerische Anwesenheit auf dem Balkon?

»Gar nichts bedeutet das«, sagt Scimò, der aus der Mitte der Leute die Sinfonie der Gerüchte dirigiert. »Sie ist auf dem Balkon, und die anderen beiden sind im Zimmer im Bett.«

Der Gauner Acquaforte gießt noch Öl ins Feuer: »So ist es nun mal auf der Welt, die Mütter sind immer die Kupplerinnen. Kommt euch Franca Cortese etwa weniger kupplerisch vor als alle anderen? Würde sie dem Teufel etwa nicht ihre Seele verkaufen nur für ihren heißgeliebten hübschen Sohn?«

Diese Worte schwebten in der Luft wie viel zu behäbige Seifenblasen, die nicht aufstiegen und zerplatzten, sondern dem in der Nähe stehenden Sarino Motta zu Ohren kamen, der angewidert das Gesicht verzog.

»Ich möchte echt mal wissen«, fragte er mafiös, »wer Euch das alles anvertraut hat?«

Die Leute waren verblüfft, denn dieses distanzierte *Euch* war ein verbaler Schlag ins Gesicht des Freundes, den er immer *geduzt* hatte. Und dann dieser Ton!

»Na sag' schon«, fuhr er fort, denn zu hören, wie Franca beleidigt wurde, hatte ihm das Blut in den Kopf getrieben. »Also«, sagte er und kam ein paar Schritte näher. »Wer hat Euch das alles anvertraut?« Und ohne ihm Zeit für eine Antwort zu lassen, rammte Motta ihm eine Faust ins Gesicht.

Acquaforte war überrascht, fasste sich ans Kinn, schaute sich kurz um, dann holte er aus und erwiderte den Schlag. Motta kassierte ihn und gab ihn zurück, inklusive Zinsen in Form von Tritten und Hieben, während sich um die beiden ein Kreis bildete und die Leute den Kampf anfeuerten.

Und ein Kampf war es, eine wilde Rauferei mit Faustschlägen und Fußtritten, sodass der Maresciallo, aufgeschreckt vom Lärm, ans Fenster trat und den wachhabenden Carabiniere fragte, was dieses ländliche Ritterspiel zu bedeuten habe.

»Freundschaftliche Lösung von privaten Problemen«, sagte dieser nur.

»Das sieht mir nicht freundschaftlich aus.«

»Das ist freundschaftlich!«, versicherte der Carabiniere. »Oder sehen Sie irgendwo Messer?«

Der Maresciallo sah genauer hin: »Kommt mir nicht so vor.«

»Exakt. Deshalb habe ich Ihnen gesagt, dass es freundschaftlich ist.«

Atemlos beobachtete Franca Cortese die Szene: Hätte Sarino Motta seine Liebe für sie jemals besser unter Beweis stellen können?

Nein, hätte er nicht …

Und im Angesicht dieser öffentlichen Liebesbezeugung gab sie endlich nach, und die Jahre, in denen sie ihn auf Abstand gehalten hatte, lösten sich auf wie der Nebel bei einem Windhauch, der jegliche Blindheit, jegliches Vorurteil vertreibt. Auch vom Treueschwur gegenüber dem lang Verstorbenen befreite er sie, ganz gleich, ob jener beleidigt wäre und sich im Grabe umdrehte.

So merkte Franca schließlich, dass auch in ihr eine große Liebe war, eine lebendige Liebe wie ein am Flutsaum tanzender Fisch und …

»Sarino, pass auf!«, schrie sie da.

Acquaforte hatte einen Knüppel ergriffen, den ihm irgendjemand hinhielt, und wollte gerade zuschlagen.

Schon scherte sie sich nicht mehr darum, was die Leute von ihrem Sohn und der Tabbacchera denken könnten, rannte die Treppe hinunter und stürzte auf die Piazza, während Sarino Motta – der als bäuerlicher Typ Kühe und Esel gewohnt war – dem einstigen brüderlichen Freund den Knüppel entriss, ihm einen endgültigen Schlag auf den Schädel versetzte und ihn somit zu Boden schickte, ohne dass der sich noch einmal wehren konnte.

»Sarino«, rief Franca und lief zu ihm.

Er drehte sich erstaunt um, denn nie nie nie hätte er so etwas erwartet: »Mein Schatz«, murmelte er und breitete die Arme aus, in die sich das beharrlich angeschmachtete Weib für einen Moment warf.

Dieser Moment dauerte genau einen Moment, der sich aber in den Augen der skandalgeilen Hühner hinzog wie ein Rosenkranz, einschließlich aller Litaneien. Tatsächlich löste sich Franca sofort wieder von Sarino und erkannte, dass er heftig an der Lippe blutete. »Drück das da drauf«, sagte sie und reichte ihm ihre Schürze. Dann nahm sie ihn an der Hand und zog ihn ins Haus der Tabbacchera.

Ins Haus der Tabbacchera?

»Guckt nur, guckt, meine Herrschaften! Die Tabbacchera vögelt den Sohn, und die Mutter des Sohns holt sich Motta zum Vögeln … Ah, verrückte Welt!«

Alle schlugen das Kreuz mit der linken Hand und bereiteten sich auf die Fortsetzung dieser Ereignisse vor, obwohl die Sonne heftig brannte, kein Windhauch ging, und die Mittagsstunde glühendes Pech auf alle Häupter regnen ließ.

Die Tabbacchera wunderte sich, plötzlich Sarino Motta vor sich zu haben. Die jahrelange Geschichte von Francas Abweisungen und Mottas unermüdlichem Hofieren war allen bestens bekannt.

»Ich erklär's euch«, sagte Franca, als sie den Mann in die Wohnung zog, der zum Gruß die Schürze vom Mund nahm und sofort wieder zu bluten anfing.

»Lisa soll ihn verarzten«, schlug Agata vor, dann ging sie ins Schlafzimmer zurück. Roberto durchquerte den Korridor mit den Teilnahmebedingungen in der Hand, das Hundchen folgte ihm auf Schritt und Tritt, die Kräuterfrau erschien mit Gemüse in der Hand, auf dem Ehebett der Tabbacchera lag die scheinbar tote Unheilsbringerin, und Franca trug einen Verlobungsring am Finger. Schaisze! Sarino dachte, dass einer der Schläge seines Kumpels ihm den Verstand geraubt haben müsste. Er fasste sich an den Hals, um die viel zu eng gebundene Krawatte zu lockern, dabei trug er gar keine Krawatte.

»Was ist?«, fragte Franca besorgt.

Er schüttelte den Kopf, dann sah er sich verzweifelt um. »Hast du dich verlobt?«, fragte er.

»Ich?«, sagte sie. »Mit wem denn?«

Mit dem Kinn deutete er auf den Brillanten.

»Ach, das? Das ist nur so eine Schnapsidee von meinem Sohn«, sagte sie und verlor beim Reden ebenfalls fast den Verstand wegen all ihres innerlichen Gefühlschaos, in dem höchstlebendige Fische am Flutsaum tanzten.

»Du hast dich mit Roberto verlobt?«, fragte Sarino und fiel fast in Ohnmacht.

»Herrgott, Sarino, bist du nun völlig bescheuert?«, erwiderte sie und wurde rot bis in den Ausschnitt ihres Kleides, der ihren Busenansatz erkennen ließ. »Das ist der Ring, den er Maria angesteckt hat. Dieses männermordende Weibsstück wollte sich doch meinen Sohn schnappen …«

»Ah …« Sarino atmete auf, aber gleichdarauf verwandelte eine mächtige Schwäche seine Beine in Ricotta. »Schnell, einen Stuhl«, bat er.

Franca führte ihn zu dem Sessel, in den er sich auf der Stelle fallen ließ.

Er fiel, schloss die Augen, öffnete die Augen, um mehr Luft zu bekommen, wedelte sich mit der Hand Wind zu … Nichts. Immer noch fühlte er sich erschlagen, einer Ohnmacht ganz nah. Er wollte etwas sagen, aber seine Stimme versagte. Also machte er das Zeichen für Trinken.

Franca rannte in die Küche und kam mit einem vollen Glas und einem Wattebausch wieder, der in etwas Grünes getaucht worden war. »Das stoppt das Blut«, sagte sie und wiederholte die genauen Worte der Kräuterfrau.

Motta trank, stillte das Blut, sah den Haufen Leute um das Bett herum und wunderte sich erneut: »Aber was machen die denn da?«

Tatsächlich standen alle herum, und wenn Roberto nicht so sehr mit etwas anderem beschäftigt gewesen wäre, hätte er sogar Costanzo gesehen, der mit verschränkten Armen am Schrank lehnte und erfreut zu Patuzzu schaute, der seinen Blick erwiderte: Die beiden hatten sich schon immer gut verstanden.

Um sicherzustellen, dass sein Hirn nicht völlig hinüber war, fragte Sarino Franca: »Aber was ist denn hier passiert?«

Franca sah zu Agata, die zu Roberto sah, der zu Patuzzu sah … Niemand fühlte sich legitimiert, darauf zu antworten. Da ertönte vom Bett die zitternde Stimme des Klageweibs: »Es ist passiert, dass ich hundert Millionen beim Glücksbrunnen gewonnen habe«, murmelte sie.

Das *Schaisze!*, das alle erwarteten, verkniff sich Sarino. Stattdessen sprang er auf, als wäre plötzlich ein General zur

Truppeninspektion eingetreten und würde Ärger machen, stände auch nur ein Haar unordentlich ab. »Das glaub' ich nicht«, erklärte er.

Roberto wedelte mit dem Los vor seiner Nase herum.

Ehrfürchtig nahm Sarino es und zählte die Brunnen: neun. Er zählte noch mal: neun. Ehrfürchtig betrachtete er den Papierstreifen, der das Leben von jedem im Dorf hätte verändern können, und gab ihn dann kopfschüttelnd zurück, ohne es zu begreifen. »Ich spiele immer, und noch nie hab ich tausend Lire gewonnen«, sagte er verbittert.

»Und ich«, sagte Lucia, während sie sich langsam aufrichtete, damit ihr nicht schwindlig wurde, »wo ich noch nie gespielt habe … gewinne hundert Millionen.«

Verstört legte sie sich eine Hand an die Wange, sah von einem zum anderen: von Patuzzu zur Tabbacchera zu Roberto zu Franca zur Kräuterfrau und zu Motta. Sie runzelte die Stirn: Was machte Motta in diesem Kommunistennest?

Na! So was kommt ja auch nicht alle Tage vor!, sagte sie sich. Sie nahm das Los, das Agata ihr reichte, sah es an … und lachte los. Sie lachte, Großer Gott, sie lachte Tränen, während sie sich das Hundchen schnappte und es an sich drückte, sie küsste es auf die Schnauze, auf das himmelblaue Auge und auf das haselnussbraune, auf das Hängeohr und auf das gute, sie zog es am Stummelschwänzchen, legte es auf den Rücken und kraulte ihm den Bauch, sie zerwühlte sein Fell, strich es dem aufgeregt jaulenden Tier wieder glatt und murmelte ununterbrochen: »Gesegnetes Hundchen, gesegnetes, gesegnetes Hundchen.«

Und Agata lachte und Roberto auch, während Lisa, Franca und Sarino sich ansahen und sich wortlos fragten, was zur Hölle der Hund mit dem Ganzen zu tun hatte.

18

Der Einzige, der an diesem Aufruhr nicht teilnahm, war Occhi janchi, obwohl einer seiner Balkone auf die Piazza hinausging und durch die geöffneten Fenster das Geschrei dieses Zoffs drang, die warnende Stimme der Cortese, das immer lauter werdende Summen der Gerüchte, das sich an den Klippen jedes Viertels brach, sodass das ganze Dorf – einschließlich der Alten und Bettlägerigen – von den neuesten unvorhersehbaren Geschehnissen informiert wurde. Stimmen waren durchaus bis zu ihm gedrungen, aber er hatte ihnen nicht zugehört: Stocksteif stand er vor dem leeren Tresor und betrachtete die Katastrophe.

Es war eine Katastrophe ersten Ranges: Die Fächer, die am Vortag noch mit Geldbündeln vollgepackt waren, lagen jetzt säuberlich leer und nackt vor ihm. Mit zitternden Händen tastete er durch diese Leere. Eine herzzerreißende, unerträgliche Leere. Bei dem Gedanken an diese absolut perfekten Bündel, aufgeschichtet mit absoluter Genauigkeit, mit der gleichen Liebe, die eine Mutter für ihre Kinder empfindet, stieg ihm tief aus seinem Herzen ein Schluchzer auf.

Es war seine allerhöchste Freude gewesen, diese Bündel zu formen, sie zu betrachten und in Anbetung vor ihnen zu verharren: Sie stellten sein Davor und sein Danach dar, seine Gegenwart und seine Zukunft, seine Bestimmung. Jedes neue Bündel hatte er mit einer besonderen Feier gewürdigt, mit Weihrauch, Litaneien, Beschwörungen gegen den Bösen Blick, damit auch niemand seinen Geschöpfen etwas antun konnte. Und nun?

Weg …

Alles …

Weg …

Ah! In seinem Kopf brauste das Meer, es raubte und flüchtete, und auf der Flucht zerstörte es alles. Ein Zittern durchlief ihn, eine Wut, ein Bedürfnis zu handeln, sich gegen diese körperliche Lähmung zu stellen: Er verkrampfte sich, seine Augen wurden glasig, aus dem Mund kroch ein Röcheln, während er zu Boden fiel und dort liegen blieb, steif, verspannt, die Arme an den Seiten, die Beine starr, so als hätte ihn der Schlag getroffen.

Er starb nicht.

Ein Kreislaufkollaps war es.

»So eine Ohnmacht ist nicht gefährlich«, sagte ihm der Arzt später. »Aber trotzdem sollte man so eine Sache nicht auf die leichte Schulter nehmen.«

Als Occhi janchi wieder zu sich kam, hatte er sich völlig eingenässt.

»Nunzia …«, sagte er schwach.

Nunzia?

Nut…te, Huren…nutte

Sie hatte ihm sein Geld gestohlen. Sie, die Hure, die sich jahrelang hatte gratis ficken lassen, hatte bestimmt mit Vorsatz den richtigen Moment abgepasst, ihn um alles zu bringen. Alles hatte sie mitgenommen, Geld, Papiere …

Die Papiere! Er winselte: Verloren war er. Diese Papiere waren seine Lebensversicherung.

Im ersten Moment wollte er die Carabinieri holen, die Polizei, die Feuerwehr, das Militär, er brauchte diese Papiere zurück, sofort, auf der Stelle.

Doch stattdessen …

Von wegen Militär und Polizei und das ganze Gedöns. Diese Papiere stanken nach Mafia. Vor allem eines, die Erklärung eines Paten, dessen Namen er noch nicht einmal auszusprechen wagte. Auch das Geld stank, natürlich. Nach Mauscheleien stank es. Sechshundert Millionen – ein Schein mehr oder weniger – waren auf illegalen Wegen in sein Haus gelangt: Schmiergelder, um den Verlauf eines Prozesses zu beschleunigen oder zu verlangsamen, um öffentliche Auftragsvergaben zu manipulieren, um die Erträge aus zweifelhaften Aktivitäten auf bestimmte Konten zu verschieben, um aus Müll Gold zu machen, denn das Sammeln und Lagern von Abfällen, besonders von hochtoxischen *Spezialabfällen* aus der Industrie, brachte fette Kohle. Und dann dieses Schmiergeld, das er für gewisse Begehungen mit zugedrücktem Auge bekommen hatte, denn, wenn je ein Richter ihn fragen sollte: ›Aber was haben Sie denn da gemacht? Wie haben Sie denn kontrolliert?‹, hätte er da etwa sagen sollen: ›Ich war nicht dabei … ich habe die Augen zugedrückt …‹? Richter sind ja nun auch nicht blöd. Die verstehen die Dinge, erahnen sie, sie wissen, was sie tun müssen, um dich dranzukriegen. Ja, und?

Weil also das Risiko hoch ist, wird es teuer bezahlt, und wenn die zugedrückten Augen sich dann als nützlich erweisen, fordert man für ein Happy End noch mal zehn Prozent auf die vereinbarte Summe oder vielleicht sogar zwölf, wenn die Angelegenheit, wegen der man die Augen zugedrückt hat, ein fettes Ding ist. Und dann, meine Herrschaften, betreten wir vermintes Gebiet, hier liegt überall Sprengstoff, überall Dynamit. Also, verstehen Sie, was ich sagen will? Passen Sie auf: Bargeld, in Scheinen geht persönlich von Hand zu Hand, weil Vertrauen gut und Nicht-Vertrauen noch besser ist, und so häuft sich Schmiergeld über Schmiergeld zu einem Schatz an; ein Schatz, den Seine Exzellenz in Taormina oder in den so genannten Kathedralen der Lust vermutlich umsichtig ausgeben wollte.

Nutte, Hurennutte, sie würde keine Freude an seinem Geld haben!

Polizei, Carabinieri, Feuerwehr, Militär, nein, die mit Sicherheit nicht. Aber konnten denn nur sie die Wiedererlangung des Diebesgutes garantieren? Dafür gibt es doch Freunde. Und Freunde von Freunden. Die mit den flinken Messern oder den noch flinkeren Pistolen, Herrschaften in Anzug und Krawatte, die sagen: ›Darf ich Sie auf einen Kaffee einladen, werte Signora?‹ Die schaffen dich ins Auto und tricksen dich entsprechend deiner Verfehlung aus: langsamer Tod oder Gnadenschuss aus der Pistole in die Schläfe, danach wirst du auf jeden Fall in Säure aufgelöst, und niemand wird etwas wissen, niemand wird das schlimme Ende von Nunziata Wieauchimmersieheißt mitbekommen, nicht mal mehr der Nachname dieser Schlampe fiel ihm in dem Moment ein, die er zweiundzwanzig Jahre an seiner Brust genährt, ernährt, eingekleidet und wie eine respektable Signora behandelt hatte. *Liebe, Liebe …* Von wegen Liebe! Ne Nutte war sie!

Mühsam stand er auf. Mühsam riss er sich von dem Anblick des geplünderten Tresors los, der sein Herz zum Weinen brachte. Er schlurfte ins Bad, wusch sich das Gesicht, dann ging er in die Küche. Mit hängenden Schultern, den Mund halbgeöffnet, brodelte langsam die Rache in seinem Hirn hoch: Direkt in Catania würde er einen vertrauenswürdigen Freund finden, der ihm das Geld und die Papiere zurückbringen und diese Schlampe kaltmachen würde. Und schon atmete er wieder durch, schon kehrte etwas Farbe in sein Gesicht zurück, schon dachte er, dass vielleicht doch noch nicht alles verloren war.

Er trat zum Tisch, schob den Teller mit dem Omelett beiseite (nie wieder in seinem ganzen Leben würde er so etwas essen), und was entdeckte er da? Ein gefaltetes Blatt mit der Handschrift Nunzias darauf. Er las:

Die Erklärung von Don Totò, Eurem Freund, habe ich bereits in die sicheren Hende eines Notars gelegt.

Verdammt! Er zitterte, er schwankte. Doch gleich darauf erholte er sich: Das Büro des Notars öffnete um zehn, und sie war mit dem Bus um sechs gefahren, also log sie. Dennoch war ihm, als zöge ihn eine Hand an den Eiern. Wäre Roberto dagewesen, hätte dieser gesehen, dass die durchsichtige Hand Costanzos tatsächlich die Eier Seiner Exzellenz langzog, dem war, als würde er sterben. Und so dachte er, dass er wirklich sterben würde, und fragte sich derweil, wie viele Male, seit der Kommunist gestorben war (denn all das Elend hatte mit dem Ende dieses roten Wichsers begonnen), ihm es vorgekommen war zu sterben.

Und mit langgezogenen Eiern und fiebrigem Kopf las er den Brief weiter, der in seiner Hand zitterte:

Es nützt nichts, dass Ihr Eure Mafiafreunde in Catania anruft, denn ich hab Euch viil zu liib und will Euch niks Böses. Aber auch bei allem Liibhabn der Weld bin ich immer noch ain ainsames Waib und muss auf mich »achten« (so sagt Ihr doch immer?), deshalb sag ich Euch, dass auch ich Mafiafreunde in Catania hab und dass das Papier, von dem Ihr wist, auch in falsche Hende gelangen kann, und dass es doch besser ist, wenn das nicht passiert, oder? Ich werd mich akläan: fals Ihr nicht wolt, dass ale vom Betruch erfaarn, den Ihr mit den Palermitanern und den Catanesen hinterm Rücken von alen eingefädelt habt, past gut auf, denn, wenn Ihr noch leben wolt, ist es besser, dass Ihr das Gelt vergesst, Ihr werdet schon nicht verhungern, weil Ihr habt ja noch die Spahbücher, pralvoll mit Gelt, und kommt man ja nicht auf die Idee, sich wie ein Toifel aufzuführen, denn ich bin ein Toifelswaib, und ein Toifelswaib is schlimer als hundert Toifelsmenner. Gehtmitgott, viele Grüße, und sucht nicht nach mia.

Nunziata Carini

Sein Gesicht lief purpurrot an, er legte den Kopf auf die Arme und fing an zu weinen, so wie ein Junge nach seiner Mama heult, wenn man ihm wehgetan hat.

Schaisze, sie hatte ihn gefickt! Hunderttausend Mal gefickt, indem sie sein Herz erobert und ihn dann verlassen hat (denn selbstverständlich hatte auch er eine gewisse Zuneigung für sie empfunden!), und sie hatte ihn um die Genugtuung gebracht, sie mit einem Fußtritt vor die Tür zu setzen, dann hatte sie auch noch all sein Geld gestohlen, und brachte ihn nun wegen der Sache mit den Palermitanern und Catanesen mithilfe dieser schriftlichen Erklärung, unterzeichnet und gegengezeichnet von Don Totò, in echte Bedrängnis.

Er weinte. Nicht männlich und nicht hochmütig, wie man es von einem Mann erwartet, der sich die Schwäche einiger verdrückter Tränchen zugesteht, nein: Wie ein Idiot heulte er, wie einer, der gerade noch gedacht hatte, die Welt gehöre ihm und alles würde nach seiner Pfeife tanzen, aber stattdessen muss er feststellen, dass er die Marionette in den Händen eines unheilvollen Puppenspielers ist.

Währenddessen klopfte Acquaforte an die Haustür, aber Occhi janchi antwortete nicht. Tränen, Schluchzer und die Nachwirkungen des Kreislaufkollapses machten ihn taub für das Klingeln und die Faustschläge an der Tür.

Scimò kam dazu. »Und?«

»Nichts.«

»Ihn hat der Schlag getroffen.«

»Ja, und?«, fragte Acquaforte verwirrt, denn die Angelegenheiten Seiner Exzellenz verwirrten ihn immer.

»Wir holen Hilfe, denn wenn er stirbt, wird's ganz bitter.«

»Warum?«, fragte Acquaforte.

Scimò tat so, als hätte er nichts gehört, denn das Warum – die Möglichkeit, dass er Bürgermeister würde – wollte er aus reinem Aberglauben nicht mal in Betracht ziehen. »Ich ruf die Feuerwehr«, sagte er.

Nach wenigen Minuten raste der Einsatzwagen mit heulender Sirene heran, und die Leute auf dem Platz fielen aus allen Wolken. Feuer? Wo denn?

»In der Fabrik. Wir müssen weg«, brüllte ein Greis.

»In welcher Fabrik denn? Idiot! Bleib da. Siehst du irgendwo Rauch?«

»Nein.«

»Ich auch nicht.«

»Wo brennt's denn dann?«

»Was weiß denn ich? Rauch ist keiner zu sehen.«

»Ja, also, was ist denn los?«

»Der Bürgermeister macht nicht auf. Ist bestimmt tot.«

»Der Bürgermeister ist tot?«

»Heißt es.«

»Angelina, hör mal, schnell, der Bürgermeister ist tot.«

Das Gerücht verbreitete sich wie ein Lauffeuer: »Der Bürgermeister ist tot ...«

»Tot, der Bürgermeister ...«

»Seine Exzellenz ist tot ...«

»Tot ... Leute, so ein Unglück!«

»Aber wo? Aber wann? Aber wie?«

Währenddessen hatte die Tabbacchera die Fensterläden ihrer Wohnung geschlossen, sodass ihr Haus wieder aussah wie in den ersten Tagen der Trauer, alles verschlossen wie eine Witwe in ihrem Schmerz.

»Aber die Witwen«, flüsterte Acquafortes Ehefrau Luisa der Cousine ihres Mannes, Silvana, ins Ohr, »kriegen die bei so 'nem Durcheinander nicht Lust, aus dem Fenster zu sehen?«

»Natürlich«, bestätigte Silvana.

»Denn, ich sag mal, so eine Nachricht wie diese, vom Tod des Bürgermeisters, GottseiseinerSeelegnädig, die hören wir ja auch nicht alle Tage.«

»Vor allem, wenn der Bürgermeister bei guter Gesundheit ist.«

»Genau. Und Nunzia gegangen ist.«

»Ganz genau. Deshalb ist die Tabbacchera …«

»Ne Schlampe!«, urteilte die andere. »Nix zu machen, hab ich ja gleich gesagt«, murmelte sie missgünstig und dachte an das schöne Weib, das durch die Träume ihres Mannes geisterte.

»Und beim ganzen Rumgevögel scheißt sie auf den Rest der Welt«, befand die andere.

»Und der Ärmste stirbt!«

»So isses.«

»Aber Nunzia«, überlegte Luisa, »kann es denn sein, dass sie gar nicht gemerkt hat, dass der Bürgermeister sich nicht wohlfühlt?« Sie presste die Lippen zusammen und überlegte, dass wahrscheinlich alle Leute auf der Piazza mehr oder weniger genau das Gleiche dachten.

»Willst du damit sagen, dass die Abreise von Nunzia und der Tod des Bürgermeisters zusammenhängen?«

»Meinst du nicht?«

Silvana zuckte mit den Schultern, dann sagte sie: »Tja, wenn Don Saverio jetzt also tot ist, wer übernimmt dann seinen Posten?«

»Dann ist mein Carmine an der Reihe«, sagte Luisa und machte sich grade. »Scimò ist nur aus Zweckmäßigkeit stellvertretender Bürgermeister. Don Saverio sagte, dass es besser so wäre, aber die meisten Stimmen hat Carmine bekommen, und deshalb hat Carmine ein Anrecht auf das Bürgermeisteramt.«

Die Cousine warf sich stolz in die Brust, sie hatte es doch immer gewusst, dass Carmine ein toller Hecht war.

Die Feuerwehrleute waren derweil in die Wohnung Seiner Exzellenz eingedrungen. Sie schnupperten in der Luft, ob irgendwo Gas austrat. Nichts. Sie riefen. Nichts. Vorsichtig schritten sie durch die Räume, sahen nach rechts und nach links. Nichts, vom Bürgermeister keine Spur. Sie liefen schneller, betraten die Küche und endlich sahen sie ihn, weinend wie ein Kind.

»Exzellenz!«, rief unglücklicherweise Frischitta, der den Job als Feuerwehrmann mit Pallantes Hilfe bekommen hatte und damit sich und seiner ganzen Familie Ehre machte.

Occhi janchi blickte mit verheulten Ertrunkenen-Augen hoch, starrte ihn verwirrt an, murmelte etwas, dann erkannte er die Ausrüstung, das Gesicht und die Verwirrung der Eindringlinge und bekam sich wieder in den Griff. »Wer hat euch reingelassen?«, fragte er giftig.

Frischitta schnappte nach Luft. »Wir sind im Einsatz«, sagte er. »Man hat uns einen Notfall in Eurem Haus gemeldet.«

»Wer war das?« Es war mehr ein Knurren als eine Frage.

Der andere Feuerwehrmann, ein Syrakuser, der mit den Befindlichkeiten im Dorf nicht vertraut war, sagte verächtlich: »Toller Dank! Die Leute sorgen sich um Sie, und was machen Sie? Sie regen sich auf?«

Frischitta hielt ihm den Mund zu, dann sah er zu Seiner Exzellenz. »Wir gehen«, sagte er eilig. »Wir haben nichts gesehen, gar nicht.«

Der Bürgermeister hob die Hand, als wollte er sagen, ›Weichet von mir‹, doch nur sein Blick drückte es aus, während sein Mund erklärte: »He, du Wichser! Was soll es denn zu sehen geben, hä?«

Frischitta zog den Kopf ein. »Nichts, ich schwöre es!«, entschuldigte er sich. Am liebsten hätte er sich in einem Loch im Boden verkrochen.

Der andere hingegen lachte. »Was wir gesehen haben?«, fragte er. »Einen debilen Alten, der sich vollgepisst hat und wie ne Rotznase heult.«

Es stimmte! Der Uringestank erfüllte die gesamte Küche. Aber der Typ war verrückt, total verrückt.

Frischitta erstarrte. Seine Exzellenz erstarrte, dann schwor er mit einem höllischen Flüstern: »So wahr ich Pallante heiße, das war's für dich mit Arbeit.«

Der andere lachte noch, aber Frischitta packte ihn am Arm, schob ihn in den Flur und von da zog er ihn zum Balkon, über den sie in die Wohnung gelangt waren. »Bist du denn völlig verrückt?«, sagte er dem Kollegen, der erst jetzt zu verstehen begann, in was für ein Wespennest er getreten war.

»Aber wer ist denn das, der Allmächtige?«, fragte er, plötzlich wachsweiß im Gesicht.

»Ja, der Allmächtige«, konnte Frischitta noch erwidern, dann schwang er sich die Leiter hinunter und rief: »Alles in Ordnung, Seiner Exzellenz geht es großartig. Er hat nur das Klopfen nicht gehört und auch nicht die Rufe, weil…« Und hier verstummte der Mann kurz. »… er in süßer Gesellschaft war«, fuhr er geistesgegenwärtig fort.

Manch einer lachte, andere applaudierten, andere verzogen das Gesicht, wieder andere dachten, dass sie sich bei den nächsten Wahlen vielleicht anders entscheiden sollten.

Doch das Gerücht von Pallantes Tod hatte sich bereits im ganzen Dorf verbreitet. Einige beweinten den Bürgermeister, den Armen, der in seinem Leben so viel Gutes getan hatte, derweil diktierte Natale Intordonato, der Journalist der lokalen Tageszeitung, den Nachruf, in dem er auf zwanzig Zeilen Leben, Tod und Wundertaten des Saverio Pallante zusammenfasste, diesem ›Vater des Vaterlandes‹, diesem edlen Herrn, der Gott und all seinen Heiligen ergeben war. Einige bestellten beim Blumenhändler den auffälligsten und teuersten Kranz, um beim Trauerzug von einer Kirche zur nächsten zwischen den Hundert anderen eine gute Figur abzugeben, andere kramten fotografische Reliquien einer Freundschaft heraus, der man sich in den kommenden Jahrhunderten rühmen würde: ›Weil Seine Exzellenz – sieh mal – ist hier mit mir und deinem Großvater abgebildet, Gotthabihnselig, weil der Bürgermeister war ein Freund, ein enger Freund, und zusammen waren wir im Bordell und … Aber es ist besser, wenn du von diesen Dingen nichts weißt.‹ Und man würde das Foto zurück ins Gebetbuch stecken, zwischen die Bildchen der heiligen Lucia, der Jungfrau und der Pietà mit dem toten Sohn im Schoß.

Und so kam es, dass Lamanna, gieriger Nutznießer düsterer Kriminalfälle, die Gerüchte von Nunzias Flucht in Verbindung mit dem Tod ihres Herren hörte und von Vergiftung sprach; zu seltsam war in der Tat diese Flucht: Um sechs Uhr morgens verdrückt sie sich wie eine Kriminelle, noch bevor jemand den Schaden bemerkt, dazu noch mit einem Koffer, und ohne vorher auch nur irgendjemandem etwas von dieser Reise zu erzählen.

Es stinkt, es stinkt nach Verbranntem, sagte er sich und begab sich geschäftig in eine Telefonzelle und rief die Carabinieri an, denen er mit einer von einem Taschentuch gedämpften Stimme suggerierte, dass sie ordentlich ermitteln und sich nicht von dem Unschuldsgebaren der Nunziata täuschen lassen sollten, denn sie hätte diese gute Seele von einem Bürgermeister umgebracht. »Ich habe sie gesehen«, fügte er hinzu. »Ich habe gesehen, wie sie Arsen in seine Kaffeetasse gerührt hat!«

Der Carabiniere, der dieses Telefonat annahm, rannte sofort zum Maresciallo auf der Piazza, wo dieser mit Interesse den verschiedenen Gesprächswellen, die über den Platz rollten, lauschte.

»Es heißt, es war Mord«, sagte der Carabiniere und bewegte dabei kaum die Lippen.

Der Maresciallo sah ihn verwundert an. »Mord an wem?«

»Am Bürgermeister. Die Bedienstete hat ihn ermordet. Es gibt Augenzeugen.«

»Also ist der Fall bereits gelöst«, sagte der Maresciallo vergnügt.

Der Carabiniere wurde rot vor Stolz. »Hier sind wir schnell, Signore. Hier trödeln wir nicht so lange herum wie bei Gericht. Hier werden die Fälle an einem Tag gelöst, höchstens. Hier entkommt uns kein Mörder, weil wir hier, bei aller Bescheidenheit«, er knallte die Hacken zusammen, »unsere Pflicht aufs Beste erledigen.«

»Der Bürgermeister ist also von seiner Bediensteten umgebracht worden«, fasste der Maresciallo zusammen.

»Ja, Signore. Mit Arsen.«

»Also hat man auch schon eine Autopsie angeordnet?«

»Noch nicht, aber die Autopsie ist nur zur Sicherheit und wird die Tat bestätigen.«

»Sehr gut«, sagte Locatelli, dann blickte er zum Balkon, von dem die Feuerwehrleute zügig hinuntergeklettert waren: »Sehen Sie diesen Herrn dort? Der, der dort grüßt und der dem Bürgermeister so verblüffend ähnlich sieht. Das wäre dann also sein Zwillingsbruder?«

»Er war Einzelkind«, sagte der junge Mann, während er sich zum Balkon drehte, von dem Don Saverio Pallante lächelte und Segen verteilte und dem geliebten Volk verkündete, dass sein Gesundheitszustand großartig wäre und man sich keine Gedanken machen bräuchte, denn er würde mit den geschätzten Bürgern auch noch seinen hundertsten Geburtstag feiern.

Der Carabiniere (Pinuccio Calafiore) verstand lange Zeit gar nichts: Er sah den Maresciallo an, dann den Bürgermeister und wieder den Maresciallo und noch einmal den Bürgermeister, er versuchte, die Lippen zu bewegen, wollte ein paar Worte sprechen, aber nichts kam aus seinem Mund, gar nichts, nicht mal ein Huster, der bewies, dass er lebte. Er schien zur Salzsäule erstarrt so wie Lots ungehörige Ehefrau, die sich umgedreht hatte, um die Zerstörung von Sodom zu betrachten.

»Wo ist die Giftmischerin?«, fragte da der Maresciallo.

Der Carabiniere schien ihn nicht zu hören, so gebannt starrte er zum Balkon.

»Calafiore!«

Er stand stramm. »Zu Befehl.«

»Wo ist die Mörderin?«

»Welche Mörderin?«, stotterte er.

»Die, die den Bürgermeister vergiftet haben soll.«

Der Carabiniere schüttelte den Kopf.

»Wer hat denn gesehen, wie sie Gift in seine Tasse geschüttet hat?«, fragte der Maresciallo und verlor langsam die Geduld.

»Einer ...«

»Wer? Vollständige Personalien«, forderte er wütend.

Der Carabiniere war verwirrt.

Seine Exzellenz, angelockt von dem Wortwechsel der Männer in Uniform, eilte hinunter auf die Piazza, denn der neue Maresciallo – von dem er, wie bei allen neuen Bekanntschaften, weder Laster noch Schwächen kannte – machte ihn nervös. Er erreicht die beiden genau in dem Moment, als der Untergebene den Namen von Nunziata Carini aussprach.

»Nunziata Carini?«, rief Occhi janchi mit dem Herzen auf der Zunge. »Entschuldigen Sie vielmals, aber was hat die Carini damit zu tun?«

Langsam drehte der Maresciallo ihm den Kopf zu. Er mochte diesen Mann nicht. Einfach so: Er mochte ihn nicht. Er hatte beobachten können, wie er sich bewegte, wie er die unsichtbaren Fäden zog, mit denen er sein Marionettentheater dirigierte. Er mochte ihn nicht. Überhaupt nicht.

Und die Gerüchte, die er in Bezug auf die Tabbacchera gehört hatte, gefielen ihm auch nicht, diese Blasiertheit, mit der er befohlen hatte, sie zu ruinieren, sie zu ›beschmutzen‹, wie die Putzfrau ihm anvertraut hatte. Dieser Vertraulichkeit war es zu verdanken, dass Locatelli Tage zuvor bei der Tabbacchera vorstellig geworden war und sich ihr zur Verfügung gestellt hatte, auch weil diese eine sehr faszinierende und intelligente Frau war und ...

Hätte Don Saverio seine Gedanken lesen können, hätte er genug Gründe gefunden, um nervös zu werden. Dennoch lächelte der Maresciallo ihn an und sagte: »Nunziata Carini, ja. Ihre Haushälterin, wie mir scheint.«

»Nunzia.«

»Sie nennen sie Nunzia?«

»Ja. Das ist kürzer und weniger umständlich«, antwortete er. »Sie ist seit zweiundzwanzig Jahren meine treue Haushälterin.«

Und seine Geliebte, erinnerte sich Locatelli an die Worte der Putzfrau.

»Sind Sie darüber unterrichtet, dass sie heute Morgen geflohen ist?«, fragte er.

Währenddessen war es auf der Piazza still geworden, währenddessen lauschten alle Ohren dieser Konversation, währenddessen baute Intordonato – bei sich zu Hause und daher noch in Unkenntnis der neuen Fakten – den Nachruf zusammen, weshalb morgen früh diese Todesnachricht erscheinen und das Rathaus in Beileidsschreiben ersticken würde, Pallante würde sowohl den Journalisten als auch den Direktor des Blattes verklagen, der Journalist würde in den Norden versetzt, der Direktor seinen Rücktritt einreichen, aber die Zeitung würde trotzdem eingehen.

Wie auch immer, zurück auf die Piazza, wo der Maresciallo Seine Exzellenz gerade fragt, wohin Nunziata Carini, seine Magd, geflohen sei.

»Seine was?«, fragte Calafiore.

»Magd«, wiederholte der Maresciallo.

»Das Zimmermädchen«, erklärte der Bürgermeister und fügte beleidigt hinzu: »Aber von wegen Flucht! Wer redet denn von Flucht? Nunzia besucht ihre Verwandten.«

Da erhob sich quäkend die himmelsgleiche, reine Stimme eines Kindes und petzte: »Das stimmt gar nicht. Ich hab gehört, dass er gesagt hat: ›Die Nutte, die Hurennutte hat mich gefickt und ist abgehauen.‹«

Verdammt! Dem Vater gelang es nicht, dieses paradiesische Mündchen schnell genug zum Verstummen zu bringen. Der Bürgermeister erbleichte, die Leute auf der Piazza hielten den Atem an, der Maresciallo betrachtete den Jungen, dem der Vater den Mund mit der Hand zuhielt, dann blickte er zum Besitzer der Hand und sagte kühl: »Lassen Sie ihn los!« Und zum Jungen sagte er: »Komm mal her, hab keine Angst. Wie heißt du?«

»Lorenzo«, sagte er glücklich und streckte ihm zur Begrüßung die Hand hin, so wie es die Erwachsenen immer machten, er scherte sich – in all seiner Unschuld – überhaupt nicht um seinen Vater, der ihn am liebsten bei lebendigem Leibe gefressen hätte, stattdessen aber lächelte, zitterte und ihn ermahnte: »Lorenzo, du musst die Wahrheit sagen.« Er wandte sich an den Maresciallo. »Mein Sohn erzählt gerne Lügengeschichten, aber nicht, weil er ein Lügner ist«, verteidigte er ihn gleich wieder, »sondern weil er so viel Fantasie hat. Sogar die Lehrerin hat gesagt, dass er Schriftsteller werden könnte.«

Der Maresciallo lächelte dem Jungen zu, der sich rot vor Scham zum Vater drehte, während ihm dicke Tränen über die Wangen rollten: Er erzählte keine Lügen, nie erzählte er die, nur im Aufsatzheft erfand er Dinge, aber nur, weil die Lehrerin ihm gesagt hatte, dass er das tun könnte, und er glaubte der Lehrerin, und um mit seinem Gewissen im Reinen zu sein, beichtete er die erfundenen Geschichten aus dem Heft Don Bruno, aber auch Don Bruno sagte, dass diese Geschichten keine Sünden wären, sondern im Gegenteil bewiesen, dass er für einen achtjährigen Jungen verdammt wach und intelligent war und …

»Lorenzo«, rief ihn der Maresciallo.

Der Junge blickte wieder zu ihm. Die Tränen versiegten, nur die feuchten Spuren funkelten auf dem Wangenrot.

»Ich weiß, dass du die Wahrheit sagst«, erklärte er. Dann wandte er sich an den Bürgermeister: »Hat Nunziata Carini

Ihnen etwas gestohlen?« Und währenddessen betrachtete er den Jungen, der den Bürgermeister selbstsicher ansah, weil er die Wahrheit sagte, und was konnte der Bürgermeister da schon tun? Sagen, dass es nicht stimmte? Dass dieser kleine Stinker sich alles nur ausgedacht hatte? Sollte er eine haarspalterische Diskussion anfangen, in der eine Lüge nach der anderen ein schwankendes Luftschloss ergäbe, das ihn mit Sicherheit in den Abgrund reißen würde? Nein, das durfte nicht sein, sein Geist, der wie immer in Lichtgeschwindigkeit arbeitete, schoss die Lösung heraus: »Ja, sie hat mich beraubt«, bestätigte Occhi janchi. Er holte tief Luft, schüttelte langsam den Kopf – so einen melodramatischen Schmierenkomödianten wie ihn gab es im ganzen Dorf nicht noch einmal (ah, das gute Teatro Massimo, ihm verdankte er sein Leben!) – und fügte hinzu: »Sie hat mir ein paar Hunderttausend Lire gestohlen …«

Lorenzo zuckte zusammen, denn er hatte etwas von sechshundert Millionen gehört. Der Maresciallo bemerkte es, und mit einem verschwörerischen Zwinkern gab er dem Jungen zu verstehen, still zu sein. Lorenzo gehorchte, aber genau in diesem Moment – so würde er es eines Tages seinen Kindern erzählen – schwor er sich, dass er später einmal Maresciallo bei den Carabinieri werden wollte.

»Ja, ein paar Hunderttausend Lire«, sprach der Bürgermeister weiter. »Aber wissen Sie was?« Er kontrollierte, wie viel Publikum er hatte, und da das Publikum zahlreich vertreten war – denn zwischen der Vögelei der Tabbacchera und dem angeblichen Tod des Bürgermeisters hatte sich die Piazza so gefüllt, dass kein Blatt mehr zwischen die Menschen passte –, erhob er die Stimme, warf sich in die Brust und erklärte: »Ich vergebe ihr! Ihr kennt mich, ihr wisst, dass ich niemandem etwas Böses will.«

Tosender Applaus brandete auf.

Lorenzo sah den Maresciallo an. »Das stimmt nicht«, flüsterte er. Aber sein Vater packte ihn am T-Shirt und zog ihn weg.

Andrea Locatelli, Maresciallo, weder gebürtiger noch adoptierter Sizilianer, gehörte zu der auserwählten Schar derer, die sich von niemandem auf der Nase herumtanzen ließ, und sagte noch einmal: »Damit ich das richtig verstehe, Herr Bürgermeister: Ihre Magd hat Ihnen ein paar Hunderttausend Lire gestohlen, und Sie erstatten keine Anzeige?«

Seine Exzellenz nickte.

»Das bedeutet, dass ein paar Hunderttausend Lire – eine bemerkenswerte Summe – für Sie keinen Wert haben?«

»Legen Sie mir keine Worte in den Mund, die ich nicht benutzt habe, Maresciallo«, meckerte er, während aus seinen Augen die Wut eines bis aufs Äußerste erzürnten Wolfes funkelte. »Ich habe nur gesagt, dass ich ihr vergebe.«

»Aber glauben Sie nicht, dass ein derartiges Subjekt, eine ausgemachte Diebin, eine Gefahr für die Gesellschaft darstellt?«

›Verdammt! Worauf will dieser Bastard hinaus?‹, fragte sich Occhi janchi und lächelte gewinnend. »Sie meinen also, wenn ich das richtig verstehe, dass man sie auf jeden Fall aufhalten müsste? Sie verhören müsste?« Und noch während er das sagte, zog sich ihm der Magen zu einem Schreckensknoten zusammen.

»Ja, genau das meine ich.«

»Und wie kann ich Ihnen dabei helfen?«, bot er sich an, um einem möglichen Schaden vorzubeugen.

»Indem Sie mir beispielsweise die Adresse geben, bei der die Carini untergeschlüpft sein könnte.«

»Die kenne ich nicht!«, sagte er viel zu schnell.

»Wirklich?«, wunderte sich Locatelli, dem in seinem Dorf in Sachen Theater so schnell niemand etwas vormachte. »Wissen Sie wirklich nicht, wo diese Frau unterkommen könnte?«

»Aber Signor Maresciallo, glauben Sie tatsächlich, dass die Diebin, die mich um mein Geld behumpst, so nett ist, mir den

Ort zu verraten, an dem sie es sich mit meinem Geld gemütlich macht?«, sagte er mit eingefrorenem Lächeln.

»Wie es in den Wald schallt, so schallt es wieder heraus«, erwiderte Locatelli mit dem gleichen Lächeln, »das glaube ich tatsächlich. Wie auch immer, ich halte die Frau wirklich für angemessen verschwiegen … Das ist ein Kompliment«, beeilte er sich zu erklären, während Seine Exzellenz den Mund aufriss und sagen wollte, dass dies eine unglaubliche Verleumdung wäre. »Weil ich Nunziata Carini also für fähig halte, gewisse Leute zu mögen, und somit für unfähig, Dinge zu erzählen, die jene kompromittieren könnten, werde ich mich um die Ausstellung eines Haftbefehls kümmern.«

Der Bürgermeister sah grün! Dann rot! Ein kreischendes Grün und ein kreischendes Rot, beides verband sich mit dem Rauschen des Blutes in seinen Ohren und dem Namen des Mafioso, der in weißen Lettern über seinem Totenbett zu schweben schien.

»Unterstehen Sie sich!«, rief er. »Sie wollen den Amtsweg gehen? Das ist doch gar nicht nötig.« Derweil schwitzte er, derweil hatten die Leute auf der Piazza dieses Menuett satt, und bei den letzten Takten waren die ersten bereits gegangen, denn das Spektakel schien beendet: Die Tabbacchera war immer noch mit dem Jungen da oben, Franca Cortese vögelte im selben Haus mit Sarino Motta, der Bürgermeister lebte und daher war auch keine Begräbnisfeier in Sicht. Warum sollte man noch bleiben?

Sie gingen also nach Hause. Und verpassten das große Finale der feurigen Show: der Maresciallo, der dem Carabiniere befiehlt, den Haftbefehl für Nunziata Carini auszustellen, der Bürgermeister, der ihn mit einem »Schande über Sie!« schwer beleidigt, der Maresciallo, der sagt: »Das ist Beamtenbeleidigung, das wissen Sie, oder?« Der Bürgermeister, der erwidert: »Sie missbrauchen meine Gefühle und fügen meiner Seele einen unerträglichen Schmerz zu. Nunzia war für mich wie eine

Ehefrau, die ich nie hatte, die Schwester, die ich verloren habe, die Mutter, die mich verstand, die Einzige, die ich …«

Er verstummte, biss sich auf die Zunge: Die Colonnella, Mutter eines seiner vielen Bastarde, erdolchte ihn mit Blicken. Ihr hatte er immer geschworen, dass Nunzia für ihn einzig und allein eine Dienerin war.

Daher wechselte er rasch den Ton: »Sie ist eine Heilige«, sagte er, »der ich die Schande des Gefängnisses nicht zumuten möchte.«

»Niemand spricht von Gefängnis«, erwiderte der Maresciallo, der genau verstand, dass Nunziata Carini den Herrn Bürgermeister an den Eiern hatte (selbst wenn es die Hand von Costanzo Di Dio war, die daran zog) und der Herr Bürgermeister es also nicht zulassen konnte, dass die Carini befragt würde, also dass die Carini gesucht und befragt würde. Daher beschloss er, die Diskussion zu beenden und den Fall für den Augenblick zu den Akten zu legen. »Ich wünsche Ihnen einen guten Tag«, sagte er und ging, während Pallante sich fragte, ob möglicherweise ein Hitzschlag ihm das Hirn zerkocht habe, da sein Geist ganz vernebelt war und er nicht mehr wusste, ob Nunziata Carini nun auf der Liste der Beschuldigten stand oder nicht. Aber beschuldigt von wem, wenn er noch nicht mal eine Anzeige erstattet hatte?

Scimò trat zu ihm. »Wollen wir uns nicht irgendwo hinsetzen?«, fragte er vorsichtig, denn – Verdammt! – so einen schlimmen Tag wie heute hatte er noch nie erlebt.

Seine Exzellenz sah ihn schräg an. »Wer hatte die glorreiche Idee, die zwei Idioten in meine Wohnung zu schicken?«, fragte er, da er bei irgendjemandem seine Wut ablassen musste, und dieser jemand konnte, in Ermangelung von Nunzia, nur einer von denen sein, die Costanzo Di Dio Proci nannte.

Hätte Scimò jemals zugeben können, dass diese glorreiche Idee ausgerechnet auf seinem Mist gewachsen war? Nie im Leben!

Daher sagte er: »Das waren die Leute. Sie haben Euch sehr gern, wisst Ihr. Als sie gesehen haben, dass Ihr nicht auf der Piazza wart, haben sie gedacht, dass Ihnen was zugestoßen wäre, und weil doch Ihr Auto noch vor der Tür stand …«

»Ah! Auch das habt ihr kontrolliert, ob das Auto noch dasteht! Spioniert ihr mir etwa nach?«, flüsterte Occhi janchi, während er zum Rathaus ging und die Menschenmenge sich vor ihm teilte wie das Rote Meer vor Moses.

»Was redet Ihr denn da?«, fragte Scimò und folgte ihm verwirrt.

Der Bürgermeister war jedoch mit den Gedanken bereits woanders, er dachte an die verfluchte Nunzia, die er finden musste, bevor die Carabinieri es taten. Und er musste sich mit ihr versöhnen, um die sechshundert Millionen und die belastenden Papiere zurückzubekommen, selbst wenn er sie dafür heiraten müsste, sagte er sich.

Hätte Nunziata Carini gewusst, zu was der Alte fähig war, nur um an sein Eigentum zu gelangen – sie inbegriffen –, hätte sie ihm ins Gesicht gefurzt, denn in diesem Moment unterhielt sie sich an einem Aussichtspunkt in Taormina lange und angeregt mit dem Busfahrer, mit dem sie kurz nach ihrer Ankunft in Catania ein Gespräch begonnen und mit dem sie sich an den Quattro Canti der Via Etna nach seiner Schicht verabredete hatte – den Koffer in einem Schließfach der Banco di Sicilia sicher deponiert, ein paar Millionen für alle Fälle in den BH gesteckt – und mit dem sie noch lange das Gespräch über die aphrodisierende Wirkung von Brokkoli weiterführen wollte, von der er ganz vage, aber sehr faszinierend erzählte.

19

Während draussen also dieser ganze Lärm herrschte, war es in der Wohnung der Tabbacchera absolut still.

Als »ekstatische Stille« würde Lehrer Scianna es später beschreiben, der genau in dem Moment eintraf, als sich die ganze Runde zu Tisch begab, und, nachdem er kurz über das Ereignis informiert worden war – denn der Gewinn von hundert Millionen Lire ist immer ein Ereignis –, er den Grund seines Besuches völlig vergaß (die neuerliche Warnung, dass die Schweine Agata fertigmachen und ihr alles nehmen wollten) und sich an den Tisch voller ungewöhnlicher Speisen setzte, zubereitet von der Kräuterfrau: ein Gemüse-Couscous (waren da etwa Früchte drin?), eine Soße mit Honig (und noch irgendetwas) für süßsaure Perlzwiebeln, Zwergkalmare in Pistaziensoße, ein Kichererbsenpüree mit Limoncello-Aroma, dessen ungewöhnliche Kombination den Gaumen verblüffte, und winzige Portionen von anderen Genüssen, deren Natur die Gäste zu erraten versuchten, jedoch ohne Erfolg.

Die Stille rührte somit auch von den Bemühungen aller her, die einzelnen Zutaten herauszuschmecken, die, chemisch verbunden, nicht nur einen Gaumengenuss ergaben, sondern zudem den ganzen Körper erfreuten und sogar – das sagte sich der verblüffte Scianna – auch die Seele. War so etwas möglich? Noch nie hatte ein Mahl ihm ein über das Sättigungsgefühl hinausgehendes Glücksgefühl beschert, vor allem aber hatte sich noch nie der Geschmack einer Speise so gut mit dem einer anderen verbunden: So unterstrich beispielweise das Süßsauer der Perlzwiebeln die weiche Konsistenz der Pistaziensoße, und der Limoncello bescherte den mehligen Kichererbsen einen köstlichen Nachgeschmack, der sich mit dem Duft des Ingwers vermählte, der ganz sicher auch irgendwo steckte.

Toni sah die Kräuterfrau an. Teufelsweib, dachte er, und getrieben von diesem unvermittelten und ungewohnten Glück stand er auf. »Darf ich Violante Scuderi dazu holen?«, fragte er die Hausherrin.

Falls Agata sich über diese Frage wunderte – und sie wunderte sich, glauben Sie mir, weil sie nicht verstand, welche Beziehung zwischen Violante Scuderi und Toni Scianna bestehen könnte –, so ließ sie es sich nicht anmerken: »Natürlich«, antwortete sie.

Und um auch wirklich sicher zu gehen, dass seine Liebste an dieser Tafel Platz nehmen durfte, fragte Toni noch: »Wir können doch einen Stuhl an den Tisch stellen, oder?«

»Natürlich«, antwortete die Tabbacchera wieder, die ebenfalls dieses sich zwischen Herz, Gaumen und Seele entfaltende Glück genoss und Lisa mit dankbaren Blicken bedachte.

Der Lehrer rannte zur Tür hinaus. Er fürchtete, dass dieses verhexte Essen plötzlich wieder verschwinden könnte und dass Violante diesen besonderen Genuss nicht verstünde – wenn sie ihn nicht selbst erlebte –, der ihn immer noch durchströmte (dieser sinnliche Genuss verharrte in seinen Gliedern und löste brennende Sehnsucht nach diesem Mädchenkörper aus, den er in seiner Fantasie die ganze Nacht hindurch gestreichelt hatte).

Toni rannte die Stufen der Via Ruggero hoch, bog in die Via Regina Margherita ein, folgte ein Stück der abschüssigen Via Cavour und hämmerte wie von Sinnen an die Haustür des Freundes.

Letizia öffnete, betrachtete Scianna misstrauisch und fragte dann aufgebracht: »Bringen Sie etwa noch mehr Bücher?« Ihre Tochter schien nämlich unter einem Zauber zu stehen und lag immer noch im Bett. Sie hatte nicht einmal gefrühstückt, was doch ein grundlegendes Bedürfnis eines jeden Menschen war, sobald er die Augen aufschlug. Violante hatte ihre Augen zwar vom Buch gelöst, aber nur äußerlich, denn ihr innerer Blick war immer noch ganz verträumt, und sie schaute irgendwo anders hin.

»Ich bringe keine Bücher, nur eine Einladung zum Mittagessen für Violante«, sagte Scianna mit der Stimme eines keuchenden Wolfs.

Eine Stimme, die Letizia mehr als alles andere beunruhigte: Der da hatte nie geheiratet, pflegte nur den Umgang mit fremden Frauen von zweifelhaftem Ruf (das erzählte man sich im Dorf). Was wollte dieser Wolf im Schafspelz also von ihrer Tochter?

»Was wollen Sie?«, fragte sie.

»Hab ich doch gesagt, Violante zum Essen zu einer Freundin mitnehmen.«

»Zu einer Freundin?« Sie reckte sich. »Was für eine Freundin?«

»Ehrbare Leute, Letizia, keine Sorge«, antwortete er und hätte sie zu gern zur Seite geschoben, Violante geschnappt und zu Agata gezerrt, bevor die süßsauren Perlzwiebeln, die Zwergkalmare in Pistaziensoße und die Kichererbsen in Limoncello von den anderen verputzt worden wären.

»Und wer sollen diese ehrbaren Leute sein?«, fragte Letizia Greco, verheiratete Scuderi, eine mit Schönheit, Stattlichkeit und außergewöhnlichem Geist ausgestattete Frau, die an der Tür herumtrödelte, in der Hoffnung, Errico möge auftauchen und seinem unmöglichen Freund sagen, dass – nein – Violante nicht ausgehen könnte, weil sie einen wichtigen Termin hatte, der …

»Im Haus der Tabbacchera«, antwortete Scianna.

»Bei der Witwe?«, regte sie sich auf. »Bietet sie jetzt etwa auch schon Mittagstisch an?«

»Nein«, stellte er sofort richtig, um die Situation zum Guten für die Freundin zu drehen, »aber da sie kaum etwas gegessen hat, seit ihr Mann gestorben ist, fühlte sie sich unwohl, und Lisabetta Spagna hat für sie gekocht, aber sie hat so viel zubereitet, dass es schade wäre, die Reste den Hunden vorzuwerfen.«

»Haha!«, lachte Letizia beleidigt. »Und deshalb wollen Sie meiner Tochter das geben, was für die Hunde zu schade wäre?«

Verdammt, egal, was ich sage, ich mach's nur schlimmer, dachte Toni.

Letizia sah, dass er ganz enttäuscht war und gar nicht mehr arrogant, wofür sie ihn eigentlich immer gehalten hatte – und ein bisschen stimmte das ja auch, weil Scianna, ohne es zu wollen und zu merken, arrogant war. Also räusperte sie sich. »Na gut. Aber ich komme mit«, erklärte sie.

Toni war verwirrt: Durfte er in ein fremdes Haus Leute einladen, wenn er nicht wusste, ob sie dort willkommen waren? Wie auch immer, es galt, keine Zeit zu verlieren. »Na schön, aber machen Sie schnell, denn wir müssen uns beeilen.«

»Ich bin fertig«, erklärte Violante und stand plötzlich angezogen oben auf der Treppe. Sciannas Stimme hatte Wände und Traumschleier durchdrungen, hatte sie aufspringen lassen, und in der Zeit, in der die Mutter über die Einladung verhandelte, hatte sie sich so schön wie möglich gemacht.

Schöner denn je erschien sie Toni, der sie anlächelte und sagte: »Sehr gut, komm.«

»Einen Moment, meine Herrschaften«, mischte sich Letizia ein, »ich muss mich noch umziehen.«

»Dafür ist keine Zeit«, sagte der Lehrer.

»Aber diese Eile«, fragte sie schon wieder genervt, »wozu soll die gut sein?« Und in aller Ruhe stieg sie in den ersten Stock.

Violante aber sagte: »Mama, wir gehen schon mal.«

Bestürzt wandte Letizia sich um: Noch nie hatte ihre Tochter sich ihr so offensichtlich widersetzt.

»Nein«, befahl sie. »Du wartest hier auf mich.«

Aber das Mädchen war schon auf der Türschwelle zusammen mit dem Lehrer, weshalb Letizia zu ihnen eilte. »Na gut«, sagte sie. »Dann komme ich eben so mit.«

»Leg wenigstens die Schürze ab«, schlug Violante ihr verwirrt vor.

Aber Letizia erwiderte fuchsteufelswild: »Ich bleib so. Es ist eilig? Dann isses eilig. Gehen wir!«

Sie trat vor den beiden nach draußen und strebte mit Stechschritt auf das Haus der Witwe zu. Die, als sie Letizia kommen sah, sie anlächelte. »Willkommen«, empfing Agata sie mit so einer Freundlichkeit, dass Letizia fast in Ohnmacht fiel.

»Danke«, murmelte sie und beruhigte sich schlagartig.

Die Witwe führte sie ins Esszimmer, was die arme Letizia noch mehr beschämte: Der Tisch war mit dem guten Geschirr und den schönen Gläsern gedeckt, die Leute aßen, von irgendwoher kam Musik und dann dieser Duft, o Gott, ein so köstlicher Duft, dass ihr ganz schwindlig wurde. Sie senkte den Blick, um nicht zu stolpern, sah ihre Füße in den abgetretenen Pantinen und die Schürze und erschauderte: Sie war nicht gekämmt und ganz in Unordnung, eine Bettlerin im Vergleich zu dieser schönen Gesellschaft. Sogar Sarino Motta war da, wie verückt!

»Bitte entschuldigen Sie mich einen Augenblick«, sagte sie da zur Tischgesellschaft und zu Agata: »Wo, bitte, ist das Bad?«

Sie ging ins Bad, wusch sich das Gesicht, kämmte sich, nahm die Schürze ab, strich sich das Kleid glatt, das zum Glück eines der guten war, biss sich auf die Lippen für etwas Röte und rubbelte sich die Wangen, damit sie etwas Farbe ins Gesicht bekam. Und als sie wieder im Esszimmer auftauchte, schien sie ein anderer Mensch zu sein.

Violante hatte sich bereits neben den Lehrer gesetzt, für Letizia war ein Platz neben dem Klageweib gedeckt worden – rasch berührte sie die metallene Gabel, um Unheil abzuwenden – und ihr Teller wurde mit Couscous an Zwergkalmar und süßsauren Perlzwiebeln gefüllt.

Sie inhalierte den Duft, der von ihrem Teller aufstieg, und eine große Ruhe überkam sie. Da sah sie Errico vor sich, wie er ihren Körper mit Lust quälte, bis sie schrie (das Kind hatte sie nicht gehört, dafür legte sie ihre Hand ins Feuer), aber sofort lief sie rot an, denn Violante beobachtete sie und lächelte ihr von Frau zu Frau zu (sie hatte sie schreien gehört, und wie!), und – Verdammt! – Letizia war verwirrt… Sie riss den Blick von der Tochter los, versenkte die Gabel in eine dieser Speisen auf dem Teller, und erst als sie den Bissen im Mund hatte, erkannte sie die Kichererbsen und… tja, irgendetwas Saures und ein wenig Scharfes, und die Liebe ihres Gatten zog durch ihren Körper, während ihr Gesicht verschiedene Schattierungen von Purpur annahm, und das Klageweib – glücklicherweise – die Aufmerksamkeit der anderen von ihr ablenkte, indem sie die Kräuterfrau fragte: »Haben Sie da vielleicht etwas Muskatnuss hineingetan?«

Lisabetta lachte geheimnisvoll.

»Und auch Zimt?«, forschte Lucia weiter.

»Esst einfach«, sagte Lisa nur.

Und sie aßen. Aber Lucia, die sich immer für eine ausgezeichnete Köchin gehalten hatte, wollte eine Erklärung und Genugtuung: Was hatte es mit diesen wunderbaren Gerichten auf sich? Welche hexenhafte Weisheit hatte sie geschaffen?

Violante – die nicht einen Moment daran gedacht hatte, die Tabbacchera vor den schlimmen Absichten des Rathausklüngels zu warnen – streckte unter dem Tisch die Hand aus, ergriff die von Toni, der bei der Berührung erzitterte und ein wenig errötete, aber nur ein bisschen, sodass es niemandem auffiel, und durch dieses heimliche Händchenhalten sagten sie sich Dinge, die sie mit Worten nicht besser hätten ausdrücken können, während in dem entzauberten Lehrer eine zauberhafte Lust zu singen aufstieg und eine Lust zu… Ach, was weiß denn ich!, sagte sich Scianna, ich verblöde schon, und er hörte, wie sein Mund sagte: »Ich habe genau den richtigen Wein zu diesem Essen. Violante, kommst du mit, ihn holen?«

Letizia versuchte, ihre Tochter mit einem Blick aufzuhalten, der ein striktes Verbot hätte ausdrücken sollen, aber sie war zu erschöpft und unfähig, auch nur über sich selbst zu herrschen, geschweige denn über ihre Tochter; es war, als hätte innerhalb dieser wenigen Minuten der umfassend genossene Sex mit ihrem Ehemann sie so ausgelaugt, dass ihr mittlerweile alles völlig egal war, selbst Violantes Ehre, die ohne Begleitung in das Haus von Scianna ging, Hand in Hand mit Scianna, ganz gleich, was die Klatschmäuler Errico erzählen würden, ganz gleich, wie das enden würde. Denn derweil aß sie: Kichererbsenpüree, meine Herren! Wie kann ein Kichererbsenpüree nur so köstlich sein? Dann eine Perlzwiebel und ein Zwergkalmarchen, und dann?

Und dann, fragte sich auch Sarino Motta, woher kam nur dieses Ginsteraroma, das über allem lag? Ein Geschmack, der ausgerechnet jenes Teil seines Körpers erregte, das peinlicherweise anschwoll und das, hätte er sich erhoben, allen seine Vitalität gezeigt hätte; und daher lobpreiste er das alles verdeckende Tischtuch.

Es war ein sehr feines weißes Tischtuch, wie Franca Cortese feststellte, die die Durchbrucharbeit betrachtete und zu erkunden versuchte, wie dieser Stoff im Renaissance-Stil gewebt war, auf dem dann die Blumen und Löcher gestickt waren.

Agata sah zu Lisa, lächelte ihr zu und bedankte sich mit Blicken, während diese wie durch ein Wunder weitere köstliche Kleinigkeiten auftischte (wann hatte sie nur die Zeit gehabt, all diese Dinge zuzubereiten?): wolkenartige Krapfen aus einer weißen Substanz, von der niemand wusste, was es war (bitte kein Bries, bei aller Liebe, flehte Agata trotz allem im Stillen), frittierte Teigrechtecke, Parmesanoblaten (die waren leicht zu erkennen) gefüllt mit einer Maulbeer-Balsamico-Mischung, tiefgrüne Klößchen, die nach Zucchini schmeckten und … keine Ahnung!

Als diese neuen Geschmacksüberraschungen auf dem Tisch standen, breitete sich wieder Stille aus.

Auch auf der Piazza herrschte nun Stille, denn fast alle waren gegangen, hatten sich für später verabredet – nach Sonnenuntergang –, um sich dann über den Ausgang der ganzen Angelegenheit auszutauschen.

Fast alle. Im schmalen Schatten eines Brunnens standen Maria (Robertos Ex-Verlobte), ihre Mutter und einige Freundinnen, die mit ihren Giftmäulern die Vorfälle des gerade vergangenen Vormittags kommentierten.

Warum sie Toni und Violante nicht aus einem der Häuser schlüpfen sahen, bleibt ein Geheimnis; denn um zur Wohnung des Lehrers zu gelangen, musste man – wie bereits erwähnt – am Rathaus sowie an der Kaserne vorbei und in die abschüssige Straße einbiegen, an deren Ende die Wohnung von Palmina, der üppigen Schwester des Schlachters, lag, die genau in diesem Moment ihrer Eigenliebe mit einem Amarena-Karamell-Eisbecher, bestreut mit Haselnussstückchen, frönte, um damit die Beleidigung dieses miesen Roberto ansatzweise zu lindern, der nicht mal gemerkt hatte, wie aufreizend ihr violettes Kleid an diesem Tag geschlitzt war, das sie nur für ihn trug.

Die Frauen jedenfalls sahen die beiden nicht, und die zwei stürzten wie Diebe mit der Beute im Sack die steile Straße hinunter, stürmten in Sciannas Hauseingang und schlossen ohne einen Laut die Tür hinter sich.

Und jetzt sind sie hier, keuchend nach dem Gerenne, erhitzt, rot im Gesicht, einer vor dem anderen im Halbdunkel des Eingangs, von dem eine Marmortreppe in die Beletage führt. Er nimmt ihr Gesicht in die Hände. »Ein Schatz bist du«, murmelt er zitternd. »Und einzigartig.«

Sie schließt die Augen: Wenn das ein Traum ist, möge er bitte nie vergehen.

Er drückt ihr einen leichten Kuss auf die Lippen …

Und schon wälzen sie sich ineinander verschlungen auf dem Boden, er hebt ihren Rock, verstrickt sich in ihrer Spitzenunterwäsche und der Reißverschluss seiner Hose – Gott verdammt! – klemmt, sodass er noch mehr Zeit verliert und das Feuer immer weiter anheizt, und Verdruss sich mit Ungeduld paart; und reißend und zerrend (er wird später die Zeit zum Nähen finden), beißend und saugend nimmt sich Toni Scianna dort im Hauseingang Violante Scuderi, Tochter von Errico Scuderi, der ihn sicher umbringen würde, wenn er wüsste, was er gerade mit seinem Kind anstellt.

Aber wer denkt jetzt schon an Errico Scuderi?

Toni nimmt sich Violante, und nie nie nie, nicht mal in seiner wildesten Fantasie, hat er sich vorgestellt, eine Frau so zu nehmen, und nie nie nie hat Violante daran gedacht, so ihre Jungfräulichkeit zu verlieren: Ohne es auch nur zu merken, ohne Schmerz, vor allem aber ohne Scham, ohne die Peinlichkeit sich einem Fremden hinzugeben, weil sie diesen Mann ja schon ewig kennt, der jetzt in ihr steckt und sich zärtlich, aber gleichzeitig kraftvoll bewegt und dabei unglaubliche Gefühle in ihr hervorruft, sodass sie die Luft anhält, die Spucke hinunterschluckt und auch die Worte, die sie sagen will. Sie verschenkt keine Küsse mehr, löst die Bremsen, die ein Teil von ihr ziehen möchte, und gibt alle Widerstände auf, und er weckt das Bedürfnis in ihr, dass er schneller machen soll, bitte schneller, und sie bewegt ihr Becken, nimmt seinen Rhythmus auf, der stark ist, und langsam, und grandios, – schneller! –, langsam und grandios, und sie keucht und fühlt etwas, das vielleicht Schmerz ist, aber ein himmlischer Schmerz, ein Schmerz, der …

»Schneller!«, befiehlt sie heiser.

Aber er ist es, der bestimmt: den Rhythmus, die Bewegung;

also vorwärts, durch Wellen, die auf einen Strudel zulaufen, von dessen Existenz sie noch nichts weiß, über Kämme, die sich erheben und abfallen und sich wieder erheben, bis sie den Gipfel erreichen, auf dem sie endlich schreit, und keine Hand hält ihr den Mund zu, kein Hindernis hält den von ihm zu ihr strömenden Lebensfluss auf, der sie nur deshalb nicht schwängert, weil sie erst vor Kurzem ihre Tage gehabt hatte.

Und all das geschieht, ohne dass sie ihm gesagt hat: ›Ich liebe dich‹, ›Ich denke an dich‹, ›Du bist mein Leben‹, ›Ich will die Deine sein‹, ›Ich will eine Familie mit dir‹, nichts davon hat sie gesagt. Und jetzt, ausgestreckt und erschöpft, mit dem Blick zur Decke, die aus einer gepunkteten Arabeske besteht, brechen sie in Gelächter aus, und sie fragt: »Und der Wein?«

Und er: »Welcher Wein?«

Wieder lachen sie, so wie Letizia über einen Witz von Roberto lacht, der zum xten Mal erzählt, wie Patuzzu die Pfote auf das Glücksbrunnen-Los gelegt hat und aus Lucia Montalto – »Nennt mich bitte Lucietta, so nannten mich meine Eltern«, sagt das Klageweib –, aus *Lucietta* Montalto eine Millionärin machte.

»Das war das Hundchen?«, fragt Letizia verblüfft unter Tränen, denn die Szene, perfekt vom Jungschauspieler Roberto interpretiert (dabei sind es die magischen Speisen, die diese Vorführung perfekt machen), ist so lustig, dass sogar Sarino Motta aufsteht und lacht, und dabei die offensichtliche Dimension seiner Peinlichkeit unter der Knopfleiste vergisst – die das Tischtuch nun nicht mehr verdeckt –, er schnappt sich das Hundchen, wirft es in die Luft und sagt: »Das nächste Los findest du für mich.«

Und das himmelblaue Auge des Hundchens funkelt, ebenso wie das haselnussbraune, und als Franca fragt: »Was ist denn nun mit dem Wein?«, breitet Letizia, Ehefrau von Errico, die Arme aus und ergibt sich: »Und wer sagt das jetzt meinem Mann?«

»Vergiss deinen Mann«, erklärt Lucietta und erhebt das volle Wasserglas. »Von heute an änderten sich die Dinge, das sagt euch eine, die um die Toten weinte, weil sie allein lebte und allein kochte und allein aß und allein schlief, eine, die verstanden hat, dass es außer der Alleinheit kein größeres Unglück gibt, meine Herrschaften. Und das hat sie kapiert, weil sie die meiste Zeit ihres Lebens in Alleinheit verbracht hat.«

Sie trank. Füllte sich das Glas neu. Trank noch mal. Dann tupfte sie sich vorsichtig den Mund ab. »Wenn wieder alle da sind«, sagte sie zu Letizia, »denn auch Ihre Tochter und der Professore gehören nun zur Mannschaft, werde ich einen Entschluss bekanntgeben, den ich in dem Moment gefasst habe, als ich mich an diesen Tisch setzte, denn noch vor dem Essen stieg mir der Duft dieser Speisen in die Nase, den man nur als ›eine Wonne‹ bezeichnen kann.«

Was wollte sie ihnen sagen? Sie verstanden es nicht, *die Wonne, die Alleinheit …*

Sie dachten, dass der Schock wegen des märchenhaften Gewinns womöglich so groß war, dass die Synapsen im Hirn des Klageweibs nicht mehr korrekt funktionierten, aber aus Respekt vor dem strahlenden Glück in ihren Augen sagten sie nichts und warteten auf die Rückkehr des Professore und Violantes, um das Geheimnis zu erfahren.

»Der Laden!«, rief da Roberto und schlug sich mit der flachen Hand an die Stirn. »Es ist schon vier Uhr durch, wir hätten vor einer Stunde öffnen müssen.«

Agata sah ihn an und zuckte mit den Schultern. »Heute ist ein Feiertag«, sagte sie ruhig, denn der Tabakladen würde von nun an immer erst nach allen anderen Dringlichkeiten, Notwendigkeiten oder schlichten Pausen- und Erholungsbedürfnissen kommen; und niemand würde sich wegen der Tabaksüchtigen sorgen: Die würden sich schon arrangieren. Agata war nicht Costanzo und wollte sich von denen, die sich ihr Leben mit dem Rauchen vergifteten, nicht abhängig machen.

»Schaisze!«, rief Sarino, weil er wusste, wie unverzichtbar die Zigaretten für so manchen waren, und die Tatsache, dass der Laden geschlossen blieb, würde Krieg bedeuten.

Bei diesem ›Schaisze!‹ sah Franca ihn an, tomatenrot im Gesicht. Aber, Achtung, nicht wegen des unangebrachten Wortes, auch wenn der arme Motta das nicht wissen konnte und schon nach der richtigen Entschuldigung japste. Das Rot in Francas Gesicht war bereits vorher entstanden, als der Mann sich erhoben hatte, um das Hundchen auf den Arm zu nehmen, und der gesamten Gesellschaft die Prallheit seines besten Stücks offenbarte, und sie hinter diesem *Schaisze* ihre Scham verstecken konnte, während Sarino sagte: »Entschuldigt, bis heute Morgen war ich immer nur in Gesellschaft von Ziegen und Böcken, aber jetzt schwöre ich bei der Seele meiner Mutter, dass ich mich benehme, vorausgesetzt, dass Sie …«, er wandte sich zärtlich zögernd an Franca, »mir helfen.«

»Natürlich hilft sie dir!«, mischte sich Lucietta ein, betrunken von dieser Glückseligkeit, die ihr durch die Adern sprudelte. »Ich sagte es euch doch: Von heute an änderten sich die Dinge.«

»Ändern sich«, korrigierte Roberto sie.

Sie lächelte und schüttelte den Kopf. »Änderten sich: Schon heute Morgen änderten sie sich, als das Hundchen mich geweckt und rausgezerrt und mich hierher zu euch gebracht hat, und ihr seid jetzt schon wie eine Familie für mich.«

In diesem Moment klopfte es.

Die Kräuterfrau machte auf. Toni kam mit einer Flasche Champagner herein.

»Echter Champagner?«, wunderte sich Motta und starrte auf das Etikett.

»Glaubt ihr etwa, ich habe Fälschungen bei mir zu Hause?«, erwiderte der Lehrer, der zum Glück dabei lachte, sonst hätte es wohl eine Schlägerei gegeben: Sarino war nämlich ein ganz Heißblütiger und bereits ein schräger Blick ließ ihn explodieren.

»Niemals«, sagte dieser, deutete ein Lächeln an (er war kein Mann, der Ziereien gewohnt war), blickte zu dem Mädchen und war verzaubert: Wie eine Rose kam sie ihm vor, prall und hochgewachsen, mit langem Hals, purpurnem Mund und in den Augen das Flackern eines befriedigten Weibs; ihm reichte dieser kurze Blick, um zu kapieren, was passiert war, und er freute sich darüber, aber so richtig, ohne Hintergedanken, ohne das Bedürfnis, die Frau in der Öffentlichkeit schlecht zu machen, weil sie sich einen Kerl außerhalb der geheiligten Ordnung der Ehe gegönnt hatte. Und – seht an, seht an – er hoffte inständig, dass auch ihm an diesem verwirrenden, märchenhaften, großartigen und sonderbaren Tag das gleiche Glück zuteil würde. Er konnte es sich gerade noch wünschen, als Lucietta ungeduldig wurde: »Los, jetzt stoßen wir endlich mit diesem Champagner an, und dann setzt euch, denn ich muss euch was sehr Wichtiges sagen.«

Letizia hörte sie nicht, sie betrachtete ihre Tochter, und ihre Tochter betrachtete sie, und wie sie sich auf diese Weise ansahen, verstanden sie sich, und das Herz der Mutter hüpfte. Und wer sagt das jetzt Errico?

Doch die Montalto drängte weiter zum Anstoßen: »Meine Herrschaften, mit diesem Geld will ich ein Restaurant aufmachen«, sagte sie.

Alle erstarrten.

Agata hüstelte und räusperte sich. »Wie bitte?«, fragte sie.

»Ein Restaurant«, antwortete Lucietta und sah sie an. »Ist das nicht ein schöner Gedanke?«

Das dachten die anderen allerdings so gar nicht! Die Fassungslosigkeit stand ihnen in Großbuchstaben ins Gesicht geschrieben. Ein Restaurant in diesem Dorf? Um dann drei Monate nach Eröffnung wieder zu schließen? Um diese hundert Millionen, die wie eine große Gnade vom Himmel gefallen waren, einfach so zu verschleudern? Das war Selbstmord, denn die Dorfbewohner sind Schweine, die lieber

Fremden Geld schenken, als einen Nachbarn etwas verdienen zu lassen.

Lucietta sah einen nach dem anderen an. »Und was haltet ihr davon?«, murmelte sie mit übertrieben ängstlichem Ton. »Ich habe ja nicht gesagt, dass ich ein Kino oder Theater aufmachen will.«

Sie lachten nicht über das, was dem Maresciallo oder jedem anderen Fremden wie ein Witz hätte erscheinen müssen, denn es war die Wahrheit: In diesem Dorf gab es kein Kino, kein Theater, keine Buchhandlung, nichts was auch nur im Geringsten mit Kultur zu tun hatte, weil Seine Exzellenz peinlichst genau darauf achtete, jegliche Initiative dieser Art sofort im Keim zu ersticken, da er, ein Mann, der das menschliche Wesen kannte und wusste, zu was ein gebildeter Geist fähig war, keine klugen Leute im Dorf wollte, weil wer liest, der lernt, und wer lernt, der weiß, und wer weiß, der kann sich gegen dich auflehnen, und wer sich gegen dich auflehnt, der macht dir deine ganze Arbeit kaputt. Also kein Kino, kein Theater, keine Buchhandlung. Bars und Cafés stattdessen in Hülle und Fülle. Ihr wollt euch besaufen? Dann besauft euch ruhig: Besoffene sind nicht gefährlich. Besoffene sind die Trottel, die den Esel da anbinden, wo der Herr es will. Und er war der Herr, und sie waren die Trottel, die er brauchte.

Lucia fuhr fort: »Signorina Lisabetta …«

»Lisa«, unterbrach die Kräuterfrau sie. »Wo wir doch schon beim Thema Familie sind.«

»Kürzer ist besser«, stimmte sie zu. »Signorina Lisa, ich eröffne das Restaurant aber nur, wenn Sie darin kochen.«

Trotz der Fassungslosigkeit ob des Vorschlags brach ein warmer Applaus los, der auch ein Dank an Lisa für dieses überraschende Mahl war, von dem alle gern noch mehr genossen hätten.

Lisa sah zu Agata. »Ehrlich gesagt …«, es war ihr peinlich, da sie doch erst in der Nacht zuvor von ihr angestellt worden war.

»Das ist wirklich eine ganz wunderbare Idee«, unterbrach die Freundin sie. »Hier vergeudest du nur dein Talent.« Und den anderen, die das nicht verstehen konnten, erklärte Agata: »Ich habe Lisa gebeten, meine Haushälterin zu sein. Aber ich komme auch allein zurecht. Allerdings nur unter einer Bedingung«, fügte sie hinzu.

»Welche?«, hakte Lucietta ein.

»Dass ich in Ihrem Restaurant essen darf.«

»Gratis?«, fragte sie und runzelte die Stirn.«

»Natürlich!«

Aha! Die Alte hörte auf zu lächeln und blickte mürrisch drein.

Das Lächeln verschwand aus Sarinos Gesicht und aus dem von Roberto, von Scianna, aus Violantes und der ganzen Runde. Für ein paar Momente hörte man keinen Laut im Zimmer.

Lucietta verzog derweil den Mund, wobei ihr Hirn zu rechnen... zu überprüfen... abzuwägen schien... dann sagte sie: »In unserem Restaurant isst jeder der hier Anwesenden gratis.« Dann brach sie in Gelächter aus.

»Unserem?«, wiederholte Sarino ungläubig.

»Natürlich unserem!«

Sie schüttelten den Kopf, sie war wirklich verrückt, besser gesagt »verschwenderisch«, wie sich Scianna in Gedanken sagte und an mögliche Verwandte dachte, die ihr das untersagen könnten.

Patuzzu stimmte mit einem Bellen zu. Mit einem Applaus stimmte auch Costanzo zu, der die Szene mit baumelnden Beinen auf der Anrichte genoss, ohne dass er von irgendwem gesehen oder gehört wurde.

Die anderen wussten nicht, wie sie ihr Unbehagen verbergen sollten.

»Leute«, sagte da die Alte vergnügt. »Was habt ihr bloß? Ihr seht alle aus wie tot! Soll ich etwa einen beweinen?«

Die Finger aller flogen an geeignete Orte, um das Unglück abzuwehren, während Lucietta aus vollem Herzen lachte: »Ich bring' euch Glück, Glück, also nehmt die Hände von den peinlichen Stellen weg«, sagte sie. Dann wurde sie ernst: »Leute, ich bin nicht so verückt, wie ihr glaubt, und auch nicht *verschwenderisch*, wie Sie bestimmt denken, Professore, denn ich hab viel zu viele Jahre Fernsehen geguckt, um nicht zu wissen, dass die, die unsinnigerweise ihr Geld zum Fenster rausschmeißen, nämlich wegen Verschwendung vor den Richter müssen und dann um das Recht gebracht werden, frei über ihre eigenen Mittel zu verfügen.«

Verdammt, wie redet die denn?, dachte Scianna erstaunt, der in der Folge noch das Vergnügen haben würde, die wandelbare Ausdrucksfähigkeit der Montalto zu bewundern.

»Daher seid unbesorgt«, fuhr sie fort. »Ich werde weder verschwenderisch noch geizig bis zum Umfallen sein, wegen der Frage nach dem Gratis-Essen, die die hier anwesende Signora Agata gestellt hat, denn wären ihre Glückbrunnen-Lose nicht gewesen, wann wäre mir je ein solches Glück widerfahren?«

Alle atmeten auf. Es wäre schade gewesen, dieses wunderschöne Glück, das sie noch ein paar Minuten zuvor verspürt hatten, durch Interessensstreitigkeiten zu verhunzen. Da jedoch immer noch niemand den Mund aufmachte, füllte die Montalto sich das Glas mit Champagner und trank in großen, lauten Schlucken. Dann sagte sie: »Und nun sperrt die Ohren gut auf. Ich erklär's mal.«

Und während sie alles erklärte, kehrten nach und nach die Leute auf den Rathausplatz zurück.

20

Die Piazza füllte sich mit den Leuten, die nach Hause gegangen waren. Sie hatten gegessen, sich ausgeruht, hatten sich erfrischt und waren nun wieder hier, um die Fortsetzung dieses Tages zu erleben, der schon seit Sonnenaufgang, angefangen mit Nunzias Liebesflucht, Spuren von Merkwürdigkeit aufwies, von denen man später gut würde erzählen können – so dachte es Don Michele Sgrò –, und zwar dieser Signora, die hin und wieder, bewaffnet mit einem Notizblock, auf der Suche nach Geschichten im Dorf auftauchte.

Die Piazza füllte sich also, und im Schatten einer der Brunnen, den Maria und ihre Freundinnen ausgiebig genutzt hatten, wurde es immer enger. Doch Maria stieß ganz sicher nicht wegen des Gedränges an den Arm von Nicola Li Scausi, auch streifte sie ihn nicht wegen des Gedränges mit der Brust, sodass er spüren konnte, welch glorreiche Konsistenz ihre Brüste besaßen, auch war es nicht Gedankenlosigkeit, dass sie ihn nicht um Entschuldigung bat, sondern ihn stattdessen mit hochmütigen Katzenaugen ansah, beleidigt ob des mangelnden Respekts gegenüber anderen, obwohl es genau genommen sie ist, die keinen Respekt zeigt.

Nicola Li Scausi, der mit Sicherheit kein Idiot war, verstand *genau*, was sich hinter diesem beleidigten Gehabe verbarg und sagte: »Signorina, bitte verzeihen Sie. Ich war ein Rüpel.«

Er trug noch die blaue Arbeitskluft der Trexo, ein bisschen mit Teeröl verschmiert, sodass sogar jedes Kind begriff, dass er nicht nur einen Blaumann der Trexo besaß, sondern ihn auch während seiner Arbeit bei der Trexo trug und sein Geld bei der

Trexo verdiente, von der er für sich und seine zukünftige Familie den Lebensunterhalt beziehen würde, und schließlich im Alter, ebenfalls von der Trexo, eine üppige Pension bekommen würde, mit der er, wenn die Kinder aus dem Haus wären, zusammen mit seiner Frau eine Kreuzfahrt rund um die Welt machen würde.

Maria lächelte ihn herablassend an. »Nicola, denken Sie etwa, dass so eine Entschuldigung reicht, um Vergebung zu erlangen?« Sie hatte mit Absicht seinen Vornamen und nicht seinen Nachnamen gewählt, damit der junge Mann begriff, dass sie das Gespräch auf eine vertrauliche Ebene bringen wollte.

Er legte sich eine Hand aufs Herz. »Sagen Sie mir, was ich tun kann«, erwiderte er, während ihre Mutter so tat, als sähe sie in eine andere Richtung, und die anderen Giftmäuler der Clique, die durch und durch giftig waren und zuvor noch schlecht über Roberto und die Tabbacchera geredet und sie mit verleumderischen Worthieben zerfetzt hatten, würden später sogar Maria, die Freundin, übelst in der Luft zerreißen, da sie am helllichten Tag und völlig schamlos eine Falle aufstellte, um sich mit der Trexo zu vermählen.

»Was Sie tun können?«, fragte Maria arglistig.

Doch ihre Mutter brachte sie mit einem Ellenbogenstoß zum Schweigen und mit einer herrischen Geste des Kinns deutete sie zum Rathausbalkon, auf den soeben Seine Exzellenz getreten war.

Auf der Piazza wurde es still.

Irgendwas Schlimmes ist passiert, dachten alle, da dieser Balkon sonst nur bei offiziellen Angelegenheit genutzt wurde oder für wichtige Bekanntmachungen.

Was zum Teufel war geschehen?

»Mitbürger!«, rief Pallante.

Die Brust herausgestreckt, Befehlston, kräftige Stimme und wacher Blick, so zog er die Aufmerksamkeit aller auf sich. Und als er sicher war, dass selbst die Fische in den Brunnen gespannt die Verkündigung des Worts urbi et orbi erwarteten, fuhr er fort: »Schwere Vorfälle haben die Ordnung dieses Dorfes angegriffen, von dem ich mich rühme, das Oberhaupt zu sein. Vorfälle«, verlieh er seinen Worten Nachdruck, »die wir, die das Dorf mit Gerechtigkeitssinn, Ehrenhaftigkeit, Korrektheit und Trans-pa-renz«, betonte er, »verwalten, mit Erstaunen zur Kenntnis nehmen. Vorfälle«, legte er noch einen drauf, »die dunklen Seelen zugeordnet werden müssen, die sich verbünden und durch zivilen und moralischen Ungehorsam den Frieden verseuchen, der für viele hier eine Lebensregel ist.«

»Was will er uns sagen?«, flüsterte Concetta erstaunt ihrer Tochter Filomena zu, die ganz hingerissen die Exzellenz auf dem Balkon anstarrte.

»Ich erklär's dir später«, fuhr Filomena ihr über den Mund.

»Dunkle Seelen«, fuhr der Bürgermeister fort, »die destabilisierende Intrigen anstiften, die den guten Namen des Dorfes beschmutzen, den des Rathauses, den von euch – Mitbürger! –, die ihr euch Ehrlichkeit und Tugend auf die Fahnen eures Handelns geschrieben habt, für die ihr bereit seid, euer Blut zu vergießen.«

»*Ihr seid …*«, kicherte Ingenieur Calcaterra, der von einem Tisch in Rinaldos Bar die Aufführung genoss.

Acquaforte, Scimò, Giardino, Russo, Orlando und Vaccaro, die hinter der Exzellenz auf dem Balkon standen, fragten sich, wohin er um alles in der Welt mit dieser Ansprache wollte, die nichts von dem enthielt, was sie gerade vertraulich beschlossen hatten, nämlich die Bloßstellung und totale Zerstörung der Tabbacchera. Ein Thema, das sicher nicht in einer Wahlkampfrede angesprochen werden konnte, oder?

»Unsere Absicht«, sprach der Bürgermeister mit Nachdruck und Entschiedenheit weiter, »ist es also aufzupassen, dass sich gewisse Vorfälle nicht mehr wiederholen, dass bestimmte Übertretungen rigoros bestraft und bestimmte Absprachen mit dem Feind vereitelt und zerschlagen werden.«

»Aber welche Vorfälle denn? Und welcher Feind?«, fragte Lorenzo seinen Vater, der ihn fest an der Hand hielt und ihm zu Hause noch eingeschärft hatte, draußen auf gar keinen Fall den Mund aufzumachen.

»Still!«, fuhr er ihn an.

»Aber …«

»Still, oder wir gehen nach Hause!«

Lorenzo musste gehorchen. Ein paar Sekunden später streifte ihn jemand an der Schulter, er drehte sich um und sah, dass Corrado, der Sohn des kommunistischen Hausmeisters, mit dem ihm aufs Strengste verboten war zu reden, ihn anlächelte. Lorenzo lächelte zurück. Der andere kam ein paar Schritte näher, und – während alle Augen auf Seine Exzellenz gerichtet waren – flüsterte er ihm zu: »Ich weiß, von welchen Vorfällen und welchem Feind er redet. Wenn du willst, erzähl ich's dir später.«

Lorenzo sah zu seinem Vater, auf die Menge aus Armen und Beinen um ihn herum, alle hingen an den Lippen der Marionette auf dem Balkon (der Bürgermeister kam ihm wirklich wie eine Marionette vor, die die Bewegungen eines anderen ausführte, mit den Worten eines anderen redete und mit dem Arm herumfuchtelte, als hätte sie das Pappmaché-Schwert von Karl dem Großen in der Hand), er nickt unauffällig, und ohne Corrado anzusehen, sagte er: »Aber zuerst müssen wir Freunde sein.«

Corrado schlängelt seine Hand durch das Gestrüpp aus Armen und Beinen bis zu Lorenzos und drückte sie: Freundschaft geschlossen. Dann flüsterte er: »Wir sehen uns heute Abend unterm Feigenbaum beim Kloster.«

»Ich kann nicht«, flüsterte Lorenzo zurück. »Abends darf ich nicht mehr raus.«

»Daher«, tönte die Stimme vom Balkon, »lade ich euch, Freunde und Nachbarn, ein, uns zu helfen, jedem Vorfall entge-gen-zu-tre-ten«, skandierte er, damit das Wort im Geist aller kleben bliebe, »der euch falsch *erscheint*, jeder Aktion, die euch ungerecht *erscheint*, jeder Unruhe, die ihr erlebt, jeder Dummheit, die euch beleidigt, jedem Rechtsverstoß, jeder Zuwiderhandlung gegen den zivilen und moralischen Kodex entgegenzutreten, bis wir zusammen, vereint wie eine gute Familie, die kaputten Elemente aus unserer Gemeinschaft ausschließen können, die das zivile Leben zu verseuchen drohen.«

»Amen«, sagte sich der Maresciallo, der vom Fenster der Kaserne sehr aufmerksam diese Rede verfolgte.

»Daher«, fasste der Bürgermeister zusammen, »übernehmen wir, aber vor allem ihr, die Last, aber auch die Ehre, das Dorf zu verteidigen.« Er schlug die Hacken zusammen, streckte den Körper, neigte den Kopf zum Abschied und verließ den Balkon.

Der Applaus war lang und tosend, durchbrochen von Rufen wie ›Bravo!‹, ›Großartig!‹, ›Gut gesprochn!‹, ›Ihr habt Recht, 'zellenz!‹ und Trompetenstößen, die Ciccino Coniglio aus dem Fenster des Probenraums der Dorfkapelle ertönen ließ.

Wahnsinn, was für ein Mann!, sagten sich viele voller Bewunderung.

»Am Nachmittag?«, Corrado schrie fast, um sich Gehör zu verschaffen.

Lorenzo schüttelte den Kopf. »Heute Nacht«, antwortete er mit bis zum Hals klopfendem Herzen wegen des Risikos. »Unter dem Feigenbaum vom Kloster.«

»Was hast du gesagt?«, fragte sein Vater und zerrte an ihm.

»Dass der Bürgermeister eine schöne Rede gehalten hat«, erklärte Lorenzo unschuldig.

Der Vater wurde milde. »Ich hab dir doch gesagt, dass er großartig ist.«

Der Maresciallo kehrte verblüfft an seinen Schreibtisch zurück. »Anstachelung zur Denunziation und zum Krieg«, sagte er.

»Es kommen schlimme Zeiten«, beklagte sich Giallongo, der ihm vormittags den freundschaftlichen Charakter des Streites erklärt hatte, weil keine Messer im Spiel gewesen waren.

Der Maresciallo hob den Kopf und sah ihn an. »Was wollen Sie damit sagen?«

»Dass sich jetzt alle damit übertrumpfen werden, sich zu beschuldigen: Wer 'nen Kisselschen im Schuh hat, macht nen Steinbrock draus, mit dem er dem Feind den Schädel varumst.«

Locatelli runzelte die Stirn. »*Kisselschen, Stainbrokk, varumst* ... Bitte erklären Sie das.«

»Entschuldigen Sie. Das Kisselschen ist ein kleiner Kiesel, der Stainbrokk hingegen ein großer Stein. Varumsen heißt zu Brei schlagen. Ich habe also gesagt, wer ein Steinchen im Schuh hat, macht einen Stein daraus, mit dem er dem Feind den Kopf einschlägt.«

»Giallongo«, rief der Maresciallo erstaunt, »Sie sind ja ein wandelndes Lexikon.«

Er hatte sich verraten! Und nun?

»Das soll aber gar keine Beleidigung sein«, versicherte der Vorgesetzte rasch. »Im Gegenteil ...«

Giallongo atmete auf: Locatellis Vorgänger hätte das alles für eine offene Provokation seines Wissens gehalten (das sehr begrenzt war, aber von ihm als umfassend angesehen wurde) und ihn daher für mindestens einen Monat genervt und zu allen möglichen Frondiensten verdonnert, einschließlich die Schuhe des Maresciallo zu putzen und dessen Unterhosen zu waschen.

»Ich mag den Dialekt«, gestand Giallongo. »Und ich mag es, das entsprechende Wort im Italienischen zu finden. Auch wenn gewisse Begriffe einfach unübersetzbar sind«, erklärte er rasch.

Der Maresciallo blickte ihn entschlossen an, was den jungen Mann erneut alarmierte, und es war ihm, als würde man ihm eine Pistole direkt vor die Nase halten.

»Gut«, sagte der Chef energisch. »Von heute an bringen Sie es mir bei.«

»Was meinen Sie?«, murmelte Giallongo verwirrt. In Wahrheit hatte er es genau verstanden, und der Vorschlag trieb seinen Puls in die Höhe, aber nicht aus Angst, nein, sondern vielmehr aus einer unangebrachten Zufriedenheit, die …

»Giallongo«, fuhr der Maresciallo fort, »haben Sie eigentlich immer die Angewohnheit, Hirngespinsten nachzuhängen?«

»Manchmal«, gab er zu und fügte sofort an: »Verzeihen Sie.«

Der Maresciallo machte eine Handbewegung, als wollte er etwas verjagen, als wollte er sagen: ›Schon gut‹, und kam zum Wesentlichen seiner Frage: »Ich muss einfach alles verstehen«, erklärte er. »Bei Ausdrücken, die ich nicht verstehe oder deren wörtliche Bedeutung ich zwar kapiere, aber nicht die feinen philologischen und stillschweigenden Andeutungen, die gemeint sind, darf ich nicht wie der letzte Trottel dastehen …«

»Sie sind aber auch sehr zungenfertig«, unterbrach Giallongo ihn. »Also mit der Sprache, meine ich«, präzisierte er und wurde rot.

Locatelli lachte aus vollem Hals. »Los, Giallongo, erklären Sie es mir, sofort. Was hat diese Rede vom Bürgermeister zu bedeuten?«

»Er hat auf Italienisch gesprochen …«, wich er aus.

»Haben Sie mich etwa nicht verstanden?«

»Ich habe Sie verstanden.« Er sah sich um, als fühlte er sich von Killeraugen beobachtet. »Wir machen es so«, schlug er vor, »wenn Calafiore mich ablöst, komme ich in Ihre Unterkunft unter dem Vorwand, dass ich Ihnen ein Dokument vorlegen muss, und dann reden wir.«

»Hinter verschlossener Tür?«

Er nickte.

»Gut. Jetzt gehen Sie auf die Piazza: Augen auf, Ohren auf, ich will alles wissen, was man über diese Rede so sagt.«

»Zu Befehl.«

Giallongo schnappte sich seine Mütze und verließ das Büro. Er hatte sich die Achtung und das Wohlwollen des Kontinentalen verdient, doch wenn die anderen erführen, mit welcher Mission er beauftragt worden war, würden sie ihn einen Judas nennen.

Egal, sagte er sich. Er ertrug diese Schweinebande nicht mehr, die das Dorf beherrschte: Der Maresciallo war ein ehrbarer Mann, den Carabinieri und deren Werten wirklich verbunden, und wenn dieser es schaffte, nur einen Teil dieses Sumpfes trockenzulegen, in dem das Dorf versank, würde er sogar sein Leben dafür geben. Jawohl, sagte er sich, sogar sein Leben!

Mit langsamen Schritten ging er von der Kaserne zum Rathaus und mischte sich unter die Dorfbewohner, die gerade die Rede des Bürgermeisters umarbeiteten, sie an ihre eigenen Ärgernisse anpassten, an die eigenen offenen Rechnungen, an die eigenen Rachegelüste.

21

»Aber was wollten Sie sagen?«, fragte Acquaforte Seine Exzellenz grade heraus, gleich nachdem sie vom Balkon wieder hineingegangen waren.

»Wie, was wollte ich sagen?« Die Miene des Bürgermeisters verfinsterte sich.

»Wir haben's nicht kapiert«, gab Acquaforte zu, der manchmal die Notwendigkeit verspürte, alles gründlich zu verstehen, damit er sich angemessen verhalten konnte.

Seine Exzellenz betrachtete dessen Haare – schwarz, dicht, identisch wie die von Little Tony aus seiner Jugendzeit – und ein neidisches Zittern durchzog ihn. Daher sagte er grob: »Ich hab ein bisschen Sand in die Augen gestreut, ihr Arschgeigen.«

Sie atmeten auf, waren aber immer noch verwirrt.

Seine Exzellenz ließ sich zu einer Erklärung herab: »Wenn wir die Tabbacchera ficken, wenn wir den Tabakladen abfackeln, wenn wir aus der Saracina eine Müllhalde machen, wenn wir diese werte Signora zum Überleben auf den Strich schicken, dann kann uns niemand etwas anhängen.«

»Warum?«, fragte Russo verlegen. »Müssen wir denn all diese Dinge am helllichten Tag erledigen?«

»Schaisze, Jungs, ihr seid echt völlig verblödet.«

»Wir sind nicht verblödet«, verteidigte Vaccaro die Ehre aller, »wir wollen nur in allen Einzelheiten wissen, was Eure Rede bedeutet, damit wir uns so verhalten, dass Euch und uns kein Schaden entsteht.«

›Der ist echt so ein Angsthase‹, dachte Seine Exzellenz und wurde noch wütender: »Was sie bedeutet? Ich hab Zwietracht gesät, Idiot, hat man das etwa nicht kapiert? Seid ihr alle so blöd, dass ihr nicht kapiert, dass ich mit meiner Rede den einen gegen den anderen aufbringen wollte? Um noch mehr Brände zu legen, mehr Streitereien, mehr Scharmützel. Um den Arsch von neuem Maresciallo zu verwirren, den wir ganz genau beobachten müssen, denn sonst zieht er noch alle auf seine Seite! Muss ich euch etwa noch mehr erklären? Noch mehr?«, knurrte er.

Verdammt, teuflisch war er!

Orlando lief ein Schauer über den Rücken, immer noch ganz verstört von dem Traum von Gott und der Witwe mit dem Schwert, die – zack – die Köpfe abhackte.

Auch Vaccaro, der von allen am wenigsten fies war, lief ein Schauer über den Rücken, ein Schauer, der in ihm das unmittelbare Bedürfnis auslöste, abzuhauen und zu sagen: ›Da spiel ich nicht mehr mit, das ekelt mich an, ich steig aus.‹ Doch stattdessen sagte er: »Entschuldigung, ich muss ein dringendes Bedürfnis erledigen.« Und schon wollte er zur Toilette eilen, während Seine Exzellenz den anderen Befehle erteilte, wie sie sich verhalten, was sie sagen, wie viele und welche anonymen Briefe in der Kaserne eingehen sollten.

»Ah, Tito«, rief der Bürgermeister allerdings, noch bevor Vaccaro die Tür erreichte. »Komm her, denn das, was ich dir sage, sage ich nur einmal und vor den Augen aller.«

Vaccaro kehrte um. Er trat in den Kreis, der sich um den Bürgermeister gebildet hatte, der sagte: »Von diesem Moment an ist die Tabbacchera zum Abschuss freigegeben, wer sie als erstes vögelt, bekommt einen Preis.«

Acquafortes Augen begannen zu glänzen, er würde der Erste sein, zweifellos, denn das Wort ›Preis‹ in Verbindung mit ›die Tabbacchera vögeln‹ hatte das Benzin in seinem Blut bereits entzündet.

»Kann ich jetzt gehen?«, fragte Vaccaro immer angeekelter. Pallante roch den Ekel, so wie ein Tier den Schweiß des Feindes wittert, der ihm gegenübersteht, ganz gleich, ob Bestie oder Mensch; und er sagte sich, dass er diesem Arsch den Kopf zurechtrücken würde, schneller als dieser ahnte. »Natürlich, Tituzzu«, erlaubte er es mit lammfrommer Stimme. »Denn bestimmte Bedürfnisse *bedürfen* der sofortigen Erledigung.« Und er lachte über seinen Sprachwitz, zwinkerte und wurde wieder zum Verführer der Söldnerseelen, die wie Soldaten seinen Befehlen gehorchten.

»Also«, sagte Nicola zu Maria, als der Bürgermeister geendet hatte, »wo waren wir stehen geblieben?«

»Wie man sich verhalten soll, wenn man Vergebung erlangen will«, antwortete sie keck.

»Wie wäre es mit einer roten Rose, so rot wie Ihr Mund, Signorina?«

»Nur eine?«, fragte sie mit gespieltem Bedauern.

»Die erste einer ganzen Reihe.«

»Wenn das so ist…« Sie lächelte, hakte sich bei ihrer Mutter unter und sagte zu ihren Freundinnen: »Wir gehen nach Hause.«

Sie ging mit wackelndem Hintern und besiegelte mit Hilfe des jungen Kerls – der zum Glück auch noch ganz schnuckelig aussah – die Verlobung mit der Trexo und ihrem Geld.

Der junge Kerl betrachtete den wackelnden Hintern im roten Rock, die strammen Schenkel, die langen appetitanregenden Beine, die geraden Schultern, die Haare… nein, die Haare konnte er nicht ansehen, sie waren einfach zu fürchterlich, so verbrannt. Aber Haare wachsen nach, fähige Friseusenhände können Wunder wirken, und im Notfall kann man immer noch Perücken verwenden… Also, mit der Signorina Maria war es abgemacht, er musste nur die Verhandlungen weiterführen, die hoffentlich nicht lang dauern würden, und zwar vor den Augen von diesem Arsch Roberto, der so blöd gewesen war, sich den Job bei der Trexo und die Verlobte entgehen zu lassen, diese clevere Hure (ah, aber er würde sie gleich in der

Hochzeitsnacht einnorden, Grenzen ziehen und absolute Verbote erteilen!), und für was? Für einen Job im Tabakladen? Für die Hoffnung, eines Tages die Tabbacchera knallen zu können und sie vielleicht zu heiraten?

Der Gedanke an die Tabbacchera verwirrte auch ihn, denn sie war wirklich schön, und vor allem war sie eine Dame, und wenn sie am Arm ihres Gatten auf die Straße getreten war, war es ein Vergnügen gewesen, sie anzusehen: groß, elegant, mit harmonischem Schritt, wundervollen Augen, wundervollen Haaren, dem Lächeln einer Göttin, und dann ihre Größe, mehr als ein Meter siebzig, was für ein Weib schon fast unanständig war, denn damit unterwarf sie den Mann, und nur Costanzo Di Dio mit seinen ein Meter fünfundachtzig hatte ihr würdig zur Seite stehen können.

Nicola sah zum Tabakladen. Es war fast sechs, und er war immer noch zu?

Mit einem Mal wurde ihm schlecht, was an der Eifersucht auf Roberto lag, der seit dem Vormittag die Tabbacchera vögelte, an dem Selbstekel, weil er sich gerade an die Hure Maria verkauft hatte, die nur an der Trexo interessiert war, an der Wut auf all die, die mit der Tabbacchera geredet hatten und redeten, aber vor allem lag es an der Eifersucht auf den Kommunisten, der sie zwei Jahre lang besessen hatte …

»Nicola!« Eine Stimme riss ihn aus seiner Verzauberung. Es war Trantino. »Hast du die Rede von Seiner Exzellenz gehört?«, fragte er.

»Bin ich vielleicht taub?«, erwiderte er genervt, weil die Tabbacchera immer noch in seinem Hirn herumspukte.

»Und es hat dir nicht gefallen?«

»Natürlich hat's mir gefallen, denn wenn Seine Exzellenz redet, kriegen selbst die Esel nen Steifen.«

Trantino sah ihn entgeistert an. »Nicola …«, murmelte er, und weil sich unzählige Köpfe zu ihm drehten, »bist du etwa besoffen?«

»Tschuldigung«, murmelte Nicola.

Die ganze Unterhaltung mit Maria lag ihm wie Blei im Magen, Blei, das er nie würde verdauen können. Warum war er nur so blöd gewesen und hatte mit ihr angebandelt? Warum hatte er zugestimmt, mit ihr zusammen zu sein? Nur, um Roberto endgültig eins auszuwischen? Nur, um ihm sagen zu können: »Siehst du, ich hab mir deinen Job geschnappt und auch noch deine Verlobte«? Und wozu das alles?

Trantino ergriff ihn am Arm. »Ich geb' dir einen aus«, sagte er, als er ihn so bedrückt und missgelaunt wie noch nie erlebte.

»Sind Sie nicht im Dienst?«

»Ich hab um zwei Feierabend gemacht.«

»Aber Sie haben noch die Uniform an.«

»Die Uniform ist meine zweite Haut, weißt du das nicht?«, scherzte der Polizist, dann fügte er verschwörerisch hinzu: »Ich geh hier nicht mehr weg, selbst wenn sie auf mich schießen sollten.«

»Und der Drink?«

»Den lassen wir uns von Rinaldo herbringen, was sagst du?«

»Ich sag mal für heute Danke, aber ich bin um vier aufgestanden und müde, ich geh jetzt pennen.«

Trantino verzog den Mund. »Ein so großer Kerl wie du geht schlafen, statt Tarantella zu tanzen, das finde ich echt seltsam«, bemerkte er.

»Denken Sie, was Sie wollen. Ich bin müde. Ich geh heim.« Er zog sich die blaue Jacke aus, unter der er nur ein Unterhemd anhatte, und ohne auf die lüsternden Blicke zu achten, ging er nach Hause, wo seine Mutter ihn schon mit einer frisch aus dem Ofen gezogenen Parmigiana erwartete.

Trantino war neidisch: die Trexo, der Körper eines Athleten, Mariuzza, mit der Nicola die ganze Zeit während der Rede des Bürgermeisters gequatscht hatte (weshalb er ihn gefragt hatte, was er von dieser Rede hielt, weil er sicher war, dass Nicola nicht ein Wort davon mitbekommen hatte), das sorgenlose

Leben, das ihn erwartete. Neid. Und Wut. Warum der … Wer war der schon?

Trantino steckte sich zwei Finger in den Mund und pfiff wie ein Kuhhirt.

Der Kellner von Rinaldos Bar erkannte ihn und ohne ein Wort zu wechseln, brachte er ihm ein Gläschen Whisky. Mit dem Arm auf dem Brunnenrand schlürfte Trantino ihn langsam, hin und wieder landeten Wasserspritzer in seinem Gesicht, und er dachte an den Bürgermeister, der mit dieser Rede den Ring freigegeben und allen gesagt hatte: ›Ihr könnt euch die Köpfe einschlagen.‹ Was war das bloß für ein Tag?

Er wandte sich zum Tabakladen und verschluckte sich am Whisky, denn die Tür stand offen, und nacheinander traten heraus: der Lehrer Scianna *Hand in Hand* mit Violante, Franca Cortese *Hand in Hand* mit Sarino Motta, Letizia, die Ehefrau von Scuderi, *untergehakt* bei der Kräuterfrau, das Klageweib mit einem wie für eine Hochzeit herausgeputzten Hundchen *auf dem Arm*, Roberto *neben* der Tabbacchera (weder Hand in Hand, noch untergehakt, dafür aber Schulter an Schulter, und das war der Beweis der Tat: denn die Schultern berührst du nur bei dem, mit dem du eine gewisse Intimität genießt, und weil sie nicht Bruder und Schwester waren …).

Trantino hustete, schnappte nach Luft, während auch die anderen sich zum Laden wandten und ebenfalls die Prozession erblickten, die der Bürgermeister hinter den Gardinen der Rathausfenster beobachtete, während er murmelte: »Schaisze, sie hat eine Leibgarde!«

Die anderen traten sofort an die Fenster, und auch sie sahen die Tabbacchera im Kreise dieser roten Seelen. Aber am Alarmierendsten war, dass Scianna sich bei Don Bruno unterhakte, der sich der munteren Gesellschaft anschloss (Schaisze, sogar Don Bruno!). Zu dieser Gesellschaft stießen wenig später (ohne Extraeinladung oder Unterhaken) auch der Hausmeister mit seinem Sohn Corrado und sogar der Maresciallo, der die Tabbacchera gerade fragte (deren Gesicht eine schamlose Fröhlichkeit ausstrahlte): »Gibt es etwas, worüber ich mich auch freuen kann?«

»Ja«, antwortete sie, »kommen Sie mit.«

»Sehr gern.« Er hatte den Hut gezogen und zeigte durch das befreite rote Haar auf unanständige Weise seine höchstpersönliche Zufriedenheit.

Acquaforte erbleichte. »Das ist verückt«, murmelte er schwach, da der Preis für die erste Nummer mit der Tabbacchera plötzlich in weite Ferne rückte, so als hätte jemand das Fernrohr umgedreht, mit dem man die Szenerie beobachtet, und alles, was vorher mit Händen greifbar war, wurde plötzlich in unendliche Weiten katapultiert.

Und Russo: »Aber was ist denn hier los?«

Und der Bürgermeister: »Dafür brauchen wir schwere Artillerie.«

Und Giardino: »Aber was haben die denn gemeinsam?«

»Das Bordell der Irren«, knurrte Seine Exzellenz.

Die Menschenmenge gab derweil dieser merkwürdigen Prozession den Weg frei. Das Klageweib mit dem Hundchen schritt nun voran. Aber wohin führte sie sie? Und warum? Und vor allem: Was hatte die Freude zu bedeuten, die allen in die Gesichter geschrieben war? Sogar die Witwe schien glücklich zu sein, sie, die nicht einmal drei Tage um den verlorenen Ehemann getrauert hatte. Warum zum Teufel waren die alle so fröhlich?

»Sogar die Megäre«, platzte Seine Exzellenz überrascht heraus, der den Rauswurf der Kräuterfrau aus ihrem Laden mit sofortiger Wirkung angeordnet hatte: Was hatte diese Megäre, diese Hexe, zu lachen? Was hatte sie am Arm der Tabbacchera zu flachsen, was flüsterte sie dem Klageweib ins Ohr, was redete sie mit Sarino Motta?

Herrgott! Auch Motta war Teil dieser Verräterbande? Nein, so etwas konnte er nicht akzeptieren! Und zu Giardino, der genau das Gleiche dachte, sagte er: »Motta müssen wir auch abfackeln.«

»Im wahrsten Sinne des Wortes?«

»Eher metaphorisch.« Dann schob er verärgert die wenigen Papiere auf dem Tisch zusammen. »Ich geh jetzt!«, sagte er.

Da kam Scimò Nunzias Abreise in den Sinn und unvorsichtigerweise fragte er: »Wer kümmert sich jetzt um Euch? Wenn Ihr wollt, ich hab da eine Cousine, die …«

»Welche Cousine?«

»Nichts, nichts«, nahm er sofort seinen Vorschlag zurück, denn seine Cousine war alt und tiefgläubig und war nicht in der Lage, die Bedürfnisse Seiner Exzellenz zu befriedigen.

»Du meinst Ginetta«, lachte der dann auch. »Lass mal gut sein. Du jedoch …«, er wandte sich an Russo: »Deine Nichte Lidia, die Tochter deines Bruders Salvo …«

Russo erstarrte: Lidia war so ein liebes Ding, gut erzogen, eine zarte Lilie, dieses Schwein durfte ihr nicht einmal in Gedanken näherkommen. »Sie macht gerade erst die Schule zu Ende«, schnitt er ihm das Wort ab.

Der Bürgermeister verzog das Gesicht.

Da kam ihm der Gauner Acquaforte zu Hilfe, weil er sich den Alten als Freund bewahren wollte, mit der Aussicht auf neue Vorteile: »Ich kenn da eine Kleine, die könnte was für Euch sein.«

»Und wer wäre das, hä?«

»Lola Diaz.«

Die Augen des Bürgermeisters funkelten begierig, denn der Diaz, Gott sei's gelobt, fehlte nichts. Aber sofort sagte er: »Willst du mich verarschen? Lola ist auf den Kontinent gezogen.«

»Sie ist zurück«, sagte Acquaforte selbstsicher. »Sie war bei mir und hat nach Arbeit gefragt.«

»Bei dir hat sie nach Arbeit gefragt?« Der Bürgermeister war verblüfft und ungehalten. »Also taugt das Weib nichts.«

Der Gauner redete sich sofort heraus, denn er wollte auch nicht im Geringsten dem Herrn Bürgermeister widersprechen: »Ehrlich gesagt, ich hab sie bei der Taufe eines meiner Neffen gesehen, und ich hab sie gefragt, wie es um sie steht, ob sie über die Runde käme, nachdem das Fotostudio in Mailand, in dem sie gearbeitet hat, zugemacht hat.«

Der Bürgermeister kniff die Augen zusammen, so wie immer, wenn ihn ein Thema interessierte: »Sie hat für ein Fotostudio gearbeitet? Wollte sie Fotografin werden?«

»Nein, Model. Model für freizügige Kunstfotos«, präzisierte er leise. »So wie schon ihre Mutter.«

»Ah! Und kann man diese Fotos irgendwo sehen?«

»Sind alle beschlagnahmt.«

Das Blut schoss mit Kraft in die Lenden Seiner Exzellenz, aber er erwiderte: »Du nimmst mich doch nicht auf den Arm, Carminuzzu?«

»Ich schwör's. Sie ist hier! Und ihre wenigen Kröten sind bald zu Ende, weil sie ein Mädel ist, das alles für die Schönheit ausgibt.«

»Das scheint mir eine gute Angewohnheit zu sein«, lobte der Bürgermeister. »Vogelscheuchen und Huren gibt's in dieser Gegend eh viel zu viele. Sag ihr, sie soll zu mir kommen, sag ihr, dass ich sie glücklich mache. Und zufrieden. Und dass wir über den Preis reden können«, schloss er.

Und währenddessen dachte er an Nunzia: Hätte sie nicht das Geld und die belastenden Papiere geklaut, wäre ihm ihre Flucht jetzt sehr gelegen gekommen, weil er dann frei und ungebunden für ein schönes, verzogenes Weib wäre: Was hätte er sich anderes wünschen sollen? Aber da waren diese Papiere, Großer Gott, die er um jeden Preis zurückhaben musste. Solange er Nunzia jedoch nicht aufgestöbert hatte, würde er sich auf jeden Fall von Lola Diaz bedienen lassen.

»Können wir gehen?«, fragte Giardino. Er fühlte sich erschöpft, schwach und war sich sicher, dass sein Blutdruck im

Keller war. Seine Exzellenz warf noch einen Blick auf die Piazza, auf der die Gespräche brodelten, und verspürte ein Knurren im Magen. Seit wann hatte er nichts mehr gegessen?

»Die Sitzung ist beendet«, sagte er.

Rasch gingen sie, erschöpft, hungrig, aber vor allem neugierig, wohin die Prozession der roten Seelen wohl zog.

22

Errico kehrte erst spät am Abend aus Syrakus zurück und wunderte sich, dass im Wohnzimmer noch Licht brannte, vor allem aber wunderte er sich, dass seine Frau und seine Tochter noch auf waren: »Was ist passiert?«

»Ich habe mich mit Toni Scianna verlobt«, platzte Violante ohne Umschweife heraus.

Errico kniff die Augen zusammen, so als wollte er sie genauer ansehen, öffnete den Mund, schloss ihn aber wieder, ohne auch nur ein Wort gesagt zu haben, dann beruhigte er sich. »Leg dich wieder hin, Schatz«, sagte er schließlich. »Ich bring dir eine heiße Milch.«

Seit Violante ein Kind war, litt sie nämlich an dieser Störung, bei der sie nachts aufstand und wie in Trance durch die Wohnung wandelte. In der ersten Zeit, als sie im Schlaf von dieser Figur im Nachthemd überrascht wurden, hatten er und Letizia sich zu Tode erschreckt, dann gewöhnten sie sich daran. Aber diese Sache war seit Jahren nicht mehr vorgekommen.

»Sie schläft nicht«, sagte Letizia, die sich auf dem Sofa lümmelte und beschwipst zu sein schien.

Verdattert sah er von der einen zur anderen. Sie hatten etwas Ungewohntes an sich, das ihm gefährlich vorkam, etwas, dass sie völlig von den Frauen unterschied, die er am Morgen zurückgelassen hatte, um das tägliche Brot zu verdienen. Es schien ihm sogar, dass diese beiden Frauen verschwunden waren und an ihrer Stelle sich nun diese Unbekannten eingenistet hatten, die …

»Ich schlafe echt nicht«, bemerkte Violante wie ein Echo ihrer Mutter. »Ich habe mich mit Toni verlobt«, wiederholte sie.

»Toni! Und wer ist dieser Toni?«, brummte er. »Und was soll diese ganze Vertrautheit? Der einzige Toni, den ich kenn, ist in meinem Alter, er ist Lehrer und könnte dein Vater sein!«

»Und genau von dem rede ich!«, bestätigte sie übermütig.

»Geh ins Bett«, drängte er. »Du weißt ja gar nicht, was du da redest, und bestimmt steckst du in irgendeinem schlimmen Traum, der von diesem Suff kommt, der auch deine Mutter ganz betrunken macht. Was habt ihr überhaupt hinter meinem Rücken getrunken, hä? Limoncello? Sherry? Marsala?«

»Champagner«, antwortete Letizia fröhlich. »Aber das liegt nicht am Sekt«, fügte sie hinzu, während sie sich streckte.

Er sah sie völlig entgeistert an. Ihr Kleid war hochgerutscht und entblößte die hellen, festen Schenkel, die in jedem Mann den Appetit anregten. »Setz dich ordentlich hin!«, befahl er.

Als Antwort schlug sie nur die Beine übereinander und lächelte, wie sie ihn noch nie angelächelt hatte.

Errico ermahnte sich, ruhig zu bleiben, aber da es ihm nicht gelang, ging er zum Waschbecken und spülte sich das Gesicht ab, wobei ihm war, als hätte er auf Ortygia zu viel Sonne abbekommen und das Durcheinander mit seinen Frauen nur eine Halluzination aufgrund eines Sonnenstichs sein konnte. Er spritzte sich Wasser über den ganzen Kopf, die Brust und die Arme, und als er sich genügend erfrischt hatte, kehrte er zu seinen Weibern zurück. Doch die waren immer noch wie zuvor, also merkwürdig und fremd.

»Was ist passiert?«, fragte er noch mal. »Wer hat euch diesen Champagner gegeben?«

»Toni«, antwortete Violante und blühte allein beim Namen ihres Mannes vor Glück auf.

»Schon wieder dieser Toni!«, explodierte Errico. »Und wer soll das sein, ein Klassenkamerad etwa? Ein Junge? Er ist Lehrer, am humanistischen Gymnasium! Du schuldest ihm Respekt. Professore sollst du ihn nennen, so wie du es bis jetzt immer gemacht hast: Professore!«

»Er ist meine große Liebe«, antwortete sie nur.

Die Ohrfeige traf sie hart und unvermittelt.

Doch das, was sie erstaunte, war nicht so sehr der Schlag an sich, sondern diese Geste von dem Mann, der sie immer auf diese absolut vollkommene Art geliebt hatte.

Sie legte sich eine Hand auf die brennende Wange, ihre Augen füllten sich mit Tränen. »Er ist bereits mein Ehemann, wenn du es genau wissen willst«, zischte sie durch die Zähne.

Hätte man ihm die Brust mit einer Klinge durchbohrt, Errico hätte weniger Schmerz verspürt. Doch er rührte keinen Muskel.

»Ehemann«, wiederholte sie. »Du weißt, was *Ehemann* bedeutet?« Sie lachte bitter. »Ehemann, ohne den Segen des Pfaffen, ohne standesamtliche Urkunde: Ehemann im Fleische.«

»Sei still.«

»Ehemann. Und deshalb, wenn du keine Tochter haben willst, die im ganzen Dorf als Hure verschrien wird, finde dich damit ab und akzeptiere ihn als Schwiegersohn, deinen Freund; denn bei der nächsten Runde werde ich mit Sicherheit schwanger.«

»Ich mauer dich lebendig in diesem Haus ein«, knurrte Errico, kochend vor Eifersucht. Ja, vor Eifersucht, Kackdreck! Toni Scianna sollte seine Tochter besitzen? Das zarte Fleisch dieses Mädchens, das wie eine Prinzessin aufgewachsen ist, das vom Leben nichts wusste, während Toni, das Schwein, so viele Weiber gehabt hatte, wie er wollte? Niemals!

»Ich will seine Ehefrau sein!«, drängte Violante gnadenlos. »Die Mutter seiner Kinder, und ich will mit ihm mein ganzes Leben verbringen. Und weil ich seinen Tod nicht ertragen würde, werde ich jeden Tag zum Herren beten, damit er mich vor ihm sterben lässt und…«

Weiter kam sie nicht, denn in diesem Moment verlor Errico Scuderi das Zimmer, die Frauen und die ganze Welt aus dem Blick und fiel wie ein Sack Kartoffeln in sich zusammen.

Als er wieder zu sich kam, lag er in seinem Bett, Letizia neben ihm ausgestreckt, aber sie kümmerte sich nicht um ihn, sie sorgte sich nicht um ihn, weil er… Aber was war denn passiert?

»Was ist passiert?«, fragte er.

»Du bist umgefallen«, antwortete sie gelassen.

»Wie das denn?

»Du hast das Bewusstsein verloren.«

Sie wedelte sich mit einem Fächer Luft zu, und ihre Wangen waren rot wie ein Feuer, das in ihr loderte. Er achtete nicht darauf, sondern horchte in sich hinein, ob er sich auch nichts gebrochen hatte.

»Das Bewusstsein?« Er begriff es nicht: weder ihre Gleichgültigkeit noch die Tatsache, dass er ohnmächtig geworden war.

»So ist es.«

»Und wieso?«, fragte er und versuchte, sich an das Vorgefallene zu erinnern.

»Weil deine Tochter sich mit Toni Scianna verheiratet hat«, antwortete sie, mit derselben Lässigkeit wie sie Guten Morgen oder Guten Abend sagte, und fächelte sich weiter Luft zu.

»Verheiratet?« Verdammt, mit einem Schlag erinnerte er sich an alles. »Diese Schlampe«, sagte er.

Letizia drehte sich zu ihm und knallte ihm eine harte, entschlossene Ohrfeige ins Gesicht, die schmerzhafter war als die, die er auf der Wange seiner Tochter hinterlassen hatte. »Wage es nicht noch einmal. Und wenn doch, dann verlasse ich dich, so wahr es Gott gibt!«

Um seine Brust spürte er plötzlich einen Riemen, der immer enger und enger wurde, er begann zu schnaufen, sah die

Welt in bunten Flecken: Da war vor allem Blau, denn blau war der Schrank mit der Spiegeltür, blau war ein Stück der Zimmerdecke, blau war der Sessel am Ende des Bettes, grün jedoch die Lampe, und Rot und Orange tanzten auf der Kommode, gelb waren die kleinen Sonnen, die wie besoffene Glühwürmchen durch die Luft taumelten.

Waren die auch vom Champagner besoffen?

Ah, was hatte Toni Scianna ihm nur angetan! Was für ein Feuer hatte er im Haus entfacht! Und das sollte ein Freund sein? Ein Freund raubt dir nicht die Tochter. Aber warum nur hatte er nichts bemerkt? Warum hatte er sich nie selbst die Tarotkarten gelegt, um zu erfahren, was ihm und seiner Tochter im Leben so bevorstand, jetzt, da ihm seine Jahre (sechsundvierzig war er, genau wie Scianna) durch die Finger rannen wie trockener Sand aus einer geschlossenen Faust? Stöhnend schloss er die Augen.

»Stell dich nicht so an!«, sagte Letizia verdrießlich.

Verdrießlich? Was erlaubte sie sich?

»Was heißt das?«, fragte er mit plötzlich neu gewonnener Wut und Körperkraft.

»Das, was ich gesagt hab!«

»Und was hast du gesagt?«, fragte er mafiös. »Ich erinner' mich nämlich nicht.«

»Dass du dich nicht so anstellen sollst.«

Anstellen?

»Oha!«, sagt er. »Pass bloß auf, wie du mit mir redest, du bist immer noch das Weib!«

»Ja, ich bin ein Weib. Na und?«

Wie *na und*? Sie musste ihm untertan sein, und selbst wenn er sie im Bett wie eine Königin behandelte, war das doch etwas ganz anderes. Im täglichen Leben musste jeder auf seinem Platz bleiben.

»Sei still«, befahl er. »Du brauchst sie gar nicht zu beschützen, denn deine Tochter hat unsere Ehre beschmutzt.«

»Sei still?«, erwiderte sie und legte sich eine Hand hinter das Ohr, als wäre sie schwerhörig. »Du sagst mir, sei still?«

Sie stand auf, ging um das Bett herum und stellte sich neben ihn. Sie sah ihn von oben herab an: »Du sagst mir nicht, dass ich still sein soll.«

»Ach, wirklich?«, spottete er. »Ich sag dir das, was ich will, weil du meins bist.«

»Deins?«, sagte sie bestürzt. »Bin ich etwa ein *Ding?*« Sie hob die Stimme: »Ich bin ein Mensch. Das bin ich, aber nicht dein *Ding!*«

»Was bist du denn schon ohne mich wert?«, fragte er hinterhältig. »Nichts bist du wert, gar nichts, ich sag's dir. Nichts. Du hast kein Haus, kein Geld, gar nichts hast du.«

Letizia lachte los, Jesus, wie sie lachte, mit verschwenderisch blitzenden Augen und zurückgelegtem Kopf.

»Hör auf!«, befahl er gereizt, denn die ganze Angelegenheit nahm eine Wendung, die ihm nicht gefiel, die ihm so gar nicht gefiel!

»Diese Zeiten sind vorbei«, sagte sie und wurde wieder ernst.

»Genug!«

»Genau, Errico Scuderi.«

»Willst du mich für dumm verkaufen, Letizia Scuderi?«, fragte er.

»Letizia Greco!«, korrigierte sie ihn, wobei sie stolz den Kopf hob. »Letizia Scuderi ist nicht da. Die gibt es nicht.«

»Letizia Scuderi ist meine Ehefrau.«

»Nein, mein Herr: Deine Ehefrau ist Letizia Greco, die selbst entscheiden kann, ob sie sich Signora Scuderi nennen lässt oder nicht. Aber mein Name ist Greco. Greco!«

»Das ist aber auch das Einzige, was dir gehört«, höhnte er lachend. »Dein Vor- und dein Nachname, denn was hat dir deine Mutter sonst noch mitgegeben? Nichts!« Er sah, wie sie versteinerte, zur Marmorstatue wurde, an der die guten wie die schlechten Zeiten schadlos abperlten. Es war die alte Geschichte. Unerträglich alt, sagte sich Letizia.

Wie auch immer, im Gegensatz zu den anderen Malen – bei denen sie sich eine immer dickere Steinhaut zugelegt hatte – wurde diese Demütigung von einem Erdbeben zertrümmert: Die Steinhaut bekam Risse, platzte auf, und reißend und platzend legte sie das lebendige Fleisch, den lebendigen Schmerz frei, ein Niemand zu sein, keinen Centesimo, kein Kleidungsstück, kein Stück Brot zu besitzen, das ihr nicht vom Wohlwollen des Hausherren zugestanden worden war.

Sie sah ihn mit tränenverschleiertem Blick an.

Er sah sie mit der Genugtuung des ewigen Siegers an, denn so sollte es sein: Die Ehefrauen müssen sich den Männern unterwerfen.

Da begann Letizia sich wütend und kraftvoll die Kleider vom Leib zu reißen.

Einen Augenblick lang dachte er, dass das Problem gelöst wäre, dass alles wie immer mit einer Nummer im Bett enden würde.

Sie jedoch schien genau *das* nicht im Sinn zu haben: Wild riss sie sich das Kleid und den BH herunter, riss sich die Unterhose weg, kickte die Pantinen in die Ecke, mit denen sie am Mittag ihre Tochter und den Professore blamiert hatte, und völlig nackt, ganz entblößt, legte sie auch noch ihren Ehering ab, den sie aufs Bett warf, und sagte: »Nicht mal den hier hat mir meine Mutter vermacht.« Sie drehte ihm den Rücken und ihren wundervollen Hintern zu, dann marschierte sie in den Flur, öffnete die Wohnungstür …

Die Wohnungstür?

Errico sprang aus dem Bett. »Du Irre, wo willst du hin?«, brüllte er.

Aber bedachte sie ihn mit einer Antwort? Nur seine Stimme dröhnte durch das Haus, nur dieses *Irre*, das als vielstimmiges Echo in seinen Ohren klang und ihn noch mehr verwirrte.

Er rannte auf den Balkon, lehnte sich über die Brüstung und sah sie: Nackt, völlig nackt, stieg sie die Freitreppe hinunter.

Er unterdrückte einen Schrei, um die Nachbarn nicht zu wecken, schnappte sich ein Laken und rannte Hals über Kopf ebenfalls die Freitreppe hinunter, doch als er unten an der Straße ankam, war von Letizia nichts mehr zu sehen. Da rannte er zum Haus seiner Schwägerin, weil diese Letizia, wenn ihr mal wieder etwas schräg reinlief, sich immer bei ihrer Schwester ausheulte. Allerdings kannte er seine Frau nicht besonders gut, die nämlich in die andere Richtung abgebogen war und nackt, wie ihre Mutter sie geboren hatte, den Corso entlanglief.

Nackt marschierte Letizia Greco und scherte sich plötzlich so gar nicht mehr darum, was die Leute sagen, denken, über sie lästern könnten.

»Öffnet euch, ihr Höllentore, und verschlingt mich«, hätte ihre Mutter gerufen, wenn sie sie so gesehen hätte, aber ihre Mutter war vor Jahren gestorben und sammelte jetzt in wer weiß welchem Paradies Zichorien, denn davon hatte ihre Familie damals gelebt: Zichorien und Kartoffeln, ein paar Eier und das Wenige, was sie von dem Geld kaufen konnte, das sie als Haushälterin bei einer geizigen Alten verdiente, nachdem ihr Mann sie für eine Trapezkünstlerin aus einem Wanderzirkus verlassen hatte.

Nackt.

Von allem entledigt.

Nur ihren Namen trug sie noch.

Zum Glück war die Straße leer, und niemand stand am Fenster oder auf dem Balkon, obwohl es August war und man vor Hitze fast umkam. Aber es war drei Uhr nachts, und um drei Uhr nachts schliefen die Leute endlich, selbst die Erhitztesten.

In Wahrheit wurde Letizia schon ein wenig mulmig, wenn sie sich in den dunklen Schaufenstern spiegelte oder im Schein der Laternen ihren Schatten sah, der die genauen Konturen ihres Körpers auf die Straße malte. Nackt war sie, Leute! Und barfuß. Barfuß und frei. Frei und leicht. Leicht, als wären unter ihren Füßen Luftkissen, mit denen sie über die Erde schwebte und die ihre Schritte mühelos und ihre Sprünge harmonisch machten.

Nackt lief Letizia Greco zum Haus der Tabbacchera. Denn im Grunde hatte diese ganze Veränderung dort ihren Ursprung, in diesem Menü aus merkwürdigen Speisen, die sie im Innersten verändert hatte, in der Seele, als hätte dieses Mahl die Zutaten für Mut und Selbstrespekt enthalten und Sich-nicht-demütigen-Lassen: Denn niemand darf dich demütigen, nur weil er wenig Geld nach Hause bringt und selbst das nicht mal regelmäßig, weil er mit den Tarotkarten die Touristen nur im Sommer abzieht. Dann setzen sich die Französinnen, die Engländerinnen an das Tischchen von Scuderi und lassen sich von seinem Hexengequassel, von seinen dunklen Latino-Augen, seinem feurigen Blut verzaubern; im Sommer füllen die Tarotkarten deinen Bauch, aber nicht im Winter, wenn keine Touristen da sind, wenn es regnet und windet und die Ersparnisse unter der Fliese immer weniger werden und du halsbrecherische Sprünge machen musst, um ein ordentliches Mittag- und Abendessen zu servieren.

Letizia Greco marschierte also nur mit ihrem Namen bekleidet im Stechschritt dahin, getaucht in das Mondlicht, das ihren starken Körper betonte, »buttrig und lecker«, nannte ihn dieser Schuft, der es gewagt hatte, ihre Tochter zu schlagen. *Ihre* Tochter, denn die Kinder gehören den Müttern, die sie unter Schmerzen und im Blut gebären und die viel zu oft das eigene Leben dafür hingeben, nur um ein neues Kind auf die Welt zu bringen; und sie, die Männer, was geben sie? Den Saft? Und dann? Nix weiter! Das Fleisch, das Blut, das Gekotze und der Schwindel, die drohende Fehlgeburt und die verfrühte Niederkunft, darunter leiden die Mütter; das Leben einer schwangeren Frau gleicht einem zerbrechlichen Porzellanladen, während die Männer nur die schönen Seiten einer Schwangerschaft sehen. Was erleiden sie? Was machen sie durch? Die Kinder gehören den Müttern, und er hat sich erlaubt, ihre Tochter zu ohrfeigen. Aber Violante ist stolzer als eine Königin, und sicher hat auch sie das Haus verlassen und ist vielleicht, wer weiß, zum Professore gegangen, und am liebsten würde auch sie zum Professore gehen, so, nackt, und würde ihm sagen: »Professore, Sie betreiben doch all diese Philosophie und diese Wichtigtuerei, aber Sie haben nicht eine Sekunde gezögert, meiner Tochter zwischen die Schenkel zu kriechen, und jetzt? Was machen wir jetzt, wo ihr Vater wütend ist? Jetzt, wo er nix von einer Hochzeit mit Ihnen wissen will, weil Sie der Vater von dem Mädel sein könnten, wie regeln wir die Sache jetzt, *Signor Professore*?«

Zu ihm würde sie gehen, jawohl. Und sie biegt nach rechts, dann nach links, aber im letzten Moment überlegt sie es sich anders: Nackt? Wie peinlich! Violantes Ehre würde sie beschmutzen. »Was hast du nur für eine Mutter?«, würde der Professore ihre Tochter fragen. »Was ist das für eine Mutter, die nackt durch die Straßen läuft, völlig hemmungslos und ohne Schamgefühl? Und wie die Mutter, so die Tochter ...«

Nein, meine Herrschaften, sie kann nicht zu ihm. Und so biegt sie um die Ecke und steigt die Freitreppe zur Tabbacchera hoch, denn dieses Dorf ist nun mal ein Auf und Ab, und sie klopft an die Tür der Tabbacchera, die offensichtlich noch wach sein muss, denn sie fragt sofort: »Wer ist da?«

»Letizia.«

Ein Hund bellte, ein weißer Wolkenstreifen bedeckte den Mond. Im Klostergarten traf sich Lorenzo mit Corrado, der schon auf ihn wartete.

»Letizia«, rief die Tabbacchera und riss die Augen auf. »Was ist?«

»Mein Mann ist beleidigt wegen der Geschichte mit Violante.«

»Und deshalb gehst du so vor die Tür?« Sie nahm Letizia am Arm und zog sie herein.

»Das ist, weil ich nichts mehr von ihm haben will«, sagte sie. »Nichts, nicht das kleinste bisschen. Außerdem fang' ich ja in ein paar Tagen im Restaurant an, dann kann ich für mich selbst sorgen. Sie haben doch gehört, was Signora Lucietta gesagt hat! Dass sie das Restaurant eröffnet, und wir alle dort arbeiten und gratis essen können.«

Ganz plötzlich fing sie an zu zittern, so als würde Kälte sie durchziehen, ihr einen Schauer über Arme und Rücken jagen. Und die Nacktheit ihres Körpers verwandelte sich in die Nacktheit des Herzens, der gehäuteten Seele, die selbst bei der leichtesten Berührung einer Fliege schmerzte, und so bat Letizia: »Bitte, darf ich bei Ihnen bleiben? Nur bis ich endlich arbeite und mir eine eigene Wohnung oder auch nur ein Zimmer leisten kann, damit ich meinen Mann um nichts mehr bitten muss, nie wieder.« Sie brach in Tränen aus.

Agata führte sie in die Küche, wo die Kräuterfrau braune Blätter aufs Feinste hackte. Als sie Letizia sah, sagte sie ohne mit der Wimper zu zucken: »Gut gemacht.«

»Nackt auf die Straße zu gehen?«, fragte Letizia verwirrt.

»Dich zu emanzipieren.«

»Ich will von niemandem mehr abhängig sein«, bekräftigte sie, während Agata ihr einen Morgenmantel reichte.

»Sehr gut«, sagte Lisa, wobei sie mit Hilfe eines Mörsers die Blätter zu Pulver verarbeitete.

Sie senkte den Blick, um Letizia nicht zu beschämen. Sie kannte Errico Scuderi, hatte ihn an so manchem Tag angeheitert über seine Schwiegermutter lästern gehört, die der Tochter nicht einmal ein paar Unterhosen als Mitgift vermacht hatte, und er sich deshalb mit einer völlig mittellosen Frau hatte zufrieden geben müssen, die aber mit einem Chassis ausgestattet war … Denn nur deswegen hatte er sie geheiratet, wegen des Chassis, das im Bett … Bei diesem Gerede hätte Lisa ihm am liebsten jenes Kraut, beigemengt in Fleischklößchen, serviert, das bei den Männern genau das Körperteil stilllegt, in dem sich ihr Stolz und ihre Würde vereinen, das Kraut, das die Rute erschlaffen lässt, der er sich so sehr rühmte, damit sie für jegliche Zwiesprache unbrauchbar würde. Dass sie es nicht getan und nicht jedes Mal heimlich die Rechnungen der in Schwierigkeiten steckenden Frauen beglichen hatte, lag einzig und allein daran, dass sie sich geschworen hatte, ihr Kräuterwissen nur für gute Zwecke einzusetzen.

»Ich mache dir einen Kamillentee«, sagte Agata zur immer noch zitternden Letizia.

Sie hatte noch nicht zu Ende gesprochen, als Faustschläge und Fußtritte an der Haustür durch die Wohnung donnerten, während Scuderi brüllte: »Macht auf, macht sofort auf.«

Und schon öffnete sich irgendwo ein Fenster, schon schaute jemand nach draußen, schon dachte jemand daran, die Carabinieri zu holen, und schon ließ Agata ihn, Errico, herein, schloss hinter ihm die Tür, womit sie den Lästermäulern einen weiteren Grund lieferte, schlecht über sie zu reden: die ja nachts in ihrem Haus die ehrbaren Ehemänner empfing, während die ehrbaren Ehefrauen ruhig in ihrem Ehebett schliefen, und aus ihrem Haus ein regelrechtes Bordell machte. Und schon befleißigte man sich, Letizia Bescheid zu sagen, dass Errico zur Tabbacchera gegangen wäre: Sie sollte schnell aufstehen und sich ihren Mann zurückholen, wenn sie ihn nicht verlieren wollte. Aber ihre Wohnung war leer: die Tür offen und die Wohnung leer?

»Und wo sind die Frauen?«, fragte man sich.

»Er ist bei der Tabbacchera, das wissen wir. Aber die Mädels?«

»Er wird sie doch nicht umgebracht haben?«

Eine Cousine von Errico stieß die Tür weit auf und betrat

die Wohnung, lief durch die Zimmer, fand die Betten unberührt. »Sie haben sich noch nicht mal hingelegt!«, berichtete sie rasch denen, die draußen warteten.

Und die begannen zu tratschen, während Errico zu seiner Frau sagte: »Das ist also der Dank dafür, dass ich dich genommen hab, so wie du warst, ohne alles? Dass ich dir die Würde eines verheirateten Weibes gegeben hab?«

»Der Dank für was?«, fragte Letizia. »Dafür, dass du fremdgegangen bist? Für das Gift, dass du mir tröpfchenweise verabreicht hast?«

»Verarsch mich nich'«, erwiderte er, spürte jedoch wie seine Beine plötzlich weich wurden, weil das, was er seiner Frau immer verheimlicht hatte, von dem seine Frau nie etwas hätte wissen sollen, nun mit einem Namen aus ihrem Mund ans Licht kam: »Ersilia heißt sie doch, oder irre ich mich? Und dann die Touristinnen, nicht wahr? Und Giovannella Rosà, die Schauspielerin …« Und da ihm die Luft wegblieb, fügte sie hinzu: »Es ist besser, wenn du gehst.«

»Wo ist Violante?«, fragte er schließlich.

»Ich weiß es nicht.«

»Du weißt es nicht? Du weißt nicht, wo deine Tochter um drei Uhr nachts ist? Verdammt, du bist die perfekte Mutter!« Er deutete einen Applaus an.

»Geh jetzt, Errico«, zischte sie, »denn wenn ich rede, überlebst du das nicht.«

»Drohst du mir etwa?«

»Ich sagte nur, du sollst gehen. Ich bin müde, ich will mich ausruhen.«

»Wo ist Violante?«

»Ich weiß es nicht!«, schrie sie.

Da erhob sich die Kräuterfrau – »die Megäre« wie fast alle sie nannten – und starrte Scuderi mit ihren schwarzen Augen an, die jetzt goldgesprenkelt waren wie eben die einer Hexe, Augen, die ihm tief in die Seele blickten, ihn musterten und all den Schweinkram erkannten, der an ihm klebte. Unfähig, diesen Blick noch weiter zu ertragen, drehte Errico sich um und ging.

Lisa reichte Letizia eine Tasse, in der sie ein wenig von ihren Kräutern aufgebrüht hatte. »Trink das«, sagte sie liebevoll.

Letizia trank.

Und weinte

und weinte

über die alten Schmerzen und die neuen, die Demütigungen und die Armut, die Bosheiten der reichen Kinder, die in der Pause große Kuchenstücke futterten, während ihr Magen vor Hunger knurrte, weil sie nicht einmal einen Brotkanten hatte, sie weinte über die täglich wechselnden Kleider der reichen Kinder und die oftmals dreckigen Lumpen, die sie am Leib trug, über die Nadel, die ihre Mutter ihr in die Hand drückte, damit sie, das kleine Mädchen, ein bisschen Geld verdiente, das die Familie zum Überleben brauchte, über das Kino, in dem sie nie gewesen war, die Bücher, die sie nie gelesen hatte, die schönen Schuhe, die sie einmal als junges Mädchen so brennend gern gehabt hätte, stundenlang stand sie vor dem Schaufenster, in dem sie ausgestellt waren, bis sie sie Tage später an den Füßen der Arzttochter entdeckte. Und sie weinte über die schlaflosen Nächte und über die Tage der Mandel- und Olivenernte und das harte Leben, das ihre Tochter Violante nie verstehen würde, nie, sie, die sich jetzt in Bücher flüchtete und sie mit Verachtung strafte, so kam es ihr jedenfalls vor, weil Bücher ihr – die sich ihr Leben verdienen musste – immer wie eine Zeitverschwendung vorgekommen waren.

Dort am Küchentisch weinte Letizia, neben diesen Frauen, die nicht redeten und sie nicht ansahen, die so taten, als würden sie sich mit etwas anderem beschäftigen: Die Kräuterfrau zerkleinerte Blätter, die Tabbacchera legte die Socken ihres Ehemanns zusammen und die Taschentücher, mit denen er sich die Nase geputzt hatte, und die T-Shirts und Unterhemden und die Hosen: Ein Stapel Wäsche erhob sich neben der Tabbacchera, und sie nahm ein Stück, legte es sich auf den Schoß, strich darüber, glättete es und legte es auf den Tisch, und Letizia weinte, und die Zeit verrann, und Toni Scianna dachte in seinem Bett an Gott.

An Gott dachte er. An das Perfekte Wesen, das sich – nach der Show im Beichtstuhl und dem Halt vor dem Tabernakel – in sein Herz geschlichen hatte und dort blieb.

Er kratzte sich im Nacken, wickelte sich ins Laken, streckte die Hand zur Kommode aus, tastete nach der Brille, die er sich im Dunkel aufsetzte, so als benötigte er die Schärfe der Linsen, um das virtuelle Schriftstück lesen zu können, durch das Gott zu ihm sprach.

Und die Brille half ihm, tatsächlich, auch wenn es dunkel war und er gar kein Schriftstück in Händen hielt: Sie machte ihm klar, dass die Liebe zu Violante seine Liebe zu Gott offenbart hatte, der – frei von jeglichem katholischen Gerüsche, frei von jeglicher dogmatischen Vermessenheit, frei von jeglicher frömmlerischen Devotion – mit ihm in der geheiligten Sprache des Dialekts zu kommunizieren begonnen hatte.

23

Hätte man ihm gesagt, dass er nach dem großartigen Vergnügen mit Violante ein paar Probleme in Bezug auf Gott bekommen würde, so hätte Toni Scianna lauthals gelacht. Mit Gott? Probleme? Wo gibt's denn so was! Denn Gott, gehen wir mal davon aus, dass er existiert, würde der etwa an den Türen der Leute horchen? Steckte der etwa in den Hosen der Männer und der Unterwäsche der Frauen? Und in wie viele Millionen urteilende Partikel müsste sich Gott dann aufspalten? Und alles nur, um was auszuspionieren? Die Liebe?

Ausgestreckt mit dem Blick zur Decke dachte er dies. Gott? Eigentlich müsste er doch nur an Violante denken, wenn überhaupt! Aber er erinnerte nichts von ihr. Es war alles so schnell gegangen, wie im Drogenrausch. Was war ihm von diesem Koitus geblieben? Sein Hunger. Der große Hunger, den nur sie würde stillen können, sonst nichts. Aber wie?

»Gott«, murmelte er. »Was kann ich tun?«

›Daine Pflischt‹, antwortete Gott.

Er musste lachen. Das also musste er tun, seine Pflicht. Sie heiraten. Aber konnte er dieses Kind wirklich heiraten, das seine Tochter sein könnte? Und dennoch … wie erschreckend er sie plötzlich liebte.

Er trat zum Fenster, sah zum Balkon der Tabbacchera. Sie war die Frau, die er immer zu lieben geglaubt hatte, er hatte sie im Stillen geliebt, sodass niemand etwas davon merkte, nie hatte er sich verraten (so glaubte er): weder durch Blicke noch durch Berührungen, noch hatte er sich auf ihre Seite geschlagen, wenn bei den Treffen in ihrem Wohnzimmer Diskussionen über bestimmte politische Entscheidungen oder bestimmte Filme entbrannten, über unzutreffende Zeitungsartikel, die so hemmungslos erstunken und erlogen waren, dass sie Costanzos Wut anfachten, auf die Gino noch eins draufsetzte und die sie, Agata, in gewisser Weise verteidigte, aber nicht weil sie für ihn Partei nahm, nein, sondern nur, weil sie von allen immer noch die Hellsichtigste und die Objektivste war. Er liebte ihre ruhige Stimme, ihre vernünftigen Worte, ihre typischen Freudenfunken, wenn die Diskussionen abzudriften drohten und sie die Feuer der Auseinandersetzung mit einem Witz löschte, der die anderen eiskalt erwischte, und den Frieden wieder herstellte. In sie hatte er sich verliebt, ja. Und zwar richtig. Und genau deshalb blieb er das auch.

»Kann man denn zwei Frauen gleichzeitig lieb haben?«, fragte er Gott.

›Die Liiebe kennt keine Gränzen‹, antwortete der.

Toni ließ den Kopf hängen. So war es, die Liebe kannte keine Grenzen, sie ist unendlich, und er liebte Agata und trotzdem entdeckte er jetzt, dass er in Violante verliebt war. Und er wusste, dass Errico ihm den Krieg erklären würde, das wusste er, weil er selbst, wäre er an Erricos Stelle, dem Alten den Krieg erklärt hätte, der das eigene Geschöpf (das noch nicht einmal zwanzig war) mit einem lüsternen Blick betrachten würde. Falls er je erfahren hätte, was passiert war …

Er schloss die Augen. Das Blut schoss ihm in die Wangen. Nie, noch nie hatte er sich nach dem Sex mit einer Frau, deren Geruch noch an ihm klebte, so gefühlt: zerrissen, verwirrt, unruhig, unfähig mit der Lage umzugehen, unfähig, irgendwelche konkreten Gedanken zu fassen. Und …

Heftiges Geklingel schreckte ihn auf. Er sah auf den Wecker, es war zwanzig vor vier. Aber wer sollte das schon sein? Er würde nicht öffnen.

Die Klingel läutete wütend weiter: Der Finger blieb auf dem Knopf der Gegensprechanlage. Er überlegte, den Strom abzustellen. Er wollte nicht öffnen. Zu dieser nächtlichen Uhrzeit konnten das nur übelwollende Gesellen sein. »Toni!«, hörte er da Violantes Stimme rufen.

Er rannte ins Erdgeschoss hinunter, riss die Tür auf. »Violante …«

Sie hatte geschwollene Augen und eine Strieme auf der Wange. »Dein Vater?«, fragte er, obwohl er bereits wusste, dass es so war.

»Kann ich reinkommen?«

Sie trat ein. Und sie blieben im Hausflur, in dem sie sich am Tag zuvor geliebt hatten. Es war ihnen peinlich, sie fühlten sich nackt, obwohl sie bekleidet waren, Violante dachte, dass es ein Fehler gewesen war, herzukommen, dass er sie gar nicht wollte: Er war so kühl, so ernst; Scianna dachte, dass sie gekommen war, um ihm zu sagen, dass alles ein Fehler gewesen war: Sie war so kühl, so verlegen.

Costanzo, der ein Stück hinter ihnen auf der Treppe saß, wurde ungeduldig. Warum bloß verstanden sie sich nicht? Und während Violante die Augen schloss und Kraft sammelte, um zu gehen, strich er ihr mit seinem Luftfinger über den Hals, und das Mädchen lächelte, noch mit geschlossenen Augen, und Toni, der sie ansah, spürte, wie sein Herz zwei Sprünge machte und streichelte sie.

›Sehr gut‹, sagte Costanzo, und Toni schob ihr die Haarsträhne aus dem Gesicht, die die Strieme verdeckte, nahm sie auf den Arm und trug sie die Treppe hoch bis ins Schlafzimmer.

Ein Küken war das Mädelchen. Und doch so gut gebaut, weil sie von der Mutter das »Chassis« geerbt hatte – wie Errico sagen würde –, und er legte sie aufs Bett und streckte sich neben ihr aus, und begann von Odysseus und den Sirenen zu erzählen, wer weiß warum, während Violante mit geschlossenen Augen der imaginären Reise von Niemandem folgte, der nach langen Irrungen nach Hause zurückkehrt und seine Frau unversehrt vorfindet, belagert von Schweinen, die nicht nur ihren

Körper, sondern auch ihr Reich rauben wollten, und sie webte am Tag und in der Nacht trennte sie alles wieder auf, und mit geschlossenen Augen sah Violante die schöne Frau am Webstuhl, wie sie ihren Stoff webte und wie die Schweine sie kontrollierten und beobachteten, um sie sich zu krallen, und Toni sprach jetzt von gewissen Femminoten, die dort am Ufer des Zweimeeres wohnen, und von einer mit Namen Ciccina Circé im Besonderen, die Schwarzhandel mit Salz betreibt und nachts 'Ndrja Cambrìa, Matrose der Königlichen Marine, die Überfahrt nach Sizilien gewährt.

Und Violante schläft jetzt und träumt vom Meer, von Luftkreaturen, und Gott gibt Toni einen Klaps auf die Wange, und Toni versteht, dass er dieses träumende und lächelnde Mädchen sofort zu sich nehmen muss, also ruft er Don Bruno an, der mit verschlafener Stimme antwortet: »Wird eine letzte Ölung gebraucht?«

»Nein, eine Eheschließung«, flüstert er. »Hier ist Toni Scianna, Don Bruno, die Dinge von gestern haben eine unerwartete Komplikation erfahren, und jetzt muss ich eine Beleidigung wieder gut machen, denn sonst redet Gott nicht mehr mit mir.«

Und Don Bruno lachte, Toni hörte genau, dass der Pfaffe lachte. »Ausgerechnet Sie rufen mich zu dieser Uhrzeit an, um über Gott zu reden?«

»Entschuldigung, aber mit wem sollte ich denn sonst darüber reden?«

»Viellicht ist es besser, wenn ich vorbeikomme.«

»Ich erwarte Sie.«

Violante schlief, und schlief, wie sie noch nie in ihrem Leben geschlafen hatte, denn sie hatte immer einen leichten Schlaf, und wenn sie nachts aufstand, erinnerte sie sich hinterher an gar nichts, außer an das anstrengende Gehen, als würde sie durch sandigen Schlamm voller Hindernisse und Mühen laufen, an die entsetzliche Schwere, so als stapfte sie durch einen Sumpf oder eher noch durch Leim, und es ist schon anstrengend, einen Fuß zu heben und ihn vor den anderen zu setzen und den Weg einzuschlagen, den sie nicht sieht, sondern nur erahnt. Sie schlief diesen tiefen Schlaf, den Kinder manchmal schlafen und die auch dann nicht erwachen, selbst wenn ein Haus einstürzte.

Toni ging in die Küche, setzte einen Kaffee auf, holte Eiscreme aus dem Gefrierschrank: Bedachte man den stattlichen Körperbau Don Brunos, so musste der Priester ein Leckermaul sein, er wusch etwas Obst, schnitt Brot auf und toastete es, danach holte er Milch und tat etwas davon in einen Topf, anschließend suchte er Zucker und dunkle Schokolade, und als Don Bruno in die Küche trat, sagte dieser: »Erwarten Sie eine Armee, Professore?«

Erst da bemerkte Toni, dass er es übertrieben hatte, und lächelte. »Ich habe für Sie den Empfang vorbereitet, den man auch einem Prinzen bereiten würde.«

Don Bruno musterte ihn: Spottete der Kommunist etwa? Aber er sah nur einen Jungen mit dem Gesicht eines Erwachsenen, der ihn überraschend schüchtern ansah, denn der Professore war doch bekanntermaßen ein harter Kerl und nahm kein Blatt vor den Mund, er schwang einen Stift wie ein glühendes Schwert und spießte alle auf, die ihm auf den Sack gingen. Also sagte Don Bruno: »Ich danke Ihnen.« Dann knöpfte er sich die Soutane auf. »Sie erlauben doch, oder?« Er zog seine Rüstung aus, ohne die ihn noch nie jemand gesehen hatte, und darunter kamen Jeans und T-Shirt zum Vorschein, die ihn mindestens fünfzehn Jahre jünger machten. Teufel, sagte sich der Professore, also machen Kleider Mönche?

Don Bruno lachte. »Gewisse Freiheiten erlaube ich mir nur zu Hause.«

»Und warum jetzt bei mir, wo ich doch praktisch ein Unbekannter bin?«

»Weil Sie mir gefallen, Scianna.«

Die Espressokanne in der Hand des Lehrers zitterte leicht und ein paar Kaffeetropfen fielen zu Boden.

Don Bruno lachte. »Ist es Ihnen etwa peinlich?«

»Ein bisschen.«

»Und warum?«

Er sah ihn an. »Don Bruno, ich habe immer gedacht, dass Sie aus einem ganz anderen Holz sind.«

»Und ich habe genau das Gleiche von Ihnen gedacht.«

»Dann sind wir ja quitt.«

»Ganz genau. Reichen Sie mir jetzt diesen gebenedeiten Kaffee herüber?«

»Aber natürlich! Entschuldigen Sie.«

Toni stellte die Espressokanne auf den Tisch.

Und als wäre der Priester solche nächtlichen Gelage gewöhnt, nahm er das getoastete Brot, schmierte Butter und Marmelade darauf, dann goss er sich aus dem Topf eine ordentliche Tasse Milch ein, gab selbstverständlich etwas Kaffee dazu und tunkte darin die Brotscheibe ein. »Gut«, sagte er, wobei er die Augen schloss, um das Ganze noch mehr zu genießen.

Toni machte es ihm nach.

Und in dieser Nacht, in der viel zu viele Leute wach waren und ungewöhnlichen Geschäften nachgingen, aßen sie und sagten sich im Stillen das, was man sich sonst mit Worten sagt.

Sie verstanden sich, natürlich verstanden sie sich: Don Bruno verstand, dass es bei der Angelegenheit um Violante ging, und Toni verstand, dass er verstand, und dass sie ganz sicher eine Lösung für das Problem finden würden, und sie aßen und tranken, und sie sättigten sich mit Obst und Eis, während Violante selig von Delfinen und Sirenen träumte und von einer Feminotin mit Glöckchen an den Zöpfen, die im Dunkel auf dem Zweimeer durch Ruderstrudel und Mondlicht steuerte und mit ihrem Klingekling die fröhlich um ihr Boot schwimmenden Delfine bezirzte.

24

Sie redeten nicht über Delfine oder Sirenen, auch nicht von Odysseus' Reise: Lorenzo und Corrado, die in diesem Moment unter dem Feigenbaum im Klostergarten saßen, versprachen sich stattdessen ewige Freundschaft.

So ist das bei Kindern: Plötzlich siehst du einen an, der dich bis vor Kurzem nur deshalb reizte, weil dir der Umgang mit ihm verboten war, und dann kommt es dir plötzlich so vor, als hättest du dein gesamtes Leben mit ihm verbracht.

Und daher erzählst du ihm das, was du noch nie irgendjemandem, nicht einmal dir selbst, erzählt hast, wie von dem Mal, als du dir in dem Haus eines Klassenkameraden in die Hose gemacht hast, weil du zu schüchtern warst zu fragen: »Wo ist das Bad, bitte, ich muss mal«, und du erzählst von der Scham und der Flucht in der nassen Hose und dem Pipi in Schuhen und Strümpfen, und dass du glaubst, du musst sterben und nie mehr das Haus verlassen kannst, nie mehr, und als dein Vater dich dazu zwingt, erwartest du den Pranger und dass die ganze Welt mit einem Stein in der Hand nur auf dich lauert, aber stattdessen weiß niemand von dem Vorfall, denn der Klassenkamerad hat ein gutes Herz oder vielleicht auch nur ein zu schlechtes Gedächtnis, um die Kunde von dieser Schande zu verbreiten, und daher beachtet dich niemand, kein Stein liegt zum Wurf bereit, niemand ruft: »Lorenzo Fazio ist ein Hosenpisser.«

Und Lorenzo lachte, während er die Geschichte erzählt, die er noch nie jemandem erzählt hat und die den Pakt ihrer immerwährenden Allianz besiegelt.

»Immerwährend«, hat Corrado klargestellt, denn wegen seines kommunistischen Vaters hat er fast keine Freunde und »immerwährend« bedeutet, dass sie nie, nicht mal, wenn sie Ehefrauen haben, aufhören werden, Freunde zu sein, sie werden sich nie von hinten erschießen und nie wird einer versuchen, den anderen zu betrügen.

Und Lorenzo spürte, wie sein Herz sich vor Freude weitete, er lachte und betrachtete die funkelnden Sterne zwischen den Zweigen des Feigenbaums – wie viele das wohl sind? –, und so träumte er und scherte sich nicht mehr um die schrecklichen Vorfälle, von denen Seine Eminenz gesprochen hat, so sagte er es Corrado. Der lachte: »›Seine Eminenz‹, so nennt ihn mein Vater.«

»Und wieso?«

»Weil er ein schwarzer Papst ist«, sagte er wieder ernst.

Sie lagen auf einer Pappe, die Corrado mitgebracht hatte, damit die heruntergefallenen Feigen keine Flecken auf ihren Klamotten hinterließen.

»Ein böser Mann«, fuhr er fort. »Einer der den Leuten befiehlt, einer, der scheinbar gut ist, und stattdessen alles, was er macht, nur macht, weil es für ihn von Vorteil ist.«

»Wirklich?«, fragte Lorenzo verblüfft. »Mein Vater redet von Seiner Exzellenz wie von einem Helden.«

Corrado presste die Lippen zusammen: Sollte er dem neuen Freund sagen, dass sein Vater sich an Seine Eminenz verkauft hat? Dass bestimmte Gefallen, die der Bürgermeister ihm gewährt hat, ihn jetzt fesseln wie eine Kette den Hund?

»Was denkst du?«

Corrado schüttelte unmerklich den Kopf. »Nichts.«

»Wenn wir Freunde sein wollen«, murmelte Lorenzo, »dann keine Lügen.«

»Lügen tun aber manchmal gut.«

»Nein. Die Wahrheit tut gut.«

»Da bin ich mir nicht so sicher.«

»Das werden wir ja sehen«, sagte Lorenzo. »Daher sag mir jetzt die Wahrheit.«

»Dein Vater hat … mit dem Bürgermeister … eine Absprache … damit er ihm Arbeit verschafft. Aber nur ihm verschafft er Arbeit. Die anderen … arbeiten nicht mit dem Rathaus zusammen. Hast du dich nie gefragt, warum?«

»Nein«, sagte Lorenzo und verspürte ein unangenehmes Gefühl, etwas, das er gar nicht beschreiben konnte. Vielleicht hatte Corrado recht, vielleicht war es besser, nicht die Wahrheit zu wissen. »Erzähl weiter«, sagte er stattdessen.

»Weil dein Vater dem Bürgermeister einen gewissen Prozentsatz zahlt.«

»Was heißt das?«

»Dass dein Vater einen Teil des verdienten Geldes aus den Ausschreibungen vom Rathaus ihm und den anderen des Klüngels gibt.«

Lorenzo spürte, wie sich in ihm so eine Art Wasser zwischen Brust und Hals sammelte, anfangs war es flüssig, aber nun wurde es schleimig und dann immer fester. Also war sein Vater gar nicht der, der er zu sein schien. Also war sein Vater ein Lügner, einer mit schmutzigen Händen, und es stimmte gar nicht, dass die Kommunisten schmutzig und von Gott verfolgt waren, weil sie nicht an Gott glaubten und sagten, dass die Religion Opium fürs Volk ist, also …

»Lorenzo.«

»Ja?«

»Was hast du?«

Er wischte sich mit der Hand über den Mund und räusperte sich. »Ich weiß nichts von dem, was du da erzählst. Woher weißt du all diese Dinge?«

»Weil mein Vater mir die Politik erklärt. Weil er nicht will, dass ich Tomaten auf den Augen habe, und dass ich, wenn ich groß bin, dafür kämpfe, dass sich die Dinge in diesem Dorf ändern.«

Himmel, Corrado sprach in richtig vollständigen Sätzen, dabei hatte sein Vater ihm zu verstehen gegeben, dass die Kommunisten und ihre Kinder ungehobelte Dummköpfe, Volksredner ohne Bildung, ohne Benehmen und ohne Gottesfurcht wären.

»Glaubst du an Gott?«, fragte Lorenzo ihn da.

»Ja«, sagte Corrado.

»Dann bist du also kein Kommunist«, erwiderte er und setzte sich auf.

Der Freund lachte. »Ich weiß nicht, was ich bin. Ich weiß nur, dass ich für Gerechtigkeit bin. Und ich weiß, dass ich ins Paradies will, wenn ich sterbe.«

»Aber du glaubst doch nicht ans Paradies«, murmelte Lorenzo verwirrt.

»Wer hat dir das gesagt? Hast du vorher schon mal mit mir geredet?«

»Nein.«

»Na also.«

»Die Kommunisten glauben nicht an Gott.«

»Kann sein«, sagte Corrado. »Ich aber schon.«

»Und wie stellst du dir das Paradies vor?«

»Wie einen Ort, an dem alle glücklich sind.«

»Und dann?«

»Das war's.«

»Gefällt dir die Tabbacchera?«, fragte Lorenzo.

»Ja, sie ist schön.«

»Man sagt schlimme Dinge über sie.«

»Ich weiß. Seine Eminenz hat beschlossen, dass er sie zerstören muss.«

Lorenzo sprang auf, denn er bewunderte die Tabbacchera unendlich, seit dem Tag, an dem er kein Geld für ein Eis hatte (und sie das begriff), und sie ihm sagte: ›Junge, ich bräuchte mal deine Hilfe. Kannst du diese Postkarte zum Briefkasten bringen?‹ Er hatte nur genickt, weil er sich viel zu sehr schämte, um zu antworten. Also schrieb sie schnell ein paar Grüße und Küsse auf die Postkarte und gab sie ihm, damit er sie einwarf. Und als er zurückkam, sagte sie: ›Ich danke dir für diesen großen Gefallen, den du mir erwiesen hast. Wie kann ich mich dafür revanchieren?‹ Und noch bevor er den Mund aufmachen konnte, um wohlerzogen die Entlohnung abzulehnen, da hatte sie bereits die Kühltruhe aufgemacht und ein riesiges Kirscheis herausgeholt, sein absolutes Lieblingseis, und er war glücklich, überglücklich. Dann, ein paar Tage später, sah er diese Karte voller Küsse und Grüße auf ihrem Tresen stehen, und statt sich betrogen und beleidigt zu fühlen, liebte er sie dafür noch mehr, denn sie hatte ihm ein Geschenk gemacht, ohne ihn zu kränken und …

»An was denkst du grade?«

»An die Tabbacchera. Warum wollen sie ihr denn was Böses tun?«

»Weil sie Kommunistin ist.«

In Wahrheit hatte Lorenzo schon von seinem Vater gehört, dass die Tabbacchera Kommunistin war und der Tabakladen ein Kommunistennest, aber er glaubte es nicht, weil jedes Mal, wenn er in den Laden hineinspähte, die Tabbacchera ihm zulächelte und zwar mit einem Lächeln, wie nur Engel es haben konnten. Wenn die Kommunisten also Teufel sind, wie konnte dann dieser Engel eine Kommunistin sein?

»Ich sage, sie ist so eine Kommunistin wie du«, erklärte Lorenzo. »Weil du bist Kommunist und bist auch nicht Kommunist, weil du an Gott glaubst und ein guter Mensch bist.«

»Sie wollen die Tabbacchera fertig machen«, sagte da Corrado.

»Wieso das?«

»Weißt du noch, was sie bei der Beerdigung gemacht hat?«, fragte er verschwörerisch.

»Sie hat vor dem Sitz der Partei ausgespuckt.«

»Genau. Was hat dein Vater über diese Sache erzählt?«

»Das kann ich nicht sagen.«

»Dass sie eine *Nutte* ist, oder?«, erwiderte er.

»Stimmt.«

»Aber was denkst du denn? Ist die Kommunistin eine Nutte?«

Lorenzo sah ihn an. »Ich weiß nicht, was eine Nutte ist, Corrado.«

Da wuschelte er Lorenzo durch die Haare. Obwohl Corrado jünger war, fühlte er sich größer, fast wie ein großer Bruder, und müssen große Brüder den kleinen nicht das Leben erklären? Also nahm er allen Mut zusammen und sagte: »Die Nutten machen die Dinge, die die Ehefrauen nicht machen dürfen.«

Lorenzos Gedanken verwirrten sich immer mehr. »Versteh ich nicht«, sagte er unschuldig.

»Die Nutten sind die, die Sex gebrauchen, um den Männern Lust zu bereiten«, erklärte Corrado so nüchtern wie möglich.

»Das heißt, sie machen Liebe?«

»Ja.«

»Und was ist daran falsch?«

»Sie machen es für Geld.«

»Und Liebe kann man nicht für Geld machen?«

»Liebe macht man nur aus Liebe.«

»Weil durch das Geld wird es ein Handel?«, fragte Lorenzo und sah endlich ein Licht in dem Dunkel, das diesbezüglich in seinem Hirn herrschte.

»Ja. Es wird ein Handel. Und wenn alle anfangen, mit Sex zu handeln, wo würde die Welt dann enden?«

Lorenzo legte sich wieder hin, betrachtete die Sterne zwischen den Zweigen des Feigenbaums. »Die Tabbacchera hat es nicht nötig, mit Liebe zu handeln, um Geld zu verdienen. Sie hat den Tabakladen«, überlegte er.

»Genau. Aber der Bürgermeister will ihr den Laden wegnehmen.«

»Woher weißt du das?«, fragte er und richtete sich wieder auf.

Corrado lachte teuflisch, und Lorenzo bewunderte ihn über alle Maßen: ›Lieber Gott‹, betete er im Stillen, ›lass mich so werden wie er‹.

»Einmal bin ich auf den Balkon vom Bürgermeister geklettert. Mein Fußball war da gelandet, aber wenn ich Nunzia gerufen hätte, damit sie ihn mir runterwirft, die hätte ihn mir nicht gegeben, sondern hätte ihn mit einem Messer zerstochen. Das hat sie mir mal angedroht.«

»Hast du mit dem Ball Fensterscheiben kaputtgeschossen?«

»Drei Mal.«

»Verflixt!«

»Lorenzo, Männer sagen ›Schaisze!‹ und nicht ›Verflixt‹. Willst du ein Mann sein?«

Er nickte.

»Dann musst du ›Schaisze!‹ sagen.«

»Meine Mutter bringt mich um.«

»Dann sag es, wenn sie nicht dabei ist.«

»Schaisze!«, sagte Lorenzo aus vollem Herzen, und noch mal: »Schaisze!« Und jedes Mal, wenn er es sagte, kam es ihm vor, als würde ihm ein neues Haar am Kinn wachsen und je öfter er *Schaisze* sagen würde, je mehr Haare würden sprießen, und er würde endlich einen Bart wie ein Mann bekommen.

»Das reicht jetzt«, stoppte Corrado ihn. »Lass mich weitererzählen. Wo war ich?«

»Bei Nunzia, die dir den Ball mit dem Messer zersticht.«

»Ja. Also bin ich über das Dach gelaufen. Wenn meine Mutter das wüsste, würde sie mir den Hals umdrehen, weil sie sagt, dass ich leichtsinnig bin. Aber trotzdem, ich bin also auf den Balkon geklettert und hab diese lauten Stimmen gehört, die waren ganz aufgeregt, der Bürgermeister war mit den anderen gerade von Costanzos Beerdigung zurückgekommen, und da hat er gesagt: ›Dieser Nutte müssen wir den Laden abfackeln, alles müssen wir ihr nehmen, alles, wir müssen sie total fertig machen‹.«

»Schaisze!«

»Genau.«

»Und das hast du deinem Vater erzählt?«

»Bist du verrückt? Er würde mir ebenfalls den Hals umdrehen, wenn er erfährt, dass ich übers Dach bin.«

»Schaisze! Und jetzt?«

»Jetzt müssen wir die Tabbacchera verteidigen«, sagte er. »Machst du mit?«

»Natürlich, Schaisze!«

»Lorenzo, Schaisze benutzt man nur im richtigen Moment, wenn du hinter jedes Wort, das du sagst, Schaisze setzt, dann ergibt das keinen Sinn mehr, Schaisze! Kapiert?«

»Kapiert.«

»Also, abgesehen davon, dass wir uns ewige Freundschaft geschworen haben, müssen wir auch noch schwören, dass wir die Tabbacchera mit unserem Leben verteidigen.«

»Ich schwör's!«, sagte Lorenzo und hob die linke Hand, während er die rechte aufs Herz legte.

»Und du meinst, dass man so einen echten Schwur ablegt?«

»Wie denn sonst?«

»Zieh deinen Schuh aus.«

Er sah Corrado entgeistert an.

»Zieh deinen Schuh aus, hab ich gesagt.«

Lorenzo setzte sich und zog den Schuh aus.

»Den Socken auch.«

Er zog den Socken aus.

Corrado machte das Gleiche.

»Aber warum ausgerechnet am Fuß?«, fragte Lorenzo besorgt.

»Was würde wohl deine Mutter sagen, wenn sie das Gesteche sieht?«, fragte er. Und ohne ihm Zeit für eine Antwort zu lassen, erklärte er: »Das Gesteche muss ein Geheimnis bleiben.«

Aus der Tasche zog er eine kleine Schachtel, daraus holte er einen Kerzenstumpf, eine Packung Streichhölzer, eine Nadel, einen Wattebausch und ein Fläschchen mit Wasserstoffperoxid.

»Los, gib mir deinen Fuß«, sagte er.

Lorenzo zitterte. »Was hast du vor?«

»Schwüre müssen mit Blut besiegelt werden.«

»Schaisze!« Er hatte eine hochheilige Angst vor Blut.

»Ich tu dir schon nicht weh. Oder bist du etwa ein Schisser? Ich will keinen Schisser zum Freund.« Corrado zündete die Kerze an, hielt die Nadel über die Flamme, dann stach er Lorenzo in den rechten großen Zeh. Das Gleiche machte er bei seinem großen Zeh, dann sagte er: »Jetzt pressen wir unsere Zehen zusammen, damit dein Blut sich mit meinem vermischt und andersherum.«

Und so taten sie es.

Sie spürten, wie das klebrige Blut ihnen an der Fußsohle hinunterlief, sie sahen sich an und lächelten.

»Jetzt bist du für mich mehr als ein Bruder«, sagte Corrado, der keine Geschwister hatte.

»Und du für mich auch«, sagte Lorenzo, der ebenfalls Einzelkind war.

In diesem Augenblick krähte ein Hahn.

»Ha, Gott ist einverstanden«, sagte Corrado.

»Schaisze!«

Er sah ihn finster an. »Im Angesicht von Gott muss man höflich sein«, ermahnte er ihn.

»Richtig. Verflixt!«, sagte Lorenzo daher.

Der Hahn krähte noch einmal.

»Und jetzt gehen wir nach Hause, weil, wenn mein Vater mein leeres Bett entdeckt, schickt er mich auf die Asinara.«

»Wohin?«

»Ach, Lorenzo, du weißt aber auch gar nichts, oder? Asinara ist die Insel vor Sardinien mit dem Hochsicherheitsknast.«

»Ach so, aber mein Vater schickt mich bestimmt nicht auf die Asinara, sondern verprügelt mich mit dem Gürtel.«

»Der ist ja gefährlich!«

Lorenzo zuckte mit den Schultern. »Er will, dass man ihm gehorcht.«

»Und du gehorchst ihm nicht?«

Ein diabolisches Licht funkelte in Lorenzos Blick, während er den Mund zu einem Lächeln verzog, das dem diabolischen Blick angemessen war. »Nie«, sagte er.

»Schaisze!«

»Genau, Schaisze!«

Und lachend liefen sie nach Hause.

25

Die folgenden Tage waren durch Ereignisse einer gewissen Bedeutsamkeit geprägt: Der Trauerkranz wurde zusammen mit einer Anzeige wegen Verleumdung an den Absender zurück geschickt; der Journalist wollte seinen Fehler beheben, indem er um ein Gespräch mit Seiner Exzellenz ersuchte, was ihm kategorisch verweigert wurde. Also begab er sich ohne Termin ins Rathaus, überzeugt, dass der Bürgermeister ihn anhören würde, aber als dieser ihn eintreten sah, ließ er ihn von Trantino hinauswerfen. Der Journalist gab nicht auf und versuchte einen neuen Angriff: Er wollte sich für das schreckliche Versehen entschuldigen, das ihm unterlaufen war und …

»Versehen?«, krächzte der Bürgermeister, der abergläubisch bis in die Zehenspitzen war und aus dem Aberglauben die wirkungsvollste Waffe seiner politischen Schlachten gemacht hatte. »Von wegen Versehen! Das war Vorsatz, vorsätzliche Absicht!« Und schon befahl er Trantino, ihn nochmal rauszuschmeißen.

»Ich gehe«, sagte da der Journalist, schüttelte die Hände des Polizisten ab und wandte sich nun endgültig zur Tür, nur, dass er auf der Schwelle die Leichtfertigkeit beging stehen zu bleiben, Seine Exzellenz mit stechendem Blick ansah und eine Frage formulierte, die er nicht hätte stellen sollen: »Wie viel Kohle bringt Ihnen der Müll, Herr Bürgermeister?«

Die Frage schwebte im Raum. Unverrückbar wie der arrogante Blick des Journalisten, der dem Bürgermeister zu verstehen gab, dass er gewisse Dinge wusste, die besser geheim blieben.

»Drohen Sie mir etwa?«, fragte Occhi janchi eisig.

»Aber nein!« Der Journalist lachte. »Wieso sollte ich drohen? Die Wahrheit ist ja für alle offensichtlich, oder?«

In dieser Nacht wurde sein Auto angezündet.

Daraufhin schrieb er einen amüsanten Artikel über ein Meer aus Müll, das ein fähiger Alchimist in ein Meer aus Gold verwandelte.

Scianna applaudierte, die Tabbacchera lachte, und so auch die ganze kommunistische Runde.

Der Bürgermeister berief eilig eine Versammlung ein. »Dem müssen wir das Maul stopfen«, verfügte er.

Es wurde still. Eine seltsame Stille war es, weil jemandem vorsätzlich das Maul zu stopfen war eine Sache, die niemand von ihnen jemals in Betracht gezogen hatte. Sicher, da war der Unfall von Costanzo gewesen, aber der hatte sich selbst das Maul gestopft, indem er sich einen Herzanfall zugezogen hatte.

»Warum das?«, fragte Vaccaro schließlich.

»Weil er falsch singt«, antwortete der Alte.

Wieder eine schreckliche Stille.

»Seid ihr nicht einverstanden?«, reizte er sie.

»Nein!«, sagte Vaccaro. »Lasst ihn singen. Und wenn er falsch singt, drauf geschissen!«

»Offensichtlich hast du es nicht kapiert.«

»Offensichtlich hab ich's vollkommen kapiert. Und es ist mir total egal: Er singt? Dann soll er singen!«

Ein Zittern lief über Vaccaros Gesicht, während Seine Exzellenz dachte, dass man auch ihm das Maul stopfen müsste.

Und weil die Luft unerträglich geworden war, warf Acquaforte ein: »Da gibt es noch das Problem mit dem Aquädukt.«

Occhi janchi starrte eine Weile ins Leere, als würde er einem Gedanken nachhängen, dann sagte er: »Man muss ihn befördern.«

»Wen?«

»Diesen Schmierfinken aus der Hölle.«

»Aber der ist gar nicht angestellt, der schreibt gratis.«

»Auf dem Kontinent nicht. Wir finden für den Jungen einen anständigen Job«, sagte er mit einem schönen Lächeln, einem unschuldigen Lächeln, das den Frieden wiederherstellte.

Alle atmeten auf.

»Natürlich!«, sagte Acquaforte. »Und Ihr habt die Mittel dafür, nicht wahr?«

»Du musst immer viel zu viel quatschen«, erboste sich der Bürgermeister. »Ich habe die Mittel, um alles zu tun, was ich will, weißt du das etwa nicht?«

»Das wissen wir, natürlich wissen wir das«, erklärte Vaccaro eilig, ohne sich zu verbeugen, denn er würde die Scheiße nicht auflecken, die der Bürgermeister hinterließ.

Wieder kam Pallante dieser Gedanke in den Sinn: Man müsste diesem namentlichen und tatsächlichen Kuhhirten, der an der Leine zerrte, das Maul stopfen.

Nach zwei Wochen brach Intordonato auf. Der September erstrahlte in diesem sehnsüchtigen Licht, das einem mit seinen Strahlen die Sehnsucht noch stärker unter die Haut brannte. Er würde zurückkehren, auf jeden Fall, sagte er sich. Und zwar als Sieger. Aber diese Gelegenheit war viel zu lecker, um sie sich entgehen zu lassen.

»Ein goldener Job bei einer Zeitung im Norden«, sagte er seinen Freunden.

»Natürlich, weil du ja eine Edelfeder bist«, gratulierten sie ihm.

»Du nimmst ja auch kein Blatt vor den Mund.«

»Pass auf dich auf«, warnte ihn hingegen sein alter Lehrer. »Sei vorsichtig.«

Vorsicht wünschten ihm viele. Auch die *Schweine*. Der Klüngel versammelte sich wieder im Haus des Bürgermeisters. »Hoffen wir, dass er dort nicht auch falsch singt«, sagte Giardino, der über das Sammeln und Entsorgen von Abfall und die daraus resultierenden Geldberge etwas mehr wusste als die anderen.

»Das Kerlchen ist doch noch grün hinter den Ohren«, behauptete der Bürgermeister mit einem halben Lächeln.

Giardino atmete auf. »Wenn Ihr das sagt.« Und doch rutschte er auf seinem Sessel herum, weil bestimmte Aktionen, wenn sie zu sehr stinken, Stacheln im Blut bilden und den ganzen Körper jucken lassen.

»Natürlich sag ich das! Gibt's daran etwa Zweifel? Zweifelst du etwa?«

Giardino war verwirrt. »Ich denke an die Öko-Polizei, die …«

»Die Öko-Polizei?« Seine Exzellenz wurde fuchsteufelswild. »Was für'n Scheiß redest du da? Was weißt du, was ich nicht weiß? Los, sprich!«, forderte er. Doch sein Blick drückte das komplette Gegenteil aus.

Mit hängendem Kopf ließ Giardino die Standpauke über sich ergehen. »Ihr wisst, was ich meine«, murmelte er. »Diese Geschichte mit der Müllhalde … Die Umweltvergehen …«

Der Bürgermeister wurde blass. Er schaute zur Tür, dann zum Balkon, ob auch beide gut verschlossen waren und diese frevlerischen Worte in diesem Raum blieben; dann wandte er sich wieder an das Arschloch mit dem gesenkten Kopf.

»Alles Ammenmärchen sind das!«, zischte er durch die Zähne. »Welche Vergehen? Weißt du von irgendwelchen Vergehen, hä? Hat irgendjemand ein Vergehen begangen? Hast du vielleicht irgendeinen Richter hier gesehen, der uns irgendetwas anhängen will, uns irgendetwas vorhält? Los, rede, weil ich will hier drin keine Geheimnisse: Ihr müsst mir alles sagen, alles! Auch weil ich euch von vorn bis hinten durchschaue, und wenn ihr mir irgendetwas verheimlicht, dann werd' ich zum Tier, aber so was von.«

Er schwieg. Und als niemand das Wort ergriff, fuhr er fort: »Wir haben nichts zu verbergen, Stadtrat Giardino. Wir sind sauber und klar wie das Wasser im Brunnen. Und wenn sich hinter unserm Rücken jemand bereichern will, in dem er uns mit Dreck bewirft, zum Beispiel so ein Affenarsch von einem Journalisten, der sich für GottdenAllmächtigen hält, dann gibt mir das Gesetz alle Mittel, ihn in die Schranken zu weisen. Und damit«, er stand auf, »ist die Sache erledigt.«

Für ihn war sie erledigt, diese Sache.

Aber nicht für Intordonato, der sich diese Sache zu Herzen nahm, und wenn er anfangs noch mit Vorsicht vorgegangen war, wegen dieser beruflichen Panne – obwohl das im Grund ja mal passieren kann, nicht wahr, dass man eine Quelle nicht überprüft, wenn alles so offensichtlich ist? –, so wollte er nun vor allem sich selbst beweisen, dass er ein kritischer Enthüllungsjournalist wie in der Sendung *Contrafagotto* war und also wusste, wie man eine Top-Story ohne Geschleime aufbereitete und die Wahrheit über bestimmte Aktionen, Vergehen und Versäumnisse im Bereich der Müllentsorgung in jenem östlichen Landstrich Siziliens erzählte. Dieses Bedürfnis brannte so stark in ihm, dass er während seiner Fahrt in die Lombardei auf einer Autobahnraststätte anhalten musste: Klar und reißerisch sah er die Überschriften der Zeitungsartikel vor sich, die – da war er sich sicher – auf den Titelseiten der wichtigsten nationalen Zeitungen prangen würden, und da die Schreiblust ihn überkam, vermerkte er bei einem Kaffee und einer Zigarette in seinem Notizbuch ein paar Daten; dann tankte er und fuhr weiter.

Schade, dass er den Rausch der Geschwindigkeit liebte – so sagten es später seine Freunde –, schade, dass dieser Rausch ihn dazu brachte zu beschleunigen, immer mehr zu beschleunigen, so sehr zu beschleunigen, bis er die Kontrolle über den Wagen verlor, der nun einmal nicht mit einem Ferrari mithalten konnte, und von einer der superhohen Brücken flog, die aus der A2 eine Vorzeige-Autobahn machten. Sein Notizbuch wurde, natürlich, nicht gefunden.

»’s Jungchen …«, murmelte die alte Tinè, als sie die Nachricht hörte.

Das Wartezimmer von Dottore Grimaldi war brechend voll, obwohl die Sprechstunde erst in einer halben Stunde beginnen würde. Die Patienten flüsterten miteinander.

»So ist das Leben«, seufzte die Santacroce und verzog bitter ihr Pferdemaul.

»So ist es«, erwiderte Tuccitto, der Schlosser, treuer Vasall Seiner Exzellenz und gleichzeitig Freund des Hausmeisters Gino, der ihm den Kopf mit kommunistischen Ideen füllte, die – wozu der Teufel so alles fähig war – ihm richtig erschienen, verdammt, echt richtig.

»In jedem Fall«, fasste der Metzger zusammen, »erzählt er jetzt keinen Unsinn mehr.«

»Unsinn?«, regte sich die Lehrerin Rizzo auf, die bis zu diesem Moment in der Ecke in einem Brikett von einem Buch gelesen hatte. »So kamen mir seine Artikel über den Gestank, den wir einatmen, aber nicht vor. Und dass dieser Gestank vom Verbrennen kommt und dass er Dioxin und tödliche Gifte enthält.«

Ein großes Unbehagen machte sich unter den Anwesenden breit.

»Tja, wenn er hier geblieben wäre«, sagte Luisa Acquaforte, »hätte er von dem Bordell berichten können, das die Tabbacchera in ihrem Haus eröffnet hat.«

Die Lehrerin fackelte sie mit ihrem Blick ab. »Agata ist ein ehrbares Mädchen, wage es ja nicht, so über sie zu reden.«

»Ehrbar? Die da? Joaaa, genau!«

»Bewirf andere Leute nicht mit Dreck, Luisa.«

»Frau Lehrerin, ich bewerf’ niemanden mit Dreck, weil ich die Leute respektiere. Aber trotzdem … die Tabbacchera … Wissen Sie denn nicht, dass sie den Laden wieder aufgemacht hat, als ihr Ehemann im Sarg noch warm war …«

»Was hätte sie denn tun sollen, sich vom Balkon stürzen?

Sich mit ihm beerdigen lassen?« Und ohne ihr Zeit für eine Antwort zu lassen, fuhr die Rizzo fort: »Sie hat den Laden geöffnet, um nicht verrückt zu werden, denn die Arbeit heiligt und lenkt vom Schmerz ab, ist es nicht so?«, fragte sie die Anwesenden, die allesamt das unaufschiebbare Bedürfnis hatten, ihre Fingernägel zu begutachten.

Die Tür des Sprechzimmers öffnete sich und heraus kam eine vertrocknete, hölzerne Alte. »Der Nächste, bitte«, sagte sie.

»Gehen Sie ruhig«, sagte Tuccitto zur Lehrerin.

»Dann seid ihr mich los, nicht wahr?«, sagte sie in ihrem Cataneser Tonfall und wetzte ihre scharfe Zunge an der Haut der anderen. »Wie auch immer, ich danke dir.«

Kaum hatte die Rizzo die Tür hinter sich geschlossen, spritzte der Geifer aus den Mündern, und schon lästerten alle weiter über die Tabbacchera.

»Ich hab selbst gesehen, wie eines Nachts Scuderi in ihr Haus ging«, murmelte die Santacroce.

Und Rosalia Ripa sagte gleichmütig, als berichte sie eine ganz unwichtige Sache: »Ich hab mal ein nacktes Weib gesehen, das über den Corso lief.«

»Ja, schon gut!«, sagte die Santacroce. Alle wussten, dass Rosalia nicht ganz richtig im Kopf war.

»Nackt war sie«, beharrte Rosalia. »Vollständig.«

»Wer war das?«

»Ihr Gesicht hab ich nicht gesehen«, antwortete sie. »Nur ihren Rücken.«

»Erzähl keine Lügen, Liuzza, oder du kommst in die Hölle!«, schnitt Tinè ihr das Wort ab.

»Ich schwör's euch bei der Seele meiner Mutter und meines Vaters. Und wenn ihr's nicht glaubt, dann schwör ich es bei meiner eigenen.« Sie stand auf und hob die Arme zur Decke: »Signuruzzu, wenn ich Lügen erzähl', dann verbrenn' mich jetzt sofort.«

»Hör schon auf!«, erschraken die anderen. Man darf den Herrn niemals versuchen, nie, denn auch ihm könnte die Hand zittern, er könnte nicht genau hinsehen und dann …

Sarino Motta trat ein.

Alle verstummten, alle Münder wurden trocken.

Wie sollte man sich ihm gegenüber verhalten, nach dem, was er getan hatte?

Vor allem Luisa fragte sich das, nachdem der Faustschlag dieses Kuhhirten ihrem Mann das Kinn zerschmettert hatte.

Und als Motta das Geheimnis lüftete und zugab: »Ich war verhext!«, richtete er sich vor allem an sie.

Verhext? Von wem? Seit wann? Wie? Warum? Doch niemand wagte es zu fragen.

Deshalb sprach er weiter: »Ich weiß, was ihr denkt. Und ihr habt recht, weil ihr immer recht habt. Aber ich frage euch: Denkt ihr, wenn ich das war, wirklich ich, würde ich mich dann wie ein Verräter verhalten?«

Versiegelte Münder.

»Ich war das nicht«, fuhr er fort und sah Luisa an, »der meinen Kumpel Carminuzzo verprügelt hat, der diesen Aufstand auf der Piazza gemacht hat. Und aus welchem Schaiszmotiv sollte ich sonst hier sein, wo es das erste Mal ist, dass ich einen Fuß hier reinsetze?«

»Du fühlst dich schlecht?«, fragte die Santacroce.

»Ich fühl mich schlecht.«

»Und was machst du dann beim Dottore? Einen Hexenfluch kann dir nur eine Hexe wegmachen«, sagte Tinè, die sich diesbezüglich einer gewissen Kompetenz rühmen konnte.

»Ja, ich war schon bei einer anderen Hexe. Und die Sache ist nicht weggegangen, deshalb sehen wir jetzt mal, was der Dottore machen kann.«

»Was hast du denn?«, fragte Rosalia.

»Kopfrumoren und Herzbeklemmung.«

»Na, das is ja 'ne schöne Bescherung!«, rief Tinè.

Alle bedauerten ihn, außer Luisa, die das Messer in seiner vermeintlichen Wunde herumdrehte. »Aber jetzt... wie machst du es denn jetzt mit Seiner Exzellenz?«, fragte sie.

»Ich hab mich entschuldigt. Ich sag euch, was ich ihm gesagt hab: ›Exzellenz, man hat mich verhext und daher war ich nicht der, der diese Sachen gemacht hat.‹«

Er drehte sich zu denen, die seine Freunde gewesen waren, ob er von ihnen auch Verständnis und Vergebung erwarten konnte.

Sie verstanden ihn alle, natürlich, und vergaben ihm, natürlich, und sie sagten ihm, dass man diese Verrückten so bald wie möglich aus dem Dorf jagen müsste: die Tabbacchera, die Kräuterfrau (denn sie hatte ihn doch verhext, oder?), das Klageweib und sogar Letizia, die bestimmt auch von ihr verhext worden war, und auch Franca, die »Acitana«...

»Um Franca kümmere ich mich!«, fiel er ihnen ins Wort, denn Franca sollten sie gefälligst in Ruhe lassen. »Und das mach' ich auf meine Weise«, erklärte er und ließ sie denken, dass er sich nun ohne Galanterie und Respekt um sie kümmern würde, so wie er es noch bis vor Kurzem noch gemacht hatte, weil jetzt, so wie sich die Lage entwickelt hatte, auch Franca ein Opfer des Weibertratsches geworden war.

»Habt ihr was von Nunzia gehört?«, fragte er da, um das Gespräch auf etwas anderes zu lenken.

Alle verzogen die Gesichter, breiteten die Arme aus. Auch das war eine seltsame Merkwürdigkeit: Nunzia wäre nie gegangen, deshalb musste etwas wirklich Schlimmes passiert sein.

»Und er, er sucht sie nicht mal...«, sagte Luisa.

»Aber wisst ihr das denn nicht«, fragte die Friseuse, »er hat sich Lola geholt.«

»Lola Diaz?« Motta tat überrascht, obwohl er die ganze Geschichte von Acquaforte kannte, der den Bürgermeister mit der neuen Haushälterin versorgt hatte.

»Genau die!«

»Also geht es Seiner Exzellenz gut«, antwortete er, und alle kicherten, während Luisa noch missmutiger, noch saurer wurde.

»Wie hast du eigentlich gemerkt, dass sie dich verhext hat?«, fragte da Tuccitto und kehrte so zum Grund von Mottas Besuch zurück.

»Ja, glaubt ihr denn wirklich, dass ich meinen Freund Carmine verprügeln könnte? Dass ich in diesem Kommunistennest essen könnte? Dass ich Seite an Seite mit der Tabbacchera an einem Tisch sitzen könnte?«

»Du hast da gegessen?«, wunderte sich Tuccitto.

Motta ließ den Kopf hängen.

»Wer hat gekocht?«, fragte die Santacroce.

»Die Kräuterfrau.«

»Jesus!« Alle blickten irgendwo anders hin, um zu verhindern, dass der Hexenfluch, mit dem er sicherlich noch belegt war, auch auf sie übersprang.

In diesem Moment ging die Tür zum Sprechzimmer auf und die Rizzo sagte: »Der Nächste, bitte.«

»Geh du mal, geh«, ermutigten alle Anwesenden Motta, um auch die letzte Ansteckungsgefahr zu bannen, denn schon fühlte der erste ein Kopfrumoren und eine Herzbeklemmung in der Brust.

»Ich danke euch.«

»Da nich für.«

»Signor Motta, was haben wir denn?«, fragte Grimaldi erstaunt, als er eintrat.

Motta setzte sich und schlug die Beine übereinander. »Erlauben Sie mir, dass ich Ihnen ein bisschen Zeit stehle, Dottore?«

»Was ist passiert?«

»Nichts, wogegen ich Medizin bräuchte.«

Grimaldi ließ den Stift fallen und lehnte sich zurück. »Macht es Ihnen etwas aus, wenn ich eine Zigarette rauche, während wir reden?«, fragte er.

»Ganz im Gegenteil! Ich nehme auch eine.«

Der Doktor hielt ihm eine Packung MS hin.

»Sie mögen die Blonden?«

»Ja«, antwortete er und streckte ihm das brennende Feuerzeug entgegen.

»Ganz allgemein oder im Speziellen?«

»Ich mag alle. Die Blonden sind allerdings aromatischer.«

»Das ist wohl Geschmackssache.«

Sie nahmen ein paar Züge, während im Wartezimmer die Patienten die Luft anhielten, um zu erlauschen, welche Ratschläge der Arzt Motta wohl gäbe, damit er das verhexte Rumoren loswürde.

»Was brauchen Sie?«, fragte Grimaldi schließlich.

»Ich weiß, dass Sie Ihren alten Speicher in der Nähe vom Rathaus verkaufen wollen.«

»Ja.«

»Ich weiß auch, dass ihn bis heute noch niemand gekauft hat.«

»Sind Sie interessiert?«

»Ja.«

Grimaldi betrachtete ihn durch den Rauch, der in dichten Kringeln zwischen ihnen aufstieg. »Und was wollen Sie damit?«

»Das weiß ich noch nicht genau«, antwortete Motta ausweichend. »Man wird älter, die Kräfte sind nicht mehr so wie früher, und mich um das Land und die Tiere zu kümmern fällt mir langsam schwer, daher habe ich überlegt, diesen Speicher zu kaufen und einen Laden zu eröffnen, dann kann ich die paar Kröten, die ich auf der Bank habe, investieren und für mein Alter vorsorgen.«

»Der Speicher ist in keinem guten Zustand.«

»Ich weiß. Aber ich mag ihn. Als ich klein war, hab ich da

immer mit meinem Cousin Fausto gespielt, und ich mochte das sehr, weil man sich da am besten verstecken konnte. Ah, wie viele Schlachten wir darin geschlagen haben! Und der Duft vom Johannisbrotbaum ...« Er schloss die Augen, um sich diesen Duft wieder zu vergegenwärtigen. »Großartig war der.«

Der Arzt nickte, er erinnerte sich an die Zeiten, als Fausto und Sarino die Tage im Speicher verbrachten. Er erinnerte sich auch, dass sein Onkel Sarino ihn mit wichtigen Botengängen beauftragte, die der Junge perfekt erledigte, sodass er immer gut von ihm sprach.

»Wollen Sie ihn abreißen?«, fragte er unvermittelt.

»Sind Sie verrückt?«, explodierte Motta, doch sofort fügte er an: »Entschuldigen Sie, ich wollte nicht unhöflich sein. Es ist nur, dass ...« Er stockte, betrachtete seine Bauernhände voller Narben, Kratzer und Schürfwunden.

»Reden Sie weiter.«

»An dem Ort lebt ein Teil meines Herzens, Dottore. Nie könnte ich den alten Speicher da zerstören.«

Er sagte die Wahrheit. Grimaldi entspannte sich und klopfte die Asche in den Aschenbecher. »Wir können das machen«, erklärte er dann.

»Entschuldigen Sie die Indiskretion«, sagte Sarino, »wollten die anderen ihn etwa abreißen?«

»Sie wollten einen Parkplatz dort bauen!«, antwortete Grimaldi. »Einen Parkplatz, stellen Sie sich das vor!«

»Arschlöcher ...«

»Deshalb habe ich beschlossen, dass ich ihn nicht verkaufe, dass ich ihn bis zum Ende meiner Tage dort stehen lassen würde. Aber jetzt«, sagte er und trat zum Fenster, von dem aus er das Blaugemisch aus Himmel und Meer betrachtete, »haben Sie mir etwas erzählt, das mir gefällt.«

Er setzte die Brille ab, putzte sie langsam, sehr langsam mit dem Saum seines Kittels, mit einer so übertriebenen Sorgfalt, dass Motta nervös wurde.

»Ich verkaufe Ihnen den Speicher«, sagte Grimaldi schließlich. »Aber …«

Jetzt kommt der Haken, dachte Motta. »Aber …«, wiederholte er, um ihn zum Weitersprechen zu animieren.

»Ich will Zeit in dem Speicher verbringen, dort sein, in einer Ecke sitzen können, lesen, mich ausruhen, so wie ich es jetzt als Besitzer auch mache.«

Motta atmete auf. ›Noch mal Glück gehabt!‹, sagte er sich. »Es wäre mir eine Ehre«, rief er. »Darum hätten Sie gar nicht bitten müssen.«

Sie drückten die Zigaretten aus.

Grimaldi leerte den Aschenbecher in eine Plastiktüte, die er zuknotete, öffnete das Fenster, damit sich der Geruch der Blonden verzog. Dann fragte er: »Sie kennen den Preis?«

»Dreißig Millionen.«

»Genau. Nicht eine Lira weniger. Und die Kosten für den Notar übernehmen Sie.«

»Nicht mal ein kleiner Nachlass?«, verhandelte Motta, so wie er es gewohnt war.

»Nein. Nehmen Sie ihn oder lassen Sie es.«

»Was soll ich Ihnen sagen?« Er breitete die Arme aus. »Ich nehm' ihn.«

Motta war glücklich. Verdammt, war er glücklich! Etwas kitzelte ihn im Bauch, wie damals, als er klein war und sein Vater ihm eine Runde auf dem Karussell versprochen hatte, und er zählte die Tage, bis der Moment da war und er auf das Holzpferd stieg und sich zwischen der Musik und den Farben drehte drehte drehte.

»Wir sehen uns beim Notar«, sagte der Arzt rasch, denn hinter der Tür erklang bereits ein vielstimmiges Hüsteln.

»So schnell wie möglich, wenn es Ihnen recht ist. Ich möchte ihn vor dem Winter renovieren.«

»Das scheint mir sinnvoll.«

Sie gaben sich die Hand, und der alte Speicher gehörte

Motta. Der Notar, das Geld und die Zahlungsmodalitäten würden sie später gesetzeskonform ausarbeiten, sollte sich jedoch einer der beiden nicht an dieses mit Handschlag besiegelte Geschäft halten, wäre der Bruch größer als der eines schriftlichen Vertrages.

»Denken Sie dran, dass ich Sie oft besuchen werde«, sagte Grimaldi.

»Sie sind jederzeit willkommen«, antwortete Motta.

Grimaldi nahm die Brille ab und rieb sich die Augen. Als er sie wieder öffnete, saß die Ehefrau von Acquaforte vor ihm.

»Wie geht es uns denn?«, fragte er und legte auch im Geiste wieder den Arztkittel an.

Die Frau wusste nicht, wo sie anfangen sollte.

Er versuchte, ihr zu helfen. »Sind es Probleme intimer Natur?«, vermutete er anhand ihres Herumrutschens auf dem Stuhl.

»Ganz genau.«

»Wann haben wir denn den letzten Ultraschall gemacht?«

»Nein, Dottore, Sie verstehen nicht, das Problem bin nicht ich, sondern mein Sohn Giulio.«

»Und warum haben Sie ihn dann nicht mitgebracht?«

»Er weiß nicht, dass ich hier bin. Wenn er das wüsste, würde er mich umbringen.«

»Was ist denn passiert?«

»Es ist, dass, wenn er so wild weitermacht, wird er mir noch blind.«

Grimaldi rührte sich nicht. »Alle Jungs machen das«, erwiderte er. »Das ist normal.«

»Das hab ich auch gedacht, am Anfang. Aber jetzt nicht mehr, jetzt ist es unnormal, es ist krank, hören Sie, das ist zur Krankheit geworden: Er geht nicht raus, er isst nichts mehr, er liegt im Bett und hört auf nichts, er ist so schwach geworden, dass er sich nicht mehr auf den Beinen halten kann. Dottore, mein Sohn ist für die Tabbacchera entbrannt. Das muss ich ihm austreiben, aber wie?«

»Kümmern Sie sich um Ihren Kram.«

Sie wurde rot. »Ich habe gerade gesagt, dass mein Junge ganz blass ist, dass er nichts isst, nicht raus geht, er spielt den ganzen Tag nur mit der Hand an sich herum, das habe ich gesagt. Haben Sie verstanden?«

»Jungs wachsen«, sagte Grimaldi brüsk. »Sie werden Männer. Jeder auf seine Weise. Das heißt, dass Giulio sich für diesen Weg entschieden hat, um ein Mann zu werden.«

Sie stand auf und sah aus wie eine Furie. »Und was also soll ich tun?«

»Lassen Sie ihn in Ruhe.«

»In Ruhe? Ich geh zu den Carabinieri, ich sage ihnen, dass die Tabbacchera meinen Sohn belästigt hat, und dann werden wir ja sehen, wie das endet.«

Grimaldi sprang auf, sodass der Stuhl hinter ihm umfiel. »Schluss!«, befahl er. »Beschuldigen Sie andere nicht für Dinge, die sie nicht getan haben. Wenn Sie sich unbedingt einmischen wollen, nehmen Sie Ihren Sohn und schicken ihn zum Hacken, zum Zementmischen, auf den Bau, schicken Sie ihn dahin, wo er sich den Rücken krumm macht. Das ist anstrengend, und vielleicht, ich sage vielleicht, hört er dann auf mit der Handarbeit. Aber lassen Sie die Lipari in Ruhe, die hat mit den Fantasien Ihres Sohnes nichts zu tun.«

Die Lipari … Luisa war verblüfft. Wer nannte die Tabbacchera noch so? Ihr Sohn sollte hacken? Ihr Sohn sollte auf die Baustelle? Glaubte der Typ etwa, dass sie ihren Sohn wegwerfen wollte? Sollte er doch seinen auf die Baustelle schicken, zum Hacken, zum Zementmischen. Ihr Sohn war zart, von der Konstitution her und von den Gefühlen, und diese Hurennutte verschlang ihn bei lebendigem Leib! Ah, das sollte sie büßen!

»Sonst noch was?«, fragte der Dottore.

»Nein«, antwortete sie. »Nur …«

»Nur?« Er sah sie an und zwang sich zur Ruhe. »Leidet Ihr Sohn unter noch etwas?«

»Gott sei Dank nicht.«

»Brauchen Sie ein Rezept für sich oder Ihren Mann?«

»Nein.«

»Dann schicken Sie bitte den Nächsten herein.«

Er warf sie hinaus. Was erlaubte er sich? Sie sah ihn mit der größten Verachtung an, zu der sie fähig war, er jedoch trat zur Tür und sagte: »Wer ist der Nächste?«

26

Luisa Acquaforte verliess wie eine Furie das Behandlungszimmer, durchquerte ohne Gruß den Warteraum und stürzte auf die in der Hitze glühende Straße. Sie setzte sich die dunkle Sonnenbrille auf, bog auf den Corso ein und eilte im Laufschritt zur Kaserne. Davor blieb sie stehen, unschlüssig, ob sie hineingehen sollte. Wäre der alte Maresciallo dagewesen, wäre sie schon längst drinnen und würde alles auskotzen, was seit dem Tod des Kommunisten geschehen war; an jenem Tag hatte nämlich diese ganze Unordnung angefangen, genauer gesagt, an dem Tag, als dem Tabbacchere das Herz explodiert war. Er, Antonio, hätte sie zum Reden ermutigt, ermutigt, alles herauszulassen, weil sie enge Freunde waren, besser gesagt, sogar mehr als Freunde. Schade, dass man ihn versetzt und dieser Kontinentale aus dem Norden sein Posten übernommen hatte, der zwar blöd tat, aber viel mehr ein Fuchs war, vor dem man sich in Acht nehmen musste, wenn man keinen Ärger kriegen wollte. Und jetzt? Hineingehen und die Tabbacchera anzeigen, oder nicht?

Dort also fand ihr Ehemann sie. »Was hat der Dottore gesagt?«, fragte Acquaforte und musterte sie.

Er hatte ihr vorgeschlagen – um sie loszuwerden –, sich an Grimaldi zu wenden, denn der würde sicher eine Medizin gegen die Hitze des Sohnes haben, auch wenn Acquaforte sich schon insgeheim vorgenommen hatte, mit dem Jungen zu reden und ihm zu sagen, dass er auf gar keinen Fall Pharmazeutika nehmen sollte, die die Funktion seines Kolbens beeinträchtigen, denn der ist ein Präzisionswerkzeug, und es reicht ganz wenig, um den perfekten Mechanismus aus dem Takt zu bringen. Der Mutter hätte Giulio natürlich sagen müssen, dass er die Medizin nahm und dass sie wirkte und dass …

»Ich zeige sie an«, flüsterte Luisa da, warf einen Blick in Richtung der Tabbacchera, die für einen Moment vor die Tür getreten war.

»Bist du jetzt vollkommen bekloppt?«, presste Acquaforte mit unterdrückter Wut hervor, wobei er sie zur Piazza zog.

Als Antwort versenkte sie die spitzen Fingernägel in seinem Arm.

»He, was soll das?«

»Dir gefällt die da doch auch«, giftete sie. »Meinst du etwa, ich weiß das nicht? Ich geh zu den Carabinieri und sage, dass die Signora die öffentliche Moral bedroht, dass sie aus ihrem Haus ein Bordell gemacht hat, es gibt sogar Zeugen, die gesehen haben, wie Männer nachts in ihrem Haus ein- und ausgehen, und das sind viele, sage ich, das ist viel Verkehr, also lass ich ihren Laden schließen, und dann freuen wir uns alle.«

»Schön blöd bist du!«

»Blöd?« Wären sie zu Hause gewesen, wäre sie ihm an die Gurgel gesprungen.

»Ja, blöd. Denkst du auch mal nach, bevor du redest? Wenn du der da den Laden schließt, dann wird sie auf jeden Fall zur Hure. Was meinst du wohl, wovon sie lebt?«

Darüber hatte Luisa tatsächlich noch nie nachgedacht. Eine Hure sieht niemandem ins Gesicht, und ihr Giuliuzzu würde bestimmt Geld zusammenkratzen, um es mit ihr zu treiben. »Ja, und?«, fragte sie und fuhr die Stacheln wieder ein.

»Lass mich nur machen«, sagte Acquaforte. »Ich räucher sie aus.«

»Auf gar keinen Fall!«, regte Luisa sich wieder auf. »Ausgerechnet du!«

»Ja, meinst du denn, dass mir die Gesundheit des Jungen nichts bedeutet?«, sagte er und verschob den Streit auf eine

Ebene, auf der sie sich nicht mehr wehren konnte. »Für ihn mache ich das, für unsern Giuliuzzu, damit er sie sich aus dem Kopf schlägt.«

»Und wie willst du das tun?«

»Wie?« Er legte sich eine Hand vor den Mund, als wollte er verhindern, ein Geheimnis auszuplaudern. »Das kann ich dir nicht sagen. Wirklich, ich kann nicht«, murmelte er. »Und jetzt geh nach Haus.«

»Wenn du denkst, dass ich so blöd bin und dir glaube ...«

Er unterbrach sie: »Meinst du etwa, ich hätte eine Idiotin geheiratet?« Und da in diesem Moment Orlandos Ehefrau vorbeiging, sagte er: »Geh mit Cristina, geht ein Eis essen, trinkt eine Granita, esst ein Brioche ... Die Männersachen lass mal die Männer erledigen, denn ihr Weiber seid viel zu empfindlich, und zu viel Empfindlichkeit macht manchmal die ganze Arbeit kaputt.«

Er sah sie verlogen und liebevoll an, mit diesem brennenden Blick, der ehrlich zu sein schien, aber vollkommen niederträchtig war.

Sie wollte sich überzeugen lassen, ließ von ihm ab und rief mit lauter Stimme nach der Freundin: »Cristina ...« Und als sie bei ihr war, hakte sie sich unter und sagte: »Du weißt noch gar nicht, was ich dir alles erzählen muss.«

»Erzähl, erzähl«, sagte die andere.

»Zuerst setzen wir uns irgendwo in den Schatten und trinken eine schöne Granita.«

Acquaforte sah sie zum Café Catania ziehen, tat, als ginge er ins Rathaus, doch im letzten Moment, als die Damen schon aus seinem Blick verschwunden waren, bog er zum Tabakladen ab.

Agata war allein, Roberto war zur Bank gegangen, um ein paar Rechnungen zu begleichen.

Acquaforte blickte sich um. Niemand war da. Unverzüglich betrat er den Laden. Was er sagen, was er tun würde, das würde er sich später überlegen, während er sich mit »der Schönen aller Schönen« vergnügte, wie Seine Exzellenz sie neuerdings zu nennen pflegte.

Die Tabbacchera zählte das Kleingeld, als er eintrat und sagte: »Eine Packung Marlboro.«
Überrascht sah sie hoch. ›Marlboro? Rauchen Sie nicht Gauloises?‹ Aber die Vertraulichkeit, ihn zu fragen, warum er die Marke gewechselt hatte, gewährte sie ihm nicht. Sie drehte sich zum Regal, nahm die Zigarettenschachtel und legte sie auf den Tresen, ohne ihn auch nur anzusehen.

Er, der darauf gehofft hatte, durch diese Überraschung ein Gespräch anfangen zu können, war aus dem Konzept. Er sah sich um, ob er noch etwas anderes gebrauchen könnte: Pfefferminz, nein, Lakritz, nein, Zuckerfischchen, nein, Luftpostpapier und Umschläge, nein, Stift, nein …

»Zehn Briefmarken«, sagte er schließlich.

»Zu wie viel?«

»Die Teuersten von allen«, scherzte er. Er hoffte, ihr wenigsten so ein Wort entlocken zu können, irgendeine Bemerkung, aber die da rührte sich nicht: Eisig war sie, eine Eisseele in einem Marmorkörper. Also: »Zehn Briefmarken fürs Ausland«, sagte er und hörte zu scherzen auf. Aber … sollte das wirklich so enden? Mit einem Schlag? Ohne einen weiteren Versuch? Er zog das Portemonnaie heraus, trödelte beim Zusammensuchen der Scheine. Sie zuckte nicht mit der Wimper. Er reichte ihr das Geld. Sie nahm es mechanisch. »Auf Wiedersehen«, sagte er dann.

Einen Gruß konnte sie ihm nicht verweigern, denn Agata Lipari war immer noch ein wohlerzogenes Weib. »Schönen Tag«, antwortete sie.

»Also, Roberto arbeitet jetzt hier«, hakte er sofort nach. »Er hilft Ihnen aus …«

»Brauchen Sie noch etwas?«

»Ein bisschen Unterhaltung.« Sein Blick wurde weich, er fuhr sich durch die Haare. Er wollte geistreich sein, aber es gelang ihm nicht: Nur wenn er beschwipst war, fielen ihm ordentliche Witze ein.

»Das verkaufen wir hier nicht.«

»Ja, nee!«, erwiderte er lachend. »Ihr Ehemann, der verkaufte Unterhaltung, und wie!« Währenddessen wurde er rot, denn ihr großer Busen, der sich bei jedem Atemzug hob und senkte, hatte ihm bereits Lust gemacht, ihn anzufassen, in den Spitzenkörbchen nach ihren Brustwarzen zu suchen, die er sich hart vorstellte und …

»Noch was?«, fragte sie kurzangebunden und wandte sich wieder zum Regal und entzog ihm die Aussicht.

Aber der Blick auf ihren Rücken verschlechterte die Lage keineswegs, im Gegenteil! Von hinten war sie noch prächtiger, mit diesem runden Arsch, der sogar Lazarus wieder auferweckt hätte. Er musste ihr Angst machen, sich irgendetwas ausdenken, damit er sie noch weiter betrachten konnte, daher sagte er: »Seit Ihr Mann gestorben ist, nun ja …

Sie drehte sich wie eine Bestie um, die Augen zwei Dolche, die sie ihm an die Gurgel setzte: »Auf Wiedersehen.«

Er beharrte: »Costanzo hatte …«

»Raus!«, befahl sie.

»Öy, wie unhöflich Ihr seid, meine Dame!«, platzte er heraus und wechselte in das verächtliche *Ihr*. »Hat Ihnen Ihr Ehemann nicht gesagt, dass man zur Kundschaft nett sein soll, denn sonst bleiben die Kunden weg und Ihr geht pleite.«

»Raus, habe ich gesagt.« Sie zittert, schielte zur Kaserne, die schräg gegenüber lag, und dachte an das Hilfsangebot des Maresciallo.

»Hör auf, die gekränkte Dame zu spielen, Agata Lipari!«, sagte er und wechselte zum beleidigenden *Du*, das ihr die Entscheidung abnahm: »Gehen Sie! Oder ich rufe die Carabinieri.«

»Schaisze, ausgerechnet die Carabinieri? Und was hab ich gemacht, Signuruzzu, hab ich Ihre Ehre angekratzt?« Und er sah sie lüsternd an, der Dreckskerl Acquaforte sah sie mafiös und schleimig und lüsternd an – so kam es ihr vor –, er sah sie an, wie ein Lustmolch ein nacktes Weib anstarrt, daher wurde sie rot vor Wut, nahm das Telefon und begann, die Nummer der Kaserne zu wählen.

Er hielt ihre Hand mit seiner auf. »Entschuldigen Sie, Signora«, murmelte er. Innerhalb einer Sekunde hatte er begriffen, dass er ein riesiges Arschloch war und es sofort wieder gutmachen musste: Wenn er diesen Preis gewinnen wollte, musste er sich mit diesem Weibchen anfreunden, sie mit Komplimenten trunken machen und mit dem Vorwand eines Ausflugs nach Syrakus in sein Auto locken und … Tja, es würde reichen, wenn man sie zusammen ins Auto steigen sehen würde und dann … Und dann?

Verdammt, wenn die Tabbacchera mit ihm ins Auto stiege, würde das bedeuten: dass sie zu ihm stand! Und dann leck' mich, Ehefrau, leck' mich, Seine Exzellenz, leck' mich, Rathaus: Wenn dieses prächtige Weib zu ihm stand, wäre er der glücklichste Mann der Welt, er würde ihr Diener werden, würde sie wie eine Madame behandeln, wie eine Göttin. Und während er diese Dinge dachte … Was geschah? Was zur Hölle geschah hier, Herrschaften?

Es geschah, dass die Hand der Tabbacchera, die unter der des Ganoven lag, zu zittern begann, und die Augen der Tabbacchera, die die des Ganoven aufspießten, sich mit Tränen füllten, während ihre Stimme überrascht flüsterte: »Das ist unmöglich.« Und alles löste sich auf …

Doch nein! Alles nahm eine andere Form an, jetzt, da sie lächelte und ihn mit solcher Liebe ansah, die Carmine Acquaforte noch nie nie nie in den Augen von irgendjemandem gesehen hatte, ein Blick, der wie eine eiserne Abrissbirne auf das

Ganovenhaus niederging, in dem sein Herz wohnte, und es teilweise niederriss.

Und schon brach das Ganovenhaus in sich zusammen, Agata sah, dass die Ganovenaugen ihre Gier verloren und sich mit Zärtlichkeit füllten, die Haare – schwarz und von einer Brillantineschicht gebändigt – verwandelten sich in einen blonden Lockenkranz, der Mund verlor seine unbekannten Konturen und nahm die geliebten Züge von Costanzos Mund an, und selbst der Duft war plötzlich der von Constanzo, und selbst die Art, wie er »Ich küsse Ihre Hand, Signora, geliebteste Königin« flüsterte, war seine, so wie Costanzo es jetzt flüsterte, der sich mit Gewalt in den Körper Acquafortes gedrängt hatte, um endlich mit ihr sprechen, sie beruhigen und ihr sagen zu können: »Ich bin immer bei dir, *amore mio*, du bist nie allein. Und mach dir diesen Ganoven zum Freund, denn wenn Ganoven ihr Herz ändern, sind sie zu äußerster Treue fähig und dir blind ergeben, nur um hin und wieder eine Liebkosung von dir zu bekommen. Mach dir diese Ratte zum Freund, denn er ist nicht der Schlimmste von allen, und er kann dir eine große Hilfe sein, mein Schatz.«

Also lächelte Agata, nickte langsam, streckte die Hand aus, strich über seinen Mund – während Acquaforte von einer Röte in die andere changierte wie ein Weib in den Wechseljahren und bei der Berührung ihrer Finger fast ohnmächtig wurde – und sagte: »Ist gut.«

Was … *ist gut*?, fragte sich Acquaforte, aber er schluckte die Neugierde hinunter, vermied sogar das Atmen, um den Zauber nicht zu zerstören.

Auch Agata schwieg, um das Wunder zu verinnerlichen und die Freude zu verlängern, die sie durchströmte: Welle um Welle spülte endgültig ihre Trauer weg, löste die Tränenknoten auf und vertrieb den nachts in die Kissen – damit Lisa sie nicht hörte – geschrienen Schmerz. So sahen sich Agata und Carmine weiter schweigend und kaum atmend an, auch nachdem

Costanzo dem Ganoven seinen Körper wieder überlassen hatte, der ohne seine Ganovenrüstung gar nicht wusste, wie er sich der Welt gegenüber verhalten sollte.

Daher war es Agata, die Costanzos Vorschlag in die Tat umsetzte, die Initiative ergriff und sagte: »Erinnerst du dich an den Lauf, den du in der Mittelschule gewonnen hast?«

Er schnappte nach Luft und war gerührt: Verdammt! Sie erinnerte sich also noch an den Querfeldeinlauf, in dem er für sie gerannt war, für sie gewonnen, für sie den Hals riskiert hatte, weil Palazzolo, der jetzt irgendwo in der Provinz Trient eine Kompagnie Bersaglieri befehligte, ihm ein Bein gestellt hatte.

»Dank dir habe ich gewonnen«, flüsterte er. »Weil du an der Strecke gestanden und gerufen hast: ›Los, Carmine!‹, und ich eher gestorben wäre, als dich zu enttäuschen.«

»Du hast haushoch gewonnen«, fuhr sie fort, die sich an alles von jenem Tag erinnerte, auch an die Art, wie sie ihn angefeuert hatte, damit er vor den anderen ins Ziel käme und die Medaille für ihre Klasse gewinne. »Du bist allen davongerannt. Sogar dem Pechvogel Palazzolo, der dir ein Bein gestellt hat.«

Zum Teufel, sogar daran erinnerte sie sich.

Er errötete, wurde nervös. Eine himmlische Hand legte sich ihm auf die Brust und vertrieb seine Feindseligkeit, seine Bosheit, die Intrigen, die er zusammen mit dem Bürgermeister und dem Klüngel zur Agatas Schaden geplant hatte, und für sie wurde er zitternd wiedergeboren: völlig neu wurde Carmine Acquaforte wiedergeboren, wie eine Venus – ›Also wirklich, mein Schatz‹, kicherte Costanzo, ›der da soll eine Venus sein?‹ – wie ein Triton, der frisch aus dem Schaum eines kristallklaren Meeres entstieg, mit unbefleckter Seele und voll unschuldiger Gedanken und liebevoll und bang und …

So fand Roberto sie, den einen vor der anderen, sie redeten angeregt (von der Schulzeit, erfuhr er später, weil sie in der dritten Klasse der Mittelschule – Acquaforte war zigmal sitzengeblieben – Klassenkameraden gewesen waren). Und weil der Ganove ihm den Rücken zudrehte, sah Roberto nicht das Gesicht der vollkommen gezähmten Bestie, sondern stürzte sich mit dem gleichen Eifer auf ihn, mit dem man einen räudigen Hund durch Fußtritte verjagen will, aber Agata sagte sofort: »Das ist ein Freund.«

Ein Freund …

Acquaforte kam es vor, als packte ihn eine Hand an der Brust und stopfte ihn in eine Zentrifuge, weshalb er sich zusammen mit dem Laden und dem Kleinkram darin drehte, und wirbelnd und klingelnd genoss er ein paar Augenblicke im Paradies.

Roberto hingegen spürte, wie ihm die Arme herabsanken. Wie jetzt? Dieser Schurke sollte ein Freund sein? Dieser Mistkerl ein Freund? Dieser Lakai von Occhi janchi ein Freund? War Agata verrückt geworden?

Er sah sie misstrauisch an. Sie gab ihm zu verstehen, dass sie es ihm später erklären würde, wenn sie wieder allein waren. Also blickte er auf den Ganoven, der in einer vollkommen besoffenen Glückseligkeit mumifiziert zu sein schien, blickte wieder zu ihr, die diese trunkene Mumie anlächelte und ihren Suff noch weiter nährte, und suchte nach einer Erklärung, dem Hauch einer Erklärung, verdammt, die ihm die Vertrautheit zwischen der Tabbacchera und einem ihrer ärgsten Feinde verständlich machte. Und da Roberto sie nicht fand, diese Erklärung, kam er völlig durcheinander und zweifelte an allen Überzeugungen, die bis zu diesem Moment sein Leben geprägt hatten. Daher sagte er sich, dass er aufhören müsste, sich zu wundern, sonst würde er noch verrückt, weil ja verrückte Dinge jeden Tag vorkämen.

Er holte tief Luft, streckte dem Ganoven die Hand hin und stellte sich vor: »Mancuso, sehr erfreut.« Er sagte es einfach so, ohne Provokation, als würde er tatsächlich eine neue Person kennenlernen.

Der andere streckte seine Hand ebenfalls aus und erwiderte höflich: »Acquaforte.«

»Also wirklich!« Agata lachte, voll der Freude, dass sie ihren Ehemann gesehen hatte. »Roberto und Carmine seid ihr!«

Die beiden musterten sich: Sie kannten sich, natürlich kannten sie sich, aber jetzt sah der eine im anderen irgendetwas, das er früher nie beachtet hatte oder das vielleicht – ganz einfach – nicht dagewesen war.

Und gerade, weil sie sich so aufmerksam musterten, merkten sie nicht – nicht einmal Agata merkte es –, dass vom Balkon seines Hauses der Bürgermeister die Szene beobachtete und frohlockte, wie Carminuzzu die ganze Sache durchzog.

Na, sieh dir nur diesen Mistkerl an, sagte er sich kichernd. Er weiß sich zu helfen, weiß sich durchzumogeln.

»Baby«, rief von drinnen eine Stimme.

»Ich komme«, antwortete er.

Lola Diaz lümmelte auf dem Bett ohne Scham und ohne Schande. Ein Weibsstück, das sich mit der nötigen Wucht und großer Vorstellungskraft hatte nehmen lassen und das vor allem die körperlichen Dinge nicht mit Gefühlen vermischte, so wie es die elende Nunzia jedes Mal machte, wenn er sie zum Teufel schickte. Der Name Nunzia schrillte rot in Occhi janchis Hirn und fachte die Flamme des Zorns wieder in ihm an: Ah, Nutte, Hurennutte! Wo bist du? Mit wem bringst du mein Geld durch? Was machst du mit meinen Papieren?

Er hatte seine besten Männer von der Leine gelassen, damit sie sie suchten, damit sie sie selbst im Arsch des Teufels aufstöberten. Mehr als ein Monat war bereits vergangen. Und bis zu diesem Tag gab es noch keine Nachricht. Siebenundvierzig Tage nach ihrer Flucht gab es keine Nachricht: Verschwunden, weg, nicht existent, Nunziata Carini war nie über das Angesicht dieser Erde gewandelt, niemand hatte mit ihr gesprochen, kein Verwandter hatte sie aufgenommen, kein Bordell hatte sie angestellt, in keinem Hotel war sie als Gast geführt.

›Aber ihre Tage sind gezählt‹, sagte Occhi janchi sich.

Er hatte seinen Häschern tatsächlich aufgetragen, sie zu ermorden, sobald sie sie fänden, und ihm als Beweis der Tat ihren kleinen Finger mit dem Erstkommunionsring zu bringen, den diese Hure nie ablegte.

Lola streckte die Hand nach ihm aus. »Machen wir es noch mal?«, schlug sie lächelnd vor.

»Ich geh etwas Wasser trinken«, sagte er. »Dann fangen wir von vorne an.«

Sie blickte ihm nach: Mager und kümmerlich, ein hängender Arsch, Beinchen eines Dreizehnjährigen, der Bauch gewölbt wie ein Fässchen, die Schultern mit Muttermalen übersät, der Kopf kahl. Sie schloss die Augen, um nicht zu heulen, um nicht daran denken zu müssen, in welchen Sumpf sie geraten war. Ein paar Tränen rannen ihr dennoch über das Gesicht, und der Name von Nando, der nach einem Leben voller Versprechungen einfach abgehauen war, zerriss ihr das Herz.

Der Alte hingegen schluckte noch eins von den Pillchen, die ihn stahlhart machten, dann ging er ins Bad, duschte sich ab, parfümierte sich, rasierte sich noch einmal, vertrieb sich also die Zeit, bis das Pharmazeutikum Wirkung zeigte, dann kehrte er in das Zimmer zurück und bereitete sich durch das Herumfummeln am Körper der Diaz auf neue Befriedigungen vor, während Lola im Geiste die schönsten Momente ihres Lebens mit Nando durchging bis zu dem Tag, an dem eine wunderschöne Ghanaerin (zwei Meter groß, grüne Augen, Katzenkörper) ihn ihr weggenommen hatte.

27

Der Oktober war da. Und mit ihm wurde das Licht schwächer, das Rot und Gelb der Blätter überzog die Straßenränder mit dem Gold der kahler werdenden Bäume, die sich in Reinheit dem Winter anboten, nackt und gleichgültig dem Frost gegenüber, weil sie sich in einen traumgeschwängerten Schlaf zurückzogen, der im Frühling wieder neues Grün sprießen lassen würde.

»Dafür werde ich mich nie revanchieren können«, sagte Letizia zu Franca, die mit ein paar Nadeln im Mund vor ihr kniete und den Saum eines der vier von ihr genähten Winterkleider absteckte.

»Revanchieren wofür? Dummerchen, das mache ich doch aus Freundschaft«, sagte Franca mit zusammengepressten Lippen, damit ihr die Nadeln beim Reden nicht herunterfielen. »Und auch weil ich dich mag«, ergänzte sie.

Sie sagte ihr nicht, dass sie es auch tat, um Errico Scuderi den ultimativen Dolchstoß zu verpassen, weil er es sich in den langen Jahren ihrer Ehe erlaubt hatte, Letizia zu demütigen. Armes Kind, aber wie hätte sie sich auch wehren sollen? Franca hätte es niemals zugelassen, dass irgendjemand sie demütigt, nie! Sie war eine kämpferische Frau, eine, die ihr eigenes Geld hatte und mit ihrem Geld machte, was sie wollte, ohne von irgendjemandem abhängig zu sein. Daher hatte sie auch nicht wieder geheiratet, als Giorgio gestorben war, deshalb hatte sie das Ruder ihres Lebens selbst in die Hand genommen und war durch die Höhen und Tiefen gesteuert, die das Schicksal ihr bescherte, allerdings mit der Würde, die ihr die Arbeit ihrer

Hände und ihrer Augen verlieh, möge der Herr sie ihr immer bewahren.

»Aber«, fuhr Letizia fort, »sobald ich zu arbeiten anfange, werde ich dir diese Kleider bezahlen.«

»Das ist nicht nötig, es genügt, dass du mir im Haus hilfst.«

»Das ist doch dafür, dass ich hier wohnen kann«, antwortete sie.

Am Ende waren sie nämlich übereingekommen, dass Lisa bei Agata und Letizia bei Franca wohnen sollte.

»Hast du Nachricht von Violante?«

»Vorhin ist Don Bruno vorbeigekommen und hat mir gesagt, dass er sie getroffen hat, dass es ihr gut geht, dass sie es gar nicht abwarten kann zu heiraten.«

»Immerhin, die Jugend von heute denkt ja sonst nicht mehr ans Heiraten, die ziehen zusammen und das war's.«

»Errico würde sie umbringen«, murmelte Letizia.

»Errico würde sie in jedem Fall umbringen. Er versteht einfach nicht, dass ein anderer sie sich nimmt, und ausgerechnet so einer wie Scianna, der so alt ist wie er selbst, aber hundert Mal besser.«

»Er ist viel zu eifersüchtig«, gab Letizia zu. »Viel zu sehr.«

Ihr Herz zog sich zusammen. Sie wusste, dass Errico durchdrehen würde, sie spürte es, sie ahnte es, deshalb wollte sie mit Scianna sprechen und ihm sagen: »Bringen Sie meine Tochter weg, weit weg, wo ihr Vater sie nicht finden kann.« Und wenn sich Errico dann an ihr rächen würde, sei's drum, aber ihre Tochter würde überleben und vor allem glücklich sein.

Und sie? Der Gedanke an einen schlimmen Tod ließ sie ein paar Tränen vergießen.

»Mach dir keine Sorgen«, sagte Franca und trocknete ihr das Gesicht mit einer Liebkosung.

»Ich mache mir keine Sorgen«, murmelte Letizia.

»Wenn er dir zu nahekommt, erschieße ich ihn!« Franca sagte es lachend, aber sie meinte es ernst. Zu viele Frauen wurden von ihren Männern umgebracht, zu viele. Jeden Tag eine: Sie sah es in den Nachrichten im Fernsehen, umgebracht nur, weil die Ärmsten beschlossen hatten zu gehen und den Kerl zu verlassen, der ihnen das Leben zur Hölle machte.

»Du erschießt ihn?«, fragte Letizia. »Womit?«

»Mit der Pistole.«

»Na klar. Du hast eine Pistole?«

Franca erhob sich, ging zum Schränkchen, öffnete es und nahm eine kleine Waffe heraus, so eine, die in jede Handtasche passte.

»Das ist doch ein Spielzeug.«

»Die ist echt! Eine Beretta. Mit sieben Schuss.«

»Aber … warum …«

»Die hat mein Mann mir gekauft und gesagt, ich solle sie im Haus haben, damit ich mich verteidigen kann, während er auf Arbeit im Ausland war. Ich war eine einsame Frau mit einem kleinen Kind, er fühlte sich wohler bei dem Gedanken, dass ich bewaffnet war.«

»Aber kannst du sie bedienen?«

»Natürlich!«

»Zeig mal.«

»Das ist die Sicherung«, sagte sie und zeigte ihr ein Hebelchen. »Wenn ich das umlege, so, siehst du … Siehst du den roten Punkt?«

»Ja, sehe ich.«

»Also, dann ist die Pistole scharf. Sie hat eine Kugel im Lauf. Und ist schussbereit.«

Letizia trat einen Schritt zurück. »Waffen machen mir Angst«, murmelte sie.

»Im Notfall helfen sie aber. Wenn du sie brauchst, jetzt weißt du, wo sie ist. Und du weißt, dass du sie nur entsichern musst.«

»Mir reicht es zu wissen, dass Violante nicht in Gefahr ist.«

»Und du?«, regte sich Franca auf. »Was bist du, etwa die Tochter eines Hundes? Du bist doch auch ein Mensch.«

Violante war nicht Gefahr, nein, denn Don Bruno hatte sie in einem Pensionat der Ursulinen in Syrakus untergebracht. Eine vorübergehende Unterkunft, nur solange, bis Scuderis Wut verraucht und die Hochzeit vollzogen war, für die Scianna bereits alle Vorkehrungen getroffen hatte. Errico jedoch hatte dank eines Hinweises des befreundeten Küsters erfahren, dass Violante dort war. Daher fuhr er zu dem Pensionat und bat um ein Gespräch mit der Oberin: »Geben Sie mir meine Tochter zurück.«

»Bitte?«

»Geben Sie mir Violante.«

»Hier gibt es keine Violante.«

»Schwester«, sagte er und ballte die Fäuste, »beeilen Sie sich gefälligst, oder ich zerschlage alles.«

»Ich sage es noch mal, hier gibt es keine Violante.«

»Schaisze, Sie lügen wie gedruckt! Und Sie holen sich in jeder Messe die Hostie?«

»Gehen Sie.«

»Ich will mit meiner Tochter reden.«

»Ich weiß nicht, wer Ihre Tochter ist. Gehen Sie, bitte.«

»Wirklich?«, brüllte er und nahm das Tintenfass, das auf dem Schreibtisch stand und warf es gegen eine Scheibe, während die Schwester nach Hilfe kreischte.

Da kam Violante, angelockt von seiner Stimme, und rief: »Was willst du?«

»Mein Schatz«, murmelte er, und gleich darauf: »Komm nach Hause. Es ist ja nicht deine Schuld. Es ist die Schuld deiner widerwärtigen Mutter und dieses Schweins. Komm, gehen wir nach Hause.«

»*Widerwärtig*? Meine Mutter? Pass auf, was du sagst, Scuderi!«

»Scuderi? So nennst du mich?«, staunte er, denn niemals durfte eine Tochter es sich erlauben, ihren Vater beim Nachnamen zu nennen und dazu noch so von oben herab. »Du hast mir gefälligst Respekt zu zollen, Herzchen! Und jetzt hol' deine Sachen, wir gehen.«

»Wohin denn, hä?«

»Nach Hause. Wohin sonst?«

»Ich gehe nicht mit dir nach Hause. Ich werde Toni heiraten.«

Errico sah Rot, Wutrot, Blutrot, Ohnmachtsrot, Verzweiflungsrot, Niederlagenrot, und er stürzte sich auf seine Tochter, versuchte, sie zu greifen, aber die Portiersnonne hatte zwei Wachmänner gerufen, die vor der nächsten Bankfiliale Dienst taten, und schon packten sie ihn und warfen ihn hinaus, während hinter ihm das Tor zugeschlagen wurde. Errico betrachtete verwirrt das Gebäude aus dunklem Stein, hoffte, Violante an einem der Fenster zu sehen. Er klingelte Sturm, aber niemand öffnete. Er begann, nach seiner Tochter zu rufen, dann, als er einen Streifenwagen der Polizei entdeckte, sagte er sich, dass er besser keine Aufmerksamkeit erregen sollte, daher setzte er sich auf die Stufen und wartete.

Allen, die vorbeiliefen, kam er vor wie ein armer Schlucker, einer, der sein Leben hinter sich hat, und den das Schicksal zu einem ehrlosen Leben verdammt. Eine Alte hatte Mitleid, öffnete das Handtäschchen und warf ihm eine Münze hin. Etwas, das ihn fürchterlich beschämte und fürchterlich aufregte.

»Hey! Wem gibst du hier Almosen?«, knurrte er, während er mit den Armen herumfuchtelte, um wer weiß was zu tun.

Als die Alte ihn so aufgebracht sah, flüchtete sie schreiend: »Ein Irrer, ein Irrer!«

»Du bist irre!«, brüllte er und rannte ihr nach. Er hatte sie fast erreicht, als ein Auto neben dem Bürgersteig hielt, eine Tür aufging und die herrische Stimme von Don Bruno (den die Oberin benachrichtigt hatte) ihm befahl: »Steig ein!«

»Haut ab.«

Don Bruno stieg aus dem Wagen. Er wog hundert Kilo, aber er bestand nicht nur aus Speck, da er die Konstitution eines

Feldarbeiters hatte, also über Muskeln und Kraft verfügte. Er trat zu Errico, packte ihn am Kragen und stieß ihn in das Auto.

»Also, willst du hier immer noch den Irren spielen?«, fing er an und brauste los.

Stille.

»Willst du in den Knast?«

»Meine Tochter will ich, nichts weiter.«

»Deine Tochter ist groß. Volljährig. Erwachsen. Eine Frau. Die Kleine gehört dir nicht mehr, sondern nur noch sich selbst.«

»Scianna ist ein Schwein.«

»Das stimmt nicht. Ich hab mit ihm geredet. Er ist ein guter Mensch.«

»Hat er Euch die Liste der Frauen gezeigt, die er gevögelt hat?«

»Ist die etwa länger als deine?«, fragte Don Bruno.

Das lief Errico so hart rein, dass er sofort erwiderte: »Ich will sie ja nicht heiraten. Ich will nur ihr Bestes, im Gegensatz zu diesem Schweinehund.«

»Na, dann steh ihr nicht im Weg, und lass sie Scianna heiraten, weil er sie glücklich machen wird. So wie Letizia dich glücklich gemacht hat.«

»Ja, klar, so sieht's aus. Ne Schlampe ist die doch.«

»Schlampe? Und was bist du dann? Meinst du, ich weiß nichts von deinen Geschichten mit den Französinnen und Deutschen und all den Touristinnen, die sich von dir die Karten legen lassen?«

»Was hat das damit zu tun, ich bin ein Mann.«

»Ach! Und das legitimiert dich also, außerhalb der Ehe rumzuvögeln?«

»Don Bruno, Ihr wisst doch auch, wie manche Dinge laufen. Kann man das Männliche verleugnen? Vor allem, wenn so 'ne schnucklige Kleine vor einem tanzt?«

»Und deine Ehefrau?«

»Die Ehefrau bleibt zu Hause und ist die Ehefrau.«

»Und lässt sich einfach alles gefallen?«

Errico schüttelte den Kopf und wechselte das Thema, weil der Pfaffe tatsächlich recht hatte. »Sie war ganz verhungert. Ich hätte auf meine Mutter hören sollen, als sie sagte, dass ich sie nicht heiraten soll, weil sie mir das Leben madig machen würde.«

»Wer, Letizia?«

»Genau die.«

»Wunderbarer Ratschlag deiner Mutter, wirklich wunderbar!«

»Sie hat mich geliebt.«

»Natürlich! Und was war, als sie dir die Stühle auf dem Rücken zerschmettert hat?«

Errico wurde rot. »Das hat sie nur gemacht, wenn sie betrunken war«, murmelte er.

»Also praktisch immer.« Don Bruno sah ihn mitleidig an. »Du bist von zu Hause weg, um nicht noch mehr Prügel zu beziehen, Errico, hast du das vergessen? Letizia hingegen hat dich immer lieb gehabt. Sie ist wirklich eine Heilige.«

»Von wegen! Oder gehen Heilige nackt auf die Straße?«, fragte er bissig.

»Wie bitte?«

»Das wisst Ihr nicht? Kann das sein? Hat Euch das niemand erzählt?«

»Was hat man mir nicht erzählt?«

»Dass sie nackt auf die Straße ist! Wusstet Ihr das etwa nicht? Dann erzähl ich's Euch: Nackt ist sie raus. Kann man solche Dinge etwa einfach vergessen? Kann man so etwas einfach verzeihen? Ach, kommt schon, Hochwürden, haltet Euch da raus, sonst nehmt Ihr auch noch Schaden.«

»Hör mir mal gut zu, Scuderi«, sagte Don Bruno, hielt den Wagen an und packte ihn am Kragen. »Ich sage dir, wenn du jemandem etwas antust, kriegst du es zuerst mit mir zu tun und dann mit Jesus Christus. Und du kannst sicher sein, wenn Jesus Christus mitleidig und barmherzig ist, so bin ich es nicht!«

»Schwachsinn.«

»Ich habe dich gewarnt.«

Franca nahm das Kleid und fing an, es abzusteppen: Es war aus sehr wertvollem dunkelrotem Samt.

»Das trägst du zur Einweihung.«

»Aber ich hab gar nicht die richtigen Schuhe dazu«, murmelte Letizia.

»Die kaufst du dir.«

»Von welchem Geld denn?«

»Das geb' ich dir.«

Franca hatte ihr bereits Geld gegeben, damit sie sich Unterwäsche, zwei Röcke und zwei Blusen kaufen konnte, die sie bis jetzt im Wechsel trug, dazu das Paar Slipper an den Füßen.

»Vielleicht ziehe ich die hier an.«

»Die? Diese Nonnenschlappen? Wäre das nicht eine Beleidigung für dieses großartige Kleid? Würde es sich nicht schämen? Wäre das nicht eine Demütigung für mein Werk?« Franca lachte. »Nein, dazu brauchst du schöne schwarze Chanel-Schuhe mit hohem Absatz, die das Bein strecken und dich noch hübscher machen, als du schon bist.«

»Wenn Errico mich so sieht, bringt er mich um«, rutschte es Letizia heraus.

»Das soll er nur wagen!« Franca blickte zum Schränkchen mit der Pistole.

Letizia schüttelte erneut den Kopf und fing an zu weinen. »Das gefällt mir nicht, Franca«, sagte sie unter Tränen. »Nichts gefällt mir an dieser Geschichte, gar nichts.«

»Niemandem gefällt diese Geschichte«, bestätigte Franca. »Und daher, denk gar nicht dran, wir denken nicht an das

Schlechte. Es kommt bestimmt eine gute Zeit, eine Zeit, in der das Restaurant läuft und wir alle reich werden, sehr, sehr reich, und jeder von uns kann dann das machen, was er will, und wenn du von hier weggehen möchtest, dann gehst du eben und fängst ein neues Leben an einem anderen Ort an, mit anderen Leuten, die dich bestimmt gern haben, weil du ein ganz liebes Mädelchen bist, Letizia, und kein Mann, der mit dir verkehrt, wird dich nicht gern haben.«

»Ich hab Angst«, sagte Letizia noch einmal. Sie sah aus dem Fenster, sah dunklen Rauch aus einem der Schlote aufsteigen und dachte, dass ihr Herz so dunkel war wie dieser Rauch.

Franca erriet ihre Gedanken und schüttelte den Kopf. »Es wird alles gut. Glaub mir. Hast du nicht gesehen, was passiert ist? Wenn mir jemand gesagt hätte, dass ich und Sarino …« Sie verstummte, denn das, was zwischen ihr und Motta geschehen war, kam ihr vor wie eine Sache, die weder Fisch noch Fleisch war, die sie aber trotzdem irgendwie zum Lachen brachte, die sie verrückt machte, die sie durchs Haus tanzen ließ und alle Bedrücktheit von ihr fortnahm, die sie in den vergangenen zwanzig Jahren begleitet hatte.

»Hoffentlich«, murmelte Letizia, und um weitere Diskussionen zu vermeiden, fügte sie noch an: »Ich geh jetzt bügeln.«

Auch Ingenieur Calcaterra betrachte vom Balkon seines angemieteten Zimmers den dunklen Rauch, der aus dem Schlot stieg, und fragte sich, worauf dieses außerbetriebliche Ereignis zurückzuführen war. Es geschah nämlich während der *Außer-Betrieb*-Zeit, dass ein Teil des in der Herstellung befindlichen Produktes in Rauch aufging, und das nur aus Sicherheitsgründen, um Unfälle zu vermeiden. Calcaterra arbeitete ebenfalls in der Petrochemie und kehrte nur am Wochenende nach Catania zurück; manchmal ließ er es sogar ganz. Er musste nicht in die Stadt, seine Mutter war tot, seine Ehefrau ebenso, er war fünfundsechzig Jahre alt und hatte keine Kinder, die sein Dasein erfreuten. Er reiste viel, das ja, gerade war er von einer Tour durch Mexiko zurückgekehrt und … Viel Rauch, viel zu viel! Er ging ins Zimmer und rief die Sicherheitsleute an: »Was ist da los?«

»Ein Leck … Aber wir haben alles unter Kontrolle, seien Sie ganz beruhigt.«

Beruhigt? Wie sollte er das sein? Sie lebten auf einem Pulverfass, die Sicherheit hing an einem seidenen Faden, eine Kleinigkeit genügte, und es bräche die Hölle los.

Er kehrte auf den Balkon zurück und sah mit beschwingtem Schritt das Klageweib vorbeilaufen. Die, wie er von Rinaldo erfahren hatte, die Toten nicht mehr beweinte, sondern viel mehr wie ein munteres Fischlein in einem Teich voller Fröhlichkeit zu schwimmen schien: Immer leicht beschwipst, zufrieden, mit tausend Sachen beschäftigt, oft auf dem Weg nach Syrakus, von wo sie mit Päckchen und Paketen beladen zurückkehrte, und dieses Hundchen folgte ihr, als wäre es ihr Schatten. Besser gesagt: Das Hundchen trottet voran, und sie lief ihm hinterher, als wär sie sein Schatten.

Das Klageweib hob den Kopf und sah ihn, da blieb sie stehen und sagte: »Entschuldigen Sie, Ingenieur, Sie sind doch aus Catania, oder?«

Er nickte.

»Weil ich müsste dort ein paar Sachen erledigen, und ich kenn die Stadt nicht so gut, könnten Sie mir ein paar hilfreiche Informationen geben, damit ich mich nicht verlaufe, wenn ich da bin?«

»Ich komme runter«, antwortete er. Und als er vor ihr stand, sagte er: »Kommen Sie doch herein und setzen Sie sich.«

»Darf ich Sie zu einem Kaffee in der Bar einladen?«

»Aber ich bezahle, Signora.«

»Signorina …«, flüsterte sie und wurde rot.

Der Ingenieur, der seit langer Zeit keine Frau mehr wegen so einer Kleinigkeit hatte erröten sehen, war überrascht.

Sie setzten sich an eines der Tischchen in Rinaldos Café, das Klageweib fragte ihn, wo sich der Tondo Gioeni befände, denn dort wohne jemand, den sie besuchen wollte.

Er erklärte es ihr so genau, dass sie die ganze Via Etnea vor sich zu sehen glaubte und oben, aber wirklich ganz oben, am Ende, kurz vor der Umgehungsstraße, lag der Tondo Gioeni.

»Wann wollen Sie hinfahren?«

»Am Wochenende.«

»Wenn Sie wollen, kann ich Sie mitnehmen, ich muss am Wochenende ebenfalls in die Stadt.«

Lucietta Montalto, die sich niemals Gedanken um ihre Reputation machte, freute sich und sagte: »Sehr gern, ich fahre mit Ihnen hin, und nehme für die Rückfahrt den Bus.«

»Wenn Sie wollen, können Sie auch mit mir zurückfahren, ich habe dort nicht lange zu tun.«

»Wenn es Ihnen keine Umstände macht?«

Er erwiderte: »Gar nicht. Es würde mich freuen.«

»Wieso?«

»Ich kenne nur wenige Leute, und ich habe nicht viel Gelegenheit, mich zu unterhalten, und in Begleitung zu reisen kann sehr angenehm sein.«

»Leiden Sie auch unter Alleinheit?«, fragte sie mit gesenkter Stimme.

»Alleinheit?«

»Einsamkeit«, sagte sie. »Aber ich nenne es lieber ›Alleinheit‹, das ist mein eigenes Wort, das meinen Seelenzustand besser beschreibt.«

Calcaterra hatte seit Jahren niemanden mehr über die Seele reden hören und wunderte sich. »Also sind Sie mit der Seele vertraut?«, fragte er.

Das Klageweib lachte, und lachend sagte sie: »Ich habe ein Zimmer in meiner Wohnung, das gehört ganz ihr.«

»Sie meinen, Ihre Seele hat ein Zimmer ganz für sich?«, fragte er ungläubig.

»Ja, Signore, ein wunderbares Zimmer. Mir tun die anderen leid, die die Seele einfach irgendwohin werfen, wo es gerade passt, denn sie ist unser wertvollstes Teil, und deshalb braucht sie einen angemessenen Ort.«

»Und das heißt?«

»Also, es gibt die, die sie in einer Höhle einsperren, und die, die sie in eine Abstellkammer stecken, andere stopfen sie in den Schrank, zusammen mit den Mottenkugeln, wieder andere verstauen sie in einer Schublade, manche stellen sie aufs Fensterbrett oder in den Garten ...«

»Das sind die Seelen, die Glück haben«, sagte er.

»Die gehören den Heiligen«, erklärte sie und versenkte den Löffel im Eis (auf den Kaffee hatte sie sofort verzichtet), »und den Asketen.«

Calcaterra sah sie an, die Traurigkeit der langen Jahre in Alleinheit – wie er es von da an nannte – hatte ihr dunkle Ringe unter die Augen gemalt, die selbst die besten Kosmetika der Zukunft nur teilweise würden abdecken können. Sie war keine Schönheit, sagte er sich, und doch strahlten ihre Augen, die so lange allein und so lange traurig gewesen waren, sie verteilten über ihrem ganzen Gesicht ein traumhaftes Licht, das allein schon schön war. Er sah sie an, während sie sprach, während sie vom Hundchen erzählte, von seinen Heldentaten, von der Tatsache, dass ihm nur die Sprachfähigkeit fehlte – »Ich schwöre es, Ingenieur!« – und vielleicht nicht mal die, da er ja verständliche Laute von sich gab und jedes Mal ...

»Wie sieht Ihr Seelenzimmer aus?«, unterbrach er sie.

Der Löffel des Klageweibs verharrte in der Luft. »Sie wollen wissen, ob es das wirklich gibt? Oder ob ich Ihnen völligen Unsinn erzählt habe?«, fragte sie.

»Bitte entschuldigen Sie.«

Sie lachte. »Wenn ich Sie bitten würde, es sich anzuschauen, würden Sie mich dann für unverfroren halten?«

»Niemals!« Er legte sich eine Hand auf das Herz.

»Dann kommen Sie«, sagte sie überraschenderweise, denn nie nie nie hätte sie gedacht, dass sie irgendjemandem jemals ihr Geheimzimmer zeigen würde.

Sie erhob sich, während der Hund bereits zum Corso trottete und ihnen nach Hause vorauslief. Die Leute machten ihnen den Weg frei, taten so, als würden sie sie nicht sehen, weder das Hundchen noch sein Frauchen. Doch das Hundchen scherte sich nicht darum und sein Frauchen auch nicht.

Calcaterra folgte ihnen, und währenddessen kam es ihm so vor, als täte er etwas völlig Unlogisches (eigentlich hätte er zur Fabrik fahren müssen, nachsehen, ob die Lage wirklich unter Kontrolle wäre, hätte die Nase mit Gestank und die Lungen mit Gift füllen müssen, und sie angeekelt wieder verlassen, nach Hause fahren und sich fragen müssen, welchen Sinn sein Leben hatte), doch stattdessen ging er neben diesen beiden Verrückten her – als was hätte er sie sonst bezeichnen sollen? – und fühlte sich, wie damals als Junge, als er die Schule geschwänzt und dann die Unterschrift seines Vaters im Entschuldigungsheft gefälscht hatte.

Sie gingen. Und die Leute, die endlich begriffen, dass auch der Ingenieur Teil dieser Truppe war, bereiteten sich darauf vor, heftigst zu tratschen.

»Ihr könnt mich mal«, murmelte Lucietta, als sie es bemerkte.

»Ihr könnt mich mal«, flüsterte der Ingenieur entzückt vom ungewöhnlichen Herzgeflatter im Bauch.

Occhi janchi sah ihnen missvergnügt hinterher und setzte sofort Russo auf ihre Fährte. »Was zum Teufel treiben die zwei da?«, fragte er Giardino, der neben ihm stand.

»Tja.«

»Informier dich!«

Dottore Grimaldi, der zu einem Hausbesuch unterwegs war, sah Lucietta und lächelte, denn er hatte ihr Übermaß an Schmerz kennengelernt, und jetzt wurde er Teil ihres Übermaßes an Freude, die das Hundchen jeden Tag in ihr entfachte. Die Kräuterfrau reichte ihr ein Päckchen. »Das ist für die Soße«, sagte sie.

Lucietta nickte. »Ich melde mich später«, antwortete sie und zog fröhlich weiter, während das Hundchen, das ein paar Hundert Meter vorausgelaufen war, endlich vor ihrer Haustür stehen blieb.

»Bitte«, sagte das Klageweib, trat zur Seite und ließ den Gast eintreten.

Calcaterra kam es vor, als beträte er eine wohlbekannte Wohnung. Die Möbel, die Bilder, das nach Wachs riechende Esszimmer, das Wohnzimmer mit dem Fernseher, einem Sessel und einem großen offenen Schreibheft, kamen ihm seltsamerweise sehr vertraut vor.

»Was schreiben Sie in das Heft?«, fragte er.

»Rezepte. Aber nur die, die ich gut finde«, sagte sie und stellte die Tasche auf den Tisch.

Sie sahen sich an. Sie schwiegen plötzlich ganz verlegen. Der Ingenieur fragte sich, wie er hierher geraten war, und Lucietta fragte sich bestürzt, warum sie diesen Mann, den sie nur vom Sehen her kannte, mit nach Hause genommen hatte. Die Atmosphäre kühlte sich ab, kehrt zurück auf die Ebene der Höflichkeit, der Förmlichkeit, auf den sicheren Weg der Banalität und auf den der Besorgnis. Lucietta war verwirrt: Warum bloß hatte sie dem da ihr größtes Geheimnis anvertraut?

Natürlich war es Patuzzu, der die Situation löst: Er schnappte den Ingenieur am Hosenbein und zog ihn in den Korridor.

»Nein.« Lucietta fuchtelte mit den Armen. »Warten Sie«, sagte sie, und das Herz klopfte ihr bis zum Hals. »Das ist alles Unsinn, Ingenieur, glauben Sie mir, die Fantasie einer verrückten Alten. Es gibt kein Seelenzimmer, entschuldigen Sie, ich weiß gar nicht, was mich geritten hat, es tut mir leid, ich … Sie … wissen Sie … Glauben Sie mir …« Und sie versuchte, den Hund aufzuhalten, versuchte, den Ingenieur aufzuhalten, der dem Hundchen folgte, versuchte, sich wie ein Hindernis den beiden in den Weg zu stellen.

Nichts. Entschlossen war das Tier, entschlossen der Gast, als hätte das Tier ihn gezähmt.

Sie blieben vor einer Tür stehen, die Patuzzu mit einem Sprung an die Klinke öffnete. Der Ingenieur trat ein und… Himmel!

Überwältigt, er war überwältigt. Und er vergaß alles, vollkommen alles, die Höflichkeit, die Kinderstube, den Anstand und den Respekt vor der Privatsphäre anderer, denn vielleicht wollte die Signorina ihn darauf hinweisen, als sie sich zwischen ihn und das Zimmer gedrängt hatte.

Er betrat die Seele, denn dies war die perfekteste Darstellung der Seele, die irgendjemand je hätte versuchen können: Ein leeres Zimmer ohne Möbel, ganz in weiß gestrichen. Durch eine Dachluke fiel ein Lichtstrahl, traf unzählige Prismen, die – an Nylonfäden befestigt – in unterschiedlicher Höhe von der Decke hingen.

Das Licht, von den Prismen zerlegt und multipliziert, verwandelte sich in Regenbögen, tanzte an den Wänden, der Decke und auf dem Fußboden aufgrund eines Lüftchens, das die Kristalle bewegte, sie aneinander stieß, sodass eine hauchzarte harmonische Musik erklang, das Herz umschmeichelte und es von allen Dissonanzen, Diskordanzen und Disharmonien heilte, die die unvermeidlichen Wunden des Lebens erzeugten.

Erstaunt trat der Ingenieur weiter ins Zimmer und fragte sich, welch wunderbarer Geist so ein Spektakel hatte erschaffen können, und aus welchem Grund und mit welchen Mitteln. »Wie kommt es, dass…«, sagte er. Dann blieb ihm die Sprache weg.

»Was glauben Sie denn«, murmelte Lucietta heiser, »wie hätte ich sonst all diese Alleinheit überlebt?«

Der Ingenieur – der mit Vornamen Ugo hieß – hatte nicht die Kraft, noch etwas hinzuzufügen.

»Jedes Mal, wenn ich mich trauriger als sonst fühlte«, begann sie also zu erklären, »hängte ich einen davon auf.« Sie zeigte auf die Kristalle.

Ugo betrachtete sie fasziniert.

»Der erste war eher Zufall«, fuhr sie fort. »Es war der Anhänger eines Kristallleuchters, den ich auf der Straße fand. Ich hab ihn sauber gemacht und mit einem Tuch poliert, da fing er an zu funkeln, ich hielt ihn ins Licht, und es entstand ein wunderschöner Regenbogen. Ich stand hier unter der Dachluke, als ich den Regenbogen sah, und da sagte ich mir, dass es schön wäre, ein ganzes Zimmer mit diesen Regenbögen zu tapezieren, aber mit einer beweglichen Tapete, die so beweglich ist wie die Regungen der Seele …«

Ihre Wangen hatten sich gerötet und ihre Augen strahlten noch stärker, falls das überhaupt möglich war; sie ließ jede Vorsicht fahren und erzählte das, was sie nie jemandem – und schon gar nicht einem Catanesen, denn die Catanesen waren gefährlich – erzählen würde. Sie sagte, dass jedes Prisma sie an eine Wunde erinnerte. »Eine verheilte Wunde«, präzisierte sie, denn Wunden können sich, wenn sie heilen, auch wenn sie nicht sofort verheilen, in Schönheit verwandeln.

»Wie kann sich eine Seelenwunde in Schönheit verwandeln?«, fragte er. Seine Seele war voller Wunden, einige schienen ihm sogar tödlich gewesen zu sein, und er wusste gar nicht, wie er die überlebt hatte.

»Wenn sie im Licht baden«, antwortete sie. »Ich hab mir gesagt: ›Lucietta, wenn das Licht Leben ist‹ – denn so ist es, Ingenieur – ›bringt das Licht Leben. Denn das Licht, das Leben bringt, heilt die Wunden des Lebens.‹ Habe ich mich klar ausgedrückt?«

»Vollkommen.«

»Na also.«

Für ein paar Momente lauschten sie dem leichten Klingeln, dann fragte Calcaterra: »Und die Schönheit?«

»Ist Licht! Was sonst. Das Licht entzündet sich in der Seele, wenn die Seele in Schönheit ruht. Habe ich …«

»Ja.« Er lachte. »Sie haben sich klar ausgedrückt.«

Lucietta atmete tief durch. Sie konnte es kaum glauben, dass jemand sie verstand. Es hatte Momente gegeben, da hatte sie geredet, und ihre Worte waren bei den anderen ganz verdreht angekommen, als ob auf dem Weg von ihr zu ihnen irgendein Teufel sie verändert hätte, und das, was die anderen hörten, war etwas völlig anderes als das, was sie gesagt hatte.

Und als Calcaterra sie so froh sah, fragte er: »Und die Freude?«

»Ingenieur … ausgerechnet ich soll Ihnen erklären, was die Freude ist? Sie haben studiert, haben einen Abschluss, Sie kennen die Welt!«

»Erklären Sie es mir, Signorina«, beharrte er.

Sie sah ihn mit diesen Schmetterlingsaugen an, die sie bekommen hatte. »Die Freude ist die Gemeinschaft, *mein Freund* … Darf ich Sie so nennen, ohne respektlos zu erscheinen?«

»Natürlich.«

»Also, ich kann nicht für die Allgemeinheit sprechen, ich kann Ihnen nur erzählen, was ich während meiner Alleinheit begriffen habe. Ich habe begriffen, dass die Schönheit dir hilft zu überleben, aber das reicht nicht, weil ohne Liebe bleibt selbst die größte Schönheit eine Glocke, die falsch klingt.«

»Wollen Sie damit sagen, dass die Freude die Liebe ist?«

Lucietta sah das Hundchen an, nahm es auf den Arm, drückte es an die Brust. »Ja, sie ist die Liebe.«

Ugo betrachtete die beiden, die ganz in dieser Liebesbezeugung versunken waren, und empfand Neid. »Darf ich wiederkommen?«, fragte er.

»Wann immer Sie wollen.«

»Darf ich diese Musik noch mal hören?«

»Jedes Mal, wenn Sie mögen.«

Sie schwiegen, und in dem langen Schweigen hörten sie nur das Klingen der Prismen, die wogend und tönend das sanfte Lied des Glücks spielten.

28

»ICH ... SCHWÖR'S DIR ... ich glaub' es ja selbst nicht«, sagte Carmine Acquaforte gerade zu seiner Schwester Rita, sie war die Einzige, mit der er offen reden konnte.

»Aber wie genau ist es passiert?«

Darauf hatte er keine Antwort. Er dachte nach, überlegte noch einmal, dann erinnerte er sich an den Moment, als die Tabbacchera ihn angelächelt hatte, und rief: »Als sie ein anderes Gesicht bekam.«

»Was soll das heißen?«

»Sie wurde liebevoll, ich schwöre es. Und genau in dem Moment kam es mir vor, als würde sich all der Müll in meinem Leben in den Garten Eden verwandeln.«

»Halleluja!«

»Spotte nicht, so war's.«

»Aber Müll ist immer noch dabei.« Sie lachte.

»Stimmt, aber so isses doch: Der Umgang mit einem Blinden macht selbst blind, meine Liebe. Aber ich meinte ja auch gar nicht *den* Müll.«

»Sondern?«

»Ach, keine Ahnung ... Du weißt doch, wie das ist, wenn du durch eine Straße voller Abfall und Obstreste und Hundehaufen und all dem Dreck läufst, den siehst du am Ende gar nicht mehr, weil du dich dran gewöhnst, und du merkst es erst, wenn du in eine blitzblanke Straße kommst, dass du dich fast gar nicht traust durchzulaufen, weil du sie mit deinen dreckigen Füßen nicht schmutzig machen willst? Genauso fühl ich mich.«

»Ach was, Carmine! Das kommt ja selbst mir alles ganz verkehrt vor, und ich bin deine Schwester.«

»Aber so war's. Sie hat mich liebevoll angeschaut.«

»Liebevoll? Dich? Wo du doch zum Klüngel gehörst, der ihr den Mann genommen hat? Ach was, hör mir bloß auf!«

An jedem anderen Tag hätte er sie zerfleischt, weil er nicht am Tod des Tabbacchere schuld war, und nicht mal Seine Exzellenz und der Rest der Truppe. Jetzt jedoch schwieg er. Und dieses Schweigen bewies seine vollzogene Verwandlung.

»Erzähl mir, was passiert ist«, sagte Rita.

Er kratzte sich am Kinn. »Aber nicht lachen.«

»Ich lache nicht.«

»Also … Ich wollte ein Gespräch mit ihr anfangen, und sie rührte sich nicht, sie überging mich einfach, sah zur Kaserne, um mir klar zu machen, dass ich besser sofort gehen soll, und plötzlich … Verdammt, Rituzza, plötzlich schaute sie mich an, als wäre ich der König der Welt!«

»Volltreffer!«

»Ich hab gesagt, du sollst nicht spotten, weil ich es doch selbst gar nicht begreif‹.«

»Schon gut. Das Wunder ist also geschehen, das haben wir kapiert. Und jetzt, was folgt daraus?«

»Mir kommt es vor, als wäre ich neugeboren.«

»Ach was.«

»Das ist so! So fühl ich mich.«

Sie legte ihm die Hand auf die Stirn, so als wollte sie feststellen, ob er Fieber hat.

»Ich fantastasiere nicht.«

»Nein? Dann gibt es nur zwei Möglichkeiten: Entweder kannst du dich nicht ausdrücken oder ich werd' auf der Stelle verückt.«

»Ich fühl mich, als hätte man mein Herz ausgetauscht«, sagte er.

Rita lachte, und wie sie lachte.

Betont geduldig sagte sie schließlich: »Fassen wir mal zusammen. Du warst im Tabakladen wegen der Zigaretten, und plötzlich sieht die Tabbacchera dich an und verwandelt dich?«

»Liebesbezeugend hat sie mich angeschaut.«

»Was heißt das? Red mal Klartext!«

»Ihr Blick war eine Liebesbezeugung. Genau. Und ich …«

»Carmine, was ist los?«, fragte sie rasch.

Er senkte den Blick.

»Hast du dich verliebt?«

»Sie hat mir schon immer gefallen … aber verlieben … das ist ein viel zu großes Wort.«

»Hast du dich verliebt?«, wiederholte Rita.

»Vielleicht.«

»Ja, und? Ist das vielleicht das Ende der Welt? Kommt vor.«

»Aber ich bin verheiratet.«

Sie sah ihn spöttisch an. »Willst du mir etwa sagen, dass die Ehe für dich ein Hindernis ist? Dass du Luisa immer treu gewesen bist? Immer immer?«

»Klar, hab ich rumgevögelt, und nie hab ich deshalb ein schlechtes Gewissen gehabt. Aber dieses Gefühl … das ist was anderes …«

»Es ist etwas Wunderbares«, sagte sie.

»In wen bist du verliebt?«, fragte er mit einem Mal.

»In niemanden.«

»Los, wer ist es?«

»Niemand!«

»Und wie heißt dieser Niemand?«

Sie lachte. »Filippo«, kapitulierte sie.

»Woher stammt er?«

»Aus Ragusa.«

»Gehst du mit ihm ins Bett?«

»Ich gehe mit ihm ins Bett.«

»Bist du verliebt?«

»Ich bin verliebt.«

»Und dein Mann?«

»Mein Mann schläft.«

»Und das findest du richtig?«

Plötzlich sah sie ihn ernst an. »Es kommt mir nicht richtig vor. Aber ich will auf Filippo nicht verzichten. Die Liebe lebe ich, wenn sie da ist, ansonsten begnüge ich mich mit Erinnerungen.«

»Schöne Einstellung.«

»Ich erlaube mir, das Glück des Augenblicks zu genießen. Ist das vielleichtzu viel verlangt? Zurück zur Tabbacchera«, sagte sie.

»Agata heißt sie.«

»Meinst du, das weiß ich nicht?«

»Na, dann nenn sie auch bei ihrem Namen: Agata!«

»Der Heiligen Agata von Catania haben sie die Brüste abgeschnitten.«

»Und der Lucia aus Syrakus die Augen ausgerissen. Ja und?«

Rita wurde ernst. »Ich hab Gerüchte über sie gehört, dass der Alte gedroht hat, ihr die Saracina wegzunehmen. Ich dachte, dass du zum Klüngel gehörst.«

»Ich gehörte zum Klüngel.«

»Und sie hat dich verwandelt?«

»Sie hat mich verwandelt.«

»Teufel, und wie hat sie das geschafft?«

»Sie hat mich angeguckt, liebe Schwester, angeguckt.«

»So mächtig war ihr Gegucke?«

»Ja, so mächtig.«

»Und was hat sie dir mit diesem Gegucke gesagt?«

Er wurde rot. Er suchte nach einer witzigen Antwort.

»Sag schon«, forderte sie ihn heraus.

»Dass sie mich schätzt.«

»Verdammt!«

»Tja.«

Sie sah ihn unvermittelt ernst an.

»Und wenn sie dich schätzt, kannst du diese Wertschätzung nicht hintergehen, ist es nicht so?«

»Genau das ist das Problem.«

»Lass mich raten: Occhi janchi will sie in den Dreck ziehen, aber du nicht.«

»Er will ihr alles nehmen. Alles. Land, Laden, Haus, Geld, Ehre. Alles.«

»Mistkerl! Und du warst einverstanden?«

Er nickte langsam.

»Natürlich!«, erwiderte sie. »Was hätte ich auch sonst von dir erwarten sollen?«

»Hör auf. Mir reicht es schon, wie sehr ich mich vor mir selbst ekle.«

»Immerhin.«

Ihr war Agata Lipari nicht gerade unsympathisch, wenn es mal vorkam, dass sie sich trafen, dann plauderten sie ein wenig und wenn sie beim Arzt nebeneinander saßen, lästerten sie nicht, sondern redeten über das Kino, das beide sehr liebten, und über die Bücher, die beide verschlangen, und wenn Agata sie um Hilfe bitten würde, wäre sie sofort zur Stelle, daher zischte Rita durch die Zähne: »Wehe, wenn du es wagst, sie fertigzumachen.«

»Schaisze, hast du denn gar nichts kapiert?«

»Alles hab ich kapiert, und trotzdem sag ich dir: Wehe dir! Und jetzt geh, ich muss los.«

»Wie jetzt? Ich bitte dich um einen Rat, und du wirfst mich raus?

»Welchen Rat willst du denn?«

»Wie kann ich ihr helfen? Was soll ich tun?«

Rita dachte kurz nach, dann breitete sich ein listiges Lächeln auf ihrem Gesicht aus. »Das Trojanische Pferd«, sagte sie mit gesenkter Stimme wie bei einer Verschwörung.

»Was heißt das?«

»Das, was ich gesagt habe.«

Das Trojanische Pferd …

Natürlich! Als Freund in das Haus eines Feindes eindringen und von dort die Aktionen zu Gunsten der Tabbacchera dirigieren.

»Du bist auf jeden Fall …«, sagte er lachend.

»Was?«

»Ein Teufelsweib bist du.«

»Das merkst du jetzt erst?« Und ebenfalls lachend begleitete sie ihn zur Tür, weil Filippo sie in Syrakus erwartete und sie sich beeilen musste. Sie verströmte einen Duft von Jasmin, der den Bruder verwirrte, denn alles, was er bis jetzt über die Frau an sich wusste – nicht über das Weib, nicht über die Schlampe, nicht über die Zicke –, alles, was er über die Frau wusste, erinnerte ihn an Agata Lipari, die ihm das Herz gebrochen und sich darin eingenistet hatte.

Auch Motta dachte an die Tabbacchera, aber nicht mit dieser leidenschaftlichen Glut Acquafortes. Er stand im Zimmer des Bürgermeisters, und hin und wieder warf er einen Blick auf den Tabakladen gegenüber, vor dem Agata mit der Kräuterfrau plauderte.

Er riss den Blick los, betrachtete den Tisch im Florentiner Stil des 15. Jahrhunderts, an dem Seine Exzellenz saß und schrieb, dann das Sofa an der Wand gegenüber, den falschen Perserteppich, auf dem die Füße des Bürgermeisters ruhten. Motta wartete auf ein Zeichen der Vergebung. Das sich natürlich verspätete: Er hatte bereits zwei Stunden antichambriert und jetzt, eingelassen in die Fürstengemächer, wartete er, dass Seine Gnaden von den Papieren aufsah.

Aber Seine Gnaden schrieb und schrieb, eine nicht enden wollende Litanei, und das Telefon klingelte, und er ließ sich herab ranzugehen, und dann schrieb er weiter und wieder klingelte das Telefon und wieder antwortete er, und ein neues Dokument nahm den Platz des vorherigen ein; und die Zeit rieselte langsam in den große Kolben, der die Sekunden und die Stunden, die Wochen und die Jahre sammelte.

Wie lange würde er ihn noch warten lassen? Ohne die Ungeduld zu verraten, die ihn zerfraß, blickte Motta wieder zur Tabbacchera, heute morgen trug sie ein schwarzes Strickkleid, das ihren Körper eng umhüllte, ohne vulgär zu sein. Schön war sie, so schön, dass man verzweifelte, dass man nicht mehr schlafen konnte. Und er bedauerte all die, die für sie entbrannten, die, die alles dafür täten, eine Liebkosung von ihr zu bekommen, einen Kuss und …

»Was willst du?«, schnalzte plötzlich die Stimme der Exzellenz.

Langsam dreht Motta sich zu ihm, langsam sagte er: »Ich will Euch meiner Wertschätzung versichern. Und mich Euch zur Verfügung stellen.«

»Ich weiß nicht, was ich mit dir machen soll.«

»Früher war ich Euch nützlich.«

»Früher«, wiederholte Occhi janchi.

»Also kann ich die Hoffnung, mich Ihrer Freundschaft rühmen zu können, begraben?«

»Was haste damals bei der Tabbacchera gemacht?«

Hinter dem Sofa erklang ein Geräusch, dem die beiden keine Beachtung schenkten. Das Fenster stand offen, hin und wieder klangen die Witze der Leute herauf, die auf der Piazza standen.

»Man hat mich eingeladen. Konnte ich das ablehnen? Was hättet Ihr an meiner Stelle getan? Franca Cortese ist ein großartiges Weib. Hätt ich da Nein sagen sollen?«

Der Bürgermeister, der jedem Gespräch über das Fleisch aufmerksam folgte, setzte ein Wendehalsgesicht auf. Dann gab er sich gleichgültig. »Was war das für eine Prozession, die aus ihrem Haus kam?«, fragte er.

»Das Klageweib hat uns zu sich eingeladen, um mit ihr anzustoßen.«

»Anstoßen?«, fragte der Bürgermeister plötzlich hellwach. »Das Klageweib? Wieso das?«

Motta senkte verschwörerisch die Stimme. »Es scheint, dass in Amerika ein Verwandter von ihr gestorben ist und ihr ein Erbe hinterlassen hat.«

»Was für ein Erbe?«

»Dollar«, sagte Motta und rieb Daumen und Zeigefinger der rechten Hand aneinander. »Kohle.«

»Ah!«, murmelte Occhi janchi.

Die Sache fing an, ihm zu gefallen, denn Gespräche über Kröten, denen er habhaft werden konnte, gefielen ihm immer.

»Aber was hat das Klageweib mit der Tabbacchera zu schaffen?«

»Es scheint«, fuhr Motta leise fort, »dass der amerikanische Verwandte auch ein Verwandter der Tabbacchera ist.«

»Verdammt!«, rief er. »Das heißt, selbst wenn wir ihr die Saracina abfackeln und den Laden und das Haus, wird sie immer reich sein?«

»Nein«, erwiderte Motta bestimmt. »Weil, als wir zur Montalto gegangen sind und sie uns das amerikanische Dokument gezeigt hat, sagte die Tabbacchera, dass dieser Verwandte sich mit ihrem Vater zerstritten hat und ihr deshalb nicht das kleinste bisschen vermacht hat.«

»Ah.« Der Bürgermeister atmete erleichtert auf. »Und der Professore? Was hat der Professore da gemacht? Und die Hexe? Und Scuderis Tochter, diese Schlampe, die dann von zu Hause weggelaufen ist?«

»Das weiß ich nicht genau. Die waren alle da, im Haus der Tabbacchera. Mehr nicht, wir haben gegessen und sind anstoßen gegangen, und ich bin schnell nach Haus, noch bevor irgendjemand sagen konnte, ich wäre ein Verräter.«

»Ah …«, sagte Occhi janchi zufrieden. »Davor hattest du also Angst? Davor, dass ich dich für einen Verräter halten könnte?«

Motta legte sich eine Hand aufs Herz. »Ihr wisst doch, dass ich Euch treu ergeben bin. Ihr wisst, dass ich für Euch ins Feuer springen würde.«

Das gefiel Seiner Exzellenz, es gefiel ihm wirklich. »Setz' dich«, erlaubte er ihm großzügig.

Motta setzte sich, im Gesicht einen zufriedenen Ausdruck, den Seine Exzellenz wohlwollend aufnahm: So wollte er seine Männer, sie sollten zufrieden unter seiner Knute stehen, mit der er sie drangsalierte.

»Brauchst du etwas?«, ließ er sich herab zu fragen.

»Ehrlich gesagt, ja.«

»Aha?« Die Antwort überrascht ihn, weil Motta sonst immer erklärte: ›Ich brauche nichts, mir reicht es, Ihr Freund zu sein.‹ »Sprich«, sagte Occhi janchi.

»Ich habe Grimaldis Speicher gekauft.«

»Oh, hat er sich endlich dazu entschlossen?«

»Hat er, ja, und ich hab ihn gekauft. Ich will dort ein Restaurant eröffnen, und dafür brauche ich die Genehmigung. Aber Ihr kennt mich, Exzellenz, bin ich etwa der Typ, der sich hinsetzt und lernt und Prüfungen ablegt? Ich brauche die Genehmigung, weil ich den besten Koch dort kochen lassen will und der beste Pizzabäcker soll Pizza machen, und das alles soll ordentlich und sauber ablaufen ...«

»Und wie bist du auf diese Idee gekommen?«

Motta sah ihn wie einen geprügelten Hund an. »Ich werd alt, Exzellenz, alt. Und wovon soll ich leben, wenn ich nicht mehr auf die Tiere aufpassen kann? Von den zwei Lire, die mir der Staat gibt?« Er schüttelte den Kopf. »Nein. Ich eröffne einen Laden, und wenn ich alles richtig mache, kann ich in Würde alt werden.«

»Juckt dir der Schwanz?«, fragte der Bürgermeister ihn sofort. »Ich mein: Wenn du eines Tages mit Franca ›der Acitana‹ allein bleibst, und du willst dir den Appetit vertreiben oder ihr eine Abreibung für all das verpassen, was sie dir angetan hat, als sie immer Nein gesagt hat, also: Wenn so etwas passieren sollte, wärst du dem dann gewachsen?«

»Was meint Ihr?«, fragte Motta.

»Ich mein', dass du n Scheiß übers Alter erzählst.«

»Das hat mir mein Vater beigebracht: Genieße heute, aber denk auch an Morgen.«

»Das hat er gut gemacht. Also, du brauchst eine Genehmigung?«

»Jawohl, Exzellenz.«

»Komm in einer Woche wieder.«

Motta erhob sich. »Habe die Ehre«, sagte er und verbeugte sich.

Der Alte sah ihn mit seinen fast weißen Augen an und erklärte: »Diesen Gefallen musst du mir aber erwidern, das weißt du, oder?«

»Das habe ich wohl immer bedacht. Was braucht Ihr?«

»Momentan nichts«, antwortete Occhi janchi. »Auf Wiedersehen.«

Motta wandte sich zur Tür, wo er beinahe mit dem stellvertretenden Bürgermeister zusammenstieß, der ihn ansah und verstand, dass die Dinge zwischen ihm und Seiner Exzellenz wieder in Ordnung waren, und daher erlaubte er sich, ihn zu grüßen. »Wie ist es gelaufen?«, fragte er freundlich.

»Großartig gut.«

»Das freut mich.«

Aber dieser Wortwechsel war nicht so sorglos wie einst, es war, als wären diese Worte rostig, sandig, kratzig und würden beim Aufeinandertreffen die Haut aufschürfen.

Als Motta gegangen war, sagte Scimò zu Seiner Exzellenz: »Ihr habt mich rufen lassen?«

»Ja, Signore. Schließ die Tür und auch das Fenster.«

Er gehorchte, dann setzte er sich vor den Alten.

»Und jetzt machst du das, was ich dir sage«, fing Occhi janchi an.

»Zu Befehl.«

»Sobald ich hier mit dir fertig bin, gehst du zur Tankstelle, füllst einen Benzinkanister und setzt die Saracina in Brand.«

Scimò begann unmerklich zu zittern. Occhi janchi jedoch registrierte es und zog eine enttäuschte Grimasse, weshalb Scimò sich genötigt fühlte zu sagen: »Ist gut.« Doch sein Hirn suchte auf Hochtouren nach einem Ausweg.

»Immerhin«, erklärte der Alte, »kannst du sicher sein, dass dich dort niemand sieht, weil da niemand wohnt, nicht mal in der Umgebung wohnt wer, das ist ein gottverlassener Ort!«

Scimò hätte ihn gern gefragt, woher er das wusste, doch er schwieg lieber.

»Du musst ein perfektes Feuer legen«, sagte Occhi janchi. »Von allen Seiten muss die Saracina brennen. Alles muss brennen: die Olivenbäume, Orangen, Zitronen, das Haus, der Gemüsegarten, alles, einfach alles.«

Dem stellvertretenden Bürgermeister brach der kalte Schweiß aus. Er hatte schon so manche Schweinerei in seinem Leben durchzogen, aber das hier übertraf alles.

»Was ist, hast du Angst?«

»Nicht doch!«, log er.

»Ein braves Kerlchen bist du. Dich nehm ich mit ins Regionalparlament. Du und ich, wir werden Furore machen«, versprach Occhi janchi. »Aber das ist längst nicht alles, wir schaffen es bis nach Rom, das schwör ich dir, wir werden mit großer Volkesstimme gewählt.«

»Stets zu Diensten«, murmelte Scimò, den die Aussicht auf das Nationalparlament in diesem Moment weniger interessierte als zwei Becher beim Kartenspiel, wenn Keulen Trumpf sind.

»Fahr gegen drei hin, dann ist mit Sicherheit niemand da. Mach es gründlich, und danach kommst du wieder und berichtest mir.«

»Ehrlich gesagt ...«

»Ehrlich gesagt was?«

»Ehrlich gesagt, meine Frau hat einen Arzttermin«, sagte Scimò und schöpfte Hoffnung bei diesem Gedanken. Sollte er doch einen anderen mit dieser Aufgabe betrauen, Acquaforte, Giardino, Vaccaro, Orlando … die riskierten weniger. Er war immerhin der stellvertretende Bürgermeister, kann ein stellvertretender Bürgermeister einen Brand legen?

»Mach einen neuen Termin«, sagte der Alte ungerührt.

»Aber ich …«

»Verdammt! Ich hab dir gesagt, was du tun sollst, und du tust es. Wenn nicht, lass ich wie durch ein Wunder die falschen Abrechnungen auftauchen, die nur wir beide kennen.«

Tja, er hatte ihm die Schlinge schön fest um den Hals gezogen.

»Wie Ihr wollt«, musste Scimò sagen.

Hinter dem Sofa schaute Lorenzo erschrocken Corrado an, der sich den Zeigefinger auf den Mund legte und ihm mit Blicken einschärfte zu schweigen, nicht zu atmen, keinen Ton von sich zu geben, nicht den geringsten Laut zu machen.

Der stellvertretende Bürgermeister ging. Die Jungs hörten seinen langsamen Schritt, schleppend, so wie von einem, der zum Schafott schreitet. Seine Exzellenz blieb und unterschrieb Briefe, erledigte andere Dinge, hörte ein paar Mitbürger an, die sich über ein kaputtes Abwasserrohr beschwerten, weil das dreckige Wasser wie Tusche den Corso hinunterlief und man bei dem Gestank fast umkam.

Lorenzo wand sich, er musste Pipi und fürchtete, es nicht mehr halten zu können. Der Bürgermeister verlor weitere Zeit, telefonierte, sagte Sachen, die keinen Sinn ergaben, ab und zu lachte er, und ab und zu erhob er die Stimme, und Lorenzo stand das Pipi bis zum Hals, und wenn er nicht gleich pinkeln könnte, würde ihm die Blase platzen.

»Der Präfekt ist da«, sagte irgendwann der Portier.

»Bringen Sie ihn in den Salon«, antwortete der Bürgermeister und sprang auf.

Lorenzo war puterrot.

Der Bürgermeister zog sich das Jackett an, rückte sich die Krawatte gerade, betrachtete sich aufmerksam im Spiegel und verließ endlich den Raum.

»Raus hier«, flüsterte Corrado.

Sie rannten zur Tür, wollten sie gerade öffnen, als sie aufgerissen wurde und Acquaforte vor ihnen stand. »Wer hat euch denn hier reingelassen?«, fragte er überrascht.

Corrado wich so plötzlich zurück, dass er gegen den Tisch stieß; der Stoß war so heftig, dass eine Schüssel voller Bonbons und Pralinen darauf umfiel. Bei jeder anderen Gelegenheit hätte er die Hand danach ausgestreckt und sich ein paar geschnappt, aber ...

»Antwortet!«

»Wir suchen das Klo«, sagte Lorenzo, bedeckte seine intimste Stelle mit den Händen und trat von einem Fuß auf den anderen. »Man hat uns gesagt, dass es hier wäre, aber wir haben es nicht gefunden.«

»Das hier ist das Arbeitszimmer des Bürgermeisters«, donnerte Acquaforte. »Das hier ist eine Kommandobrücke, und kein Klo.«

Eine Kommandobrücke mit Süßigkeiten, überlegte Lorenzo.

»Das, was ihr sucht, ist vier Türen weiter.«

»Warum nennen Sie das hier eine Kommandobrücke?«, fragte Corrado vorwitzig, damit man ihn auf der Stelle fortjagen würde. Lorenzo hingegen stürmte zur Toilette.

Acquaforte musterte den Sohn des kommunistischen Hausmeisters. »Was wolltet ihr hier?«, fragte er. »Man kommt nicht bis hier hoch, um zu pinkeln.«

»Wir wollten uns das Rathaus ansehen«, flunkerte er.

»Wieso?«

»Weil es das Haus des Volkes ist.«

»Ach, wer hat dir denn diese hübsche Idee in den Kopf gesetzt. Lass mal hören! Dein Vater?«

»Die Lehrerin«, antwortete Corrado.

»Sag dieser Lehrerin, dass sie aber auch von nichts eine Ahnung hat!«

»Das mache ich gern«, sagte Corrado. »Auch wenn sich die Cultrera dann aufregt.«

Verdammt! Cettina Cultrera war seine Schwägerin, die Schwester von Luisa, und wenn Luisa ein Engel war, so war Cettina ein Teufelsweib.

»Das war ein Scherz«, sagte Acquaforte rasch. »Die Cultrera ist die beste Lehrerin überhaupt.«

Derweil war Lorenzo zurück, war erleichtert und lächelte, denn Acquaforte war immerhin ein Freund seines Vaters.

»Was habt ihr hier gemacht?«, fragte dieser ihn nun mit rauer Stimme.

»Wir … wollten die Aussicht bewundern«, stotterte Lorenzo.

»Die Aussicht, das Haus des Volkes … Wisst ihr denn nicht, dass man nicht lügen soll?« Er packte sie an den Ohren und zog sie in ein staubig riechendes Zimmer voller Karteikästen. Corrado begann zu niesen.

»Was wolltet ihr hier? Ihr habt zehn Sekunden, sonst rufe ich die Carabinieri und lass euch einsperren.«

Corrado versuchte, sich weitere Lügen auszudenken, aber der Ganove forderte: »Die Wahrheit.«

Lorenzo knickte ein. »Wir wollten der Signora Tabbacchera helfen«, flüsterte er.

»Der Tabbacchera helfen?«, fragte Acquaforte erstaunt. »Und warum?«

»Sie ist unsere Freundin«, sagte Lorenzo.

»Ist sie etwa in Schwierigkeiten?«, fragte Acquaforte.

»Ja. Sie wollen ihr was Schlimmes antun.«

»Wer?«

Corrado warf Lorenzo einen feurigen Blick zu.

»Wer?«

»Seine Exzellenz.«

»Wirklich? Schluss mit den Lügen.«

»Das ist die Wahrheit«, schrie Lorenzo fast. »Er hat gerade dem stellvertretenden Bürgermeister gesagt, dass er die Saracina anzünden soll«, verriet er und wusste, dass er damit die Freundschaft zu Corrado aufs Spiel setzte, aber er konnte eben nicht lügen.

»Wann?«

»Vor fünf Minuten.«

»Nicht das«, wurde Acquaforte ungeduldig. »Wann soll er sie anzünden?«

»Heute Nachmittag, gegen drei Uhr.«

Acquaforte sah auf die Armbanduhr. Es war kurz nach eins.

»Das ist nicht richtig«, sagte Lorenzo und konnte die Tränen nicht mehr zurückhalten. »Man zündet kein Land an, man tut Witwen nichts, man tut einer schönen Signora wie der Tabacchera nichts Böses.«

»Nicht mal einer hässlichen Signora tut man etwas Böses«, sagte Acquaforte. »Ich werde ihn aufhalten«, rutschte ihm heraus.

»Wer's glaubt!«, sagte Corrado. »Ihr steckt doch alle unter einer Decke, ihr gehört doch alle zum Klüngel.« Er wollte gehen.

Acquaforte packte ihn am Arm. »Ich schneid dir die Zunge raus!«, drohte er, aber er lachte.

Corrado musterte ihn. Er blickte Acquaforte direkt in die Augen: Würden sie flackern, wäre es eine Lüge.

Aber seine Augen blieben fest.

Corrado kratzte sich am Kopf, sah Lorenzo an und bat ihn mit Blicken um Hilfe, aber Lorenzo schien sich von dieser Welt verabschiedet zu haben und war ganz in Gedanken versunken. Also lenkte er ein: »Na gut. Wie halten wir den stellvertretenden Bürgermeister auf?«

»Wir rufen die Carabinieri«, sagte Acquaforte.

»Nein …«, mischte sich Lorenzo ein, dessen Augen plötzlich engelsgleich glänzten.

»Wie dann?«, fragte Acquaforte.

In diesem Moment kam Orlando herein, der immer noch von der Tabbacchera als Köpfe abschneidende Judith träumte. »Was ist denn hier los?«, fragte er.

»Unser Freund«, antwortet Acquaforte schlagfertig, »Vater von diesem hübschen Kerlchen hier, braucht einen Lageplan.«

»Und wessen Sohn ist dieses Kerlchen?«

»Der von Fazio, dem Auftragnehmer.«

»Ah«, machte Orlando.

Er hatte einen bitteren Geschmack im Mund. Der Traum von der Witwe ließ ihm keine Ruhe. Er hätte mit Acquaforte darüber reden wollen, ihm sagen, dass sie aufhören mussten, die Tabbacchera fertigzumachen, weil er niemanden mehr fertigmachen wollte, ihm reichte der Ärger, den sein Sohn ihm bereitete, denn der hatte das Priesterseminar gegen das schöne Leben mit einer Polin eingetauscht, die es sich in seinem Bett bequem gemacht hatte. In eine Hölle, Herr im Himmel, in eine wahre Hölle hatte sich sein Haus verwandelt! Seine Frau gebärdete sich wie ein wildgewordener Teufel, aber nicht, weil der Sohn nun kein Pfaffe mehr wurde, nein, sie war sauer auf die Polin, weil die sich mit Sicherheit schwängern lassen und ihren Sohn zur Heirat zwingen würde, und dann würde sie ihm Hörner aufsetzen und lügen, wie nur Huren lügen können, und ihr Sohn müsste für die Scheidung aufkommen, und die Polin würde ihn um alles bringen, und er würde sein Kind nie wiedersehen (und sie auch nicht, obwohl sie die Großmutter war), und mit Sicherheit würde die Polin Vater und Großmutter nicht mal zur Taufe einladen …

»Also?«, riss Acquaforte ihn aus seinen Gedanken.

»Ich muss mit dir reden.«

»Später«, sagte er und deutete auf die Jungen.

»Na gut. Wo soll ich auf dich warten?«

»Bei Patania, um vier.«

»Aber vergiss es nicht.«

Als Orlando gegangen war, sagte Acquaforte zu Lorenzo: »Also, was hast du vor?«

»Wartet auf mich unter den Arkaden«, antwortete er. »In fünf Minuten bin ich zurück.« Und er rannte los, als würde er von Seiner Exzellenz höchstpersönlich verfolgt.

Acquaforte sah den Hausmeistersohn an: »Bist du auch Kommunist?«, fragte er.

»Bis in die Zehenspitzen.«

»Und was hast du davon?«

»Freiheit und Würde«, antwortete er mit den gleichen Worten, mit denen sein Vater diese Frage beantworten würde.

»Freiheit … Würde … Weißt du überhaupt, was Würde ist?«

»Ein sauberes Gewissen und saubere Hände.«

Volltreffer. Acquaforte senkte den Kopf. »Das hat dir dein Vater gut beigebracht.«

»Hat Ihr Vater Ihnen nichts beigebracht?«, fragte Corrado auf unschuldige Kinderart.

»Mein Vater …« Acquaforte verstummt und legte ihm eine Hand auf die Schulter. »Komm, sehen wir mal, was für eine großartige Idee dein Kumpel hat.«

»Wenn die Idee nicht gut ist, was machen wir dann? Man braucht immer einen Plan B.«

»Darum kümmern wir uns später.« Aber Acquaforte wusste bereits, was er machen würde: Ein anonymer Anruf bei den Carabinieri mit der Ankündigung, dass in der entsprechend Gegend gerade jemand Feuer legte. Sicher, es tat ihm für Scimò leid, der für die Sünde eines anderen büßen müsste, aber die Tabbacchera wäre gerettet.

29

Scimò hatte das Benzin bereits gekauft. Er war bis nach Syrakus gefahren, um den Kanister zu füllen – damit es nicht auf ihn zurückfiel, falls man den Brand für vorsätzlich gelegt halten würde –, er war ins Dorf zurückgekehrt und in sein Büro im Rathaus gegangen, wo er normalerweise den Tag zubrachte.

Er sah auf die Uhr, es war zwanzig vor drei.

Der Schulbus hatte gerade die ersten Kinder nach Hause gebracht und fuhr zu seiner zweiten Runde los.

Es war ein schöner Tag, aber man spürte schon die erste Kälte, der November vertrieb langsam den Oktober, und der Duft von verbranntem Holz und Röstkastanien durchzog das Dorf.

Scimò verspürte einen sauren Geschmack im Mund. Er hoffte, dass Russo, Orlando oder Acquaforte noch in der Nähe wären. Er brauchte einen Komplizen, wollte das Ungeheuerliche mit jemandem teilen, seinen Mut mit dem eines anderen vereinen und dadurch multiplizieren, damit er die Kraft aufbrächte, dieses Stück vom Paradies zu zerstören. Aber keiner von ihnen war da. Gerade stempelten sich die letzten Angestellten in der Eingangshalle aus.

Draußen war es kalt. Wind wehte. Ein hervorragender Tag, um ein Feuer zu entfachen.

Scimò fuhr sich über das Gesicht. Seine Hände stanken nach Benzin. Und dieser bittere Geschmack, Herrgott!

Vor ihm stand die Schüssel mit den Bonbons und den Pralinen, die der Bürgermeister immer gefüllt hatte, damit sich seine Leute während der Besprechungen hemmungslos daran bedienen konnten. *Panem et circensem*, heißt es doch, Brot und Spiele, oder? Der Bürgermeister war ein überzeugter Befürworter dieses Spruchs: Süßes im Mund lenkt ab, entwaffnet die Menschen, sodass man sie leichter über den Tisch ziehen kann, deshalb war er freigiebig mit diesen »Erlesenheiten«, wie er sie stolz nannte.

Ferdinando Scimò nahm eine Praline, um den sauren Geschmack zu vertreiben. Aber das Saure blieb. Er nahm eine zweite. Und noch eine. Er liebte Schokolade! Er könnte nur von Schokolade leben. Er hatte Hunger, aber keine Zeit fürs Mittagessen, das würde er später nachholen, wenn der Auftrag ausgeführt war.

Mit den Taschen voller Süßigkeiten trat er auf die Piazza, spähte in den Tabakladen hinein, es war nur Mancuso da: Seit der Junge bei ihr arbeitete, sah man die Tabbacchera immer seltener. Wie schade, allein der Anblick dieses großartigen Weibs bereitete Vergnügen. Auch Scimò hätte sie, wie alle anderen, gern gevögelt, aber dieser Wunsch blieb nur ein Traum, vor allem jetzt, da der Maresciallo einen Teil seiner Zeit bei ihr verbrachte, und die Megäre an ihr klebte wie eine Leibwache…

Hat sie wirklich Sarino Motta verhext?, fragte er sich, während er die Treppe hinunterging. Das jedenfalls sagten die Leute. Aber was sagten die Leute nicht? Momentan ging das Gerücht um, dass nachts das Gespenst eines nackten Weibs durch das Dorf zog, mit aufgeschlitztem Hals, aus dem das Blut sprudelte, ein Weib mit durchschnittener Gurgel, das nackt über den Corso lief.

Der Parkplatz war fast leer, vor der Kirche kreuzten sich zwei Tauben im Flug, eine ganz weiß, die andere fast schwarz; die schwarze hackte nach der weißen und vertrieb sie aus der Glockennische. Es kam ihm wie eine glückliche Weissagung vor: Das Böse (der Brand) siegt über das Gute (das Überleben der

Saracina), also wäre er (der Brandstifter) nicht in Gefahr. Diesen Orakelspruch lieferten ihm die beiden Vögel.

Und dennoch war Scimò nervös. Feuer zu machen hatte ihm noch nie gefallen. Er wäre lieber nach Hause gegangen, in die Pantoffeln geschlüpft, hätte die Hühnersuppe seiner Frau gegessen und den Tag vor dem Fernseher beendet. Stattdessen … »Bind nen Esel an, wo der Herr es will«, sagte er wütend.

Er startete den Wagen. Schon fuhr er die Serpentinen zum Friedhof hinunter. Das Gewissen plagte ihn, er fühlte sich wie ein Meuchelmörder, einer von diesen Monstern, die er nie im Leben zu treffen wünschte. Er dachte an das schöne Haus, an die Olivenbäume, an den Garten, an die Aschewüste, in die sich all das verwandeln würde. Die Versuchung umzukehren war riesig. Dann dachte er an die falschen Abrechnungen und begriff, dass er keine Wahl hatte. Aber es war das letzte Mal: Als Ausgleich für den verursachten Schaden würde er die Herausgabe aller – wirklich aller! – Abrechnungen fordern.

Scimò war ein paar Kilometer gefahren, als sich seine Eingeweide krampfartig zusammenzogen. Er bekam keine Luft mehr. Er krümmte sich über dem Lenkrad, während eine Kralle ihm das Gedärm zusammenpresste. Nur mit Mühe unterdrückte er ein Ächzen. Er wartete ein paar Sekunden, der Schmerz ließ langsam nach. Daran war nur der Hunger schuld, verdammt! Er hätte zumindest ein Panino essen sollen.

Er fuhr weiter und bog in die alte Straße nach Augusta ein. Nach etwa zehn Minuten verknäulten sich seine Eingeweide erneut: Er bekam heftige Krämpfe, gefolgt von einem langen Geglucker. Das Bedürfnis, den Darm zu entleeren, wurde dringlich, dringender, unaufhaltsam. Er fuhr an den Straßenrand, zog sich die Hose runter und ein Schwall Durchfall ließ ihn fast ohnmächtig werden.

Was zum Teufel war ihm nicht bekommen? Die Ravioli mit Ricotta? Klar, das musste es sein: Dieser Mistkerl von Rinaldo hatte bestimmt sauren Ricotta benutzt. Verdammt, dem würde er die Genehmigung entziehen! Und zwar sofort, heute noch. Und wenn er nach einer Begründung fragte, würde er ihm den sauren Ricotta vorsetzen, damit das Konto wieder ausgeglichen war und Schaden an der Gesundheit der Bevölkerung verhindert würde, denn das hier war vorsätzlicher Mord. Er kam wieder zu Atem, und die Stimme des Gewissens sagte ihm, dass er dem Bürgermeister nicht gehorchen und umkehren sollte.

Er hörte nicht auf sie. Er versuchte, sich so gut es ging sauberzumachen, fuhr noch etwa einen Kilometer weiter, als er schon wieder wegen der aufrührerischen Eingeweide anhalten musste. Rasch stieg er aus, rasch hockte er sich hin, rasch entledigte er sich dessen, was raus musste. Ihm war schwindlig, er dachte, dass es besser wäre, wenn er nach Hause führe, aber wieder kamen ihm die falschen Abrechnungen und der verfluchte Alte in den Sinn, der ihn in der Hand hatte.

Leidend startete er das Auto, beschleunigte: Je schneller er das alles erledigte, umso schneller wäre er zurück im Dorf, umso schneller würde sich alles beruhigen.

Er erreichte das Tor, als die Eingeweide ein neues Feuerwerk abbrannten. Er sollte sich beeilen auszusteigen, sich beeilen Schutz zu suchen, wenn er nicht wollte, dass …

Aber das Tor …

Schaisze! Das automatische Tor öffnete sich. Und die Tabbacchera kam im Laufschritt auf ihn zu. Und er … was konnte er noch tun?

Er versuchte, den Rückwärtsgang einzulegen, aber da sagte die Witwe ganz fröhlich: »Signor Scimò. Was machen Sie denn in dieser Gegend?« Und schon war sie bei ihm und legte eine Hand auf die Motorhaube.

»Eine Ortsbegehung«, improvisierte er geistesgegenwärtig.

So ein Aas, so ein verdammtes Aas!, schimpfte er in Gedanken auf den Bürgermeister. Von wegen hier ist keiner!

»Eine Ortsbegehung?«, wiederholte sie immer noch lachend. »Na gut. Kommen Sie, trinken wir ein Glas Wein.«

»Nein, danke«, sagte er schnell, während sein Gedärm sich auf die finale Kanonade vorbereitete, mit Böllern jeglicher Couleur und einer in ihm rotierenden Gasblase, die einen Ausgang suchte.

Die Tabbacchera lehnte sich ins Autofenster, steckte den Kopf hinein. Die Hure lächelte, lächelte wirklich und sagte: »Steigen Sie doch bitte aus.«

»Ehrlich gesagt, ich …«

»Sie?«, säuselte sie süß.

»Ich … ich kann nicht.«

»Aber natürlich können Sie, dann können Sie Ihrem Herrn viel genauer Auskunft geben.«

Ich habe keinen Herrn, hätte er am liebsten bemerkt und die Unterhaltung an diesem Punkt beendet. Aber er hatte nicht die Kraft für empörte Tänzchen, daher sagte er: »Ich kann nicht.«

»Wirklich?«

Sie hatte genug. Plötzlich war ihr Blick hart und auch das Lächeln auf ihrem Gesicht. »Kommen Sie rein«, sagte sie entschieden. »Kommen Sie, machen Sie Ihre Ortsbegehung, kommen Sie, damit ich Ihnen diesen Ort zeige, der sich so perfekt für eine Mülldeponie eignet.« Sie zitterte vor Wut.

Er, der mit entsetzlicher Anstrengung diese Gasblase zurückhielt, die wie ein verrückter Meteor in seinem Bauch rotierte, wurde puterrot. »Ich muss los«, keuchte er. »Man erwartet mich.«

»Wer erwartet Sie? Seine Exzellenz vielleicht? Dann lassen Sie ihn warten. Kommen Sie, kommen Sie, und tun Sie Ihre Pflicht«, sagte sie, öffnete die Wagentür, während er widerstand, verdammt, widerstand, verflucht, widerstand.

Doch nun war die Tabbacchera wütend wie eine Bestie. »Kommen Sie, Herr Vermessungstechniker, ich zeige Ihnen, wo Sie die Verbrennungsanlage bauen können, wo Sie die Berge aus Schaisze aufhäufen können, die die Industrie hier abladen wird.«

War es das Wort ›Schaisze‹, das die Scheiße hervorlockte? Das würde sich Scimò später fragen. Jetzt sagte er sich, dass er so schnell wie möglich aus dem Auto musste, sich aufs Feld stürzen und sich ungesehen erleichtern wollte, und dann – mit leerem Gedärm – zurückkommen würde, um das Anwesen zu besichtigen und die Tabbacchera zu vögeln.

Er schaffte gerade einmal zwei Schritte, als die Posaune des Jüngsten Gerichts ertönte und die Gasblase sich in die Lüfte erhob, die Schöne aller Schönen betäubte, während warmes, flüssige Exkrement dem Vermessungstechniker an den Beinen hinablief, seine Socken durchnässte, die Schuhe füllte, während er, aufrecht und vollgeschissen, endlich die Darmreinigung genoss.

Einen Moment genoss er es. Nur einen Moment. Er sah zur Tabbacchera, die sich ein paar Meter entfernt hatte, dann blickte er auf seine Schuhe und die Hose ... Er ging in die Knie, versuchte, die Schuhe mit den Händen zu säubern, wenigsten die, und während er sich hinkniete, breitete sich der braune Fleck auf der weißen Hose aus, denn Ferdinando Scimò trug eine weiße Hose, weiß, wegen der Sehnsucht nach dem Sommer, die ihn an diesem Morgen überkommen hatte.

Die Schuhe waren fast ein bisschen sauber, nur war jetzt der Anblick seiner Hände einfach unerträglich, so wischte er sie sich am Hemd ab; dann sah er sich wie verzaubert um, sah die Schöne aller Schönen an und sagte: »Sie erlauben.«

Er stieg ins Auto, wendete und fuhr davon.

Nicht weit von seinem Haus entfernt hatten sich Acquaforte, Lorenzo und Corrado aufgestellt. Sie warteten, dass er zurückkäme.

»In fünf Minuten taucht er auf«, sagte Lorenzo überzeugt.

Fünf Minuten später tauchte er auf. Er suchte einen Parkplatz und fand ihn etwa hundert Meter von seiner Haustür entfernt: Verflucht, das war zu weit weg. Scimò sah sich um, sah, dass in diesem Moment niemand vorbeikam, öffnete die Wagentür und versuchte, zum Haus zu laufen.

»Ferdinando«, ertönte da Acquafortes Stimme hinter ihm.

Er hielt nicht an.

»Ferdinando!«, rief Acquaforte lauter.

Scimò musste stehen bleiben und sich umdrehen.

»Was willst du?«

Kritisch sah er ihn an, aufmerksam.

»Hast du dich vollgeschissen?«, fragte er überrascht.

»Ich? Niemals!« Scimò ging weiter, und wie er so ging, hinterließ er auf der Straße braune Fußspuren, traurige braune Fußspuren, so traurig wie das Leben manchmal ist, das dich demütigt, ohne dass du es verdient hast. Was hatte er schon Schlimmes getan? Nichts hatte er getan. Er war nur aufgebrochen, um ein Stück vom Paradies anzuzünden, und er hätte es wohl angezündet, wäre da die peinliche Sache mit dem Magen nicht gewesen und die Tabbacchera nicht aufgetaucht. Das wäre dann seine Schuld gewesen: ein Brand. Aber was ist schon ein Brand?

»Ach, es kam mir so vor ...«, entgegnete Aquaforte hinter ihm und hielt sich wegen des fürchterlichen Gestanks die Nase zu. »Auf Wiedersehen«, sagte er schließlich. Er bog um die Ecke, hinter der Lorenzo und Corrado sich vor Lachen fast in die Hosen pinkelten.

»Ein Teufel bist du!«, sagte Acquaforte zu Lorenzo und knuffte ihn. Dann keuchte er vor Lachen: »Schaisze, wie der stinkt!« Er lachte und hustete, während Corrado weiter zum Haus des stellvertretenden Bürgermeisters sah, der vor der Tür aufgehalten wurde und seinem jüngsten Sohn erklärte ...

Was erklärte er ihm? Nichts, der Sohn lachte und rief den Geschwistern zu: »Papa hat in die Hose gekackt!« Und die unschuldige Seele lachte und lachte ...

»Und, hatte ich recht?«, fragte Lorenzo, als Scimòs Haustür hinter dem unwürdigen Spektakel zufiel und es vor den Augen der Welt verbarg.

»Total! Kumpel, du bist echt stark!«, sagte Acquaforte, dessen Gesicht vom vielen Lachen tränenüberströmt war. »Aber woher zum Teufel weißt du, dass es diese Abführpralinen gibt?«

»Die benutzt meine Mutter«, erklärte Lorenzo ernst. »Ich hab euch doch gesagt, dass der Plan gut ist, oder?«

»Gut?«, wiederholte Acquaforte. »Der war perfekt. Perfekt …« Er schüttelte den Kopf, wie vor einem Wunder, weil seinem Sohn Giulio nie und nimmer so etwas eingefallen wäre (ach ja, wie sehr er sich täuschte!).

»Was meint ihr, ob der stellvertretende Bürgermeister noch mal versuchen wird, die Saracina anzuzünden?«, fragte Corrado.

»Ich denke, den sehen wir eine ganze Weile nicht mehr«, antwortete Acquaforte.

»Also, einer weniger!«, jubelte Corrado.

»Von was?«

»Vom Klüngel«, antwortete er.

»Also zwei weniger«, korrigierte Acquaforte. »Denn ich gehörte ja auch zum Klüngel.«

»Stimmt«, sagte Corrado.

»Entschuldigen Sie, aber wie haben Sie es geschafft, gut zu werden?«, fragte ihn da das Teufelchen Lorenzo, der keine Minute still sein konnte.

»Mir ist Jesus erschienen«, antwortete Acquaforte.

»Klar!«, entgegnete Corrado. »Wir sind Kinder, keine Trottel!«

»Wirklich«, erwiderte Acquaforte, »es war wie beim Heiligen Paulus, als der vom Pferd stürzte, da hatte er Schuppen auf den Augen, und dann fielen sie ihm runter, und er hat die Wahrheit erkannt.«

»Schaisze«, sagte Lorenzo. Aber er betrachtete ihn mit verblüfftem Respekt, und so auch der Sohn des Kommunisten. Was hätte Acquaforte gegeben, um so wie diese Jungen zu sein, unschuldig wie sie, Jungfrauen im Geiste und im Herzen! Stattdessen war er sehr früh ein Mistkerl geworden, indem er nur zum Spaß die Mutter eines Kameraden bloßstellte, mit der er ein Verhältnis hatte. Wegen der unglaublichen Scham trank die Frau Gift und wäre fast gestorben, deshalb war er für alle nur noch der Mistkerl Acquaforte, der Gauner Acquaforte, das Arschloch Acquaforte: Denn die Leute vergeben nicht und vergessen auch nicht.

»Eure Mütter warten doch bestimmt auf euch?«, fragte er schließlich verbittert, denn die Erinnerung an diese Tat, jetzt, da er aus dem Schaum des Meeres wie eine Venus neugeboren war, verursachte ihm heftige Schmerzen.

»Wie spät ist es?«, fragte Lorenzo.

»Vier Uhr.«

»Schaisze«, riefen die Jungs aus einem Mund und rannten nach Haus.

Zurück blieb Carmine Acquaforte mit dieser Bitterkeit, die nicht mal der Anblick des vollgeschissenen Scimò vertreiben konnte.

Er hatte keine Lust nach Hause zugehen, Luisa zu sehen, Giulio, Seine Exzellenz, das Rathaus und all die feinen Leute, mit denen er sich bis zu diesem Moment umgeben hatte.

Die Turmuhr läutete Vier. Da erst erinnerte er sich an seine Verabredung mit Orlando. Er war froh darüber, vor allem, weil er auf dem Weg zu Rinaldos Bar am Laden von Agata vorbei musste, und vielleicht würde er sie sehen, und allein sie zu sehen, würde ihn beruhigen.

Orlando erwartete ihn ungeduldig, beinahe ängstlich. »Ich dachte schon, du kommst nicht mehr.«

»Mir ist noch was dazwischen gekommen.«

»Schon gut«, sagte er nervös. »Jetzt rede ich, und du hörst zu, bis ich fertig bin.«

»Fang an.«

Und während Orlando von Gott sprach, von dem Schwert, von der Köpfe abschlagenden Witwe, sah Acquaforte zum Rathaus: Die Schwalben spannen unsichtbare Netze von den Hügeln zu den umliegenden Hausdächern, sie verweilten einen Augenblick und machten dann weiter.

Wäre Roberto dagewesen, hätte er Costanzo auf der Spitze des Uhrturms sitzen sehen, mit baumelnden Beinen, gedankenverloren wie jemand, der einen Plan ausheckt.

Orlando schloss mit den Worten: »Ich kann das nicht, Carmine. Nein. Ich kann das nicht. Ich fühl' mich so verloren. Ich kann nicht mehr schlafen, ich finde keinen Frieden mehr, mir kommt es vor, als liegt das Schwert an meinen Hals, bereit, mir den Kopf abzuschlagen.«

»Es gibt ein Mittel.«

»Gegen das schlechte Gewissen?«

»Jawohl.«

»Und welches?«

»Mit den Schweinereien aufhören.«

Orlando runzelte die Stirn. »Und Seine Exzellenz?«, fragte er.

»Der kann uns mal«, sagte Acquaforte. »Denn, verdammt! Jetzt übertreibt er es wirklich.«

Orlando sah ihn verblüfft an. »Sag das noch mal.«

»Was?«

»Das, was du eben über Seine Exzellenz gesagt hast.«

»Du glaubst es nicht?«

»Nein.«

»Er kann uns mal, mein Lieber.«

Mein Lieber? Orlando rieb sich die Augen. Lange rieb er sie sich. Dann biss er sich auf die Lippe und wollte sich schon kneifen, als Acquaforte heftig auf den Tisch schlug. »Und hör' endlich auf, den Idioten zu spielen! Wir haben keine Zeit zu verlieren, weil der sich was denkt, aber hundert andere Sachen macht.«

Auf Orlandos Gesicht bereitete sich Erleichterung aus. »Siehst du? Es war gut, dass ich mit dir gesprochen habe, denn ich wurd' ja schon fast verrückt. Und jetzt?«

»Jetzt musst du mir helfen«, sagte Carmine.

»Bei was?«

»Die Tabbacchera zu beschützen.«

Orlando staunte. »Wir … die Tabbacchera? Wir beschützen sie?«

»Verstehst du es etwa nicht?«

»Das ist Irrsinn. Und überhaupt, die da hasst uns doch!«

Er schüttelte den Kopf. »Die da ist eine Freundin.«

»Freundin, ja sicher! Die will uns doch alle auf den Friedhof bringen. Ich sag's dir.«

Acquaforte tat, als regte er sich auf. »Warum träumst du wohl jede Nacht nach von einem Schwert, das Köpfe abschlägt?«

Orlando antwortete nicht sofort.

Die Idee einer Freundschaft mit der Tabbacchera vertrieb mit einem Schlag den Nebel aus Arrangements, Heuchelei und Rechtfertigungen, mit denen er sich plagte, und entschleiert durch ihre Aufrichtigkeit die Wahrheit. »Weil mich mein Gewissen plagt«, sagte er schließlich.

»Nicht nur«, wandte Acquaforte ein. »Es bittet dich um Hilfe. Es sagt dir: Komm, Felice, werde Teil meiner Armee.«

»Okay, is klar!« Orlando zog sich in seinen alten Nebel zurück und versteckte sich. »Das ist doch voll die Verarsche: Ich hab mich wie ein Idiot vor dir nackig gemacht, und jetzt rennst du zum Bürgermeister und erzählst ihm all die Sachen, die ich gesagt hab, und ich bin verloren.« Er stand auf und wollte gehen, aber Acquaforte hielt ihn zurück. »Aber warum?«, sagte er. »Warum sollte ich so was tun? Lass mal hören!«

»Weil die Mannschaft des Bürgermeisters das Spiel ›Wer verarscht am besten‹ spielt. Offenbar weißt du das nicht, oder?«

»Diese Zeiten sind vorbei.«

Orlando sah ihn an. Der, den er da vor sich hatte, glich kaum noch dem Ganoven, mit dem er sonst verkehrte. Acquaforte hatte sich verändert, Orlando hätte nicht sagen können wie, aber ja, er war anders.

Und dann diese Ungeheuerlichkeit, der Tabbacchera zu helfen … Das war ein Verstoß gegenüber dem Bürgermeister, ein Schlag ins Gesicht, der mit Blut bezahlt würde!

Acquaforte fuhr fort: »Es gibt zwei Möglichkeiten: entweder du bist auf der Seite von *Occhi janchis* Klüngel (noch nie hatte er den Bürgermeister so genannt, und Orlando staunte) und stimmst all der Schaisze zu, die er befiehlt, oder du bist auf der anderen Seite, in dem gegnerischen Aufgebot und schläfst wieder ruhig.«

»Aufgebot?« Er lachte. »Vergiss, was ich dir erzählt habe. Auf Wiedersehen.«

Acquaforte packte ihn am T-Shirt. »Setz dich hin und denk noch mal nach. Denk ganz in Ruhe nach. Ich geh mir noch einen Espresso holen, willst du auch einen?«

Orlando antwortete nicht. Er setzte sich und dachte über das, was Acquaforte ihm erzählt hatte, nach, dachte lange darüber nach, während Acquaforte mit ein paar Jungs eine Partie Billard spielte. Orlando dachte an den Müll und an das Geld, das der Bürgermeister unter der Hand einkassierte, er dachte an den vor Schmerz gestorbenen Tabbacchere, dessen Herz gebrochen war, weil er Angst hatte, sein Lebenswerk zu verlieren; er dachte an Pallante, an dessen Augen, dessen Forderungen, er dachte, dass er nicht mehr die Marionette in dessen Händen sein, sich nicht mehr verkaufen wollte … Für was? Für Geld? Aber was nützt dir das Geld, wenn du keinen Frieden mehr findest?

Er bestellte einen Espresso, während ihm die Jahre durch den Kopf gingen, in denen er alles getan hatte, um gewählt zu werden, um auf diesen Sessel im Rathaus zu kommen, der ihn jetzt so quälte. Er dachte, dass er nachts schlafen wollte. Vor allem daran dachte er. Er wollte schlafen, ohne dass Hunde ihm das Gewissen zerfleischten, ohne dass Witwen Köpfe abschnitten, ohne Angst, dass das Gericht gewisse Bilanzen entdeckte, gewisse Unterschlagungen, friedlich wollte er schlafen, Herrgott noch mal!

Als Acquaforte wieder zu ihm kam und ihn fragte, wie er sich entschieden hätte, erklärte er: »Ich will nicht leiden.«

»Und das heißt?«

»Du verstehst es nicht?«

»Erklär's mir.«

Orlando sah ihn argwöhnisch an, dann fasste er Vertrauen. »Ich bin auf der Seite der Tabbacchera«, kapitulierte er. »Und jetzt sag mir, was zum Teufel ich tun soll.«

Drei weniger, jubelte Acquaforte in Gedanken.

Es wurde Abend, es wurde Morgen, und es wurde wild darüber spekuliert, ob Scimò vergiftet worden war.

30

Im ganzen Dorf verbreitete sich das Gerücht, dass Scimò vergiftet worden war.

»Verdammt! Und wie?«

»Das wird die Autopsie zeigen.«

»Die Autopsie? Also ist er gestorben?«

»Keiner ist gestorben, der hat voll den Dünnschiss gehabt, aber am Sterben ist er nicht gestorben.«

»Und die Autopsie?«

»Die machen sie ihm grad.«

»Also ist er doch gestorben.«

»Schaisze, ich hab doch gesagt, dass er lebt!«

»Aber wenn er lebt, wie machen sie ihm dann eine Autopsie?«

»Sie schläfern ihn ein.«

»Lebend, also?«

»Lebend, ja klar, lebend.«

»Das nennt sich Biopsie.«

»Ist das nicht das Gleiche?«

»Ach, sei bloß still!«

»Kann man mal wissen, wer ihn vergiftet hat?«, fragte ein anderer.

»Ganz sicher einer von diesen Negern!«

»Ein Neger?«

»Einer von denen, die mit den Booten kommen, die uns das Haus und das Land wegnehmen wollen, unsere Frauen rauben und uns abschlachten wollen«, antwortete einer, der die Zustimmung der anderen suchte, sie aber nicht bekam.

»Die Schwarzen sind wirklich die inkombattantesten Menschen.«

»Inkompetentesten?«

»Inkombattant, Blödmann, inkombattant.«

»Und was soll das heißen?«

»Dass sie keinen Schaden anrichten, dass sie keinen Krieg anzetteln.«

»Hätten Sie das nicht einfacher sagen können, Professore?«

Scianna brummte: »Hohlköppe seid ihr. Und ganz schwarz innendrin, in euren Herzen.«

Solche Worte hatte man vom Professore noch nie gehört. Hatte die Megäre ihn etwa auch verflucht?

»Irgendjemand hat Scimò Abführpralinen gegeben«, berichtete die immer gut informierte Luisa Acquaforte. Aus den gemachten Untersuchungen ging hervor, dass der stellvertretende Bürgermeister eine Überdosis Phenolphthalein in Form von Schokolade zu sich genommen hatte.

»Abführpralinen …« Fazio, Lorenzos Vater, brach der Schweiß aus, vor allem aufgrund der Tatsache, dass sein Sohn in diesen Tagen vom Heiligen Geist geküsst zu sein schien: Ein Engel war er. Und wenn der Teufel sich als Engel verkleidet … Aber er blieb stumm, völlig stumm, denn, sollte Seine Exzellenz je irgendeine Beteiligung seiner Familie an der Körperverletzung von Scimò wittern, würde er im Leben keine Aufträge mehr bekommen.

Seine Ehefrau wiederum hütete sich davor zu berichten, dass in ihrem Abführmittelvorrat eine Schachtel fehlte. Was aus dieser Schachtel geworden war, wusste sie nicht, und wollte es auch gar nicht wissen!

Derweil schossen die Gerüchte ins Kraut. Man wusste, dass die Abführpralinen in der Schüssel im Sitzungssaal gelegen hatten, man sagte, dass das Attentat Seiner Exzellenz gegolten hätte, man sagte, dass die Ordnungskräfte alarmiert wären, weil es sich um einen Angriff auf die Institutionen handelte, um einen politischen Umsturz, besser gesagt, um eine Revolution, eine ›rote Revolution‹, meinte so mancher.

›Kommunistische Revolution‹, präzisierte jemand, womit er die Schwarzen von den Schlauchbooten aus der Schusslinie nahm, und stattdessen die Clique beschuldigte, die sich im Haus der Tabbacchera traf: Schlimmes Volk, das die Demokratie und die arbeitende Bevölkerung nicht respektierte, weil sich die Kommunisten um die Arbeiter doch so gar nicht scherten, sondern nur mit den russischen Spionen unter einer Decke steckten.

»Passt nur auf«, sagte Gemüsehändler Masino Mauri, der in seiner Jugend Feldwebel beim italienischen Heer gewesen war, »der Kalte Krieg ist noch nicht vorbei. Was denkt ihr denn? Nur weil jetzt ein halbes Jahrhundert vergangen ist, sollen wir etwa alle Freunde sein? Der Kalte Krieg ist noch im Gange, und die roten Spione treiben es hinter unserem Rücken.«

»Nie im Leben!«

»Das sind Castros Spione«, erklärte Tuccitto. »Seht ihr denn keine Nachrichten im Fernsehen?«

»Habt ihr die Prophezeiung von Fatima nicht gehört …«, mischte sich Russos Frau ein, die sich in internationalen Angelegenheiten bestens auskannte. »Die Hand der Kommunisten bringt die Welt zu Fall.«

»Die Schwarzen sind das! Die Schwarzen, die sich rot anmalen und rote Ansprüche stellen.«

»Aber wenn sie doch schwarz sind, wie können sie dann rot sein?«

Verwirrung, Gespräche gingen ins Leere, ein paar Autos wurden angezündet, ein paar Fensterscheiben eingeschmissen, der Tabakladen wurde von Pubertierenden mit Zwillen ins Visier genommen, alles zum größten Vergnügen des Bürgermeisters, der schon ein paar Ansprachen vom Balkon auf sich zukommen sah: Und so kam es, dass sich das Volk gegen das Volk richtete, die Bürger gegen die Mitbürger, die Männer gegen die Männer, die Weiber gegen die Weiber, Wut und private Fehden wurden geschürt, es wurde öffentlich, was jahrelang unter der Wollmatratze geschlummert hatte, es kam zu Streit wegen eines unglücklichen Wortes, wegen ein bisschen Wasser, das beim Blumengießen auf den darunterliegenden Balkon getropft war, wegen der Grenzen, die man jahrelang schweigend respektiert hatte und die plötzlich heftige Auseinandersetzungen heraufbeschworen. Aber die Hauptschuld lag natürlich immer bei den Kommunisten.

»Nie im Leben!«, brüllte da Don Bruno von der Kanzel.

Verschwitzt und wild fuchtelnd stand er dort oben, und die Wut ließ ihm die Adern am Hals anschwellen, und sie pulsierte in seinen Fäusten, die wie Hämmer auf das Pult niederdonnerten, sodass in der ersten Reihe die alten Frauen mit den geschlossenen Augen und dem Rosenkranz in der Hand zusammenzuckten und zentnerweise Avemarias herbeteten, damit die Madonna sie vor dem Atomkrieg schützen möge.

»Das ist doch alles kompletter Unsinn! Kommunisten, Christdemokraten, Weiße, Schwarze … wir sind alle Brüder. Alle«, schrie Don Bruno. Und weil die Gemeinde rumorte und ihre Ablehnung kundtat, dass er die Schwarzen mit den Roten gleichsetzte, wo sie doch alle weiß, so weiß wie die Tauben des Heiligen Geistes wären, sagte er: »Und jetzt geht nach Haus. Für heute ist die Messe beendet.«

Schlagartig wurde es still, und diese Stille war lauter als eine explodierende Bombe.

Der Maresciallo, der an einer Säule lehnte, beobachtete die bedepperten Gesichter. Noch nie war es vorgekommen, dass ein Pfaffe die Messe abbrach, die Hostie nicht segnete, die Kommunion nicht austeilte, nicht die allgemeine Erlösung verkündete und keinen Frieden wünschte.

»Und jetzt?«, fragte die alte Tinè.

»Und jetzt müsst ihr allein mit dem Allmächtigen klarkommen«, sagte Scianna, der als Erster aufstand, aber nur um in die Sakristei zu gehen, seinem Pfaffenfreund die Hand hinzustrecken und zu sagen: »Ausgezeichnet.«

»Scherzen Sie nicht, Professore.«

»Ich scherze nicht. Wenn wir nämlich so weitermachen, werden in diesem Dorf in kürzester Zeit Tote zu beklagen sein.«

»Setz dich«, sagte der Priester.

»Hochwürden …«

»Hör auf, Toni, mir ist die Lust zum Scherzen vergangen.«

»Gott ist nichts unmöglich«, sagte der Professore.

Der Pfaffe sah ihn an. Ihm war zum Heulen.

Die Leute verließen die Kirche, als hätten sie einer Beerdigung beigewohnt. Unbehagen herrschte. Aber auch Angst, ehrlich gesagt. Wenn Gott sich abwandte so wie Don Bruno, als er die Messe abbrach, was würde dann aus ihnen?

»Was ist passiert?«, fragte Giallongo, als der Maresciallo eintrat.

»Der Priester hat die Messe abgebrochen.«

»War ihm schlecht?«

»Nein.«

»Und nun?« Giallongo wusste nicht, was er davon halten sollte.

»Ich mag diesen Priester«, sagte der Maresciallo. »Ich will mit ihm reden.« Und ohne eine Sekunde zu warten, rief er in der Kirche an.

Don Bruno ging ran.

»Hier ist der Maresciallo«, sagte Locatelli. »Ich möchte mich mit Ihnen unterhalten. Kommen Sie zu mir in die Kaserne, oder soll ich in die Kirche kommen?«

»Ich komme«, sagte Don Bruno und zu Scianna, der vor ihm stand: »Ich werde in der Kaserne gebraucht.«

»Ich wette, dass du das Abführmittel in Scimòs Pralinen gemischt hast.«

Sie lachten. Doch neugierige Ohren schnappten diesen Gesprächsfetzen auf, neugierige Augen folgten dem Priester auf dem Weg zur Kaserne, und schon hieß es: »Verdammt, dann stimmt es also, dass der Pfaffe Scimò vergiftet hat.«

In nicht einmal einer halben Stunde war das ganze Dorf über diese große Neuigkeit informiert: Don Bruno war der ausführende Arm der Kommunisten, er hatte Scimò vergiftet. Als Beweis für diese Tatsache diente die Vorladung bei den Carabinieri, von wo er bald nach Catania ins Lanza-Gefängnis überstellt würde.

»Das kann nicht sein!«, sagte Mirella.

»Nie im Leben!«, rief Lisa.

»Nicht mal, wenn ich es mit eigenen Augen gesehen hätte, würde ich das glauben«, erklärte der Küster.

»Das ist alles Unsinn«, bestätigte der Hausmeister.

»Schwachsinn«, beteuerte Motta.

Und doch gab es die, die es glaubten, und nicht wenige machten vergiftete Hostien für all die Unglücksfälle verantwortlich, die ihnen widerfahren waren, seit Don Bruno Kommunist geworden war.

Locatelli hatte derweil dem Priester ein kühles Bier angeboten und unterhielt sich angeregt mit ihm. Ihr Gespräch dauerte ein paar Stunden: Der Beamte fragte, der Glaubensmann erklärte, erzählte, fasste zwanzig Jahre Pallantische Amtsführung zusammen – persönliche oder mittels Stellvertreter –, machte dem Kontinentalen das verständlich, was Giallongo trotz bestem Willen nicht hatte erklären können, weil er die Vorgeschichten nicht kannte: »Er ist zu jung«, sagte Don Bruno über ihn.

Und endlich, als es schon schien, dass alle Neugierde befriedigt war, fragte der Maresciallo: »Und was können Sie mir über Nunziata Carini erzählen?«

»Was wollen Sie wissen?«

»Ist sie vertrauenswürdig?«

»Wie man in den Wald hineinruft, so schallt es heraus, könnte man über sie sagen.«

»Das heißt, sie ist juristisch glaubwürdig?«

»Das heißt, dass niemand sie übers Ohr hauen kann, nicht mal Seine Exzellenz.«

»Diese Frau brauchen wir.«

»Haben Sie sie denn gefunden?«

»Ja, aber sie will nicht reden.«

»Recht hat sie! Schließlich riskiert sie Kopf und Kragen, wenn sie aussagt.«

»Sie müssen sie überreden«, sagte der Maresciallo.

»Das können Sie nicht von mir verlangen.«

»Ich bitte Sie darum, weil es das einzige Mittel ist, mit dem wir diesen Verrückten stoppen können.«

»Nunzia ist eine Person, Maresciallo, kein Mittel.«

»Wir brauchen sie. Wir brauchen das, was sie im Tresor gefunden hat. Ich bin sicher, dass sie im Besitz von belastenden Unterlagen ist.«

Sie sahen sich an. Don Bruno verstand, dass der andere recht hatte. Aber auch er hatte recht: Nunzia würde den Kopf riskieren, wenn sie redete.

»Ich garantiere Ihnen, dass wir sie beschützen, wir geben ihr eine neue Identität, wir bringen sie an einen anderen Ort.«

»Die werden sie trotzdem finden und trotzdem umbringen.«

»Versuchen Sie, sie umzustimmen. Sagen Sie ihr, dass wir sie wegen der gestohlenen sechshundert Millionen nicht haftbar machen.«

»Sechshundert Millionen?«, fragte Don Bruno verblüfft.

»So scheint es.«

»Das ist viel Geld.«

»Zu viel Geld. Und das ist nicht mal versteuert.«

»Woher wissen Sie das?«

»Das hat mir ein Junge gesagt.«

»Und Sie vertrauen einem Jungen?«

»Sie nicht?«

Don Bruno schwieg.

»Reden Sie mit ihr«, beharrte der Maresciallo. »Ich bitte Sie.«

»Warum ausgerechnet ich?«

»Weil Sie der einzige Priester sind, den ich kenne, der den Mut hat, eine Messe abzubrechen.«

Don Bruno sah den Maresciallo an, betrachtete die Uniform, die er trug, dann betrachtete er seine Kutte, auch das war eine Uniform, sagte er sich, in der er ohne Waffen kämpfte, einzig, indem er Liebe predigte. Im fiel ein Satz ein, den Pippo Fava, der Journalist und Schriftsteller, ständig wiederholte. Er sagte ihn laut: »Was nützt es zu leben, wenn man nicht den Mut hat zu kämpfen?«

»Was es nützt?«, fragte der Maresciallo.

Der Priester erhob sich. Er sah müde aus. »Wissen Sie, wo sie ist?«, fragte er.

»Ja, wir haben sie ausfindig gemacht.«

»Sie sind außergewöhnlich, wenn Sie schneller waren als der Bürgermeister.«

Der Maresciallo schwieg.

»Bringen Sie mich zu ihr«, sagte Don Bruno.

Das Auto war sofort zur Stelle, Giallongo saß am Steuer, Don Bruno und der Maresciallo hinten. Mit Höchstgeschwindigkeit brauste es davon.

»Verdammt!«, sagte Sarino Motta. »Dann stimmt es also, dass sie ihn ins Gefängnis bringen.«

Vor dem Tabakladen verfolgte Agata besorgt den Wagen, der um eine Kurve bog. Sie rief Sarino zu sich: »Was ist passiert?«

Der breitete die Arme aus: »Es heißt, Don Bruno hat die Abführpralinen in die Schüssel im Rathaus gelegt.«

Sie schnaubte. »Unsinn«, sagte sie.

»Aber sie haben ihn mitgenommen«, warf Motta ein.

Das Gleiche wusste auch Roberto zu berichten.

Die Neuigkeit verbreitete sich in jedem Viertel wie Pfeffer, aufgewirbelt von einem launischen Wind, er ließ viele Augen tränen, juckte vielen auf der Haut, brachte Zungen zum Brennen, die schon Schmutz über diesen Judas im Christus-Gewand ausschütten wollten.

Es wurde Abend, es wurde Morgen, und Luisa Acquaforte bat ihren Mann, eine Reise zu unternehmen.

31

»Eine Reise?«

»Mit Giuliuzzo, jawohl.«

»Aber wohin denn?«

»Nach Amerika.«

Er runzelte die Stirn. »Was sollen Giulio und ich denn in Amerika?«

»Du musst ihn kontrollieren«, sagte sie. »Tagsüber und am besten auch nachts, denn ich will nicht, dass mein Sohn blind wird.«

»Blind? Hör' schön auf, Luisa, red' nich' so 'n dummes Zeug.«

»Ich mein' es ganz ernst. Du reist mindestens einen Monat mit ihm rum, dann kommt er mal raus, und du schlägst ihm diese Nutte aus dem Kopf.«

»Pass' bloß auf, was du sagst.«

»Wieso? Was passiert sonst?«, rief sie. »Gib's doch zu, dass du nicht gehen willst, weil du selbst nicht von dieser Nutte lassen kannst.«

Er hielt ihr den Mund zu. »Von welcher Nutte redest du nur. Hast du Giulio mal angesehen? Hast du gesehen, was aus ihm geworden ist?«

»Er hat mindestens fünf Kilo abgenommen.«

»Und du denkst, das ist verkehrt? Geh, sieh ihn dir an, geh schon!«

»Warum? Was ist mit ihm?«

Sie rannte in das Zimmer ihres Sohnes, und fand ihn über einem Mathematikbuch: Er lernte.

Er lernte? Ohne Androhung von Strafe? Ohne Versprechen auf Belohnung? Ohne Teppichklopfer in der Nähe?

Sie starrte ihn verwundert an.

Der Junge drehte sich zu ihr. »Was ist?«

»Nichts.« Sie streichelte ihn, und erst in diesem Moment sah sie, dass der Streuselkuchen aus Akne, der sein Gesicht überzogen hatte, verschwunden war, und an Stelle der Pickel war das reine Gesicht eines Jungen getreten, der zum Mann wurde. Wieso hatte sie das vorher nicht bemerkt?

Sie kehrte zu Carmine zurück, der sich gerade rasierte. Sie wusste nicht, was sie sagen sollte.

Also redete er: »Keine Reise.«

Und schon wurde sie wieder giftig: »Gib zu, dass dir allein bei dem Gedanken, dich von *der da* zu entfernen, dir das Herz wehtut?«

»Mein Herz tut weh, ja«, sagte er überraschenderweise. »Na und?«

Sie wurde bleich, ihr ging das Gift aus, und sie murmelte: »Du willst mich verlassen?«

»Warum?«

»Um mit der Tabbacchera zusammen zu sein.«

»Die Tabbacchera …«, platzte er heraus. »Meinst du, ich hab nur sie im Kopf? Dass es nur die Tabbacchera gibt? Stell dir mal vor, ich wäre, rein zufällig, in Franca Cortese verliebt? Oder …« Er machte eine bedeutungsvolle Pause, in der sie sich zusammenriss und im Kopf den Namen ›Violante‹ ergänzte. »… in deine Schwester Cettina?«

»In Cettina?«, brauste sie auf und bekam keine Luft mehr. »Du liebst diese Schlange?«

»Dich liebe ich, Dummerchen, nicht die Schlange.« Und er drückte ihr einen schaumweißen Kuss auf den Mund.

Die Zeit spulte rasend schnell zurück, zu dem Moment ihres ersten Kusses (in der Sakristei, neben einem goldenen Ornat). Luisa fand sich dort wieder, zwischen dem Duft von Weihrauch und dem Rasierwasser, mit dem sich der junge Mann ordentlich parfümiert hatte. Sie verspürte den gleichen befriedigten Schauer wie damals, den gleichen ungestümen Jubel. Aber sofort auch einen mächtigen, sehr mächtigen Schmerz, der sie in die Abstellkammer flüchten ließ, wo sie schluchzend an die Unschuld der beiden dachte, die nur aufgrund eines ›Ich liebe dich‹ den Bund eingegangen waren und dann ihr ganzes Leben als Ehemann und Ehefrau verbracht hatten.

Wie lange hatte er nicht mehr ›Ich liebe dich‹ zu ihr gesagt? Und warum? Was war anders?

»Luisa«, rief er sie.

Sie antwortete nicht, sie wollte nicht, dass er sie so sah.

Er suchte sie in der ganzen Wohnung und fand sie schließlich. »Weinst du etwa?«, fragte er.

»Ich bin schließlich nicht aus Stein«, murmelte sie und blickte zu ihm auf wie ein Eichhörnchen, das aus seinem Kobel erstaunt ins Licht blinzelt und bei den Betrachtern Entzücken auslöst.

Er streichelte sie.

Sie küsste seine Hand.

Er küsste sie auf den Mund.

Sie drückte sich an ihn.

Und Schluss. Basta. Sie lösten die Sache nicht mit einem Ritt im Bett (der durch Giulios Anwesenheit in der Wohnung eh schwierig geworden wäre), sie beschränkten sich auf diese Umarmung, diesen Austausch von Zärtlichkeiten, den Austausch ihrer Atemzüge in einem Kuss, der lang, länger, am längsten dauerte.

Und als ein kalter Wind das Fenster aufdrückte und den Staub aufwirbelte, der auf den Schränken und in den Ritzen der Möbel lag, so merkten sie es nicht.

»Wo hast du nur gesteckt?«, fragte Seine Exzellenz Acquaforte, als dieser in sein Büro trat.

»Ich war zu Hause. Warum?«

»Und da hast du so lang gebraucht, um herzukommen?«

»Ich war beschäftigt.«

Der Bürgermeister hob den Blick von den Akten. Er sagte: »Ich habe dich rufen lassen, weil nur du die Saracina anzünden kannst, die anderen sind alles Arschgeigen, die sich einscheißen und denen jede Ausrede recht ist, um das verdammte Land nicht zu zerstören. Du pflegst Umgang mit der Hure, ich hab gesehen, wie du mit ihr geredet hast.«

»Stimmt«, sagte Acquaforte.

»Perfekt. Geh und zünde die Saracina an.«

»Jetzt? Auf der Stelle? Hat man Euch schon erzählt, dass Don Bruno nach Catania gebracht wurde?«

»Das ist alles Schwachsinn. Don Bruno, der Abführmittel in Pralinen tut? Hältst du das für möglich?«

»Alles ist möglich«, murmelte Acquaforte.

»Natürlich. Aber lenken wir nicht ab: Hast du verstanden, was ich gesagt habe?«

»Dass ich die Ehre habe, die Saracina anzuzünden.«

»Machst du dich etwa lustig?«

»Niemals. Ihr wisst doch, dass ich Euch gegenüber großen Respekt empfinde.« Doch stattdessen hätte er ihm am liebsten die Hände um den Hals gelegt und zugedrückt, zugedrückt bis zum Ende.

»Perfekt. Genau das erwarte ich von meinen Männern: Aufgewecktheit, Intelligenz, absoluten Gehorsam.«

»Stets zu Diensten.«

»Bravo, mein Sohn, so musses sein. Wann fährst du hin?”

»Um sie anzuzünden?«

»Genau.«

»So schnell wie möglich.«

»Sieh zu, dass es dir gelingt. Enttäusch mich nicht«, ermahnte er ihn.

»Was kriege ich dafür?«

»Die Tabbacchera«, sagte der Bürgermeister. »Ich serviere sie dir auf einem Silbertablett.«

»Zu Befehl.« Acquaforte verbeugte sich.

»Und jetzt geh. Ich hab zu tun.«

Er musste mit Agata reden. Sofort. Acquaforte ging in den Laden: »Gauloises«, sagte er und betrachtete dann intensiv die Pfeifenvitrine, weil noch andere Kunden dort waren.

»Sie haben sich noch nicht entschieden?«, fragte Agata kühl, während Russo, der ebenfalls zufällig anwesend war, die Ohren spitzte.

»Tja, was soll man machen, ich kann mich einfach schwer entscheiden«, antwortete Acquaforte und versuchte, so gut es ging, scherzhaft zu klingen.

»Beeilen Sie sich, denn ich mach gleich zu«, forderte sie ihn mit gespielter Entrüstung auf.

Und Acquaforte: »Schließen? Obwohl Kunden im Laden sind? Was ist los, hat die Sonne Ihnen das Hirn verbrannt?«

»Wir haben fast Dezember«, spottete sie. »Haben Sie keinen Kalender zu Hause?«

Acquaforte antwortete nicht. Mit einer Langsamkeit, die selbst einen Heiligen zur Weißglut gebracht hätte, betrachtete er nun die Postkarten.

Agata wandte sich an Russo: »Was nehmen Sie?«

»Diese Tüte Chips und die Zigaretten und …«

»Macht dreitausend Lire.«

Russo drehte sich zu Acquaforte, versuchte, sich mit ihm zu verbünden, um diesem Weibsbild klar zu machen, dass sie nun wirklich zu weit ging. Aber Acquaforte starrte weiter die Postkarten an, unschlüssig, ob er das Bild vom Dom oder das vom Rathaus mit seinen schönen Brunnen nehmen sollte.

»Sehen wir uns oben?«, fragte Russo Acquaforte.

Der trat näher.

»Verpiss dich«, zischte er und zog eine verschwörerische

Grimasse, die Russo sofort verstand, weshalb er rasch zahlte und sich verdrückte.

Agata und Carmine waren allein.

»Der Auftrag, die Saracina anzuzünden, ist bei mir gelandet«, flüsterte er. »Auf welche Art werden Sie mich davon abhalten, schönste Signora?«

Agata erinnerte sich an die mitleidserregende Szene mit Scimò, verjagte sie aber sofort wieder: Sie hatte genug Herz, um nicht nachzutreten bei einem Mann, der seine Würde in einem Meer aus Scheiße versenkt hatte, selbst wenn die Absicht, mit der er zur Saracina gekommen war, keine Vergebung erlaubte.

»Also?«

Sie dachte ein paar Sekunden lang nach, mit einem funkelnden Lachen im Blick. »Ich halte dich mit Feuer auf«, sagte sie.

»Was hast du vor, Agata?«, fragte Acquaforte besorgt.

»Nichts Schlimmes.«

»Das Wort ›Feuer‹ ist unausweichlich mit dem Wort ›schlimm‹ verbunden.«

»Nicht immer«, erwiderte sie.

»Was hast du vor?«

Sie sah ihn an. In Wirklichkeit wusste sie selbst nicht, was sie machen sollte. Und dieser Witz, dass man Feuer mit Feuer bekämpfte, woher stammte der eigentlich? Wer hatte sie dazu inspiriert?

Hätte sie sich umgedreht, auch nur für eine Sekunde, so hätte sie Patuzzu entdeckt.

Aber sie sah sich nicht um. Denn eben war Giardino eingetreten, weshalb sie mit verändertem Tonfall sagte: »Das macht zweitausend Lire.«

Acquaforte legte zweitausend Lire auf den Tisch, nahm die Postkarten und sagte spottend: »Habe die Ehre!«

Giardino sah woanders hin. Das ist einfach sinnlos, dachte er, der ist und bleibt ein Riesenarschloch. Er sah die Tabbacchera höflich an, so als wollte er die Flegelhaftigkeit seines Kollegen entschuldigen, aber die Tabbacchera dreht ihm den Rücken zu, und so konnte er nichts anderes tun, als ihre rückwärtigen Rundungen zu bewundern.

Draußen schritt Acquaforte langsam zum Rathaus. Er begegnete Scianna, der wegblickte, als er ihn erkannte.

Scianna verachtete ihn, wusste er das etwa nicht?

Und auch Acquaforte verachtete den anderen, und wie!

›Großer Leck-mich-Professore‹, so nannte er ihn für gewöhnlich. Denn dieser jämmerliche Weiberheld mit seiner freibeuterischen Wichtigtuerei, dem alle an den Lippen hängen, wenn er nur das Maul aufreißt, konnte ihn wirklich mal. Außerdem spricht er Latein, er spricht Griechisch, er spricht die Sprache der Huren, jawohl, und das alles, als ob es nichts wäre, und dann wechselt er auch noch so geschickt vom Dialekt zur Hochsprache wie ein Trapezkünstler, der einen dreifachen Salto Mortale hinlegt, ohne auch nur einen der Bälle fallen zu lassen, mit denen er dabei jongliert.

Plötzlich jedoch blieb Scianna stehen, als hätte ihn eine göttliche Vision getroffen: Er starrte auf die Kirchturmspitze, steckte eine Hand in die Tasche, zog ein Heft und einen Stift heraus, einen schwarzen Kuli, der ihm jedoch vor Aufregung herunterfiel.

Und er, Carmine Acquaforte, was machte er?

Er beugte sich sofort hinunter und hob ihn auf.

»Ist der jetzt vollkommen bekloppt?«, regte sich Seine Exzellenz auf, der ihn vom Balkon aus beobachtete.

Auch Scianna war verwirrt, ehrlich gesagt. Und noch bevor er den Stift ergriff, den der andere ihm hinhielt, sah er ihn an und bemerkte, dass das Unheil produzierende Gaunertum in den Augen dieses großen Ganoven verschwunden war, und dass diese Augen in einer gewissen Reinheit strahlten, mit einer Art von … Respekt?

Tatsächlich sah Acquaforte ihn respektvoll an. War das etwa die Schuld dieses ekstatischen Blitzschlages, der immer noch in Scianna zu stecken schien? Oder des Heftes und des Stiftes, die ihm wie die Reliquien einer Religion vorkamen, von der er sich immer ausgeschlossen fühlte? Oder vielleicht wegen des Tête-à-Tête mit Luisa in der Abstellkammer, oder vielleicht …

Scianna ergriff den Stift. Er neigte den Kopf zum Dank und ging weiter.

Oben vom Rathaus erklang ein trockenes Geräusch wie ein Büchsenschuss. Acquaforte hob den Blick und sah den Bürgermeister: Er stand da und hatte gerade den Fensterladen des Balkons zugeschlagen, um öffentlich sein Missfallen gegenüber der untertänigen Geste zu bekunden, die er gerade hatte beobachten müssen. Brust raus, Bauch rein und Fresse vorgeschoben, deutete er bereits den Anschiss an, den Acquaforte kassieren würde, sobald sie wieder allein wären.

Acquaforte hob den Arm und ließ den Zeigefinger kreisen, um zu sagen: Keine Sorge, ich erkläre es Euch später.

Occhi janchi knurrte: »Komm so schnell wie möglich her!«

Acquaforte ging weiter, langsamer, im Blick ein gewisses Lachen, in der Tasche die Postkarten, auf den Lippen Luisas Kuss und in der Brust die Entschlossenheit, Seiner Exzellenz im Ucciardone-Gefängnis in Palermo von gewissen Jung-Mafiosi den Arsch aufreißen zu lassen.

»Denn siehst du, mein Schatz«, sagte derweil Lucietta zu Patuzzu, »die Dinge macht man so, wie Jesus es verlangt, sonst ist es Zeitverschwendung.«

Sie hatte mehlige Hände, Mehl auf der Brille, weil sie diese mit den Fingern immer wieder hochschob, wenn sie ihr auf die Nasenspitze gerutscht war, Finger, mit denen sie in einem vergilbten Heft blätterte.

Patuzzu gähnte.

»Willst du wissen, warum ich die Zimtkekse heute backe statt an Ostern?«, fragte sie ihn.

Er senkte den Kopf, nur um sie glücklich zu machen.

»Ich will sehen, ob sie mir gelingen, und überprüfen, ob ich den Ablauf noch weiß, weil dann, wenn ich das Restaurant eröffne, werde ich all die Süßspeisen servieren, die ich will, und nicht, dass dann einer kommt und sagt: ›Ein Tiramisu.‹ Und ich servier ihm dann ein Tiramisu, nachdem ich ihm vielleicht ein süßsaures Jägerkaninchen zubereitet hab, weil ein gebratenes Kaninchen ist schon mächtig genug, und der Essig verträgt sich nicht mit der Mascarpone, deshalb darf das nicht sein … Aber wo ist nur das Rezept?« Sie blätterte das Heft von vorn durch. Sorgsam schlug sie jede Seite um. »Da ist es ja«, sagte sie schließlich.

Sie überflog die Zeilen, und ihre Augen füllten sich mit Tränen.

Patuzzu sah sie verwundert an.

»Du willst wissen, was los ist?«, fragte sie, nahm die Brille ab und trocknete sich die Tränen mit der Schürze. »Ich hab … vergessen, dass meine Mutter mir das hier aufgeschrieben hat.«

Der Hund wedelte ungeduldig mit dem Stummelschwanz.

»Willst du wissen, was sie mir aufgeschrieben hat?«

Das himmelblaue Auge funkelte zufrieden, das haselnussbraune sah sie an, als wollte es sagen: ›Ich weiß schon alles, aber sprich trotzdem weiter.‹

»Das ist nur ein Rezept«, spielte sie es herunter. »Nur dass der Anfang nicht wie üblich lautet: Nehmen Sie hundert Gramm Mehl, hundert Gramm Zucker … Nein, dieser Anfang ist anders«, sagte sie, als wollte sie sich entschuldigen.

Das Hundchen bellte: Sie sollte sich bitte beeilen!

»Na gut. Ich lese es dir vor.«

Sie setzte die Brille auf und räusperte sich: »Liebe Lucia, meine wunderschöne, geliebte Tochter …« Sie unterbrach sich, wischte rasch zwei Tränen weg, versuchte weiterzulesen, schaffte es aber nicht. Sie legte das Heft weg. Sie rieb sich die Augen, nahm den Hund in den Arm und murmelte: »Wunderschön bin ich nie gewesen, mein Sohn. Aber sie hat es so gesagt: dass ich wunderschön bin. Sie sagte, dass alles an mir schön wäre: meine glänzenden Haare, meine Puppenhaut, mein langer Hals, meine gerade Nase, der Schwung meines Mundes, meine Haltung … Sie hat meine Mängel nicht gesehen, sie sah nicht, dass ich mangelhaftig war, dass die Jungs mich nicht anschauten, dass niemand mit mir ausging, nein, für sie war ich wunderschön. Und sie ließ es mich glauben, auch wenn ich wusste, dass das alles Lügen waren, weil der Spiegel sagte mir ja klipp und klar, dass ich nicht schön war. Also habe ich mich damit abgefunden. Ich habe mich angepasst. Es ist ja nicht so, dass wir alle wie die Tabbacchera sein können, oder wie Letizia oder Franca oder Violante, die Kleine ist ja so eine strahlende Sonne …« Lucietta seufzte und stand auf. »Schluss«, sagte sie. »Jetzt schauen wir mal, wie man diese Zimtkekse macht.«

Sie übersprang die Einleitung und las: »Bringe Wasser mit Zucker und einer Zimtstange zum Kochen. Dann gebe langsam das Mehl hinein, und koche alles unter Rühren auf, dann nimm die Kelle, die Maurerkelle, schütte die Masse auf eine Marmorplatte und bearbeite alles mit der Kelle, aber, mein Schatz, vorsichtig musst du den Teig kneten, höflich und mit Respekt, denn niemand verdient Schläge …«

Tränen fielen auf die Seite, verzierten sie mit sternförmigen Tropfen, denn das, was Lucietta beim Lesen hörte, war die Stimme ihrer Mutter, was sie beim Lesen sah, war die Gestalt ihrer Mutter, und was sie beim Lesen roch, war der Vanilleduft, der aus den Kleidern ihrer Mutter strömte.

Patuzzu erhob sich, trottete zur Tür und begann wild daran zu kratzen.

»Du willst raus?«, fragte sie unter Tränen.

Es tat ihr leid, sie hatte ihn nicht quälen wollen, sodass er jetzt die Flucht ergriff. »Keine Sorge«, sagte sie schnell. »Es ist gleich vorbei. Es ist gleich wieder in Ordnung.« Sie lachte und tat, als wäre sie glücklich.

Er glaubte ihr nicht. Patuzzu kehrte zurück, wedelte mit dem Stummelschwanz, so wie immer, wenn er ein dringendes Bedürfnis befriedigen musste.

»Na gut, geh raus«, gab sie nach. »Aber pass auf, sie können dich ganz schnell überfahren und dann …« Sie durfte nicht daran denken, ihn zu verlieren.

Patuzzu zischte ab wie eine Rakete. Sie sah ihm hinterher, bis er um die Ecke verschwand.

Dieses Hundchen, sagte sie sich beim Hineingehen, war nur äußerlich ein Hundchen, in Wirklichkeit war er etwas, das sie nicht einordnen konnte: Er war kein Tier (zu intelligent), aber auch kein Mensch, gefangen im Tierkörper, denn neben der Intelligenz und der Seele, besaß er etwas Übernatürliches, das den Menschen nicht eigen war. Was war er also?

Sie hatte keine Antwort darauf. Noch einmal begann sie das Rezept zu lesen. Aber es ging nicht, die Worte ihrer Mutter riefen die Gestalt ihrer Mutter hervor, und die Leere, die ihre Mutter in ihrem Leben hinterlassen hatte, zerriss ihr das Herz. Sie schlug das Rezeptheft zu. Die Zimtkekse mussten für heute warten. Sie versenkte die Hände im Mehlhaufen, den sie abgewogen hatte, und sie begann damit zu spielen, so wie damals, als ihre Mutter noch lebte, und aus Wasser und Mehl formte sie Welten.

32

Patuzzu trottete zu Rinaldos Café, lief hinein, sah sich um, drehte eine Runde um die Tische, fand aber nicht das, was er suchte. Er lief hinaus. Er sah nach rechts, sah nach links, schnüffelte in der Luft, hob die Schnauze zur Uhr, dann stürmte er in Richtung des Rathauses, durchquerte das Eingangstor, wandte sich nach links und lief die lange Treppe hinauf, die in den ersten Stock führte.

»Jagt diesen Köter raus!«, rief Carnemolla, der Portier, als er ihn wie einen Blitz auftauchen und auf das Büro des Bürgermeisters zustürmen sah.

Er lief ihm nach, aber da er hinkte, kam er nur langsam voran, während der Hund schon das Sekretariat erreichte, nach rechts und nach links sah, hindurchlief, bis ins Stadtplanungsbüro: Ein schneller Blick, ein Kratzen an den Unterlagen, die auf dem Tisch gestapelt waren, kurz das Bein gehoben und gepinkelt, um sein Revier zu markieren, und weiter, zum Meldeamt, wo der Portier ihn um ein Haar erwischte: Patuzzu schlüpfte ihm durch die Hände, pinkelte ihn an, während der Portier schrie, dass man dieses Schwein aufhalten sollte, das wichtige Dokumente versaute. Signorina Ficodindia versuchte es, sie breitete Arme und Beine aus, um ihm den Weg zu versperren: Unnötig zu sagen, dass Patuzzu ihr durch ihre Beine sauste, noch mal auf die Schwelle der Finanzabteilung pinkelte und von da durch eine Verbindungstür ins Ernährungsamt schlüpfte.

»Das ist der Bastard des Klageweibs!«, brüllte Trantino, der den Hund erkannte und sich der Jagd anschloss.

Der Portier wich zurück (er wich auch zurück, wenn vor ihm eine schwarze Katze über die Straße lief): Das Viech brachte Unglück, tödliches Unglück, war nicht Scimò fast gestorben?

»Was hat Scimò damit zu tun?«

»Das war ein schlimmes Unglück.«

»Aber was reden Sie da? Schnappen Sie sich den Hund, bevor er auf die Akten scheißt.«

Eine mächtige Wut überkam den braven Carnemolla (›furchtbar ist der Zorn des Sanftmütigen‹, sagt Die Schrift). Mit doppeltem Eifer wollte er den Feind stoppen und lief jetzt zum Salon, in dem Seine Exzellenz die wichtigen Gäste empfing: ›Nein, verdammt, nicht dahin, da darf er nicht rein!‹ Der Portier bewaffnete sich mit einem Besen – denn Krieg ist nun mal Krieg – und beeilte sich, den Eindringling einzuholen und damit zu beseitigen.

Patuzzu spürte seinen Atem im Nacken, rannte so schnell er konnte, rutschte auf den Pfoten über den glänzenden Boden, rannte und rannte, bis er vor einer geschlossenen Tür ankam. Er drehte sich um, suchte nach einem Ausweg. Ein teuflisches Lächeln breitete sich auf dem Gesicht des Portiers aus. »Du bist tot!«, rief er und hob den Besen. Mit aller Kraft seiner nicht mageren Arme ließ er ihn auf den Feind niedergehen.

Genau in diesem Moment öffnete sich die Tür und der Bürgermeister trat heraus, gefolgt von Calcaterra. Der Bruchteil einer Sekunde genügte, und der Besen traf den Schädel Occhi janchis, der ohne einen Laut zu Boden ging, während Patuzzu dem Ingenieur auf den Arm sprang.

Mimmo Carnemolla legte sich die Hände auf den Kopf: »Tot bin ich!«, sagte er und begann zu weinen, zu heulen, während er sich vor den Bürgermeister kniete und rief: »Exzellenz, Exzellenz, so antworten Sie doch, um Gottes Willen.« Und er sah sich um und sagte: »Das war keine Absicht. Sagt ihm, dass ich nicht ihn treffen wollte.« Dann wandte er sich wieder an den Bürgermeister: »Ich schwör's Euch bei meiner Seele und der von meiner Mutter: Nicht Euch wollte ich erschlagen, sondern den stinkenden Köter, der die Papiere beschmutzt und Unglück bringt.«

Er jammerte, und währenddessen schüttelte er den Bürgermeister, damit dieser wieder zu sich käme, damit er ihn nicht ins Unglück stürzte, weil er doch Familie und kleine Kinder hatte: Bitte, er möge ihn nicht zugrunde richten …

»Wenn du nicht gleich still bist«, brachte Occhi janchi kalt hervor, »fress' ich dich!«

Der Portier verstummte. Er betrachtete die Leute, die dem Verletzten zu Hilfe eilten. Sie brachten ein Glas Wasser, einen Stuhl, ein bisschen Eis für die Beule, die ihm auf der Stirn wuchs. Eine rote Beule, die diesem hochverehrten Kopf etwas seltsam Intimes verlieh und in vielen Anwesenden unwürdige Assoziationen hervorrief.

»Gebt mir das Eis«, sagte Trantino schließlich.

Er wickelte die Eiswürfel in ein Tuch und drückte sie mit energischer Entschlossenheit auf die Beule des Bürgermeisters, der sich aufsetzte, mit dem Blick nach dem Portier suchte und fragte: »Wo ist dieses Rindvieh, wo isses?«, wobei Carnemolla sich ganz unauffällig auf dem Boden ausstreckte und vorgab, tot zu sein.

Der Ingenieur weilte der ganzen Szene ungerührt bei. Das Hundchen hechelte auf seinem Arm, vielleicht wegen der hektischen Jagd, vielleicht aus Angst, oder vielleicht, weil auch er versuchte, das Lachen zu unterdrücken. »Avvocato«, sagte er schließlich zum Bürgermeister. »Ich hole einen Arzt.«

Occhi janchi schätzte die Umsicht, die Höflichkeit – er war immer noch ein Mitbürger! – und in Erwartung des Arztes, streckte er sich wieder aus, weil die Welt um ihn herum gefährlich zu schwanken begonnen hatte.

Gefährlich schwankte die Welt, Seine Exzellenz schloss die Augen, öffnete sie erneut, schloss sie wieder, spürte, dass das

Herz ihm in der Brust stotterte, empfand das Bedürfnis zu husten, das Bedürfnis wegzulaufen, öffnete die Augen und schloss sie wieder. Schaisze, Schaisze, Schaisze, sagte er sich, und mit geschlossenen Augen wollte er der erschreckenden Vision entgehen, die ihn in diesem Moment überkam: zwei ganz in schwarz gekleidete Männer mit schwarzen Haaren, schwarzen Sonnenbrillen und schwarzen Nägeln, letztere waren schwarz vom daran klebenden Blut, jedenfalls kam es Occhi janchi so vor.

»Wer sind Sie?«, fragte Acquaforte, der in diesem Moment, da der Bürgermeister verhindert war, die Regierungsgeschäfte übernahm.

»Freunde«, sagte der erste mit halbgeöffnetem Mund.

»Freunde«, betonte der zweite.

Selbst ihre Bärte waren schwarz.

»Wessen Freunde?«, fragte der Stadtrat.

Sie beachteten ihn nicht.

Der Herr Bürgermeister lag unbeweglich auf dem Boden, atmete kaum noch. Plötzlich stieß eine Schuhspitze an seine Wange, während eine Stimme ihn freundlich aufforderte: »Machen Sie die Augen auf, Exzellenz.«

»Was erlauben Sie sich!«, empörte sich Trantino. »Raus!«

»Was ist, willst du hier den Helden spielen?«, fragte der Mann mit derselben Freundlichkeit, mit der er auch den Bürgermeister angesprochen hatte.

Trantino hob die Arme.

Der Mann sagte ein paar Worte, aber langsam, betonte Silbe um Silbe und vermittelte den Anwesenden so das Gefühl, dass sie eine sehr lange Rede hörten.

Es war diese Art zu sprechen, die den Polizisten erstarren ließ, unbeweglich, ja ergeben stand er da, so als drückte jemand ihm eine Pistole auf die Brust.

Der Typ wandte sich wieder an den Bürgermeister. »Machen Sie die Augen auf«, befahl er.

Pallante gehorchte.

Der Mann lüftete den Hut. »Es freut mich, Sie bei guter Gesundheit vorzufinden«, sagte er und beachtete die violette Schwellung gar nicht.

Der Bürgermeister schluckte schwer.

»Ich bin gekommen, um Ihnen Grüße von Don Totò auszurichten«, fuhr er fort und deutete eine Art Verbeugung an, die alle, aber wirklich alle, als Demütigung empfanden.

Beim Verbeugen ließ der Mann eine Münze auf den Verletzten fallen. »Das ist von Don Totò«, sagte er, dann gab er seinem Begleiter ein Zeichen und verschwand.

Niemand verspürte die Verpflichtung ihnen zu folgen, denn Höflichkeiten benötigen keine sofortige Erwiderung.

In diesem Moment erschien Dottore Grimaldi. »Haben sie aufeinander geschossen?«, fragte er und zeigte auf die am Boden liegenden Männer.

Niemand sagte etwas. Die Gegenwart der zwei *Freunde* hatte das gesamte Rathaus in einen dichten Nebel gehüllt, ein Trauerschleier schien jetzt über dem Bürgermeister zu liegen, der kein Lebenszeichen von sich gab.

Grimaldi weckte ihn mit zwei Ohrfeigen, deren Klang bei vielen Anwesenden große Genugtuung hervorrief, da sie schon seit geraumer Zeit so eine ähnliche Laune hätten befriedigen wollen, doch nicht einmal im Traum hatten die Mutigsten sich das zugestanden.

Dann sagte der Dottore: »Es ist nichts, Avvocato, stehen Sie auf.«

Aber der Avvocato hütete sich zu gehorchen. Da nahm Grimaldi die Münze, die der Typ hatte fallen lassen. »Zehn Lire«, sagte er. »So wenig sind Sie nur wert, Exzellenz?«

Occhi janchi riss die Augen auf. »Zeigen Sie her«, sagte er und tastete mit der Hand durch die Luft.

Grimaldi gab ihm die Münze. Zwei schöne Ähren neben der Zahl Zehn. Der Bürgermeister musste würgen.

»Zwei Ähren, groß und üppig, Exzellenz«, sagte die Ficodindia, die sich ihrer Belesenheit rühmte, weil sie fünf Frauenzeitschriften abonniert hatte, in denen das menschliche Wissen abgehandelt wurde. »Ein Symbol für Fruchtbarkeit und Überfluss. Das ist ein gutes Vorzeichen.«

Der Bürgermeister schüttelte langsam den Kopf und wie ein Betrunkener im Lachkrampf fing er an zu singen: »Andiamo a mietere il grano, il grano, il grano …«

Wir mähen das Getreide, Getreide, Getreide … hallte es über den Korridor. Dann breitete sich eine bleierne Stille aus: Die Gestalt des Großen Schnitters, pechschwarz wie seine Sendboten, stand allen sofort vor Augen und erschreckte sie.

Fröhlich, überaus fröhlich trottete Patuzzu zum Haus des Klageweibs, und Calcaterra folgte ihm mit raschem Schritt. Wer ihn kannte, grüßte diesen Catanesen, er war einer der Chefs in der Raffinerie. Maria, Roberts Ex-Verlobte, verbeugte sich vor ihm und warf sich dabei fast auf die Erde. »Ingenieur«, quiekte sie. »Ich bin die zukünftige Frau von Nicola Li Scausi.«

Der Ingenieur, der nicht wusste, wer Li Scausi war, nickte abwesend mit dem Kopf, was sie als Zeichen höchsten Wohlwollens interpretierte und sogleich im Dorf die Nachricht verbreitete, dass ihr Nicola der Schutzbefohlene von Calcaterra wäre, der ihn bald zu sich in die Geschäftsleitung holen würde.

Nicola hantierte währenddessen allein zwischen glühenden Rohren mit einem Schraubendreher an einem schlecht schließenden Ventil. Das verfluchte Ding war verrostet und ließ sich einfach nicht lockern. Niemand hatte ihm erklärt, wie er sich in solch heiklen Momenten verhalten sollte, oder vielleicht schon, vielleicht hatten sie es ihm erklärt, aber er erinnerte sich nicht daran: In den Tagen, als er an der Einführungsschulung teilgenommen hatte, machte er keine Notizen, er war Arbeiter, ein Mann, der seine Hände benutzte, Schule war nichts für ihn, die Worte gingen ihm zum einen Ohr rein und zum anderen wieder hinaus, und in seinem Geist breitete sich eine Trägheit aus, die es ihm erlaubte, sogar mit offenen Augen zu schlafen. Er suchte im Kasten nach einem nützlicheren Werkzeug, er fand eine kleine Fräse: Damit würde er den Rost entfernen und dann mit dem Schraubendreher seine Arbeit fortgesetzt.

Patuzzu erreichte die Haustür und kratzte. Lucietta öffnete. »Du bist zurück«, sagte sie fröhlich. Doch sofort zuckte sie zusammen, denn in diesem Moment merkte sie, dass hinter dem Hund der Ingenieur stand, der so freundlich zu ihr gewesen war, und rasch zog sie sich das Taschentuch vom Kopf, das ihre Haare zusammenhielt, während sie kochte. »Ingenieur, kommen Sie doch rein«, sagte sie.

Rosapia Maltese, deren Haus neben dem der Montalto stand, betrachtete mit offenem Mund diese Absonderlichkeit: ein Mann im Haus des Klageweibs? Und was für ein Mann! Distinguiert, gut gekleidet, mit Anzug und Krawatte, obwohl es Vormittag war und kein Feiertag. Sie sah genauer hin und erkannte ihn: Es war der Ingenieur von der Trexo, einer der Chefs. Sie lief zur Gehörtauben, die zwei Türen weiter wohnte, und mit Zeichen und Gesten erklärte sie ihr das Mysterium, dass einer der Trexo-Chefs in Lucias Haus eingefallen war. Die andere verdrehte die Augen zum Himmel, als wollte sie sagen: ›Was müssen wir noch alles ertragen?‹

Rosapia näherte sich Lucias Fenster und durch die geschlossenen Läden erkannte sie, dass der Mann noch immer da drin war.

Da drin war er und hatte es sich in der Küche bequem gemacht: Auf dem Tisch der Mehlhaufen und die Maurerkelle, der Zucker, die Zimtstange, der Topf, das Marmorbrett, auf dem Lucietta den Teig aus Wasser, Zucker und Mehl hätte bearbeiten sollen.

»Ich wollte Zimtkekse machen«, entschuldigte sie sich für die Unordnung.

»Ja, und?«

Sie errötete leicht. »Diese Kekse backt man eigentlich nur zu Ostern, aber mit Blick auf das Restaurant wollte ich …«

»Welches Restaurant?«

»Das ist eine lange Geschichte«, sagte sie.

»Ich habe den ganzen Tag Zeit«, erwiderte er.

»Das heißt, Sie wollen meine Geschichte hören?«

»Seit einer Ewigkeit erzählt mir niemand mehr Geschichten.«

Lucietta sah das Hundchen an, das sich auf den Knien dieses so überaus höflichen Signore zusammengerollt hatte. »Er hat Sie hergebracht, nicht wahr?«

Calcaterra nickte.

»Und das bedeutet, dass ich Ihnen meine Geschichte erzählen kann.«

Patuzzu bewegte bestätigend den Schwanz, dann döste er weiter, während der Ingenieur ihm den Hals kraulte.

»Ich habe hundert Millionen beim Glücksbrunnen gewonnen«, platzte sie heraus.

»Gebenedeit seid Ihr!«

Lucietta lachte, denn *Gebenedeit* hatte noch nie jemand sie genannt. »Es war das Hundchen«, erklärte sie. Dann sah sie ihn an. »Würde es Ihnen etwas ausmachen, wenn ich die Zimtkekse zubereite, während ich Ihnen meine Geschichte erzähle?«

»Es ist mir eine Ehre.«

Lucietta lachte. Sie säuberte den Tisch, nahm neues Mehl, neuen Zucker, tat eine Zimtstange in den Topf, maß das Wasser ab. »Wie schon gesagt, ich war krank vor Alleinheit …«

Und während Lucietta Ugo Calcaterra auf verschlungenen Wegen durch ihrer Geschichte führte, sie mit der Schilderung des außergewöhnlichen Mittagessens bei der Tabbacchera würzte, alle Verbindungen und Zusammenhänge von jenem wundersamen Tag erläuterte (einschließlich der Prügelei zwischen Sarino Motta und Acquaforte und dem plötzlichen Erwachen aller Sinne bei der Tischgesellschaft), rutschte Nicola Li Scausi mit der Fräse ab und durchschlug das Rohr, an dem er herumhantierte, das Benzin explodierte wie die Fontäne eines Geysirs, schoss ihn zu den Sternen, von wo aus nur sein Körper zurückkehrte, während seine leichtsinnige Seele fortan durch die unendlichen Weiten neuer Welten reiste.

33

»Waisen und Witwen zu schaden ist Sünde«, sagte Orlando zu Russo.

»Bist du auf einmal religiös geworden?«, spottete der.

Sie saßen auf einer Bank im Park – vor ihnen der Blick auf das Meer, die Raffinerie und die Industrieanlagen – und während sie so redeten, hörten sie plötzlich den gewaltigen Knall und sahen eine riesige Stichflamme in den Himmel schießen.

Sie rannten los, Gott, wie sie rannten! »Schnell, lauft, lauft weg!«, schrien sie, während sie zum Rathaus eilten, wo Seine Exzellenz mit seinem Freund aus dem Katasteramt über gewisse Lücken im Bebauungsplan sprach.

Aber sie waren nicht die Einzigen, die wegrannten, auch die anderen – nachdem sie die Explosion und die Flammen gesehen hatten – rannten bereits, die einen nach Hause, um Frau und Kinder in Sicherheit zu bringen, die anderen, um die Alten zu holen, oder das Auto, das Motorrad, das Fahrrad aus der Garage zu fahren, während die Ahnungslosen, neugierig das Durcheinander betrachtend, fragten: »Was ist? Was ist passiert?« Und als sie die Antwort mehr erahnten, als hörten, rannten auch sie davon.

Alle flüchteten, um dem Tod zu entgehen, während sich in dem Knäul aus Rohren und Flammen schwarzer Rauch bildete und schließlich dicht und schwer in den Himmel stieg; und beim Anblick dieses Rauches erschraken alle, denn zu Recht dachten sie, dass das Ende der Welt nahte.

Rosapia klopfte hektisch an Luciettas Tür. »Ingenieur, laufen Sie, Ingenieur«, kreischte sie. Doch aus der Wohnung drang kein Laut, also hämmerte sie mit den Fäusten dagegen. »Lucietta! Ingenieur!«

Er selbst öffnete, denn Lucietta hatte die Hände voller Teig. Rosapia zeigte auf den Rauch. Der Ingenieur rannte zum Telefon, rief die Männer seiner Abteilung an.

»Es ist die Hölle«, sagten sie.

»Tut, was ihr könnt. Ich komme.«

»Wie jetzt, du fährst dahin, mitten ins Feuer?« Lucietta war bestürzt.

»Dort ist mein Platz«, sagte er, und weil er wusste, dass er möglicherweise nicht lebend dort rauskommen würde, umarmte er sie und fügte hinzu: »Wenn ich je ein anderes Leben haben könnte, würde ich dich heiraten.«

Sie sah, wie er ging, sie hatte nicht mal die Kraft, ihm nachzulaufen, sondern ließ sich auf den Stuhl fallen, auf dem er noch vor ein paar Sekunden über die Verrücktheiten des Hundchens gelacht hatte. Sie erinnerte sich an den Moment, als sie aus Catania zurückgefahren waren und er wie zufällig ihre Hand streifte, und sie gespürt hatte, wie eine heftige Wärme sie durchzog und ihr endlich Frieden und Glück schenkte.

Frieden, Glück? Ach! Das Leben war immer garstig zu ihr gewesen!

Sie schluchzte. »Mutter«, flehte sie. »Mutter ...« Mehr nicht, weil ihre Mutter wusste, was sie in diesem Moment brauchte, und sie nicht mit unnützem Gerede ablenkte. Und zu Rosapia, die zurückgekehrt war und sie zur Flucht überreden wollte, sagte sie achselzuckend: »Ich bleib hier.«

»Aber hier stirbst du.«

»Das ist mir egal.«

In der Zwischenzeit saßen fast alle in ihren Autos, während von den Industrieanlagen das Siegesgebrüll der Bestie erscholl, die – losgelassen von der Leine, den Ketten und der Zwangsjacke – sich endlich ihr Revier eroberte und den Raum verschlang, der ihr immer verweigert worden war, sie saugte die Luft ein und spuckte Gift, sie machte sich einen Spaß hier und da zu rülpsen, während die Feuerwehrleute genau die Handgriffe ausführten, die sie ausführen sollten, und sich entsprechend Calcaterras Befehlen bewegten – der die Operation aus der Kommandozentrale dirigierte –, sie versuchten, den Brand einzukesseln, indem sie Rollläden herabließen, Brandschutztüren schlossen, gefährdete Sektoren isolierten und mit Löschschaum fluteten. Sie ließen Zentner des Endprodukts mittels der Gasfackeln, die alle nicht in Betrieb waren, in Rauch aufgehen, während die Sirenen heulten, die Glocken glockten und die Leute, dicht gedrängt in ihren Autos, versuchten in die Hügel zu flüchten, doch vergeblich: Denn auf allen Straßen – hinauf und hinunter – staute sich der Verkehr, der von der Panik zusätzlich behindert wurde (irgendjemand war, um schneller zu sein, falsch in eine Einbahnstraße eingebogen und versperrte so den Flüchtenden den Weg) und überall drängten sich unbewegliche Blechkisten, tönten die Hupen, flogen Aufforderungen und Anschuldigung von Autofenster zu Autofenster, und es herrschte so ein Durcheinander, weswegen, sollte die Wolke tatsächlich giftig sein, alle sterben würden.

›Wie die Fliegen wären wir gestorben‹, werden sie später der Signora mit dem Notizblock erzählen. Doch stattdessen – *zum Glück* – waren das, was da in die Luft stieg, Langzeitgifte, Gifte, die so manches Immunsystem bewältigen konnte, manches jedoch nicht, weshalb der Gestank, den sie in diesem Tag einatmeten, sich in den Lungen, im Kopf, in den Brüsten, der Leber oder der Bauchspeicheldrüse all der Streithähne festsetzte, die in diesem Moment im Verkehr eingeklemmt waren, und diese Gifte würden Gevatter Tod später zum Sieg verhelfen.

Toni war bereits auf dem Weg zu den Ursulinen, um Violante abzuholen: Zum Teufel mit Errico, zum Teufel mit den Leuten, dem Anstand, der Sitte und der mörderischen Eifersucht. Würde Errico Stress machen, würde er ihm den Kopf einschlagen und Violante fortbringen, ans andere Ende der Welt und dann … dann würde man weitersehen.

Sein Wagen schoss über die Autobahn, sauste über die Landstraßen und erreichte das Pensionat genau in dem Moment, als die Nonnen erfolglos versuchten, sich in einen Minibus zu quetschen, der sie von der Katastrophe wegbringen sollte.

»Violante fährt mit mir«, sagte er zur Oberin.

»Sie nehmen aber noch mindestens fünf von uns mit«, befahl diese erleichtert, weil sie in jeder Rettungsmöglichkeit die Hand der Vorsehung zu erkennen glaubte.

Zusammengequetscht im Auto flüchteten die Nonnen und die beiden Liebenden. Toni schien jedoch genau auf das Feuer zuzufahren. Erschreckt kreischten die Bräute Jesu: »Er fährt uns in den Tod!«

»Meinen Sie etwa, dass ich genau jetzt sterben will«, sagte er beleidigt und bog auf eine verlassene Parallelstraße ab, die sie rasch von Augusta weg in einen sicheren Unterschlupf in der Nähe von Catania brachte.

Errico rannte zu Franca und packte Letizia. Ihr blieb nicht einmal Zeit, die Pistole zu holen, und so hielt sie sich bereits für tot, weshalb sie ihre Haut teuer verteidigen wollte, denn tot ist tot, und daher schlug sie ihre Zähne in seine Hand und wappnete sich für einen Kampf bis zum letzten Atemzug. Doch er sagte liebevoll: »Lass uns verschwinden, Schatz.«

Liebevoll?

Letizia wunderte sich. Sie dachte, er spielte ihr etwas vor, und versuchte, sich loszureißen.

Da hob er die Hände und sagte: »Ohne dich kann ich nicht leben.«

»Lügner.«

»Das isso.«

»Das ist nicht wahr!«

»Es isso, ich schwör's.«

»Hau bloß ab«, knurrte da Motta, der sich die Sentimentalitäten für später aufhob, denn jetzt musste er erst einmal Franca retten.

»Wo ist Agata?«, fragte Letizia ihn.

»Um die kümmert sich Costanzo«, erwiderte Roberto.

Alle sahen ihn an, als wäre er verrückt geworden, doch sofort wandten sie sich wieder ab: Sie hatten keine Zeit zu verlieren.

Und so flüchteten fast alle, die einen in die eine Richtung, die anderen in die andere, sie kletterten die Stufen hinauf oder stolperten die steilen Wege hinunter.

Errico zog Letizia hinter sich her, Sarino trieb Franca an, Maria (die Verlobte von Nicola) war mit ihrer Mutter bereits dreißig Kilometer entfernt, weil sie nicht so eine war, die Zeit verplemperte, Corrado und Lorenzo folgten jeweils ihren Eltern zum Kapuzinerkloster, und überall herrschte ein Gerenne, Gezucke, ein Trennen und Vereinen, das dem Fließen von Quecksilber glich.

Roberto fand sich Hand in Hand mit Gloria, Vaccaros Tochter, wieder. Sie war verzweifelt, weil sie alle verloren hatte, alle, Mutter, Vater, Geschwister …

»Du musst laufen«, sagte er und packte sie, während von der Chemiebestie das letzte Knurren, Gurgeln und Rülpsen kam, wie von einer üblen Verdauung, was den Schrecken noch weiter steigerte.

Das Mädchen, das fest im Griff der Panik steckte, hyperventilierte, ihre Hände waren wie aus Holz, ihre Beine ebenso.

»Atme gleichmäßig«, ermutigte Roberto sie.

Er legte ihr die kelchförmigen Hände auf Mund und Nase, damit sie ihren eigenen Atem voller Kohlendioxid inhalierte, denn so bewältigte man eine Panikattacke. Sie gehorchte. Hinter ihnen erhob sich eine Säule aus schäumendem schwarzen Rauch.

Sie brauchte ein paar Minuten, um wieder Herrin ihrer Sinne zu werden, und kaum, dass sie Arme und Beine wieder spürte, sagte sie: »Hauen wir ab.«

Sie rannten zur Wasserquelle, wobei sie sich beständig umsahen, ob die riesige Wolke sie noch immer verfolgte. Gloria verlor die Schuhe, was sie erst in der Dämmerung merken sollte, als sie den Rückweg antraten. Roberto dachte an seine Mutter, die jetzt unter der Obhut von Motta stand, und fühlte sich erleichtert, denn endlich war er von der enormen Verantwortung befreit, die mit dem Tod seines Vaters auf ihn übergegangen war.

»Was gibt's da zu lachen?«, fragte das Mädchen, als es das Lächeln auf seinen Lippen entdeckte.

»Wir sind am Leben«, antwortete er. »Wir leben noch.«

Sie drückte ihm fest die Hand.

Locatelli, der währenddessen von der Kaserne aus die Aufräumarbeiten in der Fabrik leitete (die wegen des verknäulten glühenden Schrotts unmöglich waren), rief Agata an, um ihr Hilfe anzubieten. Das Telefon klingelte lange, sie ging aber nicht ran. Offensichtlich war sie schon fort.

Doch sie war da, nur wenige Meter von ihm entfernt. Agata hatte die Türen geschlossen, die Balkone und Fenster mit Klebeband abgedichtet, so wie man es bekanntermaßen in solchen Fällen tat. Costanzo war bei ihr. Sie glaubte ihn zu hören, er sagte ihr, dass sie keine Angst zu haben bräuchte, denn die Lage würde bald schon unter Kontrolle sein, und wegen der versiegelten Ritzen würde sie kein Gift einatmen, sie wäre im Gegenteil sogar viel geschützter als die, die wie verrückt gewordene Ameisen durch die Straßen wuselten.

Lisabetta war bei ihr und durchlebte im Geiste noch einmal den Unfall, bei dem ihr Vater gestorben war, allerdings nicht, weil er unachtsam gewesen war: Austretende Säure hatte ihn bei der Trexo getötet. An jenem Tag hatte er ihr, bevor er zur Arbeit ging, zwei Minzzweige auf das Kissen gelegt. ›Für duftende Träume‹, hatte er dazu auf einen Zettel geschrieben. Dieses Papierstück verwahrte sie wie eine Reliquie, und seit damals schlief sie jeden Abend mit Minze auf dem Kopfkissen ein, um ihrem Vater nahe zu sein und mit ihm über Kräuter und Heilmittel zu sprechen.

Und so waren Agata und Lisa still in der Küche, während draußen das Chaos tobte und immer noch Unzählige mit dem Auto zu fliehen versuchten. Lisa kochte einen Kräutertee, Agata holte einen Stadtplan des Dorfes. »Um diesen Ort zu erneuern muss man hier anfangen«, sagte sie und malte einen Kreis um das Rathaus.

»Sie müssten alle sterben«, überlegte Lisa.

Agata schüttelte den Kopf, sie glaubte, dass der Tod nur Schmerz und Leere bringt, fürchterliche Leere. Und die löst nichts, denn sie schneidet nur etwas ab und lässt das Ende des Seils zurück, das sich dann andere, die aus dem gleichen Holz wie die Toten geschnitzt sind, schnappen und zu eigen machen.

»Wir brauchen eine Revolution. Eine echte Veränderung«, sagte sie. »Eine Bewusstseinsveränderung.«

»Du greifst nach den Sternen.«

Agata senkte den Blick. Wie oft hatte sie mit Costanzo darüber gesprochen. Wie oft hatten sie gesagt, dass es nun genug war, Schluss mit dem Müll, Schluss mit der Zerstörung, Schluss mit der Gleichgültigkeit: Man musste sich an einen Tisch setzen, ein Projekt entwerfen, ein Programm erstellen, die Ressourcen berechnen, die Bedürfnisse und die Ziele, die man erreichen wollte. ›Und zwar nicht die kurzfristigen! Denn was nützt uns ein Projekt von heute auf morgen? Wir müssen an die Zukunft denken, *amore mio*. Und wir müssen heute die Saat für die Zukunft ausbringen, wir müssen überall Samen ausstreuen, in jedem Loch, in jedem Hirn, in jedem Seelensplitter …‹

»Woran denkst du?«, fragte Lisa.

Agata sah sie an. In ihrem Blick erkannte sie ihre eigene Leidenschaft, ihr eigenes Bedürfnis, das Leben zu ehren. »Dass wir heute die Zukunft aussäen müssen«, sagte sie. »Heute müssen wir säen. Heute, wo wir kurz davor stehen, sie zu verlieren.«

Lisa betrachtete den dunklen Tee in der Tasse. »Das wäre schön.«

»Und es ist möglich«, ereiferte sich Agata plötzlich. »Ich habe mit Roberto geredet, mit der Lehrerin Rizzo. Es gibt junge Leute, die hier studieren, aber sobald sie ihren Abschluss haben, nehmen sie den Flieger: Den Master in der Tasche und Ciao, verloren für immer, die kommen nicht mal im Sommer zum Baden zurück. Wir müssen etwas tun, dass sie bleiben.«

Sie stand auf. Ihr war warm, ihre Wangen waren gerötet, sie spürte in sich die Kraft einer ganzen Armee.

»Das werden die Alten dir nicht erlauben.«

»Würdest du mir helfen?«

»Natürlich. Aber wir sind nur zu zweit. Was können zwei Nüsse in einem Sack schon anfangen?«

»Lärm. Krach. Zwei Nüsse im Sack schlagen Alarm, Lisa.«

»Man müsste die Leute umstimmen, die Pallante und seine Lakaien wählen.«

»Und sich auf die Frauen konzentrieren. Wir müssen uns zusammentun, wir müssen mehr wissen, wenn wir unseren Kindern einen Ort hinterlassen wollen, von dem man nicht notwendigerweise weggehen muss. Wir müssen zusammenarbeiten, damit das gelingt.«

»Hast du irgendwelche Ideen?«

»Ein paar.«

»Und die Männer? Was können wir schon ohne Männer tun?«

»Wir haben Roberto«, sagte Agata.

»Und den Maresciallo«, fügte Lisa hinzu.

»Toni Scianna.«

»Und Don Bruno.«

»Gino.«

»Dottore Grimaldi.«

»Carmine Acquaforte.«

Die Kräuterfrau runzelte die Stirn. »Der hat sich verkauft«, sagte sie. »Das ist einer von den Niederträchtigen, die Costanzo in den Tod getrieben haben.«

»Er hat sich verändert«, erwiderte Agata. »Wir wissen, wer der eigentliche Mörder ist.«

Der eigentliche Mörder hat gerade Capo Passero erreicht, zieht sich die Schuhe aus und vergräbt die Füße im feinen Sand von Siziliens äußerstem Zipfel. Eine Behandlung des Schädels, zwei Tabletten gegen den Schmerz, und los, ganz weit weg. Weg vom Gestank, von den Explosionen, die Lebensgefahr für die werten Mitbürger interessiert ihn nicht, nur vor diesen zwei schwarzen Gestalten hat er Angst; obwohl, mittlerweile nicht einmal mehr das, da sie bestimmt nicht mehr mitspielen. Er ist nämlich davon überzeugt, dass sie einen weiten Bogen um das Dorf machen werden und nicht so dämlich sind, sich die Lungen mit diesem Gift zu verderben, das immer noch durch den Ort wabert.

Der Tag ist warm, fast sommerlich. Er streckt sich aus, schließt die Augen und träumt von seinem Vermögen, dem Schatz aus Geldbündeln, die die Fächer im Tresor füllen. Dieser wunderbare Traum trägt ihn in die Oasen des Glücks, in denen sich sein geschundenes Herz von der Schlechtigkeit der Welt erholen darf.

Lisabetta sieht durch die Schlitze der Fensterläden, sieht, dass auf der Piazza vor dem Rathaus ein Sanitätszelt aufgebaut wurde. »Ich gehe helfen«, sagt sie, und zu Agata, die mitkommen möchte: »Du öffnest den Laden, du wirst dort nötiger gebraucht.«

»Nötiger? Dort?«, fragt sie verblüfft.

»Zigaretten helfen in manchen Augenblicken mehr als Medikamente«, antwortet Lisa, dann steckt sie ein paar Fläschchen mit dunklen Flüssigkeiten in ihre Tasche, ein paar Dosen mit Salbe und geht.

Errico läuft mit Letizia durch Kapernsträuche und wilden Spargel. Sie begreift es immer noch nicht, ist verstört, verwirrt, besorgt, verängstigt: Und wenn er sie jetzt ermordet? Wenn er gelogen hat und sie in Wirklichkeit nur möglichst weit weg bringen will, um sie dann zu erdrosseln und ihre Leiche verschwinden zu lassen? Wäre Errico dazu fähig? Fähig ja. Ist er bei den Nonnen nicht völlig ausgerastet, als er Violante abholen wollte? Ist er nicht völlig ausgerastet, als er hörte, dass Violante mit dem Professore vögelt?

Schlimme Gedanken quälen Letizia Greco, während ihr Mann sie schnaufend über die Wege und Pfade zieht, sie über Mauern klettern, Abhänge hinabsteigen, einen Bach überqueren und sie immer weiter und weiter laufen lässt, an einen sicheren Ort, dort, wo die Luft rein und nicht vom Gift verseucht ist, das sich in Form einer Wolke über einem Gebiet so groß wie Catania ausbreitet. Doch als er zum Luftholen anhält, entzieht sie sich seiner Hand und läuft weg, nur weg, ganz schnell läuft sie weg, barfuß über die Steine und Dornen, ohne den stechenden Schmerz der Steine und Dornen zu spüren. Aber er ist schneller, packt sie an der Taille und hält sie fest. Keuchend spricht er in ihren Nacken, in ihre Haare. »Hab keine Angst. Du bist mein Leben.«

Große Tränen quellen ihr aus den Augen. »Schluss, Errico, wir haben uns die Wahrheit gesagt, und zurück ich will nicht mehr. Lass mich in Ruh. Geh und such dir ein Mädelchen. Und lass mich in Frieden.«

»Ich kann nicht ohne dich leben«, murmelt er da.

Sie weint immer noch. »Das ist ne Lüge. Du kannst und wie. Du wolltest eine unterwürfige Frau, und die hast du gehabt. Aber jetzt ist Schluss. Such dir eine andere.«

Er schließt die Augen, drückt das Gesicht in ihr Haar. »Ich will nur dich.«

»Unsinn.«

Mit geschlossenen Augen saugt er ihren Duft ein. »Es war schön, als ich nach Hause kam und du mich angelacht hast«, gesteht er. »Dein Blick war voller Liebesbezeugungen, und ich musste wegsehen, weil ich deiner nicht würdig war, auch nicht der süßen Worte aus deinem Mund, wenn du mit mir geredet und gelacht hast, dann hast du selbst einen Scheißtag schön gemacht. Es war schön, und ich wusste es nicht. Das kam mir alles völlig normal vor, völlig bedeutungslos. Und jetzt, wo es mir fehlt, begreif ich erst, was ich verloren hab, und deshalb will ich dich, mein Schatz, nur dich allein. Dich und unser Mädchen …«

»Mein Kind!«, schreit Letizia auf, die vom Feuer und vom Wandel des Gatten so verwirrt ist, dass sie die Tochter völlig vergessen hat.

»Ich wette, dass Toni Scianna sich gut um sie kümmert«, sagt Errico ruhig.

Letizia sieht über die Schulter, zum schwarzen Himmel, zum Feuer, das zwischen den Tanks und Rohren aufflackert. »Mein Kind …«, sagt sie mit tränenerstickter Stimme.

»Beruhig dich, ich kenne Toni gut und bin sicher, dass er sie weit weg gebracht hat.«

Sie sieht ihn an, und aus ihrem Herzen quillt eine verrückte Lust, ihn zu umarmen, sie möchte diese Monate ohne ihn auslöschen, denn auch ihr hat seine Stimme unendlichst gefehlt; genauso wie seine Anwesenheit und dieser Clown, der sich abmühte, ihr Kind zum Lachen zu bringen, und sein Kartoffelomelette, das nicht wie Scheibletten zusammenpappte. Ja, er hat ihr gefehlt, und sie kann ihm gar nicht sagen, wie sehr.

Ihre Augen sagen es ihm. Und Errico kann sie lesen. Daher zieht er sie zu einem freistehenden Johannesbrotbaum, und als sie ihn erreichen, sagt er: »Von heute an beginne ich mit dir ein neues Leben, Letizia Greco, ich fange von vorn an. Und weißt du, wie?«

Da sie nicht antwortet, weil sie diesen neuen Mann nicht kennt, der gerade mit ihr redet, sagt er: »So!« Und er zieht sich die Schuhe aus, reißt sich das Hemd vom Leib, die Hose und die Boxershorts, und völlig nackt stellt er sich vor sie und erklärt: »So beginn ich mein neues Leben mit dir, ohne alles, wie einer, der nur seinen Namen am Leib trägt.«

Und sie sagt nicht: ›Bist du verrückt! Zieh dich an, was machst du nur, was sollen die Leute denn bloß sagen?‹ Nein. Sie steht verzückt da. Aus ihrem Bauch steigt ein Sprudeln auf, durch Brust und Hals erreicht es die Haare, auf dem Scheitel verspürt sie ein Kitzeln, das von dort entschwindet, und mit ihm entschwindet der Schmerz, all der Schmerz, den sie jahrelang in einem gepanzerten Zimmer weggeschlossen hat, damit dieser ihr nicht die Kraft nähme, sich jedem einzelnen Tag neu zu stellen.

Letizia sieht den nackten Errico an: Sein Hochmut, etwas Besseres zu sein, nur weil er die Schule beendet hat und etwas Geld nach Hause bringt, ist verschwunden. Und sie fühlt sich leicht, so leicht, Jesus, endlich so leicht … Und da zieht auch sie sich aus und stellt sich nackt vor ihn.

Sie sehen sich an. Sie sehen sich in die Augen, durchbohren einander, um bis zur Seele es anderen vorzudringen. Und dort, an diesem besonderen Seelenort, fragt er sie: »Letizia Greco, willst du mich heiraten?«

Und an diesem Seelenort, behandelt mit Johanniskrautöl und von allen Wunden geheilt, wie die Kräuterfrau sagen würde, antwortet Letizia: »Ja.«

Sie umarmen sich. Es ist eine lange, stille Umarmung, denn in manchen Momenten stören Worte nur: Sie sind zu kärglich im Vergleich zu den Gefühlen, die diese Momente auslösen. Und in der Stille lauschen sie ihrem Atem, den Pausen beim Atmen, den Versuchen, sich zu räuspern …

Sie vermählen sich. In der Seele und im Fleisch, während Costanzo mit Rücksicht auf die beiden um den Brotbaum Unsichtbarkeitspulver verstreut.

Roberto und Gloria – die Tochter des Stadtrates Vaccaro, die immer ihre Nase in die Bücher steckt und nicht mal aufsieht, selbst wenn das Huhn im Ofen verbrennt und der Bauch leer bleibt – halten im Schatten eines Feigenbaums. Sie sind erschöpft. Sehr erschöpft. Und weit weg. Selbst wenn die Wolke giftig sein sollte, hier sind sie in Sicherheit. Und da Roberto nicht weiß, ob schon Mittagszeit ist, fragt er: »Hast du Hunger?«

Gloria nickt.

Er zieht eine Tüte Bonbons aus der Tasche, es sind diese großen, weichen, gummiartigen mit Erdbeergeschmack. Er nimmt eines und steckt es ihr in den Mund.

Sie spürt, wie sich ihre Angst auflöst, wie die Anspannung zusammen mit dem Zucker durch ihre Kehle rinnt. Sie öffnet den Mund für das nächste Bonbon. Und während sie es zwischen Zunge und Gaumen lutscht, wird sie wieder Herrin ihrer Gedanken, ihrer Taten. Sie blickt zum Himmel: Die Wolke ist weit weg, das Blau breitet sich wieder aus, Vögel zwitschern und irgendein Hund bellt, und das Leben ist immer noch Leben …

Und genau das bemerkt Gloria, einundzwanzigjährige Tochter von Vaccaro, Jurastudentin in Catania: dass die Natur voller Leben ist. Sie sieht den Burschen an, der ihr noch ein Bonbon hinhält, sie nimmt es, beißt es durch und steckt ihm die andere Hälfte zwischen die Lippen, die bei ihrer Berührung erzittern.

»Wie ist die Arbeit bei der Tabbacchera?«, fragt sie.

»Schön.«

»Weil sie schön ist?«

»Nicht nur.«

»Warum dann?«

»Weil sie Ideen hat, die mir gefallen.«

»Was für Ideen?«

»Dass dieses Dorf sich verändern muss.«

Diese Seite der Tabbacchera ist Gloria neu, sie kennt nur die Witze, die im Ort über sie gerissen werden. »Erzähl weiter«, sagt sie deshalb.

Roberto zeigt auf die schwarze Wolke. »So etwas dürfen wir nicht noch einmal zulassen.«

Auch sie blickt zu dem Schwarz. »Ich werde von hier fortgehen«, sagt Gloria ruhig. »Ich will nicht, dass meine Kinder diese vergiftete Luft atmen.«

»Na super!«, platzt er heraus. »Wenn alle so denken, was bleibt dann von diesem Ort?«

»Das ist mir egal.«

»Wirklich?«

Sie wird rot. Sie schüttelt den Kopf. »Zu viel Rückwärtsgewandtheit, zu viel Dummheit …«

»Na toll. Hau bloß ab! Geh dahin, wo das Leben einfach ist.« Er wirft die Bonbontüte auf die Erde, steht auf. »Lisa hat recht, hier können sich die Dinge nicht ändern.«

»Die Kräuterfrau?«

Er antwortet nicht, geht den Hügel hinab zum Fluss, dort, wo die Orangen- und Zitronengärten liegen.

Auch Gloria steht auf, folgt ihm langsam. Barfuß, in der Brust eine tiefe Melancholie, der Geist vernebelt von wirren Gedanken.

Und als er unter einem Dach aus Orangenblüten stehen bleibt, bleibt auch sie stehen.

Er setzt sich.

Auch sie setzt sich.

Er sieht sie an.

Sie ihn auch.

Sie fangen an zu reden.

Zu diskutieren.
Ein bisschen zanken sie.
Ein bisschen finden sie zueinander.
Wolken ziehen über ihnen hinweg.
»Gemeinsam ist man stark«, sagt er.
»Das ist alles nur Gerede«, erwidert sie.
»Leg mal deine Vorurteile ab!«, weist er sie zurecht.
Sie sieht ihn an.
»Wer hat dir beigebracht, so zu reden?«
»Meine Mutter.«
Sie wird rot, wer weiß warum.
Eine Stunde vergeht, zwei Stunden vergehen.
Es wird Nachmittag, die Bestie wird gebändigt, und der Alarm verklingt.

34

Die Glocken glocken nicht mehr, erschöpft kehren die Leute in ihre Häuser zurück, ein gnädiger Wind zerstreut das Schwarz, die Tabbacchera öffnet den Laden, und Giulio Acquaforte tritt als Erster ein. »Kann ich etwas für Sie tun?«, fragt er.

Sie lächelt ihn an. »Ja, mir helfen, das Dorf zu verändern.«

Giulio ist groß. Von der Mutter hat er die Augen und den schönen Mund, vom Vater die drahtige Figur und alles andere. Und da er scheinbar nicht verstanden hat, fragt sie ihn: »Was meinst du, wo können wir damit anfangen?«

»Wir beide?« Der Junge ist überrascht.

»Wir beide und alle, die mitmachen wollen«, erklärt sie. »Wo also?«

Sie hat es eilig, krampfhaft eilig, das kommt von dem Unfall, von der Angst, dass so etwas wieder und wieder passieren kann, wenn man keine dauerhafte Kontrolle einführt, die kompetenten Organen anvertraut wird und nicht einem Bürgermeister, der sich in all diesem Schwarz suhlt.

Giulio schweigt. Die Kühnheit, die er aufgebracht hat, um zu ihr zu kommen, verpufft mit einem Schlag. Er zögert. Er hat zu viel Angst, etwas Falsches zu sagen.

»Wo fangen wir an?«, drängt sie ihn.

»Bei dem, was wir sein wollen?«, wagt er es.

»Perfekt. Was willst du sein?«

Er wird rot, als hätte jemand ihn gebeten, sich nackt auszuziehen, er senkt den Blick, schluckt ein paar Mal. Sie wartet. Dann blickt er starr vor sich. »Ich will … jemand sein, der Leben sät«, sagt er und möchte diesen Schwachsinn am liebsten sofort wieder zurücknehmen, denn so kommt es ihm vor: völlig schwachsinnig; und schon stellt er sich vor, wie seine Freunde spotten: Schaisze, Giulio, willst du etwa Universalficker werden?

Agata senkt die Stimme soweit, dass sie fast flüstert. »Und genau das will ich auch«, vertraut sie ihm an.

Er reißt die Augen auf. »Leben säen?«

»Und Zufriedenheit.«

»Geil«, rutscht es ihm raus, dann legt er los: »Hier wird zu viel gestorben, Signora, viel zu viel. Ich will Arzt werden, Chirurg. Jemand, der die Leute vor dem Krebs rettet. Und ich will das gut machen, wirklich richtig gut, nicht nur wie jemand, der seinen Job macht und das war's dann.«

»Was heißt das?«

»Dass der Arzt, so wie ich ihn mir vorstelle und so wie ich einer sein will, nicht den Bauch in die Sonne hält und das Leben genießt, während andere sterben. Er muss immer kämpfen, und mit seinem Kampf gegen den Krebs Leben säen.« Er schwitzt, ist feuerrot im Gesicht. »Ich lerne schon«, fährt er fort. »Ich zieh mir schon Anatomie, Chemie, Physik und Biologie rein …«

»*Reinziehen*?« Agata lacht.

Und Giulio auch. Dann erklärt er: »Ich will mir ein Fundament schaffen, auf dem man sogar ein Hochhaus errichten kann.«

Da streckt Agata den Arm aus und zieht ihn an sich, sie drückt ihn fest an die Brust, so als wäre er ihr Sohn.

Giulio ist, als käme er nach Hause, er kann es nicht genau erklären: ein Zuhause, in dem er glücklich ist. Er lehnt an der Brust der Tabbacchera, und diese Berührung kommt ihm nicht so vor wie eine, bei der er erregt wird, nein, es ist etwas Wunderschönes, sodass er die Arme um sie legt und die Augen schließt, und mit geschlossenen Augen redet er weiter, weil es ihm so leichter fällt: »Ich habe mich schlau gemacht, ich habe die Zeitungen von vor vierzig Jahren gelesen. Da gab es einige, die gegen die Petrochemie waren, aber das waren zu wenige, und es war zu viel Geld im Spiel. Ich habe viel gelernt, und viel herausgefunden: über das Quecksilber im Meer, die Bodenverschmutzung… Glauben Sie etwa, dass es heutzutage so viele Tote gäbe, wenn nur Schwefeldioxid verklappt worden wäre?« Er verstummt, um Luft zu holen. Würde seine Mutter ihn so sehen, wäre sie verwirrt. ›Aber was tust du da?‹, würde sie ihn fragen. Sähe sein Vater ihn so, würde der vor Neid platzen. Doch stattdessen sind nur sie beide da, und sie sprechen die gleiche Sprache.

»Erzähl weiter«, sagt sie.

Giulio löst sich von ihrer Brust. »Die Petrochemie ist nun mal da, das können wir nicht mehr rückgängig machen. Aber die Unwissenheit, die Gleichgültigkeit, die verbummelte Zeit beim Biertrinken, Kartenspielen und Lästern über andere, die Politik der Selbstbereicherung… Das können wir ändern.«

Die Anspielung auf seinen Vater und die feine Gesellschaft ist für ihn zu beschämend, weshalb Agata nichts dazu sagt. Sie sieht ihn zärtlich an. »Wo fangen wir also an?«

»Bei den Büchern.«

Sie lacht nicht, sagt nicht: ›Bücher? Was haben Bücher mit der Petrochemie zu tun?‹ Stattdessen nickt sie.

Da gesteht Giulio ihr: »Signora, Sie sind mir sehr wichtig.«

»Wir sind alle wichtig, Giulio. Verändern wir diesen Ort, verwandeln wir ihn wieder in ein Paradies.«

Er möchte ihr sagen, dass er sich schon wie im Paradies fühlt, wenn er nur bei ihr ist, doch da erscheint der Maresciallo, und der Zauber verfliegt. Giulio möchte noch bleiben, Wurzeln im Tabakladen schlagen, mit dem Boden verschmelzen, sich an sie ketten, doch stattdessen muss er gehen. Aber er hat nicht die Kraft. Und so erlöst Agata ihn von der Peinlichkeit, indem sie sagt: »Fang schon mal an, eine Liste zu schreiben mit den Leuten, auf die wir zählen können.«

»Sofort?«

»So schnell wie möglich. Geh, und sobald du fertig bist, komm wieder her.«

Diese letzten drei Worte entfachen Freude in ihm. »Das heißt, ich kann so oft herkommen, wie ich will?«

»Natürlich«, antwortet sie und sieht ihn mit ihren azurblauen Augen an, voller Einvernehmen und Komplizenschaft.

»Ich beeil mich.«

Der Maresciallo wartet, bis der Junge den Laden verlassen hat, dann fragt er Agata, wie es ihr geht.

»Gut«, antwortet sie.

»Ich dachte, Sie wären zusammen mit Ihren Freunden geflüchtet.«

»Ich flüchte nie, Maresciallo.«

»Nicht mal, wenn das Leben in Gefahr ist?«

Das Leben … Plötzlich wird sie traurig. So als wenn man quälende Träume durchlebt, an die man sich aber beim Aufwachen nicht mehr erinnert, sondern nur noch einen Seelenschmerz verspürt.

»Kann ich etwas für Sie tun?«

Sie schüttelt unmerklich den Kopf. »Alles ist gut.«

»Darf ich mich setzen?«, fragt er.

Locatelli ist total erschöpft, noch nie hat er so einen Notfall koordinieren müssen, bei dem Hunderte von Menschenleben auf dem Spiel standen.

»Sicher doch.«

»Und ich kompromittiere Sie damit auch nicht?«, versucht er zu scherzen, doch seine Stimme klingt bitter.

»Und wenn schon«, sagt sie.

Agata sieht sich um, die Zigaretten, die Pfeifenvitrine, die Gläser mit den Bonbons, die Postkarten, die Lakritz … Einen Moment lang fühlt sie sich fremd.

»Ich möchte Ihr Freund sein«, sagt er da.

»Das sind Sie schon.«

Nein, nein, möchte er sagen, ich will nicht dein Freund sein, sondern dein Liebhaber, dein Verlobter, dein Ehemann. Aber da er weiß, dass das nicht möglich ist, sagt er: »Ich habe mit den Ingenieuren von der Trexo und den anderen Raffinerien der Gegend gesprochen. Die Lage ist unter Kontrolle, es besteht keine Gefahr mehr für die Bevölkerung. Trotzdem bitte ich Sie: Wann immer Sie irgendetwas brauchen, rufen Sie mich an, Sie können auf mich zählen.«

Er steht auf, will gehen.

»Warten Sie«, hält sie ihn auf.

Er sieht sie an.

»Freunde, die das eigene Leben für den anderen riskieren?«, fragt sie ihn.

Er zuckt zusammen. Aber sofort denkt er an das Wort ›Freunde‹, und das bringt ihn auf den Boden zurück.

»Ja, Signora«, antwortet er.

»Ich heiße Agata.«

»Agata …«, wiederholt er, und sein piemontesischer Akzent verleiht diesem Namen einen neuen Klang.

»Maresciallo, ich …«, sagt sie da.

»Andrea.«

Sie nickt. »Andrea.«

Namen, die zukünftige Ketten aus gemeinsamen Tagen schmieden, in denen sie planen und den richtigen Weg suchen, damit die Veränderung tatsächlich eintritt und nicht nur eine leopardeske Sehnsucht bleibt, die besagt, dass sich alles ändern muss, damit alles so bleibt, wie es ist: Tage und auch Nächte verbringen sie zusammen, im Schein eines Lichtes, das die Schatten ihrer zusammengesteckten Köpfe an die Wand wirft, und auch Morgende, an denen dringend ein wichtiger Antrag fertig gemacht werden muss, damit das Gericht schnellstmöglich eingreift.

Und ja, so gehen wir weiter, so machen wir weiter: Brot und Mortadella, der Wein in der Korbflasche, Steine markieren die

Grenze einer Abmachung, dazu Ortsbegehungen und Streitfragen, Anzeigen, die lustige Gesellschaft notiert in einem Heft Namen und Daten, Geburten und Eheschließungen, Tag für Tag, alle nötigen Tage, damit die Liebe erblüht und sich festigt … Aber was denkt er da bloß? Andrea besinnt sich. »Auf bald«, sagt er zum Abschied.

Geh nicht, möchte Agata erwidern. Aber nur, weil die Traurigkeit so unerträglich ist und sie den Grund dafür gar nicht versteht: Sie hat verzweifelte Tage erlebt, hat ins Kissen geweint und geschrien, hat versucht, die Gedanken mit Anxiolytika und Schlafmitteln zu vertreiben. Und hat weiter gemacht. Immer weiter. Jetzt fühlt sie sich plötzlich unfähig, noch einen Schritt zu tun, so als täte sich ein Abgrund vor ihr auf, der sie verschlingen will.

Da zieht er ein zerfleddertes, vergilbtes Büchlein aus der Tasche und reicht es ihr. »Die Welt mit Poesieschüssen verändern: War das nicht euer Motto?«

Costanzo, an die Pfeifenvitrine gelehnt, nickt.

Agata schlägt das Buch irgendwo auf, liest:

Hör zu, die mit Lorbeer bekränzten Dichter /
bewegen sich nur, wo die Pflanzen /
wenig gebräuchliche Namen haben …

»Geh nicht«, sagt sie da.

»Geh nicht«, sagt Franca zu Sarino.

Gerade sind sie bei ihr Zuhause angekommen. Von Roberto keine Spur, und auch nicht von Letizia.

Motta bleibt verlegen auf der Schwelle stehen. Er weiß nicht, wie er sich verhalten soll, er denkt, weil er ein Raubein ist, dass all sein Verhalten ihr gegenüber (die so fein ist, so damenhaft) nur verkehrt sein kann: Bei den Weibern ist er für gewöhnlich kurz angebunden und brutal, machen die Viecher das nicht auch so? Verplempern die Viecher Zeit mit Förmlichkeiten?

»Komm«, lädt sie ihn ein.

Sie nimmt ihn an der Hand und führt ihn nach oben, in das Zimmer, in dem sie seit zwanzig Jahren allein schläft. Es ist kühl, die Wände sind azurblau gestrichen, die Möbel aus Mahagoni, in einer Ecke gibt es ein Handwaschbecken aus weißer Keramik. Das Fenster ist geschlossen, weswegen es im Zimmer nicht nach faulen Eiern und verbranntem Plastik stinkt, wie im Rest des Dorfes. Franca lässt auch noch den Rollladen hinunter, schließt die Tür, und das Zimmer versinkt in Dunkelheit.

»Siehst du«, flüstert sie. »Ein kesses Weib bin ich.«

»Im Dunkeln?« Er lacht. »Kesse Weiber sind ganz was anderes.« Und sogleich bereut er es, würde sich am liebsten die Zunge abbeißen, weil sie durch diesen Witz selbstverständlich auf seinen Weiberverkehr in der Vergangenheit schließen kann.

Sie achtet nicht darauf. In dieser Dunkelheit bewegt sie sich sicher, benötigt keine Augen, um die Welt und ihre Wege zu verstehen.

Er hingegen steht stocksteif und verlegen da, unfähig irgendeine Annäherungs- oder Überwältigungsstrategie zu entwickeln.

Franca lädt ihn ein, sich auf die Bettkante zu setzen, und lässt sich neben ihm nieder. »All diese Jahre …«, sagt sie.

»Fast einundzwanzig«, präzisiert er.

»Fast einundzwanzig … Einundzwanzig Jahre der Liebe zu mir. Kann ich das wirklich glauben?« Ihre Stimme in der Dunkelheit ist weich, zärtlich.

Sarino wird kalt. »Das ist die Wahrheit«, flüstert er.

»Die Wahrheit … Fast einundzwanzig Jahre hast du auf mich gewartet?«

»Ich hatte andere Weiber«, erklärt er schnell, denn zwischen ihnen soll von Anfang an die Wahrheit herrschen. »Aber ich habe immer nur dich geliebt.«

Franca legt ihm die Hände aufs Gesicht, sie beginnt, seine Züge nachzufahren, so als wollte sie sich all seine Einzelheiten einprägen: die Nase, die Augen, die Stirn, den Mund. Am Mund verharrt sie, streicht mit den Fingern über seine Lippen, zwischen seine Lippen, die sich öffnen und sich benetzen, während Sarino Motta vollkommen Sitte und Anstand vergisst, und die Natur die Oberhand gewinnt, weshalb sie auch schon unter ihm liegt, er sie wild küsst, wobei er sich auszieht, wobei er sie kostet und ihre zarten, weichen Teile sucht und …

»Warte«, sagt sie.

Er grunzt etwas Unverständliches.

»Warte«, befiehlt sie.

Sie befiehlt? Ein Weib erlaubt sich, ihm etwas zu befehlen?

Er ist verwirrt, kommt aus der Puste, aus dem Rhythmus.

Sie lacht, sagt erneut: »Du wartest«, aber sie sagt es sanft, mit einer Zärtlichkeit, die ihn verwundert, und er berührt sie an der Brust, um zu verstehen, ob in all dem Dunkel es wirklich sie ist und keine andere, womöglich eine, die von sonst woher gekommen ist, eine, die nicht sie ist, weil er doch nur sie will und sonst keine, und so fragt er: »Aber wer bist du?«

Und sie lacht. »Ich bin Franca.«

»Franca wer?«

»Franca, die Acitana.«

»Aber bist du ein echtes Weib?«

»Was meint Ihr damit?«

»Ein echtes Weib und gleichzeitig ein Weib aus Rauch. Kann das sein?« Und weil sein Bedürfnis dringlich wird, sagt er: »Schluss mit dem Gequatsche!« Und er versucht erneut, das Kommando zu übernehmen, die Situation zu beschleunigen, aber mit einem Schlag in die Nieren stößt sie ihn zurück, wirft ihn rücklings auf die Matratze.

›Verdammt‹, knurrt er im Stillen, und will schon das gesamte Waffenarsenal auffahren, als er sie nackt auf sich spürt, und die Nacktheit dieses geliebten Weibes unterwirft ihn.

Jawohl, Franca unterwirft ihn, zwingt ihm ihre Geschwindigkeit, ihre Art, ihren Rhythmus auf, während sie im Dunkeln mit den Händen vollständig seinen Bauernkörper erkundet, seine starken Gliedmaße, seinen starken Riemen (den sie schon am Tag des Mittagessens errötend bemerkt hat), und mit diesem Körper und mit diesem Riemen spielt sie, erschöpft ihn, lacht und redet, während er, vollkommen hingegeben, sich von diesem mächtigen Weib führen lässt, das vom Schmerz gehäutet und vom Leben nach einem Bild geformt wurde, das erst jetzt, in diesem Bett zu einem Schicksal wird, und dieses Schicksal bildet Franca Corteses Zukunft, so wie sie es sich selbst nie hätte vorstellen können, und redend und flüsternd und sich im Rhythmus eines uralten Tanzes bewegend, bezwingt sie diesen ungeduldigen Mann, der sofortige Befriedigung will, und sie quält ihn lange mit Geschick, verleitet ihn dazu zu flehen, zu betteln, in ihren Körper zu beißen, dessen Weiblichkeit sie immer unter sackartigen Kleidern versteckt hat, und als Sarino endlich stöhnend zerfließt, sagt Franca Cortese: »Mein Liebster.« Und kuschelt sich erschöpft an ihn.

Roberto und Gloria haben, ausgestreckt unter dem Baum, stundenlang geredet, sie haben sich ihre intimsten Gedanken erzählt, selbst ihre peinlichsten Wahrheiten, ihre Träume und Wünsche, sogar ihre größte Schmach: Das eine Mal, als sie unter dem Gelächter eines rein männlichen Publikums ausgerutscht war, das eine Mal, als er in die Damentoilette ging und eine Alte mit einem Schirm auf ihn eindrosch und dabei wie eine geschändete Jungfrau quiekte. Sie haben gelacht und weitergeredet, sie hat erzählt, dass ihr Vater Occhi janchi nicht mehr ertragen kann und die Gaunerbande so schnell wie möglich verlassen will, weil er es satt hat, dass Pallante sich im Dorf wie der Herr aufspielt.

»Er zieht sich aus der Politik zurück«, ergänzt sie, »weil das von Pallante keine Politik ist.«

»Wir müssen der Tabbacchera helfen«, sagt Roberto.

»Zigaretten zu verkaufen?«

»Ach was! Sie will hier wirklich was verändern, weil man in diesem Dorf Gift frisst und Toxine einatmet und viel zu früh stirbt.«

Gloria verzieht den Mund. »Hier ändert sich nichts, sage ich dir.«

»Sprach Zarathustra!«

»Blödmann!« Und sie will ihm eine knallen.

Er weicht aus. »Wenn wir es nicht probieren, also wir, die Jungen«, sagt er, »dann wird das Wasser im Dorf noch brackiger, frisst das Brot und gebiert die Pest.«

»Jetzt bist du auch noch Poet?«, spottet sie.

»Und Astronaut, wenn es sein muss.«

Sie wird wieder ernst. »Es gibt viele, die so schnell wie möglich abhauen wollen«, erklärt sie, so als hätte das Gespräch zuvor sie gar nicht überzeugt, so als bräuchte sie eine Bestätigung ihres Entschlusses, dass sie und solche wie sie nicht bleiben wollen.

»Na, herzlichen Glückwunsch! Einfacher geht's echt nicht, oder? Wir wischen uns also einfach die Schaisze ab, ziehen irgendwo anders hin und halten da die Klos der anderen sauber …«

»Hör auf!«

Roberto kickt einen Stein gegen die nächste Trockenmauer. Er ist stinksauer. Ja, klar, gehen wir, hauen wir ab: Nach New York, Berlin, Paris, Lissabon, Rom …

Rom? Verdammt, Rom. Wollte er nicht Angelo anrufen, damit der ihm einen Job in der Hauptstadt besorgt? Die Erinnerung daran verjagt auf Anhieb seine Wut. Er hüstelt, dann fragt er: »Was willst du später mal machen?«

»Ich will Richterin werden.«

Ruckartig dreht er den Kopf zu ihr.

»Was ist?«

»Sobald du Richterin bist, wirst du mir nicht mehr das Vertrauen für eine Unterredung schenken.«

»He!«, schnaubt sie. »Dürfte man mal erfahren, durch welche spitzfindige Überlegung Sie zu dieser Schlussfolgerung kommen?« Und plötzlich lacht sie und umarmt ihn, sie fallen auf die Erde, sie fängt an, ihn zu kitzeln, er packt sie an den Handgelenken und versucht, ihr in die Nase zu beißen, sie kann sich befreien, er hält sie auf, sie fährt die Krallen aus und hinterlässt auf seinem Arm Kratzspuren, die ihn morgen erröten lassen werden, er packt sie am Nacken und zieht ihr Gesicht zu seinem, sie versucht zu widerstehen, doch er ist stärker und ihre Lippen berühren sich, da beißt sie ihn, und seine Überraschung nutzend rennt sie weg, er holt sie ein, sie fallen erneut, sie legt ihm einen Arm um den Hals, drückt ihn an sich, umzangt ihn mit den Beinen, und mit einem anderen Rhythmus als dem, den seine Mutter Sarino aufzwingt, lernt Roberto Glorias Körper kennen, ihre Wünsche, ihre Neigungen. Und kein anderer Tag wird ihm in seiner Erinnerung je glücklicher vorkommen.

35

Lucietta rührte sich nicht. Mit einem Klumpen Teig in der Hand wartete sie. Sie war allein. Von Patuzzu keine Spur, so als wäre die Katastrophe für ihn vollkommen unerträglich, und er hätte daher beschlossen, das Dorf zu verlassen.

Auch Seine Exzellenz war verschwunden (erst später würde man von seinem langen Nickerchen am Strand von Capo Passero erfahren, während das Dorf drohte, zerstört zu werden).

»Aber sagt man nicht, dass, wenn ein Schiff sinkt, der Kapitän als letztes von Bord geht?«, wird die Signora mit dem Notizblock Toni Scianna fragen.

Er würde lachen. »Für Seine Exzellenz steht *in primis* er selbst. Und auch *in secundis* und *in sempris*.«

Im Rathaus waren Acquaforte, Orlando und Vaccaro zurückgeblieben, letzterer kam in diesem Moment vor Sorge fast um, weil er keine Nachricht von seiner Tochter hatte. »Haben Sie sie gesehen?«, fragte er jeden, der ihm über den Weg lief.

Alle schüttelten rasch die Köpfe. »Nix hab ich gesehen.« Und sie liefen nach Haus, um sicherzugehen, dass Diebe die Situation nicht ausnutzten und Geld und Wertsachen stahlen.

Unfähig klar zu denken, hatte Vaccaro schließlich zu Acquaforte gesagt: »Ich muss meine Tochter suchen, Carmine, um jeden Preis. Ich kann gar nicht mehr klar denken.«

»Geh ruhig, Titu, wir sind ja hier«, sagte Acquaforte.

Sie sahen sich voller Respekt an, der sie später auf dieselbe Seite der Waagschale bringen würde – später, wenn Occhi janchi entschieden hätte, wen er den Schweinen zum Fraß vorwerfen wollte –, dann rannte Vaccaro los.

Gloria hingegen saß auf einem Mäuerchen, eingehüllt in Robertos Jacke, weil ihr eiskalt war, und fragte sich, wie es sein konnte, dass sie sich ihm hingegeben hatte. Und sie suchte nach triftigen Gründen für ihr Verhalten: Es war die Angst, sagte sie sich immer wieder, die Tragödie, in der man alle Vorsicht und alle Bedenken über Bord wirft, sodass man wieder zum Tier wird. Ein bisschen bereute sie es, ein bisschen war sie wütend auf sich selbst, ein bisschen war sie wütend auf ihn, außerdem war sie unruhig und wusste nicht, was sie tun sollte.

Roberto saß drei Meter weiter und war vor Scham wie gelähmt.

Und so, während Vaccaro alle möglichen Fluchtwege erkundete, die seine Tochter hätte nehmen können, und dabei ihre Schuhe fand und das Schlimmste befürchtete und ihren Namen über die Felder und Pfade zu rufen begann, dachte seine Tochter darüber nach, dass sie nicht ewig dort sitzen bleiben konnte und …

Ein Nieser riss sie aus ihren Gedanken.

Noch einer.

Und noch ein weiterer.

Erschrocken drehte sie sich zu Roberto, der abrupt die Hände hob, als wollte er sagen, ich bin unschuldig, während eine Niesattacke ihn überwältigte.

Gloria brach in Gelächter aus. »Was ist das denn, *Colonnello*, was ist das?« (so rutschte es ihr heraus und so nannte sie ihn fortan, vor allem in den intimen Momenten, für den Rest ihres Lebens). Und während sie lachte, entstand wieder dieses vollkommene Einvernehmen mit ihm, diese Vertrautheit, die sie bei der Verschmelzung ihrer Körper genossen hatte. »Bist du allergisch?«, fragte sie.

»Nein.«

»Was ist es dann?«

Das Geniese hinderte ihn am Reden.

Und Gloria lachte schon wieder. Und er lachte auch. Und lachend, niesend und singend – sie wirkten wie betrunken –, versprachen sie einander, sich nie mehr zu verlassen.

»Nicht mal, wenn du Richterin bist?«, fragte er.

»Nicht mal dann.«

»Das kann man doch gar nicht sagen. Man kann die Zukunft doch nicht festlegen.«

»Das stimmt.«

»Ja, also?«

»Ja, also … wie's kommt, kommt's.«

So fand Vaccaro die beiden, wie sie Hand in Hand zum Dorf zurückliefen. Er blieb stehen, sah die zwei an, die miteinander redeten, als würden sie seit zwanzig Jahren zusammenleben, atmete auf, lachte, aber als er den Typen erkannte, wurde er natürlich sofort wütend: Sollte ein Vater denn nicht wütend werden, wenn seine Tochter die Hand von dem Typen hält, der einen ganzen Nachtmittag mit einer gewissen Tabbacchera gevögelt hat? Aber Glorias strahlender Blick zerstörte sofort das weite Feld seiner Sorgen und Ängste, daher murmelte er nur: »Du lebst, mein Schatz!«

»Und ich bin bereit, mit dir in den Kampf zu ziehen«, sagte sie und warf sich in seine Arme.

Er schob sie ein Stück von sich fort, um sie besser betrachten zu können. »Darf man erfahren, warum?«

»Aus vielerlei Gründen.« Sie hakte sich bei ihm unter und sagte zu Roberto, der wie ein armes Würstchen in einiger Entfernung stand: »Heute Abend erwarten wir dich zum Essen, aber komm' nicht zu spät, weil mein Vater Pünktlichkeit schätzt.«

In dem Sanitätszelt vor dem Rathaus arbeiteten Grimaldi und Lisa Seite an Seite. Als die Frau aufgetaucht war, hatte der Dottore sich gewundert, vor allem, als sie ihre Mixturen auspackte.

»Was wollen Sie hier?«, fragte er.

»Ihnen helfen«, sagte Lisa rasch, denn viele Menschen litten bereits unter Angst- oder Panikattacken oder hatten Atemprobleme. »Vertrauen Sie mir«, fügte sie an, wobei sie ihn mit ihren intelligenten und mutigen Augen ansah.

Grimaldi vertraute ihr, auch weil er den großen Ansturm allein gar nicht hätte bewältigen können. So setzte die Kräuterfrau die Heilwirkung der Natur ein, und wenn jemand den großen Löffel voll dunkler Flüssigkeit misstrauisch betrachtete, den sie ihm reichte, sagte sie einfach nur: »Das ist Hustensaft.«

Ein Hustensaft, der auf wundersame Weise wirkte, weshalb die Warteschlange sich aufteilte: Wer keine blutenden Wunden und nur leichten Schaden genommen hatte, ging zur Kräuterfrau, die anderen warteten geduldig auf den Dottore. Und als die Piazza leer war, sah Grimaldi die Frau an, die ihm so pflichtbewusst und still geholfen hatte. »Wie wäre es mit einem Espresso?«, fragte er.

»Nach Espresso schlafe ich ein.« Sie lachte.

»Was weckt Sie denn dann auf?«, fragte er scherzend.

»Gepfefferte Miesmuscheln.«

Grimaldi lachte. »An Stelle eines Espresso?«

Auch sie lachte. »Mir reicht ein frischgepresster Orangensaft.«

»Also Orangensaft.« Er nahm sie am Arm, und sie gingen in Rinaldos Bar.

Auf dem Weg warf Grimaldi einen Blick auf seinen alten Speicher, der jetzt Sarino Motta gehörte. Er konnte ein Seufzen nicht unterdrücken. Wer weiß, welch schlimmes Ende es nehmen würde. Motta war ihm ehrlich vorgekommen, aber diese Männer sagten ja bekanntermaßen heute dies und machten morgen das …

Die Kräuterfrau drückte seinen Arm. »Es werden schöne Dinge geschehen«, flüsterte sie.

Grimaldi hatte Lust, ihr zu glauben. Besser gesagt, er hatte das *Bedürfnis*, ihr zu glauben. Und so wie als Kind, als er einen

Wunsch immer mit einer Wette bekräftigte, sagte er: »Worum wetten Sie?«

»Dass schöne Dinge geschehen?«

Er nickte.

»Ich verwette mein Leben dafür.«

Und Grimaldi verschluckte sich.

Schlimme Zeiten, sagte sich Lucietta still in ihrer Küche. An diesem Tag spürte sie ihr Alter wie Blei auf ihren Schultern. Mit gesenktem Kopf durchlebte sie die Augenblicke mit dem Ingenieur, sagte sich, dass all dies eine Tür ins Glück gewesen war, von dem diese andere Welt vielleicht voll ist. Die Reise nach Catania war ein Wagnis gewesen: Sie allein mit einem Mann, in einem Auto mit einem Mann, die Hand gleich neben seiner, ihre Gedanken hatten sich mit seinen verflochten, und sie hatte sich nicht im Geringsten um das Gerede und das Geläster geschert. Und so hatte sie von der Freiheit gekostet, vor allem aber von dem Vergnügen einer Beziehung, die hätte entstehen, wachsen und weiterleben können.

Während sie wieder und wieder darüber nachdachte, merkte sie nicht, dass es dunkel wurde. Und so schreckte sie zusammen, als es an der Tür klopfte.

Ganz langsam, damit ihr nicht schwindlig wurde, erhob sie sich, und ganz langsam ging sie öffnen.

Und vor Überraschung erstarrte sie.

»Darf ich reinkommen?«, fragte der Ingenieur.

Lucietta brach in Tränen aus.

»Darf ich reinkommen?«, wiederholte er noch mal zärtlich.

»Natürlich«, sagte sie und wischte sich mit den Händen über die Augen. »Entschuldigt.«

»*Ihrzen* wir uns jetzt etwa?«

Sie sah ihn durch die Tränen an, sie wollte ihn umarmen, aber er sah aus wie ein Schornsteinfeger. »Zieh dich aus!«, befahl sie.

Calcaterra war bestürzt. »Was sagt Ihr?«

»*Ihrzen* wir uns jetzt etwa?« Und schon nahm sie ihm das Jackett ab, löste die Krawatte, zog ihm das Hemd aus und warf alles in eine Ecke.

»Was machst du?«

»Diese Kleidungsstücke sind vergiftet, will der Herr etwa sterben?«

»Gerade jetzt, wo ich anfange zu leben?«

»Also, dann ziehen Sie sich jetzt mal ganz aus, ich lasse derweil ein Bad einlaufen.«

»Und eine Erfrischung für die Seele gibt es nicht?«

Sie lächelte und brachte alle verfügbaren Sterne in ihren Augen zum Strahlen. »Später, Signore, später«, versprach sie.

Rasch füllte sie die Wanne, tat duftendes Badesalz ins Wasser. »Nehmen Sie Platz«, lud sie ihn ein, und dann, so wie sie es vor einiger Zeit mit dem Hundchen gemacht hatte, begann sie, ihn einzuseifen. Und während sie ihn einseifte und streichelte und wusch und lachte und erzählte, wurde Lucietta Montalto endgültig zu dieser anderen, die sie bereits war und die in Kürze alle kennenlernen würden. Es wurde Abend.

Es wurde Morgen.

Und als der Ingenieur erwachte, erwartete ihn eine Frau, die nur noch entfernt an die erinnerte, die ihm das Gift vom Leib gewaschen hatte. »Was ist passiert?«, fragte er.

»Ich hab mir die Haare schneiden lassen.«

»Und dann?«

»Hab ich sie mir färben lassen.«

»Und dann?«

»Hab ich mir ein paar neue Sachen besorgt.«

»Wann das?«

»Während Sie schliefen, Signore.«

»Aha!«, er schloss die Augen, öffnete sie wieder. Die Bilder der Nacht vermischten sich in ihm zu einem unentwirrbaren Haufen aus Feuer und Leidenschaft.

Sie fragte schüchtern: »Gefällt Ihnen diese Frau nicht, die vor Ihnen steht, Signore?«

Sie gefiel ihm, und wie sie ihm gefiel, und dennoch zögerte er.

»Hab ich Schaden angerichtet?«, fragte sie.

»Gewaltigen Schaden«, antwortete er mit Cataneser Akzent.

Sie betastete die neue Frisur, das neue Kleid, betrachtete sich im Spiegel: geschmackvoll war sie, nett, natürlich nicht wunderschön, aber annehmbar.

»Wenn der Signore es wünscht, mache ich es wieder rückgängig.«

Er nahm sie am Arm. »Aber schafft die Signora es auch mal, für einen Moment den Mund zu halten?«

»Gleich regnet es«, sagte sie da.

»Umso besser«, erwiderte er.

Es regnete und regnete, das Wasser wusch die Straßen, wusch die Dächer, die Balkone, die Parkplätze, die Autos auf den Parkplätzen, und die Laternen strahlten in dieser Nacht in einem intensiveren Licht, das Wasser wusch die Bäume und die Petersilie in den Tontöpfen, die Nelken und die Rosen.

Der Maresciallo betrachtete den Regen, der einen Vorhang zwischen ihm und der Tabbacchera spannte, er bekam Sehnsucht nach seiner Mutter, wählte die Nummer von Zuhause. »Mir geht es gut«, sagte er, denn im Fernsehen hatte sich die Nachricht von der petrochemischen Katastrophe bereits verbreitet.

Sie fragte ihn: »Wann kommst du zurück?«

»Ich weiß es nicht.«

Motta kam bei einem Teller Ragout wieder zu Kräften.

Grimaldi sagte zu Lisa: »Kommen Sie.« Und lief mit ihr zum Speicher, den er per Handschlag an Motta verkauft hatte.

Lisabetta betrat den Speicher, verspürte eine energetische

Kraft, die sie Leben nannte und die jedem im Sturmhauch tanzenden Spinnennetz Leben einhauchte.

»Ich hab ihn verkauft«, sagte Grimaldi mit einem Bedauern, das sie rührte.

»Sie werden sehen, was das hier für ein Ort wird«, sagte sie.

»Woher wissen Sie das?«

»Ich bin doch eine Hexe, oder?«

Der Dottore nickte.

Sie lehnte sich an eine Wand, zuerst mit dem Rücken, dann mit der Brust, schloss die Augen, um die Energie durch sich hindurchströmen zu lassen, die die Steine im Laufe der Jahrhunderte gespeichert hatten und die sie in Wellen aus Wohlgefühl abgaben.

Für ein paar Augenblicke war dem Dottore, als wäre Lisa weit weg, ganz weit weg. Also füllte er ein Glas mit süßem Wein aus einer kleinen Flasche, trat zu ihr und sagte: »Trinken Sie.«

Sie trank, und der Speicher füllte sich mit Geraschel, mit Stimmen und Geflüster, mit unterschiedlichsten Freuden und Versprechungen, so vielen Versprechungen. Sie sagte: »Viele Dinge werden geschehen.«

»Gute?«

Sie sah ihn an. Große Augen hatte sie, dunkle, goldgesprenkelte Augen, die durch die Falten der Zukunft hindurch sahen, weshalb sie ohne zu zögern sagen konnte: »Ja, gute.«

Es regnete. Es regnete immer noch. Roberto kam völlig durchnässt am Haus von Gloria an. Vaccaro lieh ihm ein paar Klamotten.

Acquaforte ging bei der Tabbacchera vorbei: »Brauchst du etwas?«

»Nein«, sagte sie. »Geh zu Luisa, sie wartet auf dich.«

Es regnete auf die Rathausuhr, wo Costanzo nicht war, denn er ging in diesem Moment mit Patuzzu die ganze Situation noch einmal durch, und die Prismen, bewegt vom Wind, schlugen klingend aneinander, und das Seelenzimmer war voller Musik.

Und es wurde Abend, es wurde Nacht, die Bäume schüttelten das Gift ab, die Sterne funkelten in einem grünlichen Licht, das einen Zugang zu anderen Welten aufzureißen schien, ein Hahn krähte, ein anderer antwortete; Lorenzo kritzelte im Licht einer Taschenlampe eine Schatzkarte auf ein Blatt, das er morgen Corrado zeigen würde; Luisa suchte nach Carmines Hand, drückte sie und schlief glücklich ein; Giulio dachte an die Tabbacchera, an die lange Umarmung, an die Möglichkeit mit ihr zusammen zu sein und ihr zu helfen, das Dorf zu verändern.

Und es wurde Morgen.

36

Seine Exzellenz kehrte zurück. Er war satt, erholt und kampfbereiter denn je. Er versammelte die Junta. »Trotz der Notwendigkeit, die öffentliche Ordnung wiederherzustellen, die der Industrieunfall gestört hat, beharre ich auf der Vernichtungsstrategie gegenüber der Tabbacchera«, erklärte er.

Die Stadträte sahen ihn voller Ekel an, den sie nicht mehr verbergen konnten oder auch nicht mehr verbergen wollten.

Acquaforte ergriff das Wort. »Es gibt wichtigere Dinge«, erinnerte er den Bürgermeister.

»Was denn?« Occhi janchi sah ihn spöttisch an. »Reicht etwa so 'n bisschen Feuer aus, dass ihr diese ungehörige Ausspuckerei vergesst?«

»Es gab einen Toten ...«, sagte Vaccaro.

»Einen Idioten«, unterbrach Seine Exzellenz ihn.

»... und dem Dorf droht die Arbeitslosigkeit«, fuhr Vaccaro fort. »Und anstatt sich um den Wiederaufbau zu kümmern, redet Ihr von Vernichtung?« Die Wut ließ seine Stimme zittern: »Kümmern wir uns um das Notwendige.«

Occhi janchi sah ihn kalt an. »Wenn es dir nicht passt, dann geh!«

»Ich bleibe«, antwortete er und sah ihm herausfordernd in die Augen.

»Um was zu tun?«

»Um zu sagen, was ich denke.«

Schaisze! Er dachte? Gefährlich war er. Und Occhi janchi fragte spottend: »Hast du in deinem Leben denn schon mal gedacht?«

»Mehr als Sie glauben.«

»Verdammt, wir reden jetzt also in richtigen Sätzen? Wann hast du das denn gelernt?«

»In zehn Minuten kommen die Trexo-Ingenieure«, sagte Vaccaro und wechselte das Thema, denn er hatte genug von den Provokationen und wollte dem Bürgermeister nicht die Genugtuung verschaffen, ihn wütend zu sehen.

»Es ist nicht nötig, dass du mich daran erinnerst«, erwiderte der und wandte sich an Acquaforte: »Was ist, willst du die Kleine nicht mal ordentlich durchficken?«

»Calcaterra ist da«, antwortete Acquaforte.

Seine Exzellenz sah sich um. »Was ist mit dem Vizebürgermeister? Steckt er immer noch in der Schaisze?«

Keiner lachte, so wie sie es vor einiger Zeit noch gemacht hätten.

Pallante wurde wütend. »Was zum Teufel ist denn mit euch los? Seid ihr etwa zu dummen Weibern geworden?«

Keiner rührte sich.

»Erklärt's mir mal: Keiner will mehr die Tabbacchera ficken? Also, ich will es ja nur kapieren, mir nur ein Bild von der großartigen Truppe machen, mit der ich mein politisches Programm voranbringen will.«

»Politisches Programm?«, platzte Orlando raus, der, seit er nicht mehr von der Tabbacchera mit dem Schwert in der Hand träumte, aufgeblüht war. »Entschuldigung, aber was soll das bitte sein?«

»Oh, wie es aussieht, haben wir hier noch einen, der denkt! Ist das vielleicht ein Virus? Was ist denn in euch gefahren?«

»Was ist denn Ihr politisches Programm?«, reizte Orlando ihn.

»Erinnerst du dich etwa nicht?«

»Ich habe es aus dem Blick verloren.«

Occhi janchi stutzte, wurde wütend, musterte ihn durch die goldgeränderten Brillengläser, die seinen Blick noch kälter wirken ließen. »Ich verstehe euch nicht, Signori«, sagte er. Und indem er auf das politische Programm schiss – denn er hatte noch nie eines gehabt, das diesem Namen würdig war –, beharrte er: »Niemand von euch hat also mehr Mumm und Rückgrat?«

Ein trotziges Schweigen breitete sich im Saal aus, in dem früher höhnisches Gelächter zu hören gewesen wäre.

Der Bürgermeister wurde wild, er ereiferte sich. »Niemand von euch verspürt mehr die Schmach dieser Ausspuckerei? Los, sagt schon! Keiner von euch hat mehr den Mut, die Kommunistin fertigzumachen, die sich das erlaubt hat, was sich niemand – am allerwenigsten eine Hure – hätte erlauben dürfen?«

Sie sahen ihn entgeistert an. Zu Statuen schienen sie erstarrt. Würdevolle, strenge, unbeugsame Statuen, die ihn aus dem Chorgestühl der Aufrichtigkeit verurteilten.

»Hey!«, sagte er. »Ich rede von der Tabbacchera! Von der Kommunistin red' ich. Von der Nutte!«

»Ich kenne keine Tabakwaren-Nutten«, sagte Carmine Acquaforte, fast ohne die Lippen zu bewegen.

Occhi janchi war wie betäubt. Er räusperte sich, doch seine Stimme klang schrill wie die eines Kastraten: »Seid ihr alle bekloppt geworden? Lauter Arschlöcher? Oder was? Was ist denn mit euch los? Hat euch der Scheißrauch vielleicht das Hirn verbrannt? Hat er euch die Intelligenz vernebelt und den Mut?«

»Mut? Intelligenz? Darum geht es hier doch gar nicht, sondern nur um öffentliche Notwendigkeiten, um Bedürfnisse, die das ganze Dorf angehen, lebenswichtige Probleme also, und schon gar nicht um die Ehre«, präzisierte Giardino. Auch er verspürte plötzlich das Bedürfnis, sich von diesem Hampelmann zu distanzieren, der bis vor ein paar Tagen noch ihr Marionettenspieler gewesen war.

Aber Occhi janchi hörte nicht zu. Wütend rannte er auf den Balkon und sah auf die Piazza. »Von der da rede ich, von dieser großartigen Signora, die …«, aber das, was er nun sah, nahm ihm den Atem … die Nutte, die Hurennutte, Nunziata Carini stand vor dem Tabakladen! Und sie redete mit der Tabbacchera, die sie erstaunt ansah: Bestimmt erzählte sie ihr von den Unterlagen, diesen mafiösen Papieren, von denen nie jemand hätte erfahren dürfen. Er blickte ein Stück weiter nach rechts und sah, dass vor der Kaserne der Maresciallo stand und beobachtete, wie die beiden Frauen redeten. Jesus! Er war geliefert. Die zwei durften auf gar keinen Fall miteinander reden!

»Maresciallo!«, brüllte er, um die Aufmerksamkeit des Kontinentalen auf sich zu ziehen.

Locatelli blickte zu ihm hoch.

Occhi janchi lächelte ihm wohlwollend zu. »Kommen Sie rauf«, sagte er. »Ich muss mit Ihnen reden.«

»Später«, antwortete der Maresciallo.

»Sofort!«

»Später«, beharrte er.

Occhi janchi wurde sauer. Wie ein wildgewordener Stier stürmte er in den Saal zurück, durchquerte ihn und stürzte zum Bordell, in dem die Tabbacchera mit dem Maresciallo rumhurte.

»Wo ist sie?«, keuchte er, als er ankam.

»Wer?«, fragte das Teufelsweib.

»Nunzia.«

»Sie meinen die Carini?«, fragte der Maresciallo.

Er nickte rasch.

»Das müssten Sie uns sagen.«

›War sie nicht hier bei Ihnen?‹, hätte Occhi janchi am liebsten gefragt. Er verbot es sich, denn in diesem Moment trat eine Frau aus dem Tabakladen, die Nunzia ganz entfernt ähnelte, aber das Klageweib war, die allerdings so gar nicht wie das Klageweib aussah: das Kleid, die Haare, ein offenes Lächeln im Gesicht zeigten deutlich, dass es sich nicht um sie handelte, und trotzdem war sie es.

Occhi janchi war verwirrt. Er versuchte, sich zu sammeln. In ihm jedoch wütete ein Irrer: der wollte flüchten, der wollte töten, der wollte zerstören, der wollte spucken, der …

»Exzellenz«, holte ihn die unterwürfige Stimme des Portiers zurück, der ihm eilends nachgelaufen war.

»Was willst du?«, knurrte der Bürgermeister. Und sofort setzte er ein Lächeln auf, denn er stand einem gefährlichen Publikum gegenüber. »Was ist passiert?«, fragte er.

»Die Ingenieure sind da.«

Er sah die Montalto an (man konnte sie auf gar keinen Fall mehr »Klageweib« nennen) und überlegte, dass sie die Frau war, die er für Nunzia gehalten hatte, dann beruhigte er sich. »Sie erlauben«, sagte er und mit dem kämpferischsten Schritt, den er hinbekam, marschierte er zum Rathaus.

Während er sich entfernte, hörte er jedoch hinter sich das Lachen von Nunzia Carini. Abrupt drehte er sich um … ›Nutte, Hurennutte, wo bist du?‹, wollte er schreien, weil von ihr nichts zu sehen war: Vor dem Tabakladen standen nämlich nur die drei von eben, auf die er nur zu gern eine Bombe geschmissen hätte.

Mit gespielter Ruhe ging er weiter, und sagte sich, dass eine Bombe wirklich die Lösung all seiner Probleme wäre, denn bestimmt versteckte sich die Carini im Haus der Tabbacchera und bereitete gemeinsam mit ihr seinen Untergang vor.

Ihr seid tot, dachte er.

Da tauchte in seinem Geist der Höllenhund auf, der ihn verschlang. Unsinn, sagte er sich. Und dennoch verspürte er ein Unbehagen, fast einen Schmerz. Er fühlte sich den Puls, zählte die Schläge. Er hatte doch wohl keinen Bluthochdruck? Er sagte sich, dass er eine Tablette nehmen sollte, er sagte sich, dass Nunzia Carini früher oder später tot wäre und auch die Tabbacchera. Der Gedanke erfreute ihn, ließ den Schmerz verklingen, und er stieg die Treppe des Rathauses hoch mit dem Übermut eines Kindes.

Lucietta verabschiedete sich von der Tabbacchera und dem Maresciallo und ging dann zum Speicher, den Motta vom Dottore gekauft hatte. Die Handwerker waren bereits eifrig, schnell und gekonnt am Werk. Sie stellte sich zu Sarino. »Schön, wie die Dinge hier laufen«, sagte sie in der unschuldigsten Art der Welt. »Sie wollen also ein Restaurant aufmachen?«

»Sieht so aus«, antwortete Motta. »Ich bin alt, wissen Sie …«

Lucietta lachte.

Der Maurerpolier sah sie an und musste sich nirgendwo berühren, um das Unglück abzuwenden: Er erkannte sie nicht wieder, besser gesagt, er begriff zwar, dass es das Klageweib war, aber es war ein anderes Klageweib, eines das himmelbau trug (vorher hatte sie sich immer schwarz gekleidet), braune Haare (vorher waren sie grau und ungemacht gewesen) und einen geraden Rücken hatte (vorher schien sie einen Buckel gehabt zu haben).

»Signorina …«, sagte der Polier.

Sie sah ihn an.

»Sind Sie etwa die Montalto?«

»Ganz genau.«

»Habe die Ehre.«

Er versuchte, ein Gespräch anzufangen, um die Gründe für diese Verwandlung zu erfahren.

Aber Motta ging dazwischen: »Hör' mal, ich bezahl' dich nicht fürs Rumquatschen.«

»Entschuldigen Sie.« Der Polier kehrte zum Speicher zurück.

»Erweisen Sie mir eines Tages die Ehre und kommen Sie zum Essen?«, fragte Motta.

»Natürlich.«

Sie verständigten sich mit Blicken, während vom Balkon des Rathauses Seine Exzellenz ihr Gespräch verfolgte, dabei seine Überheblichkeit verlor und sich umzingelt fühlte: Was hatte Motta mit dem Klageweib zu schaffen? Und mit der Megäre? – denn jetzt blieb auch noch Lisa von dem Speicher stehen. Und was mit der ebenfalls anwesenden Scuderi, die gerade liebevoll und einvernehmlich mit ihrem Mann flirtete? Scianna war auch da. Es fehlte nur noch die Tabbacchera. Die kam ein paar Minuten später.

Pallante schloss die Augen in der Überzeugung, dass alles Gesehene nur die Frucht seiner Fantasie sein musste. Er ging wieder hinein. »Ich komme mir vor, als hätte ich den Kopf verloren«, gestand er Orlando.

»Solange er auf Eurem Hals bleibt, ist das kein Problem«, antwortete der.

»Was willst du damit sagen?«

»Na, genau das: Solange wir den Kopf noch auf den Schultern tragen, sind wir am Leben.« Dabei dachte er an den Traum, in dem die Tabbacchera mit einem Schlag dem Bürgermeister den Kopf abschlug – der im Vergleich zum Bürgermeister von vorher ein schissiges Frettchen zu sein schien.

Und Occhi janchi schien wirklich ein anderer zu sein. Er war wie geronnen, reduziert, zusammen geschmurgelt zu einem kleinen Männchen, nur die Goldrandbrille und die Ertrunkenen-Augen eines Henkers waren ihm geblieben, ansonsten war er nur noch eine Art Hampelmann mit schlecht bemalten Wangen und Mund, der verwirrt und verloren umherschaute, weshalb er nun vollends lächerlich aussah.

»Wo ist Acquaforte?«, fragte er.

»Ich bin hier«, antwortete dieser und verkörperter in höchster Perfektion das Trojanische Pferd.

»Hast du gemacht, was ich dir gesagt habe?«

»Die Saracina anzuzünden?«, fragte er.

»Red leiser, verdammt! Hier haben doch selbst die Wände Ohren.«

»Das wurde mir durch das Feuer verwehrt. Wie hätte ich dort hinfahren und einen Brand legen können, wenn eine

Horde von Feuerwehrmännern mich mit Löschwasser ersoffen hätte, sobald sie mich nur mit einem Kanister in der Hand entdeckt hätten?«

»Wie kommt es, dass du solch genaue Überlegungen anstellst?«, fragte der Bürgermeister. »Hat der Umgang mit der Tabbacchera dich schlauer und klüger gemacht?«

»Er hat mich männlicher gemacht«, erwiderte Acquaforte.

Occhi janchi wurde bleich, dann puterrot. »Sag mir nicht, dass du sie ohne meine Erlaubnis gefickt hast!«

»Niemals!« Er legte die Hand auf das Herz und dachte bei sich, du musst sterben, du musst sterben.

»Ja, also, was redest du denn da? Wie hat sie dich männlicher gemacht?«

»Also, wenn man mit der ein ordentliches Gespräch führen will, damit uns niemand wegen irgendwas rankriegt, habe ich mir das richtige Verhalten antrainiert, und dieses Training, zu dem sie mich inspiriert hat, hat mich zum Mann gemacht«, log er.

»Schaisze!«, rief Occhi janchi. »So ein Blödsinn. Das stimmt doch alles nicht. Hast du sie gevögelt? Los, sag schon, mir kannst du es ruhig sagen.«

»Ich hab es probiert.« Er tat, als würde er es zugeben. »Aber sie liebt ihren Ehemann viel zu sehr.«

»Ihr Ehemann ist tot.«

»Das hab ich ihr auch gesagt.«

»Und?«

»Sie sagt, dass ihr Ehemann lebt, dass sie ihn sieht, mit ihm redet und dass er sie beschützt.«

»Ja, sicher! Aber trotzdem muss die Saracina brennen. Heute noch.«

»Heute ist es unmöglich«, sagte Acquaforte.

»Aus welchem Grund?«

Aus welchem Grund? Er machte sich den Spaß, den verarschendsten Schwachsinn zu erfinden, der ihm einfiel. »Tja, da sind diese beiden Typen, die im Auftrag von diesem Don Totò, Eurem Freund, gekommen sind. Die sind immer in meiner Nähe, bei jedem Schritt, den ich tu, sind die da, sie sehen mich an, sie beobachten mich – Verdammt, ich fühle mich echt unwohl dabei! –, und ich weiß gar nicht, was die von mir wollen«, sagte er und führte ebenfalls ein ganz hervorragendes Drama auf, ohne je die Schauspielkurse im Teatro Massimo besucht zu haben.

Occhi janchi erstarrte und stammelte Worte ohne Sinn.

»Was sagt Ihr?«, fragte Acquaforte daher.

»Dass die zwei … die da … das sind nicht meine Freunde.«

»Das hab ich schon verstanden.«

»Und was hast du noch verstanden?«

»Dass die zwei, bei allem Respekt, Euch an den Eiern haben.«

Schaisze, dachte Occhi janchi, sagte aber nichts.

Und Carmine Acquaforte, den niemand mehr, aus welchen Gründen auch immer, »Ganove« nannte, setzte zum Fangschuss an: »Und wenn ich es mir erlauben darf, vielleicht ist es auch immer noch Nunziata Carini, die Euch an den Eiern hat.«

»Begleite mich nach Hause«, sagte Occhi janchi nur.

Acquaforte war stolz auf sich. Er war wirklich ein Mann geworden, ein Mann! Und als krönenden Abschluss sagte er zum Spaß: »Soll ich die Saracina der Tabbacchera für Euch immer noch anzünden?«

»Später …«, brummte er. »Später … zuerst muss ich was überprüfen …«

»Was sagt Ihr?«

»Nichts. Begleite mich nach Hause«, wiederholte Occhi janchi.

37

Kurz vor Weihnachten eröffnete Motta das Restaurant. *Il Piacere*, hieß es, ›Die Wonne‹.

Am Tag der Einweihung drängten sich die Leute darin, die Neugierde war riesig. Natürlich waren die ersten Geladenen, die sich gratis verköstigen durften, der Klüngel, den Hausmeister Gino ganz nach Costanzos Art »Proci« nannte. Sie kamen mit ihren Ehefrauen und Kindern, parfümiert und in Abendrobe wie für eine Theaterpremiere: Alle waren da, sogar Scimò, der sich nach seinem Scheißauftritt zum ersten Mal wieder in der Öffentlichkeit zeigte. Aber sobald man will, dass das Volk eine Peinlichkeiten vergisst, vor allem wenn diese unangenehme Sache mit einer Verschwörung zusammenhängt und selbst wenn bis jetzt die Gerüchte nur deshalb verstummt waren, weil noch viel interessantere Nachrichten kursierten, und Don Bruno …

»Überhaupt, was ist eigentlich aus Don Bruno geworden?«, wird die Signora mit dem Notizblock ein paar Jahre später fragen.

»Er kam noch am selben Abend ins Dorf zurück. Und da er todmüde war, ging er ins Bett, vergaß aber den Wecker zu stellen. Am nächsten Morgen verschlief er daher die Sechs-Uhr-Messe, und die Gemeinde glaubte, dass man ihn eingesperrt hätte.«

»Und dann?«

»Tja, Don Bruno ging am Vormittag hinaus und erzählte allen, die er traf, dieselbe Geschichte: Dass er in der Jugend einen Dummkopf umgebracht hatte, weil der sich mitten auf die Straße gestellt und ihn nicht durchgelassen hatte, und weil er so eine Beleidigung nicht ertragen konnte, hatte er ein Messer gezogen und ihn abgestochen.«

»Wirklich?«

»So heißt es.«

»Also ist auch er ein Verbrecher.«

»Was meinen Sie?«

»Dass scheint mir alles Unsinn zu sein.«

»Genauer gesagt, es ist der totale *Schaisz*, Signora. Jedenfalls, wie ich schon sagte, erzählte er, dass er einen erstochen hatte, aber sein Gewissen ließ ihm keine Ruhe und um wieder Frieden zu finden, war er Priester geworden und hatte auf die Frauen verzichtet, die ›die schönste Blume der Menschheit‹ darstellten.«

»Ein Poet, dieser Don Bruno.«

»Signora, vielleicht wissen Sie es nicht, aber wie es in den Wald hineinschallt, so schallt es hinaus. Und Don Bruno pflegte Umgang mit Toni Scianna und das sollte etwa spurlos an ihm vorübergehen?«

»Natürlich. Sie haben ja recht. Erzählen Sie weiter.«

»Also haben die Leute, als sie das hörten, einen Brief an den Bischof geschrieben und erklärt, dass so ein Subjekt – Vorname Bruno, Nachname Rizzuto – seines Amtes Hochwürden, selbst wenn der Papst ihn von all seinen Sünden losgesprochen habe, nicht von der Kanzel ihrer Kirche Liebe und Brüderlichkeit predigen dürfe, weil er einen umgebracht hat, und was zählt da schon die Vergebung? Er wäre unwürdig, Jesus Christus in der heiligen Messe zu vertreten, und daher sollte er, der Bischof, schnellstens einen neuen Pfaffen schicken, möglichst einen alten, weil ein junger die jungen Dinger nervös machen würde, die sich doch die Seele erleichtern müssen, und daher sollte sich besser kein junger Pfaffe diesem Dorf nähern, weil es hier schon genug lästernde junge Dinger gibt, und es besser ist, deren Sündenkatalog nicht noch weiter zu verlängern.«

»Also wurde er seines Amtes enthoben?«

»Wo denken Sie hin! Der Bischof kam und hielt eine Predigt, sagen wir mal ... *sui generis*. Es war eigentlich mehr eine Befragung als eine Predigt. Er wollte wissen, wer in der Oberschule gewesen war, also im Gymnasium, die sollten die Hand heben, dann fragte er, wer *Die Brautleute* von Alessandro Manzoni gelesen hätte, und alle hoben die Hand, auch die, die nur die Mittelschule besucht hatten, weil alle die Geschichte von Renzo und Lucia kennen, und dann fragte er, warum Fra Cristoforo Mönch geworden war, und niemand wusste die Antwort, nur die Lehrerin Rizzo. Sie erzählte dann lachend, dass er Mönch geworden war, weil er jemanden umgebracht hatte, der sich ihm in den Weg gestellt hatte und ihn nicht durchlassen wollte, und da kapierten alle, dass Don Bruno sie mit dieser Geschichte von dem Mord total veräppelt hatte, und sie waren völlig verwirrt und bereuten den Brief an den Bischof, denn was hatte der Priester, der Schlingel, schon gemacht? Einen Witz hatte er gemacht, um die schwierige Situation aufzulockern, so sagte es der Bischof.«

»Und dann?«

»Dann ging alles weiter wie zuvor, die Kirche war voller alter Leute, und Don Bruno fuchtelte mit den Armen und erklärte, was getan und was nicht getan werden sollte.«

»Und das Restaurant?«

»Wie ich schon sagte, das Einweihungsmenü am Mittag war märchenhaft ...«

Der Speicher war prachtvoll geworden, das Mauerwerk strahlte wieder in seinem ursprünglichen Glanz und somit auch die Bögen und Kreuzgewölbe; in den Nischen, die einst große Fässer beherbergt hatten, standen nun die separaten Tische, für alle, die separat speisen wollten, während es im Hauptsaal (der Speicher verfügte über fast zweihundert Quadratmeter) Tische für die gab, die in fröhlicher Runde schlemmen wollten. In einer hölzernen Anrichte mit Glastüren befanden sich die weiß-blauen Behälter mit den Namen der Kräuter aus Lisas Laden sowie die kleinen Waagen, die Gewichte und die Mörser, die Lucietta auf Hochglanz poliert hatte.

Don Bruno segnete das Lokal, Seine Exzellenz schnitt das Band durch, die vom Klüngel nahmen die präsentablen Plätze ein, und die anderen, die Armen, die auch eingeladen waren (»Aber wie kommt's, dass Motta mit einem Schlag katholisch geworden ist?«), die weniger guten. Und dann begann die Parade der Gänge.

Alle staunten, dass die Kellnerinnen Violante Scuderi, ihre Mutter Letizia und Franca Cortese waren. Aber sie sahen gar nicht wie Kellnerinnen aus, überhaupt nicht! Sie waren herausgeputzt, schick in damenhaften Roben (die von Letizia war purpurrot und zog die Blicke der alten Männer und der jungen Kerle an), und sie servierten die Gänge mit einer Freundlichkeit, die einem das Herz aufgehen ließ. Die Gerichte dufteten nach … die Speisen schmeckten nach … Aber nach was dufteten sie? Nach was schmeckten sie?

Occhi janchi probierte einen Fleischkloß, und während er kaute, erinnerte er sich an die Klöße seiner Großmutter, Klöße aus echtem Fleisch und echtem Käse, während bei ihm Zuhause die Mutter immer nur das genommen hatte, was sie kriegen konnte, und die paar Sachen auf den Tisch gebracht hatte, die sie ohne großen Aufwand zusammenkochte und … »Köstlich«, sagte er mit vollem Mund. »Ich möchte noch einen.«

Und »köstlich« war das Wort, das an allen Tischen erklang, und die Gäste aßen und wunderten sich. Was für ein Genuss war das nur?

Alle tranken. Und lachten. Sie fühlten sich wohl, so richtig wohl, so sehr, dass Giulio, in einem Anfall von Begeisterung, seiner Mutter ins Ohr flüsterte: »Ich habe eine Zehn in Physik.«

Luisa hustete und erstickte fast an einem Stück Huhn. Mit dem richtigen Griff befreite Grimaldi ihre Speiseröhre, Luisa bedankte sich, auch der Sohn bedankte sich, es gab Applaus für die Geistesgegenwart des Dottore, der, wie gewöhnlich auf dem Altar der Dankbarkeit heiliggesprochen wurde. Der Dottore sah sich um, in der Hoffnung, Lisa zu entdecken, aber sie zeigte sich nicht. Noch nicht.

Und Luisa sagte zu Giulio: »Zehn in physischer Ertüchtigung? Bravo, das ist eine wunderschöne Note.«

»In Physik, Mama, in Physik. Und zehn in Mathe.«

Luisa, gewarnt durch den vorangegangenen Erstickungsanfall, spuckte den Bissen, den sie gerade im Mund hatte, in die Serviette, dann sagte sie: »Wiederhol das noch mal, mein Sohn, das hab ich nicht verstanden.«

»Ma'«, sagte er rasch. »Morgen ist das Elterngespräch, und damit es für dich nicht peinlich wird, weil du nichts über mich weißt, erkläre ich es dir mal: Ich habe überall Bestnoten, Neunen und Zehnen.«

»Das kann nicht sein. Du nimmst mich auf den Arm.«

»Morgen wirst du es erfahren.«

Luisa war, als würde tief in ihr ein Schwarm Schwalben aufsteigen, durch Bauch und Brust auffliegen und den Hals kitzeln, aus dem ein kurzes und silberhelles Lachen gluckste, und dann lachte sie richtig und lang, während Carmine sie ansah und fast nicht wiedererkannte, und selbst die Santacroce lachte, es war verrückt! Die Santacroce lachte mit ihrem Pferdemaul, diese Person, von der niemand wusste, ob sie Mann oder Weib war, da sie die Figur eines perfekt gehobelten Tisches besaß: weder Hintern noch Brüste, meine Herrschaften!

Und dann erzählte einer Witze, der nächste begann zu singen, manch einer holte sich Nachschlag, einmal, zweimal, von jedem Gang, und alle, aber wirklich alle fanden einen Grund zum Glücklichsein.

»Holt die Köche«, sagte da großmütig Seine Exzellenz, wobei er den Handel zwischen Nunzia und dem Maresciallo sowie die beiden Emissäre Unseres Herrn Schnitters im Auftrag von Don Totò völlig vergaß, denn das alles waren ja doch nur Trugbilder seines Hirns, das von den Scherereien jener Tage des Feuers verstört gewesen war.

»Die Köche«, riefen alle, erhoben sich und applaudierten.

Motta versuchte abzulenken. »Und jetzt Champagner. Lasst uns anstoßen!«

»Die Köche!«, forderte Seine Exzellenz und schlug mit dem Löffel gegen das Glas, was alle Anwesenden sofort nachmachten. Und die Köche, besser gesagt, die Köchinnen – das Klageweib und die Megäre – holten sich den Beifall des Publikums.

Das verstummte.

Und bestürzt war.

Und erstarrte.

»Schaisze«, sagte Seine Exzellenz.

»Schaisze«, sagte Orlando.

»Schaisze«, sagte Russo.

Und *Schaisze, Schaisze, Schaisze* murmelten alle, während der Applaus in ihren Händen gefror, und der Korken des Champagners knallte, ohne dass irgendjemand darauf achtete.

»Das ist eine Verschwörung«, sagte der Bürgermeister, riss sich die Serviette vom Kragen, knallte sie verärgert auf den Tisch und rannte zum Ausgang.

Still und leise machten alle es ihm nach. Es blieben nur der Maresciallo mit Giallongo, Dottore Grimaldi (der zu Lisa lief und sie beglückwünschte), Errico (der sich mit allen versöhnt hatte), Toni Scianna, der demnächst Violante heiraten würde und in diesem Moment beschloss: »Das wird unser Hochzeitsmenü.« Gino, der Hausmeister, der Küster, der Pfaffe, Calcaterra, Roberto ... und das war's. Nein, nicht ganz, auch das Hundchen blieb und nagte selig an einem Knochen. Und Costanzo, den aber niemand sah.

»Und die Tabbacchera?«, wird die Signora mit dem Notizblock fragen.

»He, nicht so eilig! Lassen Sie mir Zeit und drängeln Sie nicht!«

»Schon gut. Weiter.«

Das Lokal leerte sich.

»Ich hab es euch doch gesagt«, murmelte Lisa.

»Die kommen zurück«, sagte Lucietta selbstsicher. Zur Bestätigung ihrer Behauptung sah sie zu Patuzzu, der ihr mit dem himmelblauen Auge zuzwinkerte. »Jetzt essen wir«, sagte sie daher.

»Gibt es etwa noch etwas?«, wunderte sich Grimaldi.

»Das Beste kommt erst noch«, rühmte sich Lucietta.

Und so war es, das Beste sollte erst noch kommen. Und das Beste kam. Und die anderen, die so bestürzt und beleidigt gegangen waren, weil sie Erbrechen, Bauch- und Kopfschmerzen, Vergiftungen und weiß der Himmel was noch fürchteten, stellten fest, dass sie schon wieder hungrig waren. Konnte das sein? Sie hungerten nach dem, was sie gegessen hatten, sehnten sich nach diesen so besonderen, so anderen, so leichten und aromatischen Speisen, die sie gekostet hatten. Sie wollten sie noch mal genießen… Daher drehten sie getrieben von einem unstillbaren Verlangen um, spähten durch die Fenster, sahen, dass eine riesige Cassata auf einem Silberwagen hereingerollt wurde. Eine Cassata, bei deren Anblick allein einem das Wasser im Mund zusammenlief und der Appetit unwiderstehlich wurde.

»Schneide du sie an«, sagte Lucietta zu Franca.

»Du und Sarino schneidet sie an«, sagte da Don Bruno.

Motta wurde rot und Franca ebenso, denn sie lebten doch in Todsünde, und sie sahen den Pfaffen an, der das Glas hob und sagte: »Auf die nächste Hochzeit.«

»Von ganzem Herzen«, erwiderte Sarino.

Die Torte wurde angeschnitten, und die, die draußen standen, hielten es nicht mehr aus, weshalb die Santacroce den Anfang machte: »Kann ich ein Stück bekommen?«

»Bedienen Sie sich«, sagte Lucietta.

»Für mich auch eins«, sage Rosapia.

»Und für mich.«

»Und für mich.«

So begann ein Fest, ein großes Fest, mit Leuten, die lachten, und Leuten, die seit Jahren nicht mehr miteinander redeten und die sich plötzlich die Hand reichten und sich von ihrem Leben erzählten, von der Zeit, in der sie sich aus dem Weg gegangen waren, und aus der Küche kamen weitere Süßspeisen.

»Es gibt sogar Zimtkekse!« Tinè war ganz gerührt, brach einen Keks durch und steckte ihn sich in den Mund, und während sie ihn mit geschlossenen Augen kostete, kehrte sie wieder in die Zeit zurück, als ihre Mutter diese Kekse gebacken hatte, und sie, Tinè, fasziniert die lange, lange Zubereitung des weißen Teigs auf der Marmorplatte beobachtet hatte. Sie war gerührt, ja, und getragen von dieser Welle der Rührung enthüllte sie: »Meine Mutter konnte Französisch.«

»Wie schön!«, rief die Santacroce, dankbar für jeden Bissen der Torte, die ihren Körper belebte. »Und wieso?«

»Das ist eine lange Geschichte.«

»Und wir haben Zeit«, sagte Grimaldi.

Tinè sah ihn an, wurde etwas schüchtern und sagte: »Dottore, aber wenn ich Ihnen diese Geschichte erzähle, wie kann ich dann später zu Ihnen kommen, bei allem Respekt, und über mein Magenproblemen sprechen?«

»Wir befinden uns hier in einem karitativen Raum«, sagte der Dottore, den noch nie jemand so zufrieden gesehen hatte.

»Ja, also …«

Und Tinè erzählte die herrliche Geschichte ihrer Mutter, die einen russischen Fürsten kennengelernt hatte, der Französisch sprach, und weil Französisch ein bisschen verständlicher war als Russisch und ein bisschen einfacher, brachte er es ihr bei, und als er dann wieder fortging, weil er in seiner Heimat verheiratet war und Frau und Kinder hatte, sagte er: »Chérie, ich trage dich in meinem Herzen.«

»Und dann?«

»Dann wurde ich geboren«, sagte Tinè und wurde rot.

»Also sind Sie die Tochter eines Fürsten?«, fragte Violante verwundert.

»Bastard eines Fürsten bin ich«, korrigiert Tinè sie. »Aber trotzdem fließt fürstliches Blut in meinen Adern. Und jetzt gebt mir noch ein Stück Torte.«

Pallante hingegen war nicht umgekehrt, sondern hatte sich in sein Büro im Rathaus geflüchtet, und dort traf er erneut auf seine zwei Freunde.

38

Sie erwarteten ihn.

»Don Totò muss mit dir reden«, sagte respektlos, ihn einfach duzend, der Mann, der ihm die zehn Lire hingeworfen hatte.

»Sagt ihm, dass ich ihn mit Freuden aufsuchen werde.«

»Sofort«, befahl er.

»Sofort«, wiederholte der andere.

Das Rathaus war leer, verlassen, gottverlassen, nicht einmal der Portier war da, nicht einmal Trantino, nicht einmal einer der Stadträte, nicht einmal ein Blödmann, der nach einem Stück Brot bettelte, nicht einmal ein Geschäftemacher, nicht einmal ein Dieb. Niemand war da!

»Na gut!«, sagte Occhi janchi. »Ich hole nur die Unterlagen, die Don Totò bestimmt sehen will.«

»Na also, jetzt verstehen wir uns«, sagte der erste.

»Verstehen uns«, echote der zweite.

Seine Exzellenz öffnete eine Schublade. Und schoss.

Verdammt!

Er schoss auf den ersten, schoss auf den zweiten. Dann wählte er die Nummer der Carabinieri. Calafiore ging ran.

Occhi janchi sagte: »Zwei Verbrecher haben mich angegriffen, ich musste mich verteidigen und habe geschossen. Das war legitime Notwehr.«

»Rühren Sie sich nicht von der Stelle.«

»Ich bin hier.«

Endlich konnte er frei durchatmen. Er stieg über die Leichen und stellte sich ans Fenster, um etwas Luft zu schnappen.

Und was sah er? Nunziata Carini, die mit dem Maresciallo sprach. Also war es neulich doch kein Schauspiel seiner Fantasie gewesen!

Die Panik packte ihn. Hätte er sich die Klarheit des Geistes bewahrt, so hätte er sich bestens durchlavieren und mit heiler Haut davonkommen können, so wie immer. Aber mit einem Mal fühlte er sich verloren, sah zum Tabakladen hinüber und sagte sich, dass all sein Unglück von dort gekommen war, von diesem Höllenort, den er mit einer Bombe hätte zerstören sollen, aber nicht jetzt, jetzt musste er abhauen, verschwinden und basta, und alles würde sich mit der Zeit regeln, und zwar auf seine Art.

Und während man im nahegelegenen Speicher trank und sang, lachte und anstieß, flüchtete Occhi janchi. Er ging nicht einmal bei sich zu Hause vorbei, wo Lola Diaz auf ihn wartete, verstimmt von der Tatsache, dass sie zwar eingeladen war, er sie aber bei der Einweihung des Restaurants nicht hatte dabei haben wollen.

Er flüchtete. Aber, verdammt, ein Vergnügen musste er sich noch gönnen: Er musst die Saracina anzünden, um jeden Preis musste er sie anzünden, so würden sich alle immer daran erinnern, zu welcher Rache er fähig war.

Er lud zwei Kanister voll Benzin in sein Auto und fuhr los. Er fuhr also zur Saracina, wie ein Verliebter raste er zu seiner Schönen, das Herz schlug ihm bis zum Hals, er hoffte, dass niemand ihm folgte, hoffte, dass niemand ihn aufhielt, hoffte, dass niemand ihn sah, mit dem Fuß auf dem Gaspedal raste er mit der Höchstgeschwindigkeit dahin, die die Straße zuließ.

Die Tabbacchera war da. Im letzten Augenblick hatte sie beschlossen, nicht an der Einweihung teilzunehmen. Costanzo fehlte ihr, zu sehr fehlte er ihr, und ihr war zum Weinen zumute, sodass sie lieber allein sein wollte.

›Los‹, hatte Lisa gedrängt. ›Komm schon.‹

›Nein‹, hatte Agata erwidert. ›Mir ist es lieber so.‹

Die Freundin musste nachgeben. ›Na gut‹, hatte sie gesagt. ›Aber zur Cassata holen wir dich.‹

So hatte die Tabbacchera den Laden geschlossen und war zu dem Grundstück gefahren, das ihr Mann so geliebt hatte, fast so sehr wie sie.

Und jetzt war sie dort, zusammengekauert in der schneidenden Kälte jätete sie Unkraut und ging in Gedanken die schönen Jahre durch, die sie mit Costanzo verlebt hatte.

Oh, sagte sich Occhi janchi, als er sie entdeckte, gibt es ein größeres Glück? Er würde sie anzünden, die Saracina, sicher, aber erst hinterher, wenn er sich die Tabbacchera genommen hatte. Und in diesem *Hinterher* würde auch die Tabbacchera zu einer Fackel werden, verschlungen vom Feuer der geliebten Saracina.

Er sah sich um, niemand war da, nicht mal der Höllenhund vom ersten Mal.

»Von wegen Geister!« Er lachte.

Allerdings, aber das war vielleicht nur eine Einbildung, meinte er, den Köter des Klageweibs zu sehen. Doch das war pure Fantasie, denn als er noch mal genauer hinsah, war das Mistviech weg.

Er warf zwei Mannbarkeitspillen ein, die er immer bei sich trug, damit die Nummer auch ordentlich würde, damit die Schmach vollständig wäre, und damit auch er seinen Spaß bei dem Ganzen bekäme.

Mit leichten Schritten schlich Occhi janchi sich von hinten an sie heran und schlug ihr mit einem Knüppel auf den Kopf.

Agata verlor das Bewusstsein.

Er hob sie hoch. Verdammt, wie schön sie war!

Er betrat das Haus, ging in das Schlafzimmer, legte sie auf die hellblaue Decke, die wie ein Stück Himmel aussah. Herrlich war die Tabbacchera. Schade, dass sie sterben würde. Wäre sie weniger zickig gewesen, weniger hochmütig, hätte sie um

Hilfe gefleht … Ach, wenn sie doch um Hilfe gefleht hätte, er hätte sie zur Königin gemacht! Vergiss Nunzia, vergiss Lola Diaz! Hätte Agata Lipari Ja gesagt, hätte er sie geheiratet, und sie wäre die Dame seines Herzens und seines Portemonnaies geworden.

»Aber leider …«, sagte er.

Leider waren die Dinge anders gelaufen, und jetzt lag diese schöne Kleine hier, bei der er auch ohne Pillen einen hochbekommen hätte.

Er riss ihr die Bluse auf. Verdammt! Sie war perfekt. Perfekt. Er hob ihr den Rock, riss ihr die Unterwäsche runter, verlor sich in der Betrachtung ihres Körpers: glatt, fest, rein – nicht ein Muttermal – und ein dichtes schwarzes Lockendreieck an der richtigen Stelle. Dicht … lockig …

Er kniet sich nieder, um sie genau dort zu küssen, als sie zu sich kam.

Sie sah ihn erschrocken an, versuchte aufzustehen, ihn wegzustoßen, und währenddessen schrie sie, rief sie, schlug Alarm, diese Hure, die er besser sofort umbringen sollte: Die Lust würde er sich später holen, sie nehmen, wenn sie tot war, doch jetzt musste er ihr das Maul stopfen, verhindern, dass die Leute angelaufen kamen.

Er legte ihr die Hände um den Hals, bereit zuzudrücken, als sie ungläubig murmelte: »*Amore mio.*«

»*Amore mio.*«

›Meine Dame, meine Königin …‹

»Costanzo.«

Er lächelt, ganz langsam fängt er an, sie zu streicheln.

»Ich habe so lange auf dich gewartet.« Sie zittert.

Er streichelt sie, wie nur er sie streicheln kann, und sie entspannt sich, gibt sich hin, er küsst sie: ›Kleine sündige Küsse, meine Dame, weil die Straße der Sünde sehr lang und steinig ist, und wehe den Sündern, die auf ihr wandeln.‹

»Übersät mit sündigen Gelüsten ist die Straße der Sünde, mein Herr«, murmelt sie und zieht sich völlig aus, während er sie mustert: ›Dünn bist du, aber immer noch schön, meine Dame, meine liebste Königin.‹

»Wo ist mein Bräutigam?«

›Wo ist meine Liebste? Mit ihren Haaren wie Ebenholz, ihrem Körper wie Alabaster, ihren grazilen Brüsten, ihren Amphorenhüften, ihren kornblumenblauen Augen. Schön bist du, meine Liebste, meine Taube, mein Stern.‹ Und er streichelt sie, seine Liebste, und sieht sie an.

Unmöglich kommt es ihr vor: »Aber bist du das? Bist du das wirklich?«

›Aber sicher, meine Dame. Konnte ich denn je im Land aus Eis und Schnee bleiben? Konnte ich dort leben, wo eure Sonne mich nicht bescheint? Ich kam zurück, Signora, denn ohne euch wäre ich wahrlich Niemand.‹

»Also bist du zurückgekehrt?«

›Odysseus kehrte zurück, genau.‹

»Und was hat er mit den Proci gemacht?«

›Zu Freunden hat er sie gemacht. Haben Sie das nicht gemerkt, Verehrteste?‹

»Alle?«

›Bis auf einen.‹

Costanzo lacht. Er hat breite Schultern, männliche, dunkle Augen, die sie ununterbrochen ansehen, während seine wissenden Hände sie dort berühren, wo für sie die Lust am größten ist.

Und sie biegt sich nach hinten und lacht, sie biegt sich und sagt: »Ich konnte ohne dich nicht sein. Das Bett war eisig, die Nächte eisig, mein Blut vereist.«

›Meine Dame … Meine Königin …‹ Er hört nicht auf zu säuseln, er streichelt sie, beißt sie, kitzelt sie.

Und sie lacht, die Tabbacchera, wie sie lacht!

Ganz nackt liegt sie auf diesem neuen Ehebett, ausgestreckt, bereit für ihn, der noch wartet und sagt: ›Geduld, meine Freundin.‹

Aber sie tut, als wäre es eilig: »Schnell, machen Sie schnell, mein Herr.«

Er versagt sich das aufreibende Spiel, das ihm sonst immer gefallen hat. Da schließt sie die Beine, presst die Schenkel zusammen, verriegelt den Eingang.

Er ist beleidigt. ›Diese Unart tut Ihr mir an, Signora? Ihr verweigerte einem Pilger die Aufnahme? Ihr gewährt ihm keinen Zugang zu Euren Räumen, in denen Milch und Honig fließen, werte Dame? Eine Wabe ist Euer Mund, Signora, Lilien Eure starken Beine, und stark ist Eure Festung, die niemand bezwingt. Nicht einmal ich darf sie bezwingen? Ihr gewährt mir nicht diese Gunst?‹

Und wie eine prüde, eisige Burgherrin erwidert sie: »Zutritt zu meinen Räumen nur mit Losungswort. Wisst Ihr dies, mein Herr?«

Costanzo lacht, und wie er lacht. Er tut vergesslich: ›Ich weiß es nicht, ich wüsste es nicht, ist es dasselbe, das mich eintreten ließ, werte Dame, dasselbe, das mich diesen Honig kosten ließ, verehrte Signora, die ich ehelichte, um den Glanz der Sterne und die Zufriedenheit eines Sultans zu verspüren, der aus dreihundert Frauen nur eine auswählte, und diese eine Frau ward Ihr, Signora.‹

»Die Losung!«, fordert sie.

Und er lacht, wobei er zwischen ihren Schenkeln nach dem Spalt sucht, sie zu öffnen. Aber sie presst sich zusammen und versperrt, verschließt, verbarrikadiert sich.

Da flüstert er ihr ins Ohr: ›Liebesbezeugung.‹

»Tretet ein, mein Ritter.«

Und die Beine öffnen sich, die Lilie blüht auf, und nun ist er in ihr: Der eine Körper erkennt den anderen, die Liebe gibt sich der Liebe hin, in einer wiedergefundenen Glückseligkeit, verloren, gesucht, wiedergenommen, es ist das antike Lied, er ist das Meer in ihr, und vom Meer hat er den Rhythmus, die Fülle, die Kraft, die Macht und auch die Sanftheit, dieses langsame Umspülen, dieses langsame Kommen und Gehen, das nicht endet, nie endet, bis sie die Lust kommen spürt, von weit her, von ganz weit her. »Hör nicht auf«, knurrt sie mit der Stimme einer Löwin, »wenn du aufhörst, zerreiße ich dich, *amore mio*, und fresse dich und sauge dich aus und packe dich an den Haaren und führe dich weiter in mich rein, tiefer, mein Ein und Alles, der nur noch mir gehört.«

Er seufzt und stöhnt, und sie stöhnt und seufzt, und der Wind frischt auf und peitscht das Meer, und Kraft liegt in den ziehenden Riemen, in der Schenkelzange, und dann die starken, sehr starken Wellen einer nie nie nie zuvor gespürten Lust. »Versprich mir, dass du zurückkommst«, fleht sie. »Jede Nacht, jedes Mal, wenn ich es will.«

›Ich verspreche es.‹

»Schwöre es.«

›Ich schwöre es.‹

Da explodiert das Meer, in Myriaden von Funken, so wie damals, als er starb, nur dass jener Tod kein Tod war, sondern eine Verwandlung der Gestalt, ein Wechsel der Wirklichkeit, deswegen bin ich bei dir, *amore mio*, meine zuckende Königin, und die Lust treibt dir Tränen in die Augen, und der befriedigte Körper ruckt und zuckt, und dann endlich entspannt er sich völlig überwältigt auf dem Bett.

Schließ die Augen, meine Königin, schließ die Augen …

Als Agata die Augen wieder öffnete, lag Occhi janchi auf ihr. Erschreckt stieß sie ihn weg.

Der Mann rührte sich nicht. Nur sein Geschlecht, prall und schimmernd, schien noch zu leben, während er ganz offensichtlich und unrettbar tot war.

›Ihm hat es das Herz zerrissen‹, sagte sie sich.

Wäre Roberto dagewesen, hätte er wohl gesagt: ›Er ist an

seiner eigenen Lust gestorben.‹ In Erinnerung an den grausamen Tod der Fliege im Honigglas.

Und Seine Exzellenz hatte bei dieser Nummer mit der Tabacchera tatsächlich Lust verspürt: Er genoss es, so wie er es im Leben noch nie nie nie genossen hatte.

Sicher, als sie in Fahrt kam und wie ein Hochgeschwindigkeitszug immer weiter machte, der an keinem Bahnhof hält und unaufhaltsam dem Ziel zurast, fing er an, sich zu sorgen. »Halt«, sagte er. »Warte.« Er konnte mit ihrem Rhythmus, ihrer Geschwindigkeit nicht mithalten: Das Herz schlug ihm bis zum Hals, es füllte seinen Bauch, das Herz rief wütend: »Schluss! Hör auf! Es reicht!« Doch sie, die Teufelin, machte weiter, sie hörte seine Schreie nicht, sein Flehen, seinen Atem, der immer ängstlicher ging, auch nicht das Gurgeln und schließlich das Röcheln, sie machte weiter, immer schneller, sodass ihm nichts anderes übrigblieb, als mitzumachen, weil er nun ganz mit ihr verschmolzen war, eins war, eine gemeinsame Raserei, die Zeit, Raum und alles zerstört, zerschlägt und vom Platz fegt und eine unendliche Schwärze aufreißt, die alles verschlingt?

So starb Seine Exzellenz.

Fickend starb er.

Besser gesagt: Gefickt!

Es klopfte an der Tür. Agata zog sich an. Wie in Trance ging sie öffnen. Drei schwarz gekleidete Männer standen dort. Der älteste stellte sich vor: »Don Totò bin ich. Meine Verehrung! Und das«, sagte er und zeigte auf die beiden anderen, »sind meine Männer. Vertrauensvolle Leute.«

»Verehrung«, echoten die beiden aus einem Mund.

»Wir sind gekommen, um Sie von dieser Unannehmlichkeit zu befreien«, erklärte Don Totò. »Erlauben Sie.« Sanft schob er sie beiseite und marschierte, gefolgt von den beiden Männern, ins Schlafzimmer.

»Nicht mal zehn Lire seid Ihr wert, Exzellenz«, sagte der Boss zum Toten, der mit dem aufgerichteten Glied immer noch wie eine prähistorische Fruchtbarkeitsstatue aussah. Auf Don Totòs Zeichen nahmen die beiden Männer die Leiche, einer an den Füßen, der andere an den Armen, und trugen sie fort.

Agata hörte das Geräusch eines Autos, das ansprang, auf dem Kies der Auffahrt wendete und sich auf dem Feldweg entfernte.

Sie setzte sich, versucht im Geist, all die wundervollen Momente durchzugehen, die sie mit ihrem Mann erlebt hatte. Sie schloss die Augen.

Ein erneutes Quietschen von Reifen schreckte sie auf. Ein Wagen hielt, eine Tür ging auf, Schritte auf dem Weg, Schritte im Korridor.

»Agata«, rief Roberto. »Wo bist du?«

»Hier«, sagte sie.

Roberto trat zu ihr. »Was hast du?«

Sie schien ganz verwirrt. »Ich habe geschlafen. Und geträumt.«

»Komm bitte mit«, lockte er sie. »Sonst bleibt von der Cassata kein Krümelchen mehr für dich übrig.«

Agata war verblüfft, wie voll das Restaurant war.

»Du hast echt was versäumt«, sagte der Junge.

Sie lächelte ein wenig.

»Signora!«, rief die Santacroce, wobei sie ihr Glas voller Champagner erhob. »Es heißt, dass ganz viel von all dem hier Ihnen zu verdanken ist. Danke von Herzen!« Sie stand auf. »Stoßen wir auf die Tabbacchera an!«, rief sie.

Sie ist betrunken, dachte Agata.

»Stoßen wir an«, sagte auch Luisa Acquaforte.

Ist die auch betrunken?

»Auf die Tabbacchera«, rief die alte Tinè.

»Was ist hier los?«, fragte Agata erstaunt.

»Sie haben dich gern«, antwortete der Maresciallo, der von diesem Moment an auf jegliche Formalitäten ihr gegenüber verzichtete.

Sie lachte und schüttelte den Kopf. »Holt mich wieder in die Wirklichkeit zurück.«

Doch da erklang die Stimme eines braunhaarigen Mädchens mit feurigen Augen: »Eine Rede«, forderte Gloria Vaccaro.

»Rede … Rede …«, fingen die anderen zu rufen an.

Agata sah sich verwirrt um, im Kopf noch den großen Liebesaufruhr mit ihrem Mann, in den Händen spürte sie noch seinen Körper, auf der Haut hatte sie noch den Geruch seiner Küsse.

»Hörst du das?«, fragte Acquaforte, der neben ihr auftauchte.

Sie sah ihn wie durch einen Nebel an. »Was für eine Rede denn?«, fragte sie.

»Der Wahlkampf hat begonnen. Sie haben erfahren, dass du kandidierst.«

»Ich?«, wunderte sie sich und war plötzlich wieder ganz bei sich selbst. »Wann?«

»Im neuen Jahr.«

»Das neue Jahr hat doch noch gar nicht angefangen!«

»Aber du kandidierst schon mal.«

Und da sie zögerte und auswich und noch nicht ganz verstand, was vor sich ging, ergriff Gloria das Wort: »Ich bitte Sie, Signora«, sagte sie mit feuerroten Wangen. »Wir brauchen Sie.«

»Wofür?« Agata fiel tatsächlich aus allen Wolken. Was wollten die Leute von ihr?

›Bist du nicht allen mit dieser Geschichte von der Veränderung auf die Eier gegangen?‹, sagte da Costanzos Stimme in ihrem Ohr.

Sie schloss die Augen, während sich auf ihren Lippen ein Lächeln breit machte.

Aus dem Speicher klang ein rhythmisches: »Re-de, Re-de!«

Acquaforte stellte ihr einen Stuhl hin, half ihr hinaufzusteigen.

Sofort wurde es still.

Agata sah sie an. Wie viele waren das bloß? Und alle standen da, alle sahen sie mit erwartungsvollen Augen an, hingen an ihren Lippen, als wenn von ihren Lippen wer weiß welche Botschaft kommen könnte. Aber sie ... was sollte sie sagen? Dass ...

›Verdammt, Agata, mach schon! Sollen die etwa Spinnweben ansetzen?‹, befahl Costanzo in ihrem Ohr.

Sie hielt sich die Hand vor den Mund. Das Lachen, das in ihr aufstieg, wäre gegenüber diesem großartigen Publikum einfach ungehörig. Agata schluckte. Sie räusperte sich: »Ich will dieses Dorf verändern!« Sie sagte es entschlossen. Mit einer Entschlossenheit, die sie selbst überraschte.

Applaus brandete auf.

Eine helle Leuchtspur aus Worten tauchte vor ihrem inneren Auge auf: Gerade, ohne Gräben, ohne Hindernisse, ohne Unsicherheiten. Daher erklärte sie: »Ich will saubere Luft atmen. Ich will keine Unglücksfälle mehr.«

Applaus.

»Ich will, dass der Müll gesetzeskonform entsorgt wird, vor allem die Industrieabfälle.«

Applaus.

»Ich will, dass das Dorf ein Kino, einen Buchladen und einen Ort für Musik bekommt. Ich will Nahrung für den Geist und vor allem für die Seele.«

Bei dem Wort »Seele« bellte Patuzzu, Lucietta verschränkte die Finger mit denen von Calcaterra, Errico drückte sich an Letizia, Violante reichte ihrem Vater die eine Hand und die andere ihrem zukünftigen Ehemann, Don Bruno dankte dem Allmächtigen.

»Ich will, dass die Frauen – ganz konkret und nicht nur auf dem Papier – die gleichen Möglichkeiten wie die Männer haben, dass sie mit mir zusammenarbeiten, damit dieses Dorf wächst, damit es von der Korruption loskommt und vom schnellen Geld, vom schmutzigen Geld.«

Stille.

Und der Applaus?

Sie fuhr fort: »Ich will, dass die Regeln eingehalten werden, dass das Gesetz respektiert wird, dass nicht illegal gebaut, dass das Meer nicht verschmutzt wird.«

Stille.

»Ich will, dass niemand mehr in der Industrie stirbt.«

Stille.

»Ich will, dass niemand mehr an Krebs stirbt.«

Stille.

»Ich will Freude.«

Stille.

»Kommt euch das wie eine Utopie vor?«, fragte sie.

›Wenn du so kompliziert redest, versteht dich keiner‹, flüsterte Costanzo ihr zu.

Ihre Augen glänzten. »*Amore mio*«, flüsterte sie.

Sie spürte, wie eine unglaubliche Kraft sie durchzog.

»Kommt euch das nur wie ein Traum vor?«, fragte sie. »Zu schön, um wahr zu sein?«

»Das ist etwas ganz Wunderschönes!«, schrie da Lorenzo.

Die Leute blickten auf den Frechdachs, der da sprach. »Hör nur«, flüsterte Carmine Luisa ins Ohr. »Jetzt husten auch schon die Flöhe.«

»Wunderschön ist das!«, schrie Corrado, der andere Steppke, den eine Windböe hätte wegpusten können.

»Glaubt ihr, dass man das schaffen kann?«

»Ja«, sagte Eva, die Tochter von Gabriella, der Friseurin.

»Ja«, rief Guido, sodass seiner Mutter der Mund aufklappte.

Dasselbe sagte auch Gloria; und ihre Cousine Ida, und Loredana, die Tochter des Apothekers.

Da rief auch Violante: »Ja.«

Und nach ihr Lucietta und Letizia und Franca und Motta und Acquaforte und Calcaterra und Orlando, der lauter schrie als alle anderen, weil Gott ihm vergeben hatte und er nicht mehr von der Tabbacchera mit dem Schwert in der Hand träumte.

Innerhalb weniger Sekunden war der Speicher von diesen Ja-Rufen erfüllt, die auch das Gewissen der Widerspenstigsten erreichten.

Und was geschah dann?

Agata Lipari, die Witwe Di Dio, fing an zu klatschen.

Im Speicher breitete sich Stille aus.

»Der Redner applaudiert, während das Publikum schweigt?«, wird die Signora mit dem Notizbuch fragen.

»Ganz genau: Agata applaudierte, und wir alle sahen sie wie lauter Idioten mit leuchtenden Augen an.«

»Und dann?«

»Nichts. Sie klatschte weiter, und jeder von uns, auf seine Weise, fühlte sich des Beifalls dieser Frau für würdig, die tatsächlich das Dorf verändert hatte.«

Und dann.

Dann war Schluss.

Nein, das stimmt nicht.

Dann umarmt Costanzo nämlich seine Frau und sagt: ›Das werden bittere Zeiten, Frau Bürgermeisterin.‹

Und sie erwidert: »Wenn Sie bei mir bleiben, mein Herr, wird selbst das Gift mir wie Zucker vorkommen.«

Costanzo lachte. ›Immer‹, sagt er.

Und so nimmt er sie an der Hand und zusammen verschwinden sie in einer Zeitfalte, in der nur sie beide existieren. Costanzo beugt sich herab und nimmt sie rittlings auf die

Schultern: Ihre Beine hängen neben seinem Hals über die Brust, ihrer beider Hände halten sich, und er fängt an, sich zu drehen, zu drehen, während die Tabbacchera lacht lacht lacht …

Und wären sie nicht innerhalb ihrer eigenen Zeitblase, so würde das Publikum, das die zukünftige Bürgermeisterin immer noch beim Klatschen beobachtet, eine in der Luft schwebende, in der Luft reitende Frauengestalt erblicken, die sich dreht und lacht und trunken vor Glück singt.

ES GEHT WEITER
MIT AGATA
UND IHREM FABELHAFTEN DORF!

Im Herbst 2021 erscheint
der zweite Roman von Tea Ranno:

An Weihnachten platzt Don Bruno mit einem Bündel im Arm in Agatas Haus: Er bringt ihr ein Neugeborenes, das er verlassen in der Kälte an einer Straßenecke gefunden hat. Und alle finden sich ein und helfen der neuen Bürgermeisterin: Toni und Violante, Dr. Grimaldi, Sarino, Lisabetta …

Was wird aus dem Kind? Was ist mit der Mutter?
Was passiert mit Agata und dem Maresciallo?

Im Herbst 2021 erfahren Sie es.

Erscheinungstermin 25.10.2021
ISBN 978-3-312-01230-5

NAGEL & KIMCHE